PIE

Dello stesso autore nella collana Bestseller*:*

- Domenica nera

Claudio Paglieri

Il vicolo delle cause perse

PIEMME **BESTSELLER**

Questo libro è un'opera di fantasia. Personaggi e situazioni sono invenzioni dell'autore o hanno lo scopo di conferire veridicità alla narrazione. Qualsiasi analogia con fatti, eventi, luoghi e persone, vive o scomparse, è assolutamente casuale.

I Edizione Piemme Bestseller, luglio 2009

20145 Milano - Via Tiziano, 32
info@edizpiemme.it - www.edizpiemme.it

Anno 2011-2012 - Edizione 3 4 5 6 7 8 9 10

Stampa: Mondadori Printing Spa - Stabilimento NSM - Cles (TN)

A Ricky. Se ti avessi dato retta,
oggi sarei Dan Brown.

PROLOGO

Barbara Ameri sedette alla scrivania e accese il computer e la stampante. Ci volevano un paio di minuti prima che fosse pronta. "Devo stare calma," pensò "non ho fatto niente di male e non ho niente di cui preoccuparmi."

Ma aveva i palmi delle mani sudati, e una sensazione di nausea le saliva alla gola. La stessa che aveva provato quella domenica mattina, quando l'effetto dei mojito era cessato e aveva sentito accanto a sé, nel suo letto, l'odore di quel corpo caldo e muscoloso. Erano passate tre settimane ma a volte se lo sentiva ancora addosso. Guardò fuori dalla finestra, era una mattina splendida e pensò che all'ora di pranzo, invece di tornare a casa, avrebbe preso un pezzo di pizza e una coca e si sarebbe seduta su una panchina in passeggiata, davanti al castello sul mare. Aveva bisogno di starsene da sola e in silenzio, senza pensare a niente, lasciando che il sole l'aiutasse a mantenere l'abbronzatura fatta in crociera.

Ricordava bene dov'era il file. Lo aprì, controllò rapidamente il contenuto e diede il comando di stampa. Meglio non mettersi contro certa gente, pensò. E nel caso, è bene avere una carta di riserva da giocare.

Non si aspettava di sentir suonare il campanello, e il trillo acuto la spaventò. «È già qui?» disse piano, allarmata, guardando l'orologio.

Per un attimo sentì, fortissimo, l'istinto di non aprire. Ma non sarebbe servito a niente. Prese un respiro profondo, ripeté a se stessa: "Prima la finiamo e meglio è". Schiacciò il pulsante sulla scrivania e la porta si aprì, molto lentamente.

Riaprì la porta, molto lentamente. L'atrio del palazzo era vuoto e non si sentiva nessun rumore. Anche il rantolo di Barbara si era fermato. Non aveva il coraggio di voltarsi a guardarla, di controllare che fosse morta. Poteva solo sperare che lo fosse, perché al posto delle braccia sentiva di avere due assurde appendici di gommapiuma senza ossa, e non avrebbe potuto darle un altro colpo.

Controllò di nuovo la maglia. C'era qualche piccola macchia di sangue, ma era difficile che qualcuno la notasse. Tutto ciò che doveva fare, ora, era muoversi. Raggiungere casa. Cambiarsi. Procedere con il piano e far sparire le tracce. La stronza era morta, sì. Non poteva che essere morta. Non si sopravvive a quelle ferite, e comunque sarebbe passato ancora del tempo prima dell'allarme. Tutto il tempo necessario a farla morire dissanguata.

Si mosse.

Prima Settimana

LUNEDÌ

Luciani & Giampieri

Stava correndo da quaranta minuti a buon ritmo, toccando uno dopo l'altro tutti i moli del Porto Antico. Aveva cominciato da quello dell'Acquario, il fiore all'occhiello baciato dal sole e riparato dal vento, dove tutte le panchine migliori erano perennemente occupate da barboni e ubriachi. Poi era passato al molo del tabaccaio, al ponticello del car sharing, al parcheggio dei pullman di Ponte Parodi e da lì si era immesso nel lungo rettilineo che portava alla Stazione Marittima, dove aveva fatto dietrofront per tornare dalla parte opposta del porto, verso il Bigo e il tunnel rotondo e la curva della piscina. Se lo raccontava così, il percorso, come se fosse stato al gran premio di Montecarlo. Uno squallido stratagemma per rendere l'allenamento meno noioso e provare a correre un po' più forte. Fece ripartire il cd dei Rem e cominciò i giri di giostra dei magazzini del cotone tenendo d'occhio il cronometro, ogni anello era circa un chilometro e valeva ottimamente come test per le ripetute: un giro intorno ai quattro minuti e venti e un giro di recupero sotto i quattro e cinquanta e così via, uno dopo l'altro, finché ce la faceva. Erano già le dieci del mattino ma c'era poca gente sui moli, a incrociare la sua ombra lunga e sottile proiettata dal sole.

«Va bene,» disse «proviamo questo massaggio.» Fece un respiro profondo, rilassò le spalle, chiuse gli occhi e concentrò tutte le sensazioni su di lei. Nell'aria c'era il profumo dei suoi capelli, e quello della crema per il viso. Lo sfiorò con il seno e lui ebbe un brivido, poi invece di ritrarsi Amalia gli appoggiò il petto nel punto più comodo, dietro le spalle, come per caso. Il tocco delle dita lo fece sorridere di beatitudine, erano tentacoli liquidi che parevano iniettargli un calmante direttamente al cervello.

«Sei davvero brava» mormorò.

Socchiuse gli occhi e la vide arrossire sotto i lunghi riccioli bruni, sorridendo nello specchio. Dall'ultima volta aveva perso ancora un chilo o due, era forse un po' troppo magra ora, ma con i tacchi e una qualche gonna che ne esaltasse il culo alto doveva essere fantastica.

Le dita di lei, tra i suoi capelli sembravano volergli trasmettere un messaggio, dirgli che non lo stava facendo solo per lavoro, ma che lo avrebbe fatto volentieri anche fuori di lì, in un altro luogo e in un'altra situazione.

Al quarto giro veloce, con i battiti sopra i centosettanta e la vista che cominciava ad annebbiarsi, sfrecciò davanti a un bar che stava aprendo e vide il barista voltarsi verso di lui con un braccio teso, poi sulla sua sinistra un altro runner che veniva dalla direzione opposta accennò un movimento e sembrò gridargli qualcosa, ma la musica pompava così forte che non sentì nulla. Istintivamente voltò la testa per continuare a guardarlo e non si accorse dell'uomo che era appena sbucato di fronte a lui dal lato corto dell'edificio; solo all'ultimo momento, con la coda dell'occhio, lo intravide buttarglisi addosso a corpo morto. Lo travolse senza neppure accennare a una frenata ed entrambi volarono a terra in un groviglio di gambe, scarpe e cuffiette per lettore cd. Sentì un dolore acuto al ginocchio destro, la testa che girava e per qualche secondo tutto il suo corpo sembrò avere impattato con l'asfalto. Poggiò una mano a terra per rialzarsi e vide sull'avambraccio sinistro, che aveva attutito all'ultimo momento la caduta, uno sbrego coperto di sangue e sporcizia.

D'istinto si sentì in colpa, non stava guardando davanti a sé e pensò di avere travolto un incolpevole passante. Cercò il fiato per cominciare a scusarsi ma quando alzò gli occhi vide che l'altro uomo era già dritto in piedi davanti a lui, bilanciava il peso sulle gambe leggermente piegate e lo teneva sotto il tiro di una Beretta 84F impugnata con entrambe le mani.

Il dolore alla cervicale si era calmato, la tensione si stava sciogliendo. Sentì, da qualche parte in fondo allo stomaco che era quello, esattamente quello, il momento di invitarla. Fece un piccolo colpo di tosse perché la voce gli uscisse sicura, con il tono giusto, leggero ma determinato: «Sai, venerdì sera c'è un concerto dei...» e il quel momento il cellulare vibrò nella sua tasca destra, e un attimo dopo le note di *Jeeg robot d'acciaio* avevano rotto l'incantesimo. Era la suoneria che aveva messo per le chiamate dall'ufficio e non poteva non rispondere. Si scusò, lei tolse le mani e si staccò dalla sua schiena.

«Pronto.»

«Ingegnere, sono Calabrò. Ti disturbo?»

«No, non ti preoccupare. Sono qui da... al bar, a prendere un caffè. Tra poco arrivo.»

«C'è un'emergenza. Un omicidio.»

«Fermo. Non ti muovere. Prova ad alzarti e ti faccio secco.»

«Ma che cazzo...»

Si tolse dal collo il filo delle cuffie. Il lettore cd era volato qualche metro più in là, aperto in due, le pile erano sparpagliate tutto intorno.

In quel momento sentì la voce alle sue spalle: «No! Fermo! Fermo, per carità!».

L'agente scelto Antonio Iannece correva impacciato nella sua divisa d'ordinanza, reggendo con la destra la fondina della pistola. Arrivò affannato, gli si inginocchiò vicino e lo aiutò a rialzarsi.

«Madonna mia, commissario, come state? Vi siete fatto male?»

Marco Luciani raddrizzò come un metro snodabile i suoi centonovantasette centimetri di altezza e si rimise in piedi massaggiandosi il ginocchio dolorante. L'uomo davanti a lui era immobile e lo teneva ancora sotto tiro, sembrava la pubblicità di un'agenzia di guardie del corpo.

«Iannece, puoi dire a questo cretino che se non abbassa quella pistola gliela ficco su per il culo?»

L'agente fece due passi in avanti, con cautela, abbassò l'arma e mise una mano sulla spalla dell'uomo. «Calma, che sta facendo? Mi dia quella pistola. Questo è... era... è il commissario Luciani.»

«Dove è successo, Calabrò?»

«A Rapallo. Una ragazza.»

«Va bene. Arrivo subito, anzi dai tutti i riferimenti a Iannece e digli di prendere la macchina e venirmi incontro, ci vediamo davanti alla Rinascente.»

Il vicecommissario Nicola Giampieri richiuse il cellulare e lo rimise in tasca. Poi diede un'occhiata allo specchio, guardando di sotto in su il viso attento di Amalia. L'invito era rimasto in sospeso ma ora il suo stomaco era strizzato, sentì che non era più il momento giusto per farlo.

Un omicidio. Il primo, vero, omicidio tutto per lui.

«Scusami, devo scappare. Abbiamo finito?» Si pentì subito di come era suonata brusca quella domanda, lei alzò le spalle. «Peggio per te, volevo farti provare un nuovo gel.» L'interruzione del massaggio era arrivata proprio sul più bello, lasciando entrambi insoddisfatti. L'Ingegnere sorrise: «D'accordo. Ma facciamo in fretta».

L'uomo si scosse dalla sua apparente paralisi, si lasciò prendere l'arma. «Scusate... non sapevo... sono un collega. Una guardia giurata. Ho visto che lo stava inseguendo, che gli urlava di fermarsi, e ho pensato...»

Marco Luciani gli si avvicinò minaccioso. «Che cosa hai pensato? Dimmelo, imbecille, che cosa hai pensato? Di spararmi?»

Iannece si frappose tra i due, la guardia giurata aveva perso tutta la sua sicurezza.

«Che ne so io? E poi non ho mica sparato, l'ho solo fermata. Poteva essere un rapinatore, o uno scippatore. O un assassino.»

«Sì, vestito da jogging. Geniale. Invece per tua sfortuna sono un commissario di polizia.»

L'altro abbassò gli occhi un momento, poi provò a reagire. «Ma insomma, che cosa volete da me? Vedo un agente in divisa che insegue uno che scappa, urlando "Fermo fermo". Ho fatto il mio dovere.»

«Ah sì? E fa parte del tuo dovere andare in giro con la pistola fuori servizio? E puntarla alla testa della gente? Iannece, identifica un po' questo fenomeno.»

Il cellulare dell'agente squillò in quel momento. Iannece rispose e impallidì: «Madonna mia, digli che arrivo subito. Un'emergenza, commissario» disse rivolgendosi a Luciani.

La guardia giurata colse l'occasione al volo. «Mi spiace se le ho fatto male, commissario, ma pure io... guardi, mi sono anche strappato i pantaloni. Non possiamo chiuderla qui?»

Marco Luciani sentiva l'avambraccio pulsare dolorosamente. Il sudore gli si stava raffreddando addosso. Ci pensò un attimo, poi gli fece il gesto di togliersi dai piedi.

Era tentato di dirle che la telefonata riguardava un omicidio, forse l'avrebbe eccitata ma forse, al contrario, l'avrebbe spaventata. Le aveva detto di essere un ingegnere informatico e non un poliziotto, e spiegarglielo adesso sarebbe stato troppo complicato.

Amalia sistemò il gel tra i capelli con rapidi e abili colpetti delle dita, quindi gli tolse il panno protettivo e chiese se andava bene. Lui rimise sul naso gli occhialini rotondi e fece un sorriso soddisfatto, massì, in fondo era sempre un bel ragazzo. È vero che stava per entrare negli orribili trenta ma è anche vero che non aveva neppure un capello bianco e i suoi anni se li portava bene: con i capelli tagliati corti e il gel, e il pizzetto sottile sempre ben curato, ne dimostrava indubbiamente qualcuno di meno. Anche la lampada che aveva appena fatto al centro estetico non era stata un cattivo affare.

Le diede due baci sulla guancia, lei lo guardò e quasi arrossendo disse: «Scusami, è un po' che voglio dirti una cosa».

Il vicecommissario sentì cedere le ginocchia.

«Ti sembrerò un po' sfacciata...»

«No no, dimmi pure.»

«Ecco, no, volevo suggerirti... secondo me non dovresti portare il pizzetto, staresti meglio senza.»

Lesse la delusione negli occhi di lui e cercò subito di rimediare: «Non voglio dire che così non stai bene, assolutamente. È solo che...».

«Che?»

«Ti invecchia un po'. Ecco, sì, secondo me ti invecchia.»

Giampieri si sforzò di sorridere, ma quello che gli uscì assomigliava più a un ghigno di dolore. Quanti anni pensava che avesse? Trentatré? Trentacinque?

«Ecco, lo sapevo, ho fatto male a dirtelo» disse Amalia con un broncetto delizioso.

«No, no, figurati. Anzi, hai fatto benissimo.» Si aggrappò a quello sguardo fintamente colpevole come a una grondaia, nel momento in cui lei lo stava facendo precipitare dal ventesimo piano. Si massaggiò il pizzetto e gli sembrò di avere sulla faccia dei peli di topo malato. «Sai che ti dico? Stasera, appena arrivo a casa, lo taglio.»

Marco Luciani tamponava alla meglio il sangue con la maglietta, per la prima volta sentì un dolore anche alla testa e un bernoccolo che cresceva. Non si era neanche accorto di averla sbattuta per terra.

«Hai visto che bell'esemplare di cretino? Sono quelli così che poi fanno le stragi in famiglia.»

Iannece non gli diede corda: «C'è un omicidio. Mi ha chiamato adesso Calabrò. Venite con me, commissario?».

«Non sono più commissario, Iannece, piantala di chiamarmi così.»

«Se non lo siete, perché con quel tizio vi siete qualificato così? Rischiavate di finire nei guai per appropriazione indebita.»

Marco Luciani sbuffò: «Tecnicamente lo sono ancora. Sto facendo le ferie arretrate, in attesa di sapere qualcosa delle mie dimissioni. Ma di fatto non lo sono più. Comunque sei tu che mi hai chiamato commissario».

«Lo so, ma mi viene istintivo. Mica posso chiamarvi dottor Luciani, sembrerebbe che siete un medico.»

«Vabbe', Iannece, chiamami come ti pare ma dimmi che cosa volevi da me.»

L'altro abbassò lo sguardo.

«Allora?»

«Eh, allora... allora. Voi ve ne andate senza dirmi niente. Ero preoccupato. È una settimana che vi cerco, al telefono non rispondete, in casa non vi trovo mai... così ho provato a vedere se eravate qui a fare allenamento. Laggiù in cima mi siete passato davanti senza vedermi, e allora mi sono messo a corrervi dietro a prendifiato, e a urlare, ma non mi sentivate.»

«Avevo la musica nelle orecchie. Mi dispiace.»

Si piegò a raccogliere le pile e il lettore cd. Guardò sconsolato l'apertura irrimediabilmente rotta.

«Ve lo ricompro io, commissario.»

«Lascia perdere, Iannece. E non chiamarmi commissario. Fra tre settimane non lo sarò più.»

Alzò gli occhi e vide che il suo autista-assistente-factotum stava per commuoversi. Per non metterlo in imbarazzo si voltò senza salutare e si rimise a correre piano verso il Bigo, col ginocchio che lanciava fitte a ogni passo. «Quindi, commissario, non rientrate più?», gli urlò dietro Iannece. Ma Marco Luciani era già lontano.

L'Ingegnere si voltò per andare alla cassa a pagare. Amalia lo richiamò.

«Scusami...»

«Sì?»

«Cosa dicevi di venerdì?»

Lui la guardò per un attimo senza capire, poi si ricordò d'improvviso del concerto. Ma anche dell'omicidio. Sarebbe stato libero venerdì? Aveva quattro giorni, 96 ore, per prendere un assassino. E altre 48 ore, forse meno, per prendere da dietro la deliziosa estetista di ventidue anni con le tette che guardano il cielo e una galleria del vento al posto del cervello. L'aveva conosciuta in palestra e dopo averla vista all'opera sui calci di mulo aveva capito che non avrebbe più avuto pace finché non avessero ripetuto l'esercizio insieme. L'erezione immediata non gli lasciò dubbi sul da farsi.

«Ah sì, venerdì sera... c'è un concerto alle piscine di Sestri Levante... i Baustelle.»

Lei sorrise senza rispondere.

«Sono bravi. E ho giusto due biglietti» mentì.

Lei sorrideva ancora.

«E venerdì non avrò più il pizzetto. Che ne dici?»

«A dire il vero avrei un impegno, ma se passi uno dei prossimi giorni ti dico se sono riuscita a liberarmi.» Gli lanciò uno sguardo furbo e si voltò facendo perno sull'anca sinistra, gustandosi l'effetto che avrebbe fatto su di lui la "curva Hollywood" tracciata nell'aria dal suo culo perfetto.

Ormai è tardi per fare la difficile, pensò Giampieri mentre pagava alla cassa la lampada, la manicure e il massaggio craniale. Quaranta euro ben spesi, sorrise tra sé e sé. Erano già centoventi, a dire il vero: gli ci erano volute tre sedute per lavorarsela ma lo sguardo di Amalia quando lui l'aveva invitata era di quelli che non lasciano dubbi. E alla fine era stata lei a richiamarlo, a sollecitarlo perché la invitasse al concerto. Ed era stato come appoggiare il suo collo delicato sul ceppo del carnefice.

LUNEDÌ

Giampieri

Iannece lo aspettava in auto col motore acceso. Quelli erano i suoi momenti di gloria, quando poteva dimostrare la sua abilità di pilota e dare fondo a tutto il repertorio di sirena, sgommate, slalom tra gli autobus e imprecazioni. Prima ancora di avere il tempo di allacciarsi la cintura, Giampieri si trovò incollato al sedile dalla partenza a razzo, quindi proiettato in un videogame con la strada che scorreva sui due lati a folle velocità e le auto inchiodate ai lati dello schermo. Solo che lui non aveva due o tre vite di scorta.

«Chi è la vittima, Iannece?»

«Una ragazza. Una certa Barbara Ameri, 25 anni, segretaria. L'hanno aggredita in ufficio.»

«Va bene, volevo solo dirti che se è tutto finito, e non è in corso una sparatoria, forse possiamo anche arrivare cinque minuti dopo e non cambia niente.»

«State scherzando? In cinque minuti l'assassino può far perdere le sue tracce e illudere i controlli.»

«Ho capito, ma se... attento!»

Iannece sterzò tutto a sinistra evitando per miracolo una vecchietta che stava attraversando.

«Minchia ma sei suicida?!» le urlò lanciando un'occhiata allo specchietto. «Ma che non la senti la sirena?»

«Iannece vedi di rallentare un po', prima di fare un altro omicidio.»

«Vabbe' ma questo era colposo. E poi siete voi che mi distraete, Ingegnere. Io sto correndo per la vita e voi chiacchierate, bisogna che mi procuro uno di quei cartelli "non parlate al conducente".»

Giampieri preferì non replicare, si limitò a pronunciare una piccola preghiera mentale e non disse più niente fino al casello di Nervi.

«Chi c'è sul posto?»

«Quelli di Rapallo. Il commissario Venuti.»

Giampieri fece una smorfia. Anche se lui era il reggente della squadra Omicidi di Genova, questo Venuti gli era superiore di grado.

«E del commissario Luciani hai notizie?»

Iannece tossì leggermente: «Non lo vedo da quando ha dato le dimissioni» mentì. «Comunque non credo che rientrerà.»

Dopo pochi minuti imboccarono a piena velocità la rampa di uscita. Avevano probabilmente stabilito un nuovo record casello-casello.

«Dove preferite andare, Ingegnere? In ospedale o sul luogo del delitto?»

«Come, in ospedale?»

«Sì, quando l'hanno soccorsa la ragazza era ancora viva. L'hanno portata in ospedale un'ora fa ma dicono che non ne avrà per molto»

Giampieri spense la sirena. «Cosa?! Un'ora fa?! Ma quando...»

«Stamattina verso le nove l'hanno aggredita. Poi l'hanno soccorsa e portata in ospedale, in coma. Quando si sono accorti che non era un incidente ma un tentato omicidio, anzi ormai un omicidio, hanno chiamato i colleghi di Rapallo. E loro, con molta calma, hanno avvertio noi.»

Giampieri alzò gli occhi al cielo e disse solo: «Luogo del delitto».

Il portone di via Bixio era presidiato dagli agenti del commissariato locale. Avevano recintato con il nastro adesivo un'area sufficiente a tenere lontani i curiosi. L'Ingegnere si fece strada col tesserino in mano: «Giampieri. Omicidi».

Un agente scostò il nastro per aiutarlo a passare. «Il commissario Venuti è andato via, è in ospedale per parlare con i genitori della ragazza.»

«Ah. Intanto posso dare un'occhiata?»

«Prego, commissario. La accompagno.»

Entrarono nell'atrio dove erano raccolte almeno una decina di persone, probabilmente gli inquilini del palazzo. Parlavano tra loro o con un ispettore che prendeva appunti su un taccuino. Quando vide che Giampieri stava per entrare lo guardò storto, lui rispose con un «non tocco niente, non ti preoccupare». Un agente della Scientifica locale lo aspettava sulla porta, gli fece indossare delle soprascarpe, un grembiule e un cappellino bianchi che lo fecero subito sentire ridicolo.

Oltrepassò la porta su cui campeggiava una targa dorata con la scritta GIULIO MANTERO – BROKER e si trovò in un'ampia anticamera arredata in modo anonimo, con attaccapanni e portaombrelli, quattro poltroncine per far accomodare i clienti, la scrivania della segretaria a fare da filtro e da presidio, riproduzioni di impressionisti incorniciate alle pareti. Un altro agente stava raccogliendo reperti nelle bustine di plastica.

«L'hanno uccisa là dentro?» chiese Giampieri indicando la porta di legno scuro che introduceva, presumibilmente, all'ufficio dell'avvocato.

«No, l'hanno trovata lì, stesa vicino alla sua scrivania.»

«Qui?!» L'Ingegnere si guardò intorno perplesso. Tutto sembrava in ordine, nessun foglio sul pavimento di graniglia, nessuna sedia rovesciata, niente di niente. Si rese conto che nella stanza c'era un forte odore di detergente. «Sarebbe questa la stanza del delitto?»

«Sissignore» rispose l'altro. Poi, intuendo il perché dello sguardo perplesso del commissario, si affrettò ad aggiungere: «Era già così quando siamo arrivati».

Giampieri scosse brevemente la testa, fece per avanzare verso l'ufficio pensando che magari la ragazza poteva essere stata colpita là ed essersi poi trascinata verso l'uscita per chiedere aiuto. L'agente ritenne utile intervenire: «I primi ad arrivare sono stati quelli dell'ambulanza. L'avevano chiamata pensando a un incidente. Poi dall'ospedale, vedendo le ferite che aveva, hanno avvisato noi. Ma nel tempo che siamo arrivati, la madre del broker aveva già pulito tutto».

«Come, pulito tutto?!»

«Sì, è arrivata, secchio straccio e via, ha cancellato le macchie di sangue.»

«E perché?»

«Dice che bisognava farlo finché erano fresche, se no non andavano più via.»

Giampieri guardò l'agente che annuiva con aria incredula: «Dov'è adesso?».

«Devono essere lì nell'ingresso. Lei e il figlio abitano all'ultimo piano.»

L'Ingegnere si guardò intorno con ancora maggiore attenzione, cercando di controllare la rabbia. Una scena del crimine completamente sconvolta era un pessimo inizio. A questo punto non si trattava, come al solito, di osservare le cose fuori posto; ma di cercare quelle che erano state rimesse a posto. Dalla madre del broker, o prima ancora dall'assassino.

«Mi hanno detto che le hanno spaccato la testa, giusto?» chiese, fissando la sua attenzione su un pesante fermacarte di quarzo, sulla scrivania.

«Sì. Ma lì sopra non mi sembra ci siano tracce di sangue.»

«C'è anche un bagno qui?»

«Quella porta là. Non ci sono tracce evidenti, ma la signora ha contaminato anche quello.»

Bisognerà controllare i sifoni e tutto il resto, pensò Giampieri. «Sta per arrivare anche la nostra Scientifica. Forse è meglio che aspettiate a fare il resto.» Ignorò la smorfia dell'agente e cercò di concentrarsi sulla stanza. La scrivania della ragazza era in ordine, c'erano due o tre pile di fogli e cartelline, un telefono, un'agenda, penne matite scotch graffette calendario da tavolo e tutto quello che normalmente può servire in un ufficio. Voltandosi alla propria sinistra, la segretaria trovava un prolungamento del desk che si appoggiava al muro, e sul quale erano posati lo schermo del computer, la tastiera e il mouse.

L'Ingegnere si coprì le dita con un fazzoletto e batté con noncuranza qualche tasto: sullo schermo apparve la scritta: *ultima accensione: ore 8.27.*

Fuori dalla stanza lo aspettava il primo agente. «Portami dal broker» gli disse.

Giulio Mantero era un ometto pallido, dallo sguardo spaurito. Aveva i capelli pettinati con la riga da una parte e non si era ancora fatto la barba. Quello che invece colpiva della madre, prima ancora dei capelli tinti in un biondo smorto, erano il portamento eretto e gli occhi piantati dritti in faccia all'interlocutore.

«Buongiorno. Sono il vicecommissario Giampieri.»

«Avvocato Mantero. Giulio Mantero» disse quello tendendogli una mano priva di forza.

«Abbiamo già detto tutto al dottor Venuti» intervenne la madre con voce ferma.

«Buongiorno. Immagino che lei sia la signora Mantero.»

«No, sono la signora Valenti. Rita Valenti. Mantero era il cognome del mio povero marito.»

«Certo. E mi può spiegare, signora Valenti Mantero, come le è venuta la bella idea di cancellare le prove di un omicidio?»

«Omicidio?! Lei è...?»

«Non ancora. Ma non ci sono molte speranze di salvarla.»

La donna non sembrò turbarsi più di tanto: «Che era un omicidio, cioè che l'avevano aggredita, l'ho capito solo quando ho visto arrivare gli agenti. Io credevo che la poverina fosse caduta e avesse battuto la testa».

«All'anima della caduta. Neanche se si fosse tuffata dalla scrivania.»

L'altra non disse niente.

«L'ha trovata lei?»

«No, mio figlio.»

Giampieri tornò a guardare l'uomo con maggiore attenzione. Aveva un'età indefinibile tra i trentacinque anni mal portati e i quarantacinque ben portati, ma a giudicare dalle tempie ancora in via di diradamento e dalla lucidità della madre doveva essere più vicino alla prima ipotesi.

«Avvocato, ha detto? Credevo...»

«Sì, ora faccio il broker, ma ho esercitato per diversi anni. E il titolo mi è rimasto appiccicato.» Sorrise.

L'Ingegnere annotò mentalmente quel sorriso, così come i capelli umidi di chi è da poco uscito dalla doccia.

«Dov'era la ragazza?»

Le dita dell'avvocato tremavano leggermente mentre indicava in basso, davanti a sé. «Era per terra, tra la scrivania e la fotocopiatrice, con gli occhi aperti e faceva... come un rantolo, come se volesse parlarmi ma non ci riusciva.»

«E lei che cosa ha fatto?»

«Ho visto che era piena di sangue, la testa, la faccia, e le ho detto di stare calma. Che avrei chiamato aiuto. Infatti ho preso il telefono, quello sulla scrivania, e ho fatto il 118.»

«La chiamata è arrivata alle 9.13 precise, commissario» intervenne uno degli agenti. Giampieri gli lanciò un'occhiataccia. Mai fornire dati a un possibile sospetto.

«Sì, sono sceso a quell'ora per prendere il giornale e vedere se Barbara era arrivata. Al lunedì in genere arrivava presto. Volevo chiederle di cominciare a fare un lavoro mentre io facevo colazione e mi preparavo. Di solito sono in ufficio alle nove, ma oggi ero un po' in ritardo, sono sceso giù a comprare il giornale mentre mia mamma preparava la colazione. Ho dato un'occhiata in ufficio per dire a Barbara che avrei tardato e controllare se c'erano messaggi. È la comodità di avere l'ufficio sotto casa» sorrise debolmente.

«Quindi l'edicolante potrà confermare di averla vista» disse Giampieri fissandolo.

«Veramente... non ero ancora passato all'edicola.»

«Ma se ha appena detto che era andato a comprare il giornale.»

«No... ho detto che dovevo andare... ma...»

La madre intervenne immediatamente. «Non perda tempo dietro a mio figlio. Lui non farebbe male a una mosca. Tantomeno alla povera Barbara, che lo adorava. Lui le aveva insegnato tutto, sa? Quelle escono da scuola pensando di essere chissà che, e invece non sanno niente. Pensi che ho dovuto spiegarle io...»

«Mamma, per favore»

«...no, ma non dico mica niente di male. Io che ho fatto da segretaria al tuo povero papà per tanti anni...»

«Ingegnere, siamo qui.»

Gli uomini della Scientifica di Genova guardavano con aria di rimprovero l'assembramento davanti alla stanza del delitto. Giorgio Solari, il capo, strinse la mano a Giampieri mentre dietro di lui i due assistenti avevano già cominciato a indossare soprascarpe, tute bianche e cuffiette.

«Non abbiamo toccato niente, stai tranquillo,» lo accolse Giampieri «i colleghi stanno lavorando benissimo. Ma ci aveva già pensato la signora, qui, a fare tutti i rilievi per prima.»

La donna lo guardò male. «Le ho già detto che non potevo immaginare...»

Solari si grattò i corti capelli sale e pepe, con l'aria di chi non ha capito bene.

«Ha pulito tutte le macchie di sangue» disse l'ingegnere.

L'altro alzò gli occhi al cielo, poi li riabbassò per scoccare alla donna uno sguardo omicida. Lei ricambiò alzando il mento e piantando le mani sui fianchi.

Giampieri seguì la Scientifica nell'anticamera, aspettò che avessero controllato gli stipiti e le maniglie per affacciarsi nel bagnetto, che era piccolo e perfettamente pulito. Certo che sono fatti di ferro, madre e figlio, pensò, non dico una lacrima, ma un minimo di dolore potrebbero anche fingerlo. Si chiese anche come mai nessuno dei due era andato in ospedale con quella poveretta.

L'ufficio in cui lavorava Mantero era più lussuoso di quanto si fosse aspettato. Il broker ci teneva a impressionare i clienti e nella sua stanza aveva un bellissimo pavimento di graniglia sui toni del giallo, nero e arancione, perfettamente lucidato; una scrivania antica con un'imponente poltrona in pelle color testa di moro, due seggiole moderne ma ben inserite nell'arredo. Un'enorme libreria occupava completamente tre pareti, sulla quarta c'era un grande quadro che rappresentava un paesaggio della Riviera, appeso tra due finestre alte e luminose velate da tende bianchissime. Giampieri fece due passi dentro la stanza per arrivare a riconoscere il personaggio ritratto e inquadrato in un altro quadro alle spalle della scrivania. Era vestito da prete, da vescovo forse, e gli sembrava di averlo già visto, con gli occhialetti neri e lo sguardo rassicurante alla Licio Gelli. Si avvicinò alla postazione dell'avvocato e cercò di capire che tipo era osservando gli oggetti che vi aveva accumulato, ma non c'era molto a cui appigliarsi. Una fotografia di lui bambino insieme al padre, un uomo già di mezz'età, stempiato e serissimo, e alla madre, che aveva la stessa aria arcigna di adesso. Un'altra foto di lui in montagna, seduto su una roccia con scarponi, zaino, piccozza e alle spalle solo il cielo blu. Una cornicetta con due ritratti, uno di Padre Pio e uno di papa Wojtyla. Per il resto soltanto libri, fogli, fascicoli, un'agenda di pelle dall'aria molto costosa.

Quando uscì sul pianerottolo l'avvocato gli si avvicinò timidamente: «Mi scusi, sa dirmi quanto ci vorrà? Dovrei prendere delle cose nel mio ufficio».

Giampieri scosse la testa: «Sta scherzando. Il suo ufficio è sotto sequestro. A tempo indeterminato».

L'altro piegò la testa da un lato, la voce gli uscì un po' stridula. «Mi permetto di ricordarle che sono un avvocato. Conosco i miei diritti, e le sto solo chiedendo di recuperare la mia agenda e qualche documento. Se vuole glieli faccio controllare, non ho niente da nascondere ma ho tre commesse da chiudere entro venerdì.»

«La sua segretaria è stata ammazzata e lei si preoccupa delle commesse? Non vorrei averla avuta come capo.»

Il broker restò a bocca aperta, la madre stava per intervenire quando il suono di un cellulare fece calare il silenzio, le note erano di una canzone di Bocelli: l'avvocato chiese scusa ed estrasse dalla tasca un palmare da oltre cinquecento euro nuovo fiammante. Congedò bruscamente un cliente dicendogli che lo avrebbe richiamato, poi spense.

«È un Treo 750?» chiese Giampieri con aria ammirata.

«No, è un MyNav 168,» replicò orgogliosamente l'altro «appena uscito.»

«Posso?»

«Prego.»

Giampieri lo soppesò con soddisfazione: leggero ma non troppo. Finse di interessarsi ai particolari e osservò con attenzione se c'erano graffi o altri segni.

«Molto bello, complimenti» disse restituendolo all'avvocato. Si fece lasciare il numero, e mentre lo memorizzava sul suo cellulare vide arrivare un'auto della polizia da cui scese un omone di 55-60 anni zoppicante e dall'aria incazzata, con un sigaro spento in bocca e la pancia da bevitore; grosse chiazze di sudore gli macchiavano la camicia sotto le ascelle e sulla schiena. Niente da dire, il commissario Roberto Venuti sembrava il prototipo di un poliziotto da noir.

Un agente li presentò, si studiarono per qualche secondo. Venuti regalò a Giampieri uno sguardo che significava "che cazzo sei venuto a fare?", l'Ingegnere ricambiò con un "perché avete aspettato tanto a chiamarci?", ma nessuno dei due disse una parola. Poi Venuti prese il più giovane collega per un braccio e lo chiuse in un angolo: «Ascolta. Non perdiamo tempo a guardarci in cagnesco. La ragazza ha le ore contate, la stanno portando a Genova per operarla ma ormai è spacciata. La mia idea è di prendere Mantero, portarlo in ufficio e torchiarlo finché confessa. Qualcosa in contrario?». L'Ingegnere era stordito dal suo alito e dal sudore acido della camicia sintetica.

«Mah, a dire il vero non mi sembra il tipo...»

«Non farti fregare. Sembra un signorino per bene, non è vero? Ma io lo conosco, è uno stronzo figlio di puttana che ha le mani in pasta dappertutto qui a Rapallo. O è stato lui, o sa sicuramente qualcosa. Ma bisogna lavorarselo subito.»

«Per me non c'è problema. I genitori della ragazza?»

«Gli ho già parlato. Ma sono sotto choc, non sanno niente. Tempo perso.»

In quel momento una Mercedes blu di servizio si fermò poco distante.

«È il magistrato. Si è degnata, finalmente. Ora te la presento, ma lascia che me la lavori io» disse rapidamente Venuti.

«Ma arriva adesso? Pensavo fosse con te in ospedale.»

«Ma va'. Quando ha saputo dev'essere corsa a casa a cambiarsi e pettinarsi. Non vedi quante telecamere?»

Giampieri annotò mentalmente quella cattiveria: se c'erano contrasti tra il commissario e il magistrato, poteva cercare di sfruttarli a suo favore.

Non appena il sostituto procuratore Monica Serra scese dalla macchina, il primo pensiero dell'Ingegnere fu che aveva esagerato: troppo elegante e troppo aderente il tailleur grigio chiaro, troppo scollata la camicetta che lasciava correre lo sguardo sulle lentiggini fatte emergere dal sole, troppo alti i tacchi delle scarpe nere perfettamente abbinate alla borsa. E soprattutto troppo rossi e troppo ricci i capelli freschi di phon, lasciati sciolti a incorniciare un viso precocemente incattivito. "Ne ha almeno quaranta," si disse Giampieri "e li dimostra tutti. Ma se non altro si tiene in forma" pensò lanciando un'occhiata alla linea dei polpacci e a quella fin troppo sottile dei fianchi.

Il procuratore superò a passo di carica il capannello di giornalisti che la invocavano per avere qualche informazione. L'Ingegnere si presentò e le diede la mano, che lei strinse rapidamente e con forza. Aveva esagerato anche col profumo fruttato. Giampieri pensò che la cattiveria di Venuti era giustificata, poi si ricordò che Amalia lo aveva appena frizionato di creme ed essenze e si rese conto che il commissario poteva avere pensato la stessa cosa di lui.

Monica Serra parlava serrando la gola, forse per la tensione, forse per ottenere un tono meno femminile e più autoritario che suonava innaturale. O forse solo per difendersi dall'afrore di tanti uomini al lavoro da ore sotto il sole di fine maggio. Si fece riassumere la situazione, ascoltò senza fare domande, fece capolino nella stanza dove gli esperti della Scientifica stavano lavorando. Giampieri le indicò Solari e lei lo salutò rapidamente: «Voglio un primo rapporto per stasera, alle diciotto al massimo». Il vicecommissario la guardò con un sorrisetto ironico e lei scattò come un cobra, «e voglio anche lei a rapporto nel mio ufficio, questa sera alle diciannove.»

«E zero zero?»

«Come?»

«Diciannove e zero zero, o anche diciannove e zero due, diciannove e zero tre? Sa, oggi sarà una giornata un po'... complicata.»

Il magistrato puntò la scarpa destra sul tacco, appoggiò le

mani sui fianchi. «Ho già risolto diversi casi di omicidio, ispettore. So come si lavora. Il gioco di squadra è importante e la catena di comando è fondamentale. Cerchi di attenersi alle mie istruzioni.»

Giampieri si morse la lingua per non replicare. Non era tanto il fatto che lo avesse chiamato ispettore, proprio nel momento in cui svolgeva a tutti gli effetti il lavoro di un commissario. Era il tono. Una che si presenta in quel modo o è un genio o è un'imbecille. Ma se fosse un genio, a quarant'anni suonati non starebbe a fare il sostituto a Rapallo, pensò mentre lei si dirigeva verso il gruppetto dei giornalisti.

Venuti tornò subito alla carica. «Allora, sei d'accordo su Mantero?»

«Va bene. Ma quella?»

«La Serra fa quello che dico io. Basta farle credere che lo ha deciso lei. Stai a vedere.»

Appena il magistrato tornò verso di loro le si avvicinò con aria umile, scuotendo la testa. Spiegò che aveva provato a interrogare i genitori della ragazza, in ospedale, ma che non volevano dire niente. «Temo di essere stato un po' brusco...»

«Ho capito. Sensibilità zero, come sempre. Se ogni tanto lasciaste fare a noi donne... Adesso vado io. Voi tenete tutto sotto controllo e non fate niente senza il mio consenso.»

«Certo, dottoressa. L'unica cosa...»

«Dica, Venuti.»

«Secondo lei possiamo lasciarlo qui l'avvocato, o è meglio portarlo da noi... per i giornalisti, dico. Non vorrei che...»

«Ah certo... nessun contatto con i giornalisti, assolutamente. Pensateci voi.»

Mentre il procuratore risaliva in auto per andare a Genova, Venuti fece a Giampieri un sorrisetto che voleva dire: "Hai visto?".

«Bella mossa. Per un po' è fuori dai piedi.»

«Già. Solo mi chiedevo... forse è meglio non lasciarla sola. Non sai mai che danni può fare quella.»

L'Ingegnere sorrise: «Niente da fare, mio caro». Non aveva nessuna voglia di andare in commissariato e passare le prossime dieci ore con quell'orso puzzolente a fare la manfrina del poliziotto buono e poliziotto cattivo, ripetendo venti volte le stesse domande, ma aveva ancora meno voglia di lasciare l'inchiesta in mano a Venuti e perdere l'occasione migliore della sua carriera.

Piazzarono Giulio Mantero nella stanza più calda, senza finestre, e Venuti cominciò a fargli tutte le domande di routine mentre Giampieri osservava e ascoltava dietro la parete a specchio. Poi il commissario uscì e l'Ingegnere prese il suo posto facendogli più o meno le stesse domande, ma in modo più garbato. Andarono avanti così per un bel po', cercando di fargli saltare i nervi, ma l'avvocato sapeva come funzionavano queste cose e rimase calmo e impassibile, pronto a ripetere la sua versione dei fatti anche mille volte. Prima di andare in commissariato aveva preteso di farsi la barba e vestirsi in modo impeccabile e da allora non si era neppure allentato il nodo della cravatta, non aveva chiesto di andare in bagno né di avere un bicchiere d'acqua. Sotto l'aria da sfigato figlio di mamma doveva nascondere una volontà d'acciaio. Quando avevano provato a bluffare, dicendo che la ragazza si stava riprendendo e avrebbe potuto indicare l'assassino, Mantero aveva detto solo: «Bene, così la finirete di sospettare di me».

Intorno alle tre del pomeriggio Giampieri non ne poteva già più. «Non si è mai contraddetto. Neanche sulle piccolezze.»

«Segno che ha la coscienza sporca.»

«Adesso che si fa?»

Venuti soffiò una boccata di sigaro. «Come al solito. Ora rientro, gli faccio una domanda, vado a verificare la risposta. Poi torno, gliene faccio un'altra, vado a verificare pure quella. E così via.»

«Sarà lunga.»

«Oh, sì. Ma io non ho nessuna fretta. Parto dal presupposto che è stato lui e finché non mi dimostra il contrario non lo mollo.»

Giampieri si lisciò il pizzetto, pensando che doveva tagliarselo prima di venerdì. E che doveva trovare il tempo di passare da Amalia.

«D'accordo. Che ne dici se ci facciamo portare dei panini?»

Un semplice, intramontabile Nokia Tune abbinato a uno dei pochi Nokia base ancora esistenti suonò nella tasca di Venuti.

Il commissario restò in ascolto un momento, poi disse solo: «Ho capito. Grazie».

«Problemi?»

«La ragazza è morta. Il padre si è sentito male, e lo zio ha dato di matto con i giornalisti.»

Giampieri non vedeva l'ora di togliersi di lì. «Forse è meglio che vada a Genova anch'io.»

«D'accordo. Se ci sono novità ti aggiorno.»

L'atrio dell'ospedale San Martino era pieno di giornalisti; ne riconobbe un paio che giravano nei corridoi mischiandosi ai parenti in visita per cercare di raggiungere le sale operatorie.

«Dove sono i genitori?» chiese agli agenti di guardia.

«Non è un buon momento, Ingegnere. Il padre ha avuto un collasso, lo hanno messo a letto con una flebo. E la madre è distrutta, non riesce né a piangere né a parlare. Hanno fatto venire una psicologa ma non è che sia servita a molto. Poveretti.»

«C'è qualcuno con cui parlare? Amici, parenti?»

«C'è lo zio. Ma è il più fuori di testa. Prima ha aggredito la troupe della Rai, ha fatto volare in terra una telecamera e se non lo fermavamo li faceva neri. È una bestia d'uomo, ci siamo messi in tre per fermarlo. Ora gli hanno dato un calmante.»

L'Ingegnere si affacciò nella stanza dei genitori. Paolo Ameri era a letto, con gli occhi chiusi, il viso bianchissimo. La moglie Maria Rosa era seduta con la schiena dritta, le gambe unite e la borsa in mano. Fissava dritto davanti a sé.

Giampieri prese un grosso respiro, entrò, si presentò. L'altra lo ascoltava un po' imbambolata, sembrava non capire.

«Le sto dicendo che mi occupo io dell'indagine, signora.»

«Ah. Hanno mandato lei? Com'è giovane.»

«Sì, signora. Possiamo parlare cinque minuti?»

«Ma lei è davvero molto giovane. Non può farmi parlare col primario?»

«Non sono un medico, signora. Sono un commissario di polizia.»

«Be', è comunque troppo giovane per queste cose. Chissà come starà in pensiero sua mamma.»

Giampieri buttò fuori la riserva d'aria e di coraggio che aveva immagazzinato. «Tornerò più tardi, signora. Stia vicina a suo marito.»

«Certo. Comunque mia figlia dovrebbe arrivare a momenti.» Lo disse guardandolo negli occhi e lui capì che non ci credeva, non era impazzita, solo sperava ancora di trovarsi in un brutto sogno, o che almeno una delle due disgrazie che stava vivendo fosse un sogno, e se non lo era quella del marito, perché ce l'aveva davanti in carne e ossa, non poteva che essere l'altra, quella cosa orribile che aveva immaginato fosse capitata a sua figlia.

L'Ingegnere annuì senza dire nulla e uscì dalla stanza.

Lo zio di Barbara era seduto nella sala d'aspetto più vicina, con la testa tra le mani. Era un omone sui sessant'anni, alto un metro e ottanta e largo e solido come un furgone, con le mani da contadino e le unghie sporche di terra, e quando l'Ingegnere si presentò lo guardò come un cagnetto noioso che va in cerca di un calcio: «Hanno mandato lei? Con tutto il rispetto, mi sembra troppo giovane».

E ridagli, pensò Giampieri. «Cominciamo male, signor...»

«Garaventa Pietro»

«Signor Garaventa, se lei non si fida di me, come posso io fidarmi di lei?»

«Che vuol dire, fidarsi di me? È mia nipote che hanno ammazzato.»

«Appunto. I genitori della ragazza sono sconvolti. Ho bisogno di qualcuno di famiglia, qualcuno che conosceva bene Barbara, che mi aiuti a capire cos'è successo... lei la vedeva spesso? Sapeva che persone frequentava? Se aveva un ragazzo, un fidanzato, qualcuno?»

L'altro si alzò in piedi e gli si parò davanti. Aveva una camicia a quadri e dei jeans incrostati di fango, puzzava di fumo e di legna. «Cosa vuol dire, che persone frequentava?! Era una brava ragazza. Ma che cosa crede?! Già quei giornalisti di merda sono piombati qui come iene. Ah, ma se scrivono qualcosa gli spezzo le ossa.»

Soggetto ragionevole, pensò Giampieri contando fino a dieci.

«Voi lo dovete prendere, il bastardo che l'ha ammazzata. E poi dovete darmelo. Dovete darlo a me» disse lo zio mostrando il palmo delle mani e contraendo le dita.

L'Ingegnere non si lasciò impressionare. «Ascolti, signor Garaventa. In questo momento la rabbia non serve. Dobbiamo essere lucidi, se vogliamo prendere l'assassino. È disposto ad aiutarci o no?»

«Certo. Che domande. Dica al commissario che sono a disposizione.»

«Sono io il commissario.»

L'altro scosse la testa, mise una mano sulla spalla dell'Ingegnere. «Scusi sa, io sono una persona ignorante ma lei avrà al massimo trentacinque anni...»

Ne ho ventinove, figlio di puttana, pensò Giampieri.

«...quanti omicidi ha risolto finora? No, no, qui hanno ammazzato mia nipote, io voglio un poliziotto coi coglioni! Prima quella cretina di magistrata, adesso questo... ma si può parlare con qualcuno di serio, perdio?!»

Giampieri fece un sorriso cattivo e piantò lo sguardo nel suo, a dieci centimetri di distanza. «Dov'era stamattina alle nove, signor Garaventa?»

L'altro sembrò smarrito. «Che cazzo dici?»

«Dov'era stamattina alle nove?»

«Io ti spacco la faccia, figlio di puttana.»

Alzò il pugno destro. Giampieri non si mosse, solo socchiuse leggermente gli occhi e irrigidì la mascella. In quel momento sentirono l'urlo della mamma di Barbara. Si era svegliata ma l'incubo non era finito.

LUNEDÌ

Luciani

Passò davanti al panettiere e siccome era sudato fradicio e insanguinato aspettò fuori dalla porta che la commessa gli porgesse i suoi soliti sessanta grammi di focaccia. Era ancora calda, fece uno sforzo per non mangiarla subito, preferiva salire in casa a farsi prima una doccia. Gli effluvi di piscio, dono degli ubriachi della domenica sera, impregnavano il vicolo; cercò di trattenere il fiato e si infilò nel portone accogliendo come il male minore l'odore di muffa e umidità che arrivava dalle cantine. I gradini del palazzo erano coperti di un sottile strato di intonaco, negli angoli diverse cicche ammonticchiate. Lo scarafaggio con la pancia in su che aveva notato già due giorni prima non era ancora stato tolto. Ogni inquilino si sarebbe dovuto preoccupare della sua parte, ma nessuno ci pensava minimamente. Non il napoletano del primo, tantomeno i cingalesi del secondo o la vecchietta del quarto. Anche lui si era ormai stufato e lasciava che i muri si sfarinassero, e quando la polvere si raggrumava in grossi gomitoli grigi si limitava a spingerla fino al piano di sotto.

Stava per affrontare la rampa che portava al secondo quando alle sue spalle la porta del napoletano si aprì.

«Buongiorno, commissario.»

Marco Luciani trattenne un moto di fastidio. Possibile che quello passasse tutto il giorno a organizzare imboscate e spuntasse ogni volta che lui apriva una porta o una finestra?

«Commissario, c'è una raccomandata per te. Mi sono permesso di ritirarla io, per evitarti di andare alla posta.»

«Ah, grazie.»

L'altro gli mostrò la busta. «A dire il vero è arrivata venerdì, ho provato a suonarti un paio di volte ma non c'eri. Vuoi sapere che c'è scritto?»

«L'hai aperta?»

«Certo che no. Ma ho aperto la mia. Ne abbiamo ricevuto tutti una, nel palazzo. E non sono belle notizie.»

Marco Luciani strappò rapidamente un lato della busta. Voleva leggere il contenuto prima che l'altro glielo raccontasse, ma non fu abbastanza veloce.

«Ci hanno venduto, commissa'. Ci hanno venduto tutti a un'immobiliare milanese. Leggi, leggi.»

Il commissario scorse rapidamente la lettera, "egregio signore", "ci pregiamo informarla", "in data 20 maggio" "con atto notarile presso lo studio eccetera" "il rogito" "nuovi proprietari del suo appartamento"... "ristrutturazione completa dell'edificio"... "fatti salvi i diritti acquisiti"... "alla naturale scadenza del contratto prevista per il 31 dicembre".

«Ci buttano fuori» disse d'impulso Marco Luciani. È vero che non vedeva l'ora di andarsene da quel posto di merda, nella parte di centro storico più degradata della città, ma era altrettanto vero che un conto è andarsene con le proprie gambe e un altro essere cacciati via, sia pure con un certo preavviso.

«Hai visto? Le voci che avevo sentito erano vere. Tutti i proprietari hanno venduto, uno dopo l'altro. Anzi, tutti insieme.»

Marco Luciani stava rileggendo con più calma. Non c'erano dubbi, i quattro appartamenti del palazzo erano stati tutti venduti a una Srl di Milano che informava gli inquilini dell'imminente inizio dei lavori di ristrutturazione, deciso a tempo di record con un'assemblea straordinaria indetta dall'amministratore.

«Il nipote della vecchia ero sicuro che avrebbe venduto,» proseguì il napoletano «lei gli aveva già intestato la casa senza neppure tenersi l'usufrutto, e mo' finirà all'ospizio, te lo dico io. E se lo merita pure, quella vecchia stronza.»

«E il tuo padrone di casa? Non diceva sempre che non voleva vendere e che lo avrebbe lasciato a suo figlio?»

«Eccome no, me lo aveva giurato e spergiurato! Ma io me lo immaginavo che finiva così, e sai che ti dico? Lo capisco pure. Qui c'è da rifare il tetto, le scale e la facciata, lo sai meglio di me. Finché erano tutti pesci piccoli, che non volevano spendere, rinviavano i lavori e tanto peggio per noi inquilini. Ma una volta che arriva il pesce grosso, e ha la maggioranza, vedi che fa? Convoca un'assemblea, decide di fare tutti i lavori che vuole e gli altri devono pagare. E se non possono pagare...»

«...rischiano di perdere l'appartamento» disse il commissario scuotendo il capo. Era una storia già sentita. «E tu e tua moglie come farete?»

«Io? Io sto in una botte di ferro. Ho un contratto prima casa, da tanto tempo... e scade fra due anni.»

«Meglio che a me, il mio scade a gennaio. Ma anche due anni passano in fretta»

«Oh, ci metteremo d'accordo, non ti preoccupare. Io sono invalido, mia moglie è malata, se mi vado a incatenare davanti al Comune di qui non mi muovono più.»

«Quindi vuoi cercare di restare.»

«Io? In questo casino? Con gli operai dappertutto? Non ci penso neanche. Me ne andrò, ma quello dovrà darmi una bella buonuscita, senti a me. Con tutti i soldi che prenderà dall'appartamento, è giusto che qualcosa vada anche a chi glielo ha curato e custodito per tutto questo tempo. Io ci ho fatto dei miglioramenti, della manutenzione, ho fatto crescere il valore dell'immobile.»

Marco Luciani annuì. Era stato un paio di volte dentro casa del vicino ed era molto peggio della sua, con tutti i muri scrostati, i pavimenti rotti, le lampadine appese ai fili senza neppure un lampadario. Ed era l'unico appartamento in cui il cesso era ancora sul ballatoio e non era mai stato rifatto.

«E se non me li vuole dare lui,» concluse il napoletano «me li daranno i nuovi proprietari. A quelli i soldi non mancano, dico bene?»

Marco Luciani lo salutò con un cenno del capo e salì in casa, dove mise subito a bollire l'acqua per il tè. Una volta fatta la doccia accese lo stereo, infilò un cd di Filippo Gatti, sedette sul divano con la tazza di tè e la focaccia, senza neppure vestirsi, e provò a esaminare lucidamente la situazione. Ancora pochi mesi e sarebbe stato cacciato di casa. Su questo non c'erano dubbi. Gli avevano dato il preavviso giusto in tempo e lui non era tipo da fare resistenza, litigare, o buttarla sul patetico. Aveva un contratto annuale e il padrone aveva tutto il diritto di buttarlo fuori alla scadenza. Aveva sempre pagato puntualmente ma non erano certo i suoi 350 euro al mese che interessavano ai nuovi proprietari, quelli avevano investito almeno un milione di euro e ne avrebbero spesi parecchi altri per ristrutturare tutto e poi rivendere con un bel margine di guadagno. Il mondo era pieno di pazzi disposti a pagare tremila euro al metro quadro per vivere in mezzo ai topi.

Quanto a lui, si sarebbe dovuto trovare un'altra casa. Ma ora che era praticamente senza lavoro, e ai livelli a cui erano arrivati gli affitti, non sarebbe stato facile. Con 350 euro ormai non poteva nemmeno restare in un tugurio in centro storico, a meno di dividerlo con qualche marocchino. Doveva per forza cambiare zona, cosa che tutto sommato neppure gli dispiaceva, ma c'era una zona in città con prezzi così bassi? Forse nelle periferie del ponente, ormai colonizzate dagli ecuadoriani, una prospettiva che non lo attirava granché. Lasciare la comodità del centro per andare in Riviera era un conto, ma spostarsi in periferia era l'inizio della fine. Andrò a stare nell'entroterra, in qualche paesino abbandonato, pensò. Ma forse ormai sono troppo trendy pure quelli, sono tutti cablati e invasi da olandesi e danesi, chissà se me li posso ancora permettere.

Passò una giornata insulsa, sdraiato sul divano a leggiucchiare, sentire musica e guardare il soffitto, accompagnato dal tac tac tac del bastone della vecchia che andava su e giù per casa aprendo e chiudendo cassetti. L'ultima indagine lo aveva svuotato di ogni energia mentale, non aveva voglia di fare assolutamente nulla ma soprattutto non riusciva a pensare a nulla. L'immagine dell'arbitro impiccato, steso sul tavolo dello spogliatoio, continuava a perseguitarlo anche se aveva risolto il caso, e questo non gli era mai successo. Forse perché quell'indagine, più di tutte le precedenti, gli aveva chiarito che non esiste un'unica verità. E che alla fine è sempre quella dei più forti ad avere la meglio.

All'ora di cena mise nel piatto una barbabietola e mezza mozzarella, ma lasciò quasi tutto. Il passato era ancora conficcato nel suo stomaco, il presente era un ponte di corde steso su un precipizio, sul punto di crollare, e oltre la parete opposta del canyon lo aspettava una terra sconosciuta e minacciosa. La sua seconda vita, quella di poliziotto, stava per finire e non aveva la minima idea di come sarebbe stata la terza.

Si mise a letto prima delle undici, sperando di scacciare il mal di testa da tensione che gli era piombato addosso. Il caldo si era fatto pesante e per la prima volta nella stagione lasciò aperto uno spiraglio di finestra per respirare un po' di aria fresca; cercò di sgombrare il cervello dai pensieri e dopo cinque o sei minuti sentì che le fitte alle tempie cominciavano a farsi più lunghe ma meno intense, che la loro forza si annacquava, piano piano, nel mare della tranquillità. Se riesco a dormire otto ore di fila mi passerà, pensò. Anche sette. Se fossero profonde, anche sei andrebbero bene.

Nel momento in cui stava per addormentarsi sentì arrivare una moto dal fondo della strada. Era lontana almeno duecento metri ma già faceva un rumore terribile, ingigantito dalla vibrazione delle pietre del selciato e dall'effetto imbuto del vicolo. Il guidatore, probabilmente uno spacciatore che andava a rifornire la sua rete di distributori, diede gas proprio sotto alla sua finestra e schizzò verso la parte della strada che proseguiva in salita. Trovarsi sulla pista di un aereo in decollo sarebbe stato più sopportabile.

Il tutto era durato appena una decina di secondi ma ora Marco Luciani era di nuovo perfettamente sveglio, e il suo mal di testa picchiava nell'orbita dell'occhio come il becco di un avvoltoio, *tac tac tac*, scavando per aprirsi un varco fino al cervello.

Figli di puttana, pensò. Prima o poi gliela faccio pagare.

Si alzò, tornò in salotto e visto che era di nuovo sveglio diede un'occhiata per abitudine al Televideo, lesse della ragazza uccisa a Rapallo. Un fremito istintivo lo attraversò per un istante, alzò la testa come un lupo affamato che ha sentito l'odore di un cervo. Poi strinse la mascella e si riafflosciò sul divano, incerto se invidiare Giampieri o compatirlo.

MARTEDÌ

Giampieri

Nicola Giampieri arrivò in Questura ben prima delle otto. Si era addormentato di schianto intorno alle tre di notte, quando l'adrenalina aveva finalmente smesso di pompare, ma alle sette era già sveglio e pieno di energia. Sulla scrivania dell'ufficio trovò una mazzetta di giornali. Molti avevano dedicato al caso Ameri il titolo più grande e tutti avevano la stessa foto di Barbara che sorrideva spensierata. Prese la mazzetta e la buttò direttamente nel cestino.

Se non lo risolviamo subito questo diventa il tormentone dell'estate, pensò.

Provò a chiamare l'ispettore Vitone, un ragazzo arrivato da Roma pochi mesi prima: piccolo e magrolino, ma molto sicuro di sé, si era dimostrato insuperabile nel setacciare archivi di carta ed elettronici. Era già al suo posto e dopo due minuti lo raggiunse in ufficio.

«Ecco quelle informazioni che mi avevi chiesto ieri, Ingegnere» disse posandogli davanti un curriculum.

Giampieri cominciò a scorrerlo rapidamente. «Monica Serra. Nata a Frosinone il 13 novembre 1966. Famiglia benestante... studi in varie città... licei privati... laureata all'università La Sapienza. Esame di Stato a Catanzaro, andiamo bene. Primo incarico a Matera, poi Lecco, Rovigo, Ancona. Quindi Vercelli e ora Chiavari. Non è granché. Casi importanti?»

«Zero. Ha incrociato appena tre omicidi in tutta la carriera, uno a Vercelli di un pazzoide che ha ammazzato la ex in mezzo alla strada, davanti a tutti. Un altro ad Ancona, omicidio-suicidio di marito e moglie anziani e malati. L'altro a Rovigo, un albanese che ha sgozzato l'amica che faceva prostituire. L'hanno preso quasi subito.»

«Quindi la Serra ha il cento per cento di successi. Forse è davvero un genio. Famiglia?»

«Separata dal marito. Niente figli. Tutta carriera. Ho chiamato un collega a Rapallo e mi sono fatto un po' raccontare che tipo è. Vuoi sapere?»

«Immagino saranno le solite cattiverie sulle donne in carriera.»

«Immagini bene. Ma pare che questa sia veramente una... insomma, dicono che lavorare lavora il meno possibile, in ufficio non c'è mai, in compenso non manca mai a nessuna occasione mondana, mostre, inaugurazioni. E si dà un sacco di importanza. È una fanatica della palestra, ci va per stare in forma e per rimorchiare. Le piacciono giovani, se li porta a casa e... vabbe', si dà da fare. Dice che una sera i vicini hanno chiamato i colleghi di Rapallo da tanto che urlava.»

Giampieri sbuffò. «Dai, le leggende metropolitane risparmiamele. Io comunque ci devo lavorare con quella e se mi racconti 'ste robe poi non ce la faccio.» Certo che una rossa resta sempre una rossa, pensò immaginandola con addosso solo la toga. Forse era il caso di farci comunque un pensierino, una volta finita l'inchiesta.

Il telefono lo richiamò all'ordine. Giampieri alzò la cornetta e la segretaria del questore lo pregò di restare in linea. Vitone uscì con discrezione dall'ufficio.

«Dottor Iaquinta, buongiorno. Tutto bene?»

«Io sì. Sono rientrato questa notte dalla Sardegna. Che cosa è successo a Rapallo? Storia complicata?»

Giampieri sospirò. «Un po'. Soprattutto perché la scena del delitto è stata molto compromessa.»

«Ma che idea ti sei fatto?»

«Non so, è presto per dirlo. Vediamo di capire che arma hanno usato, e se c'è un possibile movente. Come rapina non mi convince, il broker dice che non manca niente, il portafogli della ragazza è stato trovato dai soccorritori per terra e questo è strano, però dentro c'erano trenta euro e un ladro li avrebbe presi. Forse è qualcuno che la conosceva, oppure uno che ce l'aveva con il broker, cercava lui e ha trovato lei.»

Il cuore dell'Ingegnere batteva forte, spostò la cornetta dall'orecchio sinistro al destro temendo che il questore potesse sentirlo.

«Quanti siete in servizio?»

«Eh, non molti a dire il vero. Uno è partito sabato per le ferie all'estero, e non posso richiamarlo. Siamo sotto organico da un anno, e ora che manca anche Luciani...»

Dall'altro capo del filo notò un'esitazione.

«Ascolta, Nicola...»

«Dica.»

«Se avessi bisogno di... non so... è solo un suggerimento, ma mi chiedevo se non fosse il caso di far rientrare proprio il commissario Luciani.»

Giampieri si sentì svuotare di ogni forza. Ma perché diavolo lo aveva nominato?

«Tecnicamente, lo sai, il commissario è in ferie, e la lettera di dimissioni è ancora nel mio cassetto... Con questo non voglio assolutamente dire che non ho fiducia in te, anzi. Ma siccome avete lavorato sempre bene insieme, anche nell'ultima occasione... »

L'Ingegnere prese qualche secondo prima di rispondere.

«Credevo che la decisione del commissario fosse irrevocabile. Voglio dire, ferie o non ferie mi pare di aver capito che non volesse più rientrare. L'ha chiamata lui?»

«Nooo, assolutamente. E anzi non so nemmeno se accetterebbe una mia proposta in questo senso. Sai che i nostri rapporti non sono... ma forse se glielo chiedessi tu...»

Questo era davvero troppo, pensò Giampieri. Capì che era il momento di mostrare sicurezza, a costo di sembrare presuntuosi. «Penso di potermela cavare da solo, dottore. Dico sul serio. Senza nulla togliere al commissario Luciani, negli ultimi tempi credo di avere dimostrato di sapermi muovere abbastanza bene. O sbaglio?»

Iaquinta decise di mollare il colpo: «Certo, certo. Ti sei sempre comportato benissimo e come ti dissi l'ultima volta, l'ipotesi di una tua promozione resta aperta». Tacque per qualche secondo, imbarazzato. «Ora ti lascio lavorare. Ma mi raccomando, tienimi informato.»

L'Ingegnere riagganciò la cornetta, strinse gli occhi e i denti, provò a contare fino a dieci ma al "sei" aveva già adocchiato la vecchia lattina di Coca-Cola ancora mezza piena sulla scrivania, al sette l'aveva afferrata e all'otto la sentì esplodere contro il muro insieme al suo grido «figlio di puttana!».

La chiazza marrone sulla parete ebbe un immediato effetto calmante. «Figlio di puttana» ripeté a mezza voce. «Quando c'era Luciani neanche una telefonata, si faceva i cazzi suoi alla stragrande, e ora mi salta subito al collo, questo stronzo. E vuole pure farlo ritornare.»

Sentì bussare alla porta.

«Tutto bene, Ingegnere?» Era la voce di Iannece.

«Tutto bene, tutto bene. Mi è caduta... una lattina»

Iannece si affacciò nella stanza. «Vi serve qualche cosa? Un caffè? Magari decaffeinato? Una camomilla?»

Giampieri asciugò per terra con dei fazzoletti di carta, poi li appallottolò e li buttò nel cestino.

«No, è tutto a posto.»

«Vi accompagno io a Rapallo, Ingegnere?»

«Perché?»

«L'appuntamento col procuratore. Alle dieci.»

«Il procuratore si fotte. Prima dobbiamo fare il punto tra di noi.»

Venti minuti dopo Giampieri entrò nella stanza delle autopsie all'Istituto di Medicina Legale. Il dottor Vassallo, il loro anatomopatologo di fiducia, aveva appena finito di ricucire Barbara Ameri. Il cadavere era steso sul lettino, completamente nudo, con una grossa cucitura a ipsilon che andava dalle spalle all'inguine.

«Mi anticipa qualcosa, dottore?»

«Riguardo a?»

«Tutto quello che c'è di potenzialmente interessante. A cominciare dall'arma del delitto.»

«E il movente non lo vuoi?» ironizzò Vassallo togliendosi la mascherina e aggiustando i pochi capelli rimasti. Aveva come sempre un'espressione soddisfatta, lavorava con passione ed era anche così intelligente da non invadere il campo altrui.

Giampieri fece un sorriso debole: «Magari».

Vassallo si tolse anche i guanti sterili e si lasciò cadere su una sedia.

«Il primo colpo dev'essere stato al viso, fortissimo. Un pugno, probabilmente. La ragazza era dietro la scrivania, in piedi, il suo aggressore davanti, e l'ha sorpresa spaccandole due denti. Doveva essere un uomo molto forte, oppure aveva qualcosa in mano. Lei ha battuto la testa contro il muro, è ricaduta in avanti, stordita, e a quel punto l'assassino ha cominciato a colpirla alla testa. Undici colpi in totale, con un oggetto pesante e arrotondato, più che appuntito.»

«Che tipo di oggetto?»

«Difficile dirlo. Al pronto soccorso le hanno tagliato i capelli e l'hanno ricucita alla meglio, cancellando tracce importanti. Potrebbe essere un fermacarte, ma non quello di quarzo che c'era sulla scrivania, troppo frastagliato, e comunque mi hanno detto che non ha tracce di sangue.»

«Una piccozza da alpinista?» chiese Giampieri ricordandosi la foto dell'avvocato sulla cima di una montagna.

«Forse. Piccola, però.»

«Che altro ha trovato, dottore?»

«Ah. Il colpo all'inguine. Una firma tipica dei moventi a sfondo sessuale. Una specie di sfregio finale dopo che l'ha uccisa, uno stupro simbolico.»

«Impotente?»

«Mah, non è detto. Materia dello psichiatra, più che mia. Ma il maniaco sessuale o l'innamorato respinto in genere usano un coltello.»

Vassallo spense la sigaretta. Giampieri osservava il viso di Barbara devastato dalle ricuciture, pensando che sarebbe stato arduo risistemarla per il funerale. La parte sinistra era quella che aveva subìto più danni: probabilmente l'assassino aveva portato i colpi con la mano destra. Ma in realtà dipendeva dal modo in cui la ragazza era caduta.

«Vuoi che la copra?» chiese il medico vedendo la sua espressione.

«No, non mi fa impressione. Pensavo ai genitori, poveracci. Come si fa a superare una cosa così?»

«Non si può. Ah, scusa, non ti ho detto la cosa più importante, almeno da un certo punto di vista.»

«Cioè?»

«La ragazza era vergine.»

L'Ingegnere non nascose un moto di sorpresa.

«Già. Assolutamente vergine. Per carità, niente di strano, ma questo esclude una serie di ipotesi... o no?»

«Be', direi di sì... direi senz'altro di sì.» La vittima era una ragazza timida e prudente, su tutti i fronti. Non sarebbe finita nella trappola di uno sconosciuto, non avrebbe aperto facilmente la porta. Non esistevano insospettabili giri di prostituzione, non esisteva un amante sposato o cose del genere. Il campo delle ricerche si restringeva almeno un po'.

Vassallo prese un lenzuolo, il vicecommissario lo aiutò a stenderlo sopra il corpo e il viso di Barbara Ameri.

«Ora mangio un boccone, poi mi metto a scrivere il referto. Conto di mandarlo entro stasera. Hai qualche ora di vantaggio sui rapallesi.»

Giampieri sorrise. «Guardi che non ho niente contro i rapallesi. Lavoriamo d'amore e d'accordo. Venuti è il mio idolo.»

Vassallo spense la lampada sopra il lettino. Ora Barbara poteva tornare a dormire.

«Senti, Ingegnere... perché non mi dai del tu? Mi fai sentire vecchio, e oltretutto adesso sei il capo.»

Giampieri sorrise: «Non sono il capo, dottore». Non ancora, pensò.

Alle dieci la sala riunioni del commissariato di Rapallo era piena. Tutti gli agenti disponibili si erano messi a disposizione 24 ore su 24, per sopperire all'assenza dei colleghi in ferie. Giampieri era arrivato da Genova con due ispettori, Calabrò e Vitone, e gli agenti Franchi e Basso. Venuti aveva a disposizione altri quattro agenti. Mentre il commissario restava in piedi appoggiato allo stipite della finestra aperta, Giampieri si piazzò di fronte alla truppa e fece un riassunto del caso, fornendo gli elementi più importanti raccolti fino a quel momento.

«Abbiamo diverse piste da seguire, e le divideremo tra la squadra di Rapallo e quella di Genova. Lavoreremo a coppie, mischiandoci, in modo che ci sia uno del posto, pratico dei luoghi, che conosce già le persone e magari ha la loro fiducia, e uno che arriva da fuori e può notare il particolare che sfugge a chi ce l'ha sotto gli occhi tutti i giorni.» L'idea era stata sua e ne era fiero: in questo modo evitava possibili competizioni e rivalità.

«Dobbiamo continuare a puntare principalmente su due piste» riprese. «La prima è quella del palazzo: ci sono da verificare nel dettaglio gli alibi e i movimenti di tutti gli inquilini, e capire il tempo che ha avuto l'assassino per colpire e fuggire. Soprattutto dobbiamo capire se poteva fuggire in strada senza essere visto o se è rimasto nel palazzo. Naturalmente bisogna concentrarsi su Mantero: l'avvocato aveva il modo e il tempo di uccidere, e tutto sommato anche di far sparire l'arma. Ci manca il possibile movente, cerchiamolo. L'altra pista porta alla famiglia Ameri. Concentriamoci sui parenti prossimi e sugli amici di famiglia, almeno quelli che vedevano Barbara abbastanza spesso.»

Calabrò continuava a scrocchiarsi le nocche delle dita e a strapparsi le sopracciglia. Era un uomo non molto alto ma atletico e robusto, nato per l'azione, e quelle riunioni lo innervosivano rendendolo polemico. Dopo un po' alzò una mano e intervenne. «Perché sei così convinto che non sia stato uno sconosciuto?»

«Non penso che gli avrebbe aperto la porta.»

«Perché no? È il suo lavoro aprire la porta. Uno suona, lei è in ufficio, schiaccia il pulsante e apre.»

«Fuori orario?»

«Perché no?»

«Perché non c'erano appuntamenti previsti a quell'ora. Solo due telefonici intorno alle dieci.»

Calabrò alzò le spalle e gonfiò un po' le guance, disapprovando vistosamente i ragionamenti di Giampieri.

«Secondo me il broker non se la sarebbe mai uccisa nel suo ufficio. E un parente che bisogno aveva di andare fino lì? Troppo rischioso.» Qualche collega annuì, Calabrò prese coraggio: «Dovremmo indagare prima di tutto su di lei, su che tipo era, vedere se ha fatto qualcosa di strano negli ultimi tempi... il commissario Luciani ci ha insegnato che il movente del delitto è quasi sempre nel comportamento della vittima».

Il silenzio che seguì l'ultima frase di Calabrò era come quello che si crea nella foresta quando tutti gli animali tacciono, paralizzati dall'arrivo di un predatore.

Giampieri si impose di mantenere un tono calmo, ma quando aprì bocca il labbro inferiore gli tremava leggermente, così come la voce: «È chiaro che tutto ruota intorno alla ragazza. Ma lei non può più raccontarci niente, temo. Perciò quello che ha fatto lo possiamo ricostruire solo parlando con chi la conosceva: i parenti, le amiche soprattutto».

Gli agenti annuirono.

«Quanto al commissario Luciani, non tornerà più, e comunque non possiamo contare su di lui per questo caso. Che mi piaccia o no, dovrò occuparmene io; e che vi piaccia o no,» aggiunse fissando prima Calabrò, e poi via via tutti gli altri «voi dovrete fare capo a me. E al commissario Venuti, naturalmente. Ora prestate attenzione ai vostri compiti: Albanese e Franchi, risentite con ordine tutti gli inquilini del palazzo e i negozianti della strada, a tappeto; voglio i loro spostamenti di lunedì mattina ricostruiti al secondo. A che ora sono usciti, entrati, chi hanno visto eccetera. Villa e Basso, tutti i posti che frequentava Barbara (palestra, piscina, parrocchia eccetera); cercate le amiche e fatevi raccontare tutto di lei. Calabrò e Guccione, da voi voglio l'albero genealogico della famiglia Ameri fino ai cugini di quarto grado; cominciate a sentirli tutti e a raccogliere i relativi alibi. Olivieri e Vitone, situazioni patrimoniali dell'avvocato e della ragazza, famiglia compresa. Io e il commissario stiamo dietro a Mantero, che resta la nostra pista principale. Buon lavoro a tutti.»

Uscì in corridoio lasciando la porta aperta dietro di sé, e non appena fu fuori vista accelerò il passo e arrivò sul cesso appena in tempo per vomitare tutta la tensione e la colazione del mattino.

Il cellulare squillò un secondo dopo che lo aveva riattivato. Monica Serra urlava così forte che dovette allontanarlo di mezzo metro.

«Dove siete finiti? È un'ora che vi aspetto!»

«Facciamo il nostro lavoro. Indaghiamo»

«Be', anche io sto lavorando. Tutti stiamo lavorando allo

stesso caso. Venite qui subito, lei e Venuti, devo darvi istruzioni.»

Venuti gli si avvicinò. Troppo, per i suoi gusti. La camicia era la stessa del giorno prima. «Era la Serra?» chiese.

«Già.»

«Dai, facciamo un salto da lei, così non ci rompe più i coglioni.»

«Ma che ci andiamo a fare?»

«Niente. Ma tu alla fine del caso torni a Genova, io ci devo lavorare ancora due anni, prima di andare in pensione.»

«Povero te.»

«Ma no, in fondo è una brava ragazza. Non capisce un cazzo, ma è seria e scrupolosa. E ha voglia di lavorare, se il caso può darle visibilità.»

Salirono in auto, Giampieri aprì il finestrino. Doveva trovare il modo di far fare una doccia al commissario.

Restarono più di un'ora nell'ufficio del magistrato, a fare il punto delle indagini. «Secondo voi qual è la prossima mossa da fare?» chiese alla fine la Serra, col tono di chi vuol vedere se conosci la risposta.

«Riportare Mantero in commissariato e spremerlo. Lui e la madre. Perquisire la casa da cima a fondo» disse Venuti.

«Sequestrargli i computer,» aggiunse Giampieri «prelevargli impronte e Dna. Mettergli sotto controllo telefoni e telefonino. Prevedere intercettazioni ambientali.»

Monica Serra quasi scoppiò a ridere. «Avete già trovato il colpevole.»

«Assolutamente no» replicò l'Ingegnere. «Anzi, se dovessi seguire l'istinto non perderei nemmeno un minuto dietro a lui. Ma io seguo le probabilità: Mantero è il primo sospettato e bisogna partire da lì.»

«Se non è lui, è sicuro che sa qualcosa» rincarò il commissario.

La Serra giocherellava con una penna d'argento, aprendo

e chiudendo il cappuccio. «Per fare quello che dite dovrei indagarlo. E se poi non è lui i giornalisti ci sbranano. Anzi, visto il personaggio forse ci sbranano comunque.»

«Perché? È uno influente?»

«A Rapallo indubbiamente sì. Ma a giudicare dalle telefonate che arrivano, soprattutto da Roma, lo è più di quanto pensavo.» Il tono voleva essere di sfida, ma si vedeva che era preoccupata.

«È un avviso di garanzia. Mica lo arrestiamo.»

«Via, lo sapete benissimo che un avviso di garanzia è come dire che per noi è colpevole. Proviamo prima a chiederglielo con le buone, il Dna e tutto il resto. Se non ha niente da nascondere, anche lui preferirà così.»

Giampieri scosse la testa: «È un avvocato. Non sarà facile».

«Non ho detto che è facile. Vuol dire che gli parlerò io.»

Poi Monica Serra elencò una lunga serie di accertamenti da fare e persone da sentire. Tutte cose che l'Ingegnere e Venuti avevano già previsto. La ascoltarono pazientemente e alla fine si congedarono con sollievo.

Quando erano ormai affacciati al corridoio, il magistrato li richiamò: «Mi raccomando: voglio che tutti i passi siano concordati. E se portate qualcuno in commissariato chiamatemi: voglio essere presente agli interrogatori.»

I due poliziotti si guardarono con una smorfia.

«Mi avete capito. Adesso andate. Prossimo rapporto alle diciannove. E puntuali, questa volta.»

La giornata volò rapida e bassa, con continui scatti in avanti, pentimenti, slalom, falsi allarmi. Giampieri e Venuti sembravano due piccioni in piazza San Marco, allettati da troppe briciole becchettavano frenetici per assaggiarle tutte, sperando di trovare quella buona.

Risentirono a lungo Giulio Mantero, che pareva aver dormito come un angelo ed evitava con la consueta freddezza tutti i loro tranelli. Alle tre del pomeriggio Venuti lo caricò in auto e andarono fino alla villa di campagna dei Mantero, distante una trentina di chilometri nell'entroterra, dove fece fare una perquisizione a tappeto. Che cosa sperava di trovare non lo sapeva neanche lui, certo né l'avvocato né la madre potevano essere andati lì, il giorno prima, a nascondere qualcosa. Era più una mossa fatta per intimidire l'avvocato e far vedere ai giornalisti perennemente appostati davanti al commissariato che si stavano dando da fare. Gli agenti trovarono in un armadio un'attrezzatura da montagna, con corde e moschettoni di sicurezza, e degli scarponi. Quando Venuti chiese all'avvocato dov'era la piccozza, Mantero rispose che non se lo ricordava, ma che probabilmente l'aveva prestata a qualche socio del gruppo Rapallo Quattromila con cui faceva le gite in montagna.

Nel frattempo Giampieri si era preso lo spiacevole incarico di ritornare dai genitori della vittima, che erano ancora in ospedale, per cercare di farsi dare agende, diari, appunti, qualunque cosa potesse aiutare a fare luce sulla vita privata di Barbara Ameri. La madre promise, una volta tornata a casa, di cercare qualche appunto in camera della ragazza. Lo zio lo accolse con un atteggiamento completamente diverso rispetto al giorno prima, arrivando a scusarsi per avere perso il controllo, e gli consegnò la borsa di Barbara, che era stata portata in ospedale dai soccorritori.

Il commissario rovesciò il contenuto su un tavolo. Le uniche cose potenzialmente interessanti erano il portafogli e un'agendina. Aprì subito quest'ultima, ma non c'erano appuntamenti segnati nel giorno del delitto, e nulla nei giorni successivi e in quelli immediatamente precedenti. Non era l'agenda del lavoro, che la vittima teneva com'è logico in ufficio e che non aveva dato indicazioni utili, ma quella del tempo libero. Un'intera settimana stava in due paginette affiancate, dove Barbara annotava mediamente quattro o cinque appuntamenti. Si mise a esaminarla con scrupolo, sperando di fare il colpo grosso. Capì presto che l'unico impegno ricorrente di Barbara era la palestra al martedì e venerdì, nella pausa del lavoro. Ogni tanto c'erano segnati dei nomi, in orari da aperitivo o, più raramente, per pranzo. "Tiziana" era quello che tornava più spesso, poi registrò "Michela", due amiche che avevano già contattato, e qualche volta "Jacky", alle tredici o alle diciotto. Poche le uscite serali, sempre con qualche amica, preceduta spesso dall'indicazione "cine". Man mano che si avvicinava agli ultimi giorni vide che Jacky ricorreva più spesso, si erano visti cinque o sei volte in due settimane, sia di giorno sia di sera. L'Ingegnere drizzò le antenne. Arrivò al giorno 15 e vide che Barbara aveva scritto "crociera!", con il punto esclamativo, e tirato una riga su tutta la settimana. Era rientrata al lavoro il lunedì 23, aveva ripreso la routine della palestra, e aveva visto Tiziana alle diciotto di mercoledì. Ma di Jacky non c'era più traccia, non avevano previsto appuntamenti neppure nelle settimane successive.

Chiese allo zio se aveva mai sentito questo nome, lui rispose di no. Non sapeva neppure se era di un maschio o di una femmina. L'Ingegnere tornò dalla mamma di Barbara che stroncò subito i suoi sospetti: «Giacomo? È un bravissimo ragazzo, gentile, educato. Sono andati insieme in crociera, ma erano solo amici».

Tornò in commissariato a Rapallo, diede a Calabrò il compito di chiamare tutti i numeri segnati nella rubrica dell'agenda, compreso quello di Giacomo, e tornò a marcare Venuti e la Serra che stavano esaminando le dichiarazioni raccolte fino a quel momento dagli agenti. «Non sono emerse grandi novità. Purtroppo era lunedì mattina, molti negozi erano chiusi, anzi è probabile che l'assassino, se è venuto da fuori, abbia scelto quel giorno apposta. C'era solo un bar aperto, a una ventina di metri dal portone, ma nessuno ha notato niente. Nel palazzo nessuno dei vicini ha visto estranei. La migliore testimone è una vecchietta che innaffiava i fiori, verso le otto era sul balcone e c'è rimasta dieci minuti, un quarto d'ora, facendo la spola con la cucina. Non ha visto entrare Barbara né uscire gente sospetta, sta cercando di ricordare chi c'era in strada, e per ora ha elencato uno che faceva jogging e una tizia bionda in bicicletta con una racchetta da tennis a tracolla, nella custodia, ma tutti e due erano di spalle, non saprebbe riconoscerli. Poi uno che faceva consegne a un bar e uno che metteva volantini in cassetta. In realtà quello dei volantini è entrato anche nel loro portone ma è uscito subito, la signora l'ha tenuto d'occhio perché non si fidava.»

Giampieri sorrise: «Una bella memoria. Fossero tutti così, i vicini».

«La vita sarebbe un inferno. Ma per noi è tanta manna.»

La Serra intervenne con la sua miglior voce di gola: «Dobbiamo rintracciare tutta questa gente. Magari a loro volta hanno notato qualcosa, o qualcuno».

Giampieri si schiarì la voce: «Secondo quanto ho visto, Barbara ha acceso il computer alle 8.27».

La Serra scattò come una molla. «Perché non ce l'ha detto?»

«L'ho appena fatto.»

Venuti spezzò subito la tensione: «La vicina doveva essere già rientrata. E l'orario corrisponde a quanto detto da Marco Turone. È un altro vicino,» disse rivolgendosi a Giampieri «un ragazzo di vent'anni con forti problemi psichici, dice di avere incontrato Barbara sul portone alle otto e mezza. Stava evidentemente entrando in ufficio.»

«È sicuro dell'ora?»

«Sì, gliel'ha chiesta e Barbara gli ha risposto così. Pare che questo chieda l'ora a tutti, continuamente. Gli ho parlato, è piuttosto strano.»

La Serra si sistemò meglio sulla sedia. «...e non può essere stato lui?»

«Ha un testimone,» disse Venuti «uno che lo conosce l'ha visto nella piazza del Municipio alle nove. Era normale, cioè era sempre fuori di testa ma non era macchiato di sangue o robe del genere. Poi, chi l'ha in cura dice che non è pericoloso. Dicono sempre così, finché non fanno una strage. Per me dovrebbero riaprirli i manicomi, altroché.»

Giampieri non disse niente, e il commissario proseguì: «Il padre del ragazzo si chiama Giorgio, è uno tranquillo, campa facendo lavoretti saltuari. Un suo amico carrozziere dice che ieri mattina alle nove era da lui, l'ha visto anche un cliente. Ma prima non ha un vero alibi».

«Comunque domani una perquisizioncina in casa Turone potremmo anche farla» osservò la Serra. Era evidente che non vedeva l'ora di indagare qualcuno che non fosse il broker.

«E Mantero?»

Il procuratore si agitò, scavallando e accavallando le gambe. «Mantero lasciamolo tranquillo. Almeno per il momento.»

Quando tornò a casa e si mise a letto, all'una passata, l'Ingegnere non riuscì ad addormentarsi subito. Diede la colpa ai troppi caffè, ma in realtà era pieno di dubbi e di brutti presentimenti: quell'indagine gli sembrava nata sotto una cattiva stella. Venuti era uomo d'azione più che di ragionamento, e si muoveva con la scaltrezza di un elefante ubriaco. La Serra poi gli piaceva sempre meno, esitava a indagare l'avvocato pieno di soldi e di amici mentre era pronta a passare come un panzer su una famiglia piena di problemi.

Restando a Rapallo perdo solo del tempo, pensò. Visto che la Serra voleva condurre le danze, e Venuti era in casa sua, la cosa più logica da fare era sganciarsi un po', e provare ad arrivare alla verità da una strada diversa, quella che loro non erano in grado di percorrere. Non aveva senso insistere con quei lunghi interrogatori in cui neppure loro sapevano cosa cercare, cosa domandare, e speravano in qualche improvvisa rivelazione. Lui, prima di sedersi di fronte a un sospettato o a un testimone, voleva avere in mano dati concreti: orari, telefonate, analisi, riscontri oggettivi che poteva usare per smascherare subito eventuali bugie. Il problema era dove andarli a scovare. Sembrava incredibile ma Barbara non aveva nemmeno un telefonino. E senza quello era difficile ricostruire i suoi spostamenti. Il telefonino è la nostra scatola nera, pensò, ed è assurdo che non abbiano ancora reso obbligatorio averne uno.

Restò a lungo a fissare il soffitto, mentre un'inquietudine dapprima sottile e poi sempre più evidente cominciava a insinuarglisi nelle vene. Ripensava alla telefonata del questore, alle sue risposte che non erano state abbastanza efficaci. Dopo essersi girato e rigirato nel letto per un'ora buona ebbe la tentazione di far ricorso a un aiuto ma si disse che doveva restare sempre presente a se stesso, e sentire il telefono se lo avessero chiamato nel cuore della notte. Siamo appena a martedì, pensò, e se non mi calmo da solo fino a sabato non resisto.

Si chiese se era pronto per quel posto, se non era il caso di chiamare davvero Luciani. In fondo, da quando era arrivato a Genova, tutti non avevano fatto altro che ripetergli quanto il commissario era eccezionale: lucido, intuitivo, incorruttibile, e a volte anche spudoratamente fortunato. Ma poi si ricordò dell'ultimo caso, della morte dell'arbitro Ferretti e di come era stato lui, Giampieri, a risolverlo grazie alla sua abilità tecnica, senza bisogno dell'aiuto di nessuno. «Basta dubbi,» disse a mezza voce «e basta menate.» Per diventare commissario doveva lottare con tanta gente, non poteva permettersi di lottare anche con se stesso.

Restò sveglio ancora un po', e quando capì che il sonno non sarebbe venuto si decise ad aprire il cassetto, prese una sigaretta, la aprì e versò il tabacco su una cartina. Preparò il filtro con un cartoncino, prese un po' d'erba e un fiore di white widow, rollò una canna e seduto comodamente sul letto la fumò senza fretta, lasciando che il potere calmante della marijuana gli riempisse i polmoni. La finì senza pensare a nulla, la spense, scivolò nel letto e nel sonno quasi senza accorgersene.

MARTEDÌ

Luciani

Concluse l'ultimo giro dei magazzini del cotone in quattro minuti e quindici, tirando quasi al massimo. Dopo tre quarti d'ora di corsa, e con le ferite del giorno prima che gli davano leggermente fastidio, non era un brutto risultato. Considerò così di avere recuperato l'allenamento perso per colpa di Iannece e della guardia giurata. Poteva tornare a casa e riaggiornare la tabella che avrebbe dovuto portarlo nel giro di pochi mesi fino alla sua prima maratona. Forse ho sbagliato a cominciare il programma adesso, pensò, allenarsi col caldo dell'estate non è la cosa migliore. D'altra parte, se riesco a rispettare le tabelle quando ci sono venticinque o trenta gradi, quando i gradi diventeranno diciotto andrò come un treno.

Arrivò a casa e vide due uomini in piedi davanti al portone. Uno era alto, vestito come per andare al circolo di golf, con una ventiquattrore di pelle marrone e scarpe troppo costose. Lo riconobbe subito e pensò che se lui fosse stato il proprietario della casa, invece di un semplice inquilino, non lo avrebbe voluto come amministratore. L'altro era un ometto basso e sovrappeso, dall'aria efficiente e simpatica.

«Oh, commissario, buongiorno. Speravo che lei arrivasse.»

«Buongiorno. Cosa succede?»

L'amministratore gli presentò il signor Bellini, direttore

dei lavori. Quali lavori? pensò Marco Luciani salutandoli con un cenno del capo, perché era sudato fradicio e non voleva toccarli.

«Non trovo più la chiave per salire sul tetto. Lei dovrebbe averne una copia...»

«Può darsi. Ci sono problemi?»

«No, nessun problema. Facciamo un primo sopralluogo per renderci un po' conto della situazione. Sa, i nuovi proprietari vogliono cominciare al più presto i lavori di ristrutturazione...»

«Accidenti. Non perdono tempo.»

«Il tempo è denaro» sorrise l'amministratore.

«Più che altro,» si inserì Bellini «bisogna approfittare dell'estate, delle giornate di bel tempo. Per le scale non è un problema, ma rifare tetto e facciate...»

Marco Luciani sbarrò gli occhi. Con i ponteggi in facciata e sul tetto, e gli operai dappertutto, non si prospettava un'estate facile.

Si avviò per le scale, seguito dal gruppetto, aprì la porta di casa quel tanto che bastava per sgusciare dentro senza che gli altri potessero pensare di seguirlo, frugò nel vano dei contatori finché trovò un mazzo di chiavi.

«Qui dovrebbe esserci tutto: portone, cantine, tetto. Oltre naturalmente all'ascensore, alla sauna e al vano motore della piscina.»

L'amministratore sorrise: «Lei ci scherza, ma vedrà cosa diventa».

«No, non credo che lo vedrò.»

Il silenzio durò più di un secondo.

«Vuole salire con noi?» chiese Bellini.

Marco Luciani pensò alla scaletta a pioli che portava al tetto, e solo all'idea di trovarsi a quindici metri di altezza sentì la nausea da vertigini salire alla gola.

«Prego, andate pure. Devo farmi una doccia.»

L'amministratore lo guardò come dire "be'", ne hai proprio

bisogno", poi si avviò sulle scale. Come li sentì arrivare, la vecchia del piano di sopra aprì la porta e cominciò a protestare ad alta voce: «Chi siete voi? Cosa succede?».

«Niente signora, sono l'amministratore. Si ricorda di me? Diamo un'occhiata al tetto, per dei lavori.»

«Lavori? Mio nipote non mi ha detto niente.»

«No, ma c'è tempo, non si preoccupi.»

L'altra mugugnò per un po', il commissario richiuse la porta. I vecchi, pensò, mentre il senso di colpa gli stringeva la gola.

Patrizia Luciani aprì la portafinestra della cucina, lanciò uno sguardo al cancello stringendo gli occhi e alzando leggermente il mento. Quando riconobbe la sagoma lunga del figlio, lo strofinaccio che teneva tra le mani le sfuggì e andò a posarsi a terra, come un fazzoletto su una tomba. Sentì che gli occhi le si riempivano di lacrime e tirò forte col naso per fermarle, ravviò i capelli istintivamente, tolse il grembiule e lo lanciò verso il tavolo, senza curarsi di seguirne la traiettoria. Fece per uscire e andargli incontro ma sentì le gambe cedere leggermente; capì che aveva bisogno di qualche altro secondo di tempo, aveva bisogno di vederlo camminare verso di lei e di tenersi aggrappata allo stipite della porta.

Premette il pulsante che apriva automaticamente il cancello e guardò suo figlio, il suo bellissimo e implacabile figlio, che lo apriva e richiudeva in un unico gesto, e avanzava rapido senza guardarsi intorno, senza lasciarsi frenare dai ricordi che lo spiavano da ogni angolo del giardino.

Restarono in piedi uno davanti all'altra per qualche secondo, sorridendosi con gli occhi perché le labbra erano serrate, concentrate a bloccare l'emozione. Patrizia aprì le braccia e lo cinse, appoggiandogli la guancia sul petto. Notò che aveva la barba lunga di chi non si cura del proprio aspetto ed era ancora più magro dell'ultima volta, duro e secco e con le ossa che sporgevano da ogni giuntura. Pensò che avrebbe potuto sollevarlo senza sforzo e con le braccia tese tenerlo sospeso sopra il suo viso come faceva quando era bambino, fingendo di mordergli la pancia e facendolo ridere fino a sfinirsi.

Marco Luciani rispose al suo abbraccio con cautela, sapeva che era meglio tenere il rapporto in una sorta di cordiale limbo degli affetti perché ogni gesto di troppo, ogni slancio eccessivo lo avrebbe scontato in interessi pagabili con rimorsi e sensi di colpa.

«Credevo che non saresti più venuto.»

Un ringraziamento o un rimprovero, a seconda dei punti di vista. Marco Luciani si staccò dall'abbraccio e borbottò un «è stato un periodo difficile, sono stato molto impegnato». Non le disse che una settimana prima era salito al Boschetto, era arrivato davanti al cancello e aveva anche suonato il campanello, ma poi all'improvviso era stato preso dal panico e si era nascosto dietro un albero.

La madre lo accarezzò sul viso, sorrise benevola: «Lo so. Ho seguito tutto in televisione. Quando ti ho visto inquadrato quasi non ti riconoscevo, facevi paura così magro».

«La televisione snellisce, mamma» mentì.

«Dal vivo non sei molto meglio, sembri un palo della luce.»

Lui sorrise pensando che il paragone era perfetto. Si sentiva lungo, inamovibile e solo.

Fece qualche passo in cucina e si guardò intorno. Tutto era rimasto identico, il tavolo rustico col ripiano di marmo, le sedie di paglia, la madia e le mensole. Corse con lo sguardo alla piastrella montata al contrario sotto la cappa e vide che c'era ancora. I petali dei fiori gialli non combaciavano, e quel difetto che rompeva l'apparente perfezione di quella che una volta era una villa da rivista gli diede sollievo, come aveva fatto ogni mattina a colazione per tante, lunghissime estati.

La madre lo stava ancora osservando. «Mi sembri stanco. Hai voglia di mangiare qualcosa?»

«No, grazie. Mangiare fa male all'organismo» sorrise.
«Che stupido. Un tè, almeno?»
«Quello sì. Volentieri. Papà non c'è?»
La frase gli era uscita troppo violenta. Non era abituato a dirla e la vide colpire quasi fisicamente la schiena di sua madre. Patrizia ebbe una piccola contrazione, si voltò con espressione stupita e preoccupata. «Pensavo lo avessi visto uscire.»
Marco Luciani scosse la testa. «Veramente no. Questa volta ero anche disposto a incontrarlo.» Era salito a casa dei suoi quasi di slancio, mosso da un improvviso desiderio di normalità o di penitenza o di semplice stanchezza di sé, e a differenza delle altre volte non si era appostato al fondo della strada in attesa che il padre uscisse per la sua solita passeggiata prima di cena. Aveva suonato il campanello di Villa Patrizia e se fosse stato lui a rispondergli lo avrebbe salutato nel modo più naturale possibile, almeno per un padre e un figlio che non si vedono e non si parlano da dieci anni.
«Mi dispiace. Ma forse questa volta è meglio che non ci sia.» La madre accese il fuoco sotto il bollitore, mise due tazze sul tavolo, si sedette e gli fece cenno di fare altrettanto. «Nell'ultima lettera ti ho scritto che non sta molto bene ma la verità è un po' diversa. In realtà i dottori dicono che... che gli resta... poco.» Sospirò e non riuscì ad andare avanti, ripiegò le braccia sul tavolo e vi nascose il viso. L'emozione di avere rivisto il figlio, e il pensiero che suo marito stava morendo di cancro, l'avevano sopraffatta di colpo.
Marco Luciani lasciò che si sfogasse, posandole una mano sulla spalla, poi sui capelli. Non sapeva cosa dirle, un semplice «mi dispiace» non sarebbe stato sufficiente e neppure sincero, lo aveva desiderato e aspettato tanto questo momento, in un certo periodo della sua vita, e ora che era arrivato non gli faceva più nessun effetto. Non c'era più gioia ma non c'era ancora dolore, aveva smesso di odiarlo ma non aveva neppure cominciato la strada verso un'ipotetica riconcilia-

zione. In quel momento suo padre era un perfetto estraneo che per qualche incomprensibile motivo faceva piangere lacrime disperate a sua madre.

Restarono in silenzio, lui alla ricerca di una qualunque sensazione nel suo animo svuotato, lei smossa da singhiozzi via via più flebili, finché il fischio del bollitore richiamò entrambi alla realtà.

«Scusami. Sono stata forte, finora. Davanti a lui non ho mai pianto, solo un paio di volte quando è uscito mi sono un po' sfogata. Ma stasera mi piombi qui all'improvviso...»

«Sono sicuri?»

La madre lo guardò come se non avesse capito.

«I medici. Sono sicuri che non ci sia niente da fare?» Efficienza. Praticità. Questo poteva darle, un appoggio per tutte le incombenze burocratiche. Cure. Funerali. Documenti. Successione.

Il pensiero dell'eredità lo colse come un lampo, e subito lo scacciò con rabbia. Mai. Nulla. Mai. Né da lui né, quando sarebbe venuto il momento, da lei. Non voleva quei soldi guadagnati ingannando la gente, evitando ai criminali il giusto castigo grazie a mille cavilli legali. Soldi rubati a tutti noi, tangenti transitate su conti esteri, mazzette che avevano pagato questa villa e i domestici e i suoi stessi studi, le sue prime auto, che lo avevano in qualche modo plasmato e fatto diventare quello che era e senza le quali sarebbe stato diverso, meno arrogante prima e meno inaridito dopo, e tutto sommato migliore.

«Spiegami bene la situazione. Chi lo sta curando, sempre Martelli?»

«Sì. L'operazione era andata bene, l'altra volta, il dottore dice che al polmone non ha nulla, ma il male si è riformato alla gola e si è diffuso con una rapidità... ha fatto già diversi cicli di chemioterapia, l'ultimo lo ha finito la settimana scorsa ma lo ha lasciato debolissimo, ieri sera è stata la prima volta che ha trovato la forza di uscire ma è stato via neanche un'ora. È stanco, molto stanco. E non so nemmeno dove trovi la forza di stare in piedi.»

«E i risultati, di questa chemio?»

La madre scosse la testa, lasciò cadere altre due lacrime ma riuscì a non scomporsi.

«Quanto tempo gli resta?»

«Poche settimane. Forse un mese. Ma a questo punto...»

«Lo so. È tutta sofferenza in più.»

Patrizia sollevò le spalle e guardò il figlio negli occhi. Negli ultimi anni, quando si erano incontrati più o meno di nascosto dal padre, aveva l'espressione smarrita di una donna anziana che aspetta dal figlio le istruzioni per andare avanti; ma questa volta il suo sguardo era quello di una volta, di quando era lei a guidarlo nella vita e a dirgli cos'era giusto e cos'era sbagliato.

«Non ti fa nessun effetto? Non ti dispiace neanche un po'?»

Lui abbassò lo sguardo.

«Ascolta. Questo tempo che gli resta potrebbe non essere solo un'inutile sofferenza. Potrebbe essere un'occasione. Forse il Signore sta concedendo a te e a lui un'ultima occasione.»

Marco Luciani posò la tazza del tè e scattò in piedi. Voleva uscire subito di lì.

«Marco, siediti. Non fare il bambino.»

Era arrivato a Camogli pronto a incontrarlo. Avrebbero litigato, probabilmente, o forse non si sarebbero neppure parlati, come l'ultima volta che era andato a trovare sua madre con lui in casa, e il padre lo aveva guardato come si guarda un quadro astratto, era salito al piano di sopra e non era sceso più.

Sì, si era preparato a incontrarlo ma ora tutta la sua sicurezza era scomparsa, ora l'idea di vederlo lo aveva gettato nel panico e voleva soltanto andarsene prima che lui tornasse.

«Scusa, mamma. Non me la sento, non ora.»

Anche lei si alzò in piedi. «Non ora?! E quando? Quando sarà morto? Andrai sulla sua tomba a chiarirti? A chiedergli scusa?»

«Io non ho niente di cui chiedere scusa.»

La madre sospirò. «Io sì. Tuo padre sì. E anche tu. Tutti noi abbiamo qualcosa di cui chiedere scusa. Siediti.»

Lui obbedì.

Donna Patrizia, come la chiamava il marito, tornò a sedersi, restò in silenzio per un po'.

«Quando è morta mia mamma,» riprese con voce calma «ha fatto un'agonia ancora più lunga, ma io ero giovane, avevo da fare altre cose, tu eri piccolino e ho usato te come scusa per non andare a trovarla, per farmi vedere pochissimo. E ogni volta che provava a parlarmi del futuro, di quando non ci sarebbe stata più, io cambiavo discorso, rifiutavo di accettarlo. Non so se era per amore, in parte sì, ma in parte forse non volevo che mi lasciasse istruzioni, che mi guidasse anche da morta.»

Tacque per qualche secondo, poi riprese.

«La vita è questa, Marco. Ci sono momenti in cui bisogna essere presenti. Perché è giusto così, e basta. Tutto il resto deve passare in secondo piano. Credimi, ora che sono vecchia, ora che so che tra un po' toccherà a me io penso tutti i giorni che vorrei tornare indietro e stare vicina a mia madre. Non tanto e non solo perché avrei fatto del bene a lei, ma perché lo avrei fatto a me. Capisci cosa intendo?»

Marco Luciani annuì.

«Ora smettila di guardare la porta. Se non te la senti di vederlo stasera, vai. Ma pensa a quello che ti ho detto e non perdere altro tempo.»

Il figlio aprì la portafinestra, poi si voltò e tornò a salutarla con un bacio sulla guancia.

Risalì in auto, fece inversione davanti al cancello e si allontanò sulla stradina a doppio senso, facendo attenzione alle macchine parcheggiate. Svoltò sulla destra e imboccò deciso la strada che portava fuori dal paese. Dopo circa trenta metri vide sul ciglio della strada, dalla parte opposta, un vecchio alto che avanzava piano, un passo dopo l'altro, quasi trascinando le gambe. Aveva un cappello assolutamente incongruo per la stagione e un giubbotto troppo pesante. Si chiese per un secondo come mai i vecchi si coprano così tanto anche d'estate, e si rispose che evidentemente sentono il freddo della morte, e in quello stesso momento riconobbe suo padre, o meglio quello che ne rimaneva. Un mucchio d'ossa e di orgoglio che arrancava verso la fine della sua strada. Si accorse di avere rallentato troppo, e mentre il vecchio alzava lo sguardo diede un colpo di acceleratore e filò via.

Lo spacciatore aveva già fatto il passaggio delle undici e quello di mezzanotte, interrompendo per due volte il suo sonno agitato. All'una meno dieci la saracinesca del ristorante esplose come una mitragliata lungo tutto il suo corpo, *rat tat tat tat tat*, ogni colpo un organo interno: gli ci vollero trenta secondi per riprendersi dallo choc e in quel momento si abbassò la seconda saracinesca, più piccola e secca, *bang*, il colpo di grazia. Il cuoco obeso e i due camerieri, un ragazzo e una ragazza, restarono fuori dal locale a fumarsi l'ultima sigaretta e a chiacchierare ad alta voce per qualche minuto, poi salirono ognuno sul suo motorino, misero in moto dopo diversi tentativi, lanciandosi richiami divertiti, «ciao», «a domani», «ciao», «sì», quindi sgasarono sulla salita e il rumore delle marmitte sembrò restare nell'aria per un tempo infinito.

Marco Luciani fissava il soffitto e pensava a suo padre. «Quel bastardo ha sempre fatto quello che ha voluto. Ha messo sempre se stesso davanti agli altri. Forse è l'unico modo sensato di vivere, in effetti. Ma ora non può pretendere che io lo aiuti a morire.»

MERCOLEDÌ

Giampieri

Il papà di Barbara aveva il viso di chi ha appena finito di piangere la sua ultima lacrima, era come una pianta dissecata che aspetta di recuperare dal terreno o dall'aria l'umidità necessaria alla sopravvivenza. Negli occhi, oltre a un dolore inconcepibile, si leggeva il terrore di chi ha visto la morte portarsi via la figlia, e sa che al prossimo giro, tra non molto, tornerà a prendere lui. Stava, più che seduto, accasciato sul divano di casa mentre la moglie si era sistemata su una seggiola lasciando a Giampieri la poltrona. Sembrava di scorza più dura, la madre, o forse non si era ancora resa pienamente conto di quello che era successo. Del resto nei giorni precedenti, mentre il marito sofferente di cuore era sotto sedativi in ospedale, erano toccate a lei tutte le formalità burocratiche, le firme, i documenti, le lunghe attese, i primi contatti con il magistrato e gli investigatori. La signora Ameri si era assunta la responsabilità delle cose pratiche e questo significava rimandare il dolore, tenerlo sommerso il più possibile.

Giampieri accettò un caffè, un po' perché non si era ancora del tutto svegliato, un po' per tenere impegnata la donna e cercare di stemperare la tensione.

«Signora, so che abbiamo già fatto questa domanda, e che lei ha risposto di no, ma devo rifargliela. Magari le è venuto in mente qualcosa di nuovo...»

«Prego.»

«Lei è sicura che sua figlia non avesse nemici?»

«Ma che nemici vuole che avesse? Babi... voglio dire Barbara, era una bravissima ragazza, una ragazza di 25 anni che pensava a lavorare. Le volevano bene tutti.»

«C'era magari qualcuno che la infastidiva? Capita spesso, era una bella ragazza, e purtroppo c'è brutta gente in giro...»

La donna scosse la testa. «Non mi ha mai detto niente.» Guardò il marito e anche lui fece cenno di no, ma non sembrava neppure capire fino in fondo quello che stavano dicendo. «Ma questo non vuol dire, magari non mi avrebbe detto niente per non farmi preoccupare. Voi pensate a... un pazzo? Un maniaco?»

«No, signora, non pensiamo a niente prima di avere in mano tutti gli elementi. Io non credo che sua figlia avrebbe aperto la porta a uno sconosciuto, visto che non era ancora in orario di ufficio.»

«Certo che no. Babi è prudente, sa cosa deve fare... doveva fare.»

Aveva parlato di lei al presente e si era subito corretta, con un'espressione di sorpresa sul viso, poi aveva chiuso gli occhi e stretto il fazzoletto nel pugno. Erano quelli i momenti che Giampieri odiava di più, quando la sottile cortina tessuta con i colori dell'educazione e del senso del dovere, se non del cinismo, si lacerava ed eri costretto a gettare lo sguardo in un enorme spazio buio, che nessuna luce sarebbe più riuscita a scaldare.

Restò in casa ancora una decina di minuti, cercando di ricostruire le abitudini della ragazza, i suoi movimenti nei giorni precedenti l'omicidio.

«Faceva una vita regolare, da casa all'ufficio, dall'ufficio a casa. Andava in palestra, qualche volta. E il venerdì sera non mancava mai di dare una mano a padre Mariano, ci teneva tanto a fare volontariato. Nel weekend di solito andavamo tutti insieme nella nostra casa a Santo Stefano, dove vive mio fratello. Ma l'ultimo fine settimana ha preferito restare qui da sola, ha detto che doveva portarsi a casa del lavoro arretrato.»

Giampieri annuì: «E... negli ultimi tempi Barbara le era sembrata preoccupata per qualcosa? O triste?».

«No, assolutamente. Anzi, era appena tornata da quella crociera con il suo amico, sa, noi all'inizio non eravamo molto d'accordo, qualcuno poteva pensare... ma lui comunque è un bravissimo ragazzo, ce lo ha fatto conoscere: educato, perfino troppo timido, e lei è una ragazza serissima, è sempre stata così, studiosa, rispettosa... e poi aveva venticinque anni e insomma... era anche giusto che cominciasse ad avere la sua vita... ci siamo anche detti che magari questo Giacomo poteva essere quello giusto, lei dice che sono solo amici ma non lo so, non lo so, ormai non ha più importanza. Ormai niente ha più importanza.»

L'Ingegnere aspettò che passasse un'altra serie di singhiozzi, appoggiò la tazzina sul tavolino e si alzò per congedarsi. Fu sul punto di dire "chiunque sia stato, lo prenderemo" ma gli sembrò una battuta da telefilm. Rinunciò anche a dire "se vi venisse in mente qualcosa, un particolare anche insignificante..." e si limitò a un: «Grazie. Vi terrò informati».

Quando tornò in Questura a Genova, intorno alle undici, Calabrò aveva appena parlato con Giacomo Carrisi detto Jacky. Lavorava a Voghera in una società di servizi, aveva saputo dell'omicidio dalla televisione, la sera di lunedì, ed era ancora sconvolto. Alla domanda «come mai non si è presentato agli inquirenti» aveva risposto che era molto indietro col lavoro, che lo avevano assunto da appena tre mesi e si era già fatto dare una settimana di ferie per andare in crociera; così, anche se era a pezzi, non se l'era sentita di chiedere un permesso il giorno dopo. E poi aveva aggiunto candidamente: «Non sapevo che mi stavate cercando». A quel punto, spiegò Calabrò, «gli ho detto di presentarsi in questura appena possibile e lui mi ha detto che verrà domani mattina».

«E che cazzo, Calabrò, stiamo qui a fare i comodi suoi? Andiamo a prenderlo. O vogliamo dargli il tempo di scappare?»

L'altro alzò le spalle: «Se fosse stato lui sarebbe già scappato. E poi lunedì mattina era al lavoro, me lo ha confermato il suo principale».

«Ha timbrato il cartellino?»

«Sì, alle dieci e un quarto. All'ora del delitto ha detto che era in treno, quello che parte da Rapallo alle 8.35, poi ha cambiato a Genova.»

«Se fosse andato in macchina ce l'avrebbe fatta, come tempi.»

«Controlleremo se qualcuno l'ha visto sul treno.»

Giampieri si chiuse nel suo ufficio tenendosi in contatto telefonico con Venuti e la Serra, raccontò di Jacky e non ebbe in cambio novità significative. Lasciò che a Rapallo proseguissero gli interrogatori e le verifiche e cominciò a riversare nel computer tutte le informazioni che avevano acquisito fino a quel momento.

Intorno alle tre gli venne un'idea poco corretta ma che usava spesso per le indagini, e che a volte aveva dato buoni frutti. Si collegò a internet, entrò in Hotmail e digitò l'indirizzo di posta elettronica che Mantero gli aveva lasciato. Provò un po' di password a casaccio, tra cui "Barbara" e "Babi", ma sarebbe stato come vincere al Superenalotto. Cliccò su "dimenticato password?" e lesse la domanda di sicurezza. Molta gente scriveva cose stupide tipo "come si chiama tuo figlio" o "per che squadra tieni?", senza rendersi conto che era come aprire un'autostrada agli eventuali pirati, ma per la maggior parte degli utenti era inconcepibile anche solo pensare che qualcuno potesse essere interessato alla loro posta. Giulio Mantero non era tra questi, la domanda che aveva scelto era piuttosto difficile anche se non impossibile: «Come si chiamava la cagnetta di nonna Erminia?». Tentò con Laika, con la k e con la c, Bianca, Bella, Kira, Lilli, Lassie, ma era come sparare a uno Stealth con un kalashnikov, e i colpi finirono presto: al nono tentativo errato il sistema di sicurezza lo bloccò.

Provò per scrupolo a fare qualche ricerca su Giulio Mantero e trovò addirittura il sito internet del broker: niente di personale, solo lavoro. L'immagine di una nave carica di container nella pagina introduttiva, con poche indicazioni sul tipo di prestazioni fornite, poi una mascherina per i clienti, di quelle toste, con password fatte di lettere e numeri. All'interno, con ogni probabilità, potevano tenere sotto controllo la posizione delle loro merci e controllare le avvenute consegne. Azzardò qualche combinazione finché il programma di protezione gli disse che se aveva dimenticato la password poteva inviare una mail e sarebbe stato contattato. Difficile che Mantero possa gestire da solo un sito del genere, pensò. E difficile che lo potesse fare Barbara. Probabilmente si appoggiava a qualche service esterno, ma sul sito non c'erano indicazioni al riguardo.

Alle quattro precise arrivò una nuova telefonata del questore.

Non era mai stato così presente e sollecito. Probabilmente questo caso rappresentava un momento decisivo per la sua carriera e altrettanto probabilmente non nutriva in Giampieri sufficiente fiducia. La sua filosofia era di non dare fastidio a nessuno, perlomeno a nessuno di importante, in modo da non diventare un personaggio scomodo da trasferire in qualche cittadina di provincia; di esaltare i propri meriti e nascondere le proprie mancanze, oppure – quando non si potevano nascondere – attribuirne la responsabilità a qualcun altro. Badava a frequentare i salotti giusti, stringere amicizie, apparire a tutti come una persona ragionevole e per bene.

«Ingegnere, sono felice di comunicarti che grazie a uno sforzo congiunto del quale mi sono fatto latore e promotore, già da questo pomeriggio ti arriveranno dei rinforzi.»

Era una telefonata che rientrava nell'"esaltare i propri meriti", pensò Giampieri.

«La ringrazio, dottore. Chi mi mandate?»

«Due ragazze in gamba, sveglie e volonterose, gente che non si tira indietro se c'è da fare straordinari.»

«Scusi. Ha detto "ragazze"?»

«Sì, due ottimi elementi. Una ha vinto il concorso l'anno scorso e arriva con ottime referenze. L'altra ha più esperienza, è pugliese, 34 anni. Ha chiesto il trasferimento e siamo riusciti a strapparla a Pisa, dov'era destinata.»

«E perché ha chiesto il trasferimento?»

«Ma che importa, Ingegnere. L'importante è che arrivi, e che ti dia una mano, non ti pare?»

La risposta confermò il sospetto che a Giampieri era venuto immediatamente. I due rinforzi erano una ragazzina che non aveva mai fatto nemmeno una multa per sosta vietata e una testa calda cacciata a calci nel culo per qualche motivo disciplinare.

«Le dico la verità, dottore. Speravo in qualche elemento un po' più... affidabile. Il caso è veramente complesso e non so se una ragazzina...»

«Queste ragazze sono più in gamba di quanto tu creda. E poi sei giovane anche tu, devi avere più fiducia nei tuoi coetanei. Sanno l'inglese, sanno muoversi su internet, capiscono tutto di telefonini e tecnologie... i tempi sono cambiati, lascialo dire a me che sono un vecchio arnese: sono persone così che ci servono. Avranno il loro battesimo del fuoco, come lo abbiamo avuto tutti noi del resto, e vedrai che lo supereranno. Ora ti saluto, scusami ma ho un appuntamento importante tra dieci minuti.»

"Sì, da quella massaggiatrice bielorussa di via XX settembre che ti scopi il lunedì, mercoledì e venerdì" pensò Giampieri, “a centocinquanta euro a botta con lo sconto Questura. Fanno duemila euro al mese e un giorno o l’altro dovrai spiegare a qualcuno dove li trovi.”

«Ah, Ingegnere. Mi raccomando, attendo risultati al più presto. Non deludermi.»

«Faremo del nostro meglio, dottore. Arrivederla.»

«E vada a prenderselo nel culo» aggiunse dopo avere messo giù il telefono.

«Mi manda due donne. Roba da matti. Una recluta e una rompicoglioni. E io che ci faccio?»

«Le trasferisci» disse tranquillamente Calabrò.

«Come, le trasferisco? Devono ancora arrivare.»

«Appunto. Le mandi da qualche altra parte e ti fai dare in cambio qualcuno come si deve. Solo un prestito, per quindici giorni.»

Giampieri pulì gli occhialini con un lembo della camicia, poi si lisciò il pizzetto. Se lo taglio, non è che poi non riesco più a riflettere? A proposito, doveva assolutamente ricordarsi di passare da Amalia.

«Non è una brutta idea. Ci pensi tu?»

Tempo due ore e Calabrò, dopo lunghe telefonate e complesse trattative, aveva fatto combaciare perfettamente il nuovo organigramma. La pivella in archivio, al posto di Isaia che veniva in prestito alla Omicidi. La rompicoglioni, ormai l’avevano ribattezzata così, alle volanti al posto di Barzagli, che andava a sua volta al posto del sostituto di Coco all’Antidroga, il quale passava per quindici giorni alla Giudiziaria che dava in cambio Citro per la Buoncostume, e dalla Buoncostume finalmente sarebbe arrivato da loro Molteni. «Se sono tutti d’accordo il questore non avrà niente da dire,» sorrise Giampieri soddisfatto «tanto nel giro di quindici giorni dovremmo risolvere il caso e rimettere tutto a posto.» Calabrò annuì, contento di avere per il momento riaggiustato i rapporti col suo capo, e per festeggiare andarono a prendersi un caffè vero al bar più vicino, con l'aggiunta di un Kinder cereali.

Lo zio di Barbara lo chiamò due volte, quel giorno, per chiedere se c'erano novità e mettersi a disposizione. Raccontò che una volta, circa due settimane prima, aveva visto un ragazzo insieme alla nipote, non sapeva né il nome né niente, solo che erano seduti in un bar a Rapallo, si tenevano le mani e lui aveva un'aria un po'... strana, e un tatuaggio sul braccio sinistro. «Che tatuaggio?» chiese Giampieri. «Che ne so,» rispose l'altro «uno di quelli moderni che girano tutto intorno al braccio.» L'Ingegnere annotò, pensando che se avessero dovuto fermare tutti i tatuati di Rapallo ci sarebbero voluti anni per trovarlo. Si fece lasciare il nome del bar e mandò un agente a controllare. Anche se, fino a prova contraria, prendere un caffè con una ragazza non era certo un reato.

Alla sera, quando quasi tutti erano usciti e poteva starsene tranquillo, accese il computer, inserì il cd e fece partire il software al quale stava lavorando da anni e che aveva finito di mettere a punto pochi mesi prima. Vi aveva inserito una specie di banca dati con tutti i principali elementi degli omicidi avvenuti in Italia negli ultimi venti anni. Lo stava aggiornando nei ritagli di tempo e la sua ambizione era di catalogare prima gli ultimi cinquant'anni, poi l'intero Novecento. Era una ricerca molto complicata, non solo per la quantità dei dati ma anche per la difficoltà di reperirli, visto che bisognava incrociare i dati dei giornali a quelli degli archivi di polizia, carabinieri, magistratura. Più omicidii si riuscivano ad archiviare e più funzionava la legge dei grandi numeri, così che i casi particolari diventavano mere eccezioni e non turbavano più di tanto l'efficacia statistica del software.

Di ogni delitto l'Ingegnere archiviava nome, sesso, età, professione della vittima, giorno, luogo e ora dell'omicidio, il tipo di arma usata, il movente, e naturalmente sesso, età, professione del colpevole, quando se ne conosceva il nome. Annotava poi molti altri particolari secondari che non entravano nel motore di ricerca automatica ma potevano essere consultati per esteso in caso di necessità. Il suo sogno sarebbe stato di riuscire a concentrare in un unico enorme archivio elettronico tutti gli omicidi commessi nel mondo, e in ogni tempo, a partire dal primo (vittima: Abele; età: diciott'anni circa; professione: pastore. Colpevole: Caino; età: vent'anni circa; professione: agricoltore. Arma del delitto: pietra; movente: gelosia; parentela: fratelli) per arrivare all'ultimo, quello della povera Barbara, e riuscire così a evitare il prossimo, perché più la curva dei delitti era precisa in ogni suo aspetto più cresceva la probabilità di prevedere un futuro omicidio. Esempio: se tu sei la moglie trentaduenne separata di un vigilante quarantenne che assume psicofarmaci contro la depressione ed è già stato denunciato due volte per maltrattamenti in famiglia, se hai ottenuto la casa e la custodia dei due figli (maschio di otto anni, femmina di cinque), hai un nuovo compagno e il vigilante ti telefona per chiederti un ultimo incontro chiarificatore, be' ragazza mia, sarà meglio che cominci a correre.

Aveva depositato il brevetto dell'idea e del software, che sognava di vendere un giorno a tutte le polizie del mondo, che lo avrebbero sfruttato aggiornando al tempo stesso il mega archivio centrale che poteva essere consultato da tutti gli utenti.

Per il momento, comunque, Giampieri aveva deciso di concentrarsi sugli omicidii avvenuti in Italia, perché paese che vai, moventi che trovi; e inserire nel programma, per dire, qualche migliaio di omicidii di donne mediorientali aventi come movente l'onore avrebbe completamente sballato la ricerca dell'assassino di Barbara Ameri.

Proprio la settimana prima l'Ingegnere aveva finito di aggiornare il software con i delitti dell'anno precedente, che erano stati 710, con quelli familiari (187) che si avvicinavano sempre di più a quelli commessi dalla criminalità organizzata (200). Nel 70% dei casi la vittima era una donna, nell'80% dei casi il colpevole era un uomo. Litigi e gelosia o amore non corrisposto erano in testa ai moventi (23% dei casi ciascuno), mentre in un caso su tre si doveva considerare come movente un qualche disagio psichico della vittima o del colpevole o un raptus di follia.

Sposarsi e tradire il marito, tutto sommato, era statisticamente più pericoloso che fare il corriere della droga per un'organizzazione mafiosa.

Giampieri sorrise a questo pensiero, poi tornò serio e concentrato anche perché sapeva che il 44,8% degli omicidii restava impunito. Inserì nel motore di ricerca i dati che gli interessavano. Sesso della vittima: femminile. Età: 25 anni. Professione: segretaria. Arma del delitto: corpo contundente. Movente: sconosciuto. Quindi inserì "ricerca colpevole". Il computer cominciò a esaminare rapidissimamente le decine di migliaia di dati legati a migliaia di delitti, incrociandoli, andando a caccia delle differenze e delle somiglianze. L'Ingegnere sapeva che si trattava di pura statistica, e che la risposta dipendeva essenzialmente da come lui aveva posto la domanda. Avrebbe potuto aggiungere per esempio la zona d'Italia in cui era avvenuto il delitto (Nord, Centro, Sud e Isole), oppure il giorno della settimana (il venerdì era quello preferito dagli assassini, seguito dalla domenica), e così via, e questo avrebbe potuto cambiare non di poco il risultato. L'abilità dell'investigatore era proprio quella di scegliere gli elementi da inserire e quelli da non inserire, mentre le abilità del computer erano essenzialmente due: la velocità e la mancanza di emotività.

Attese qualche secondo ancora e alla fine il programma estrasse il suo responso: c'era il 95% di probabilità che il colpevole fosse un uomo. Giampieri chiese ulteriori particolari: c'era il 50% di probabilità che fosse un ex marito o amante regolare, il 15% che fosse un altro parente, il 25% che fosse un amico o amante clandestino, il 10% uno sconosciuto; siccome nel caso di Barbara non c'erano mariti e neanche ex amanti, Giampieri fece scartare questo tipo di delitti dal computer; a questo punto, dopo una nuova ricerca, la probabilità che il colpevole fosse un parente salì all'80%; chiese ulteriori particolari: c'era il 70% di probabilità che questo parente fosse uno zio; approfondì ancora: se era uno zio, nel 58% dei casi era uno zio materno. L'Ingegnere sorrise. Si stava divertendo un mondo. Se in questo software ci fossero veramente tutti i delitti della storia, pensò, la curva statistica ci porterebbe direttamente a casa del colpevole nel 99% dei casi. E nell'altro caso? Be', si chiedeva scusa e si ricominciava da capo l'indagine. Ma risolvere il 99% dei casi, o anche solo il 90% o l'80%, sarebbe stato un sogno.

Tornò indietro ed esaminò gli altri parenti assassini. Erano nell'ordine fratelli, cugini, il patrigno, il padre. Ma nel caso di Barbara fratelli non ce n'erano, patrigni neanche, e il padre era fuori discussione. Scartando queste tre categorie la statistica sullo zio assumeva valori sempre più ampi, ma anche i cugini crescevano. Era in quella direzione che doveva puntare. Tolse dal portafogli il bigliettino con il numero di Pietro Garaventa. Ricordava bene il suo viso arrossato dalla rabbia quando aveva minacciato di colpirlo, il suo mettersi a disposizione degli inquirenti, il fatto che dopo averli preso di petto si era subito assunto il compito di portavoce della famiglia con i giornalisti. Comportamenti abbastanza tipici, da manuale di criminologia.

«È stato il colonnello Mustard, nello studio, con l'attizzatoio» disse ad alta voce ricordando i pomeriggi di Natale passati a giocare a Cluedo.

Troppo facile, borbottò tornando alla schermata iniziale e cambiando i termini della ricerca. Chiese al computer di scartare mariti, ex mariti ed ex amanti e aggiunse ai dati che aveva già inserito il luogo del delitto: posto di lavoro. Trascorse qualche tempo per la nuova ricerca, quindi il software sputò la sua nuova sentenza: nel 73% dei casi il colpevole era il datore di lavoro o un collega, mentre i parenti crollavano al 20% e tra questi gli zii al 4%.

Intorno a mezzanotte e mezza completò anche il secondo lavoro al quale aveva dedicato la giornata, rimise a posto i fax con tutte le dichiarazioni dei vicini di casa e testimoni, che si era fatto mandare dai suoi agenti a Rapallo, quindi si scambiò un ultimo, inutile aggiornamento con Venuti («Alla fine la Serra ha deciso di indagare il giovane Turone, domani all'alba facciamo la perquisizione. Vuoi venire»?).

Non ci penso neanche, tu e la Serra state perdendo tempo, pensò. Ma disse solo «no grazie, sono distrutto, devo dormire qualche ora. Vi raggiungo in mattinata».

Tolse gli occhialini, si massaggiò il naso e accese l'ultima sigaretta della giornata, già sapendo che ultima non sarebbe stata. Aprì la finestra e aspirò fino in fondo il profumo dell'estate troppo calda. Soffiò il fumo verso corso Italia, notò in mare le luci di una nave da crociera grande come un grattacielo, su cui migliaia di impiegati, commesse e pensionati si accalcavano passando da un buffet all'altro, in attesa di una qualche emozione. Pensò che era fortunato ad avere un lavoro in cui non poteva mai abbassare la guardia.

MERCOLEDÌ

Luciani

«Commissario! Commissario!!»

La voce che arrivava dalla strada era inconfondibile. Marco Luciani si alzò dal divano dove era finalmente riuscito ad appisolarsi dopo la notte insonne e si affacciò alla finestra. «Iannece. Che c'è? Non puoi suonare come tutti?»

«Ho una lettera per voi.»

«Bene. Lasciala in cassetta.»

«Commissario!»

«Eh.»

«A dire il vero vi devo dare una cosa. Ma non posso farlo davanti a tutti. È una pistola.»

Due o tre passanti si voltarono a guardarlo, Marco Luciani capì che era meglio farlo salire. Provò ad aprire il portone ma qualcosa non funzionava, probabilmente gli operai avevano staccato la corrente. Infilò un paio di pantaloni e scese ad aprirgli con la chiave.

«Vi hanno tagliato i fili, commissario? Non avete pagato la bolletta perché siete in bolletta?»

«Che succede, Iannece?»

«Vi ho riportato la vostra pistola. E il distintivo.»

«Come sarebbe? E la mia lettera di dimissioni che fine ha fatto?»

«È ancora nel cassetto del questore.»

Il commissario era perplesso. Sapeva che il questore non faceva mai nulla a caso, aveva tanti difetti ma certo non era uno stupido, e sul piano dei calcoli e degli intrighi non lo batteva nessuno.

«E perché?!»

«Spera che cambiate idea,» disse Iannece «o di potervi richiamare dalle ferie.»

«Ma figurati... non vedeva l'ora che mi togliessi dai piedi.»

«Prima di questo omicidio forse sì. Quello della ragazza di Rapallo, dico. Il caso è delicato assai e il questore rischia la poltrona se non lo risolve, commissario. E l'Ingegnere, da solo, non lo risolve.»

«Nicola se la caverà benissimo. Ti dico io che beccherà l'assassino e lo promuoveranno.»

«Nooo, anche se ce la fa, è comunque troppo giovane per diventare commissario. Lui ci spera, naturalmente. Ma come disse l'uva alla volpe, sei troppo acerba per prendermi.»

Marco Luciani si ripeté un paio di volte la frase, per capire se aveva un senso compiuto. Iannece storpiava i proverbi, più o meno consapevolmente, coniando nuovi modi di dire che sembravano assurdi ma avevano una loro logica interna, se non addirittura un fondo di saggezza.

«Allora, quando tornate a lavorare, commissario?»

«Ti ho già detto che non torno, Iannece. Sto bene qui.»

L'altro si guardò intorno annuendo esageratamente, posando lo sguardo sulla casa in disordine, la biancheria per terra, il lavello pieno di piatti sporchi, i grumi di polvere lungo gli zoccoli delle pareti.

«Forse è meglio che non ve la lascio, la pistola.»

«Togliti dai piedi, Iannece. Ho molto da fare.»

L'agente disse un «oh!» a mezza voce, quindi gli lasciò distintivo e pistola. Poi tolse di tasca un foglio di giornale in cui aveva avvolto i proiettili.

«Ecco qua, ci sono tutti e sei. Potete giocare alla roulotte russa.»

«Roulette. Ma si fa con un proiettile solo.»

«Lo so, commissario. Ma la mia versione è diversa e si fa con tutti i proiettili.»

«E che senso ha?»

«Voi provate a fare una vacanza in roulotte, con moglie e tre figli. E poi mi dite.»

Di tornare a dormire non c'era speranza. Marco Luciani rimise nel solito nascondiglio la pistola e i proiettili, poi si mise a leggere un po', ma ben presto si accorse che non riusciva a concentrarsi. Diede un'occhiata alla televisione, poi sentì mezzo cd di Filippo Gatti, mise su una lavatrice.

Odiava queste giornate inconcludenti, nelle quali non riusciva a fare bene niente. In verità sentiva che l'unica cosa sensata da fare era andare da suo padre, ma non riuscì a imporsi di andare a prendere la macchina e tornare a Camogli. Restò ancora in casa a ciondolare, pensò alla possibilità di un allenamento pomeridiano ma sarebbe stato eccessivo rispetto alla tabella, e allenarsi troppo poteva essere altrettanto dannoso che allenarsi troppo poco.

Verso le sei si impose di fare due passi, andò a comprare un chilo di patate, quattro banane e due pomodori. «Tutto biologico» sorrise la verduraia mentre intascava sei euro. Rientrando verso casa, una crostata all'albicocca nella vetrina di un rosticciere lo colpì a freddo, in modo sorprendente. Che cosa sto facendo?, pensò senza riuscire a staccare gli occhi dalle strisce di pastafrolla dorata in modo perfetto, dalla quantità di marmellata assolutamente ideale, né troppa né troppo poca.

Non avrebbe mai ceduto di fronte a un'insalata russa o a un cappon magro. I ravioli non gli facevano né caldo né freddo e il coniglio coi pinoli e le olive poteva smuovergli solo lo stomaco. Ma la crostata era un grimaldello potente: alimento ideale degli sportivi, consigliatissima prima di uno sforzo fisico perché dava energia senza appesantire lo stomaco. Entrò con circospezione, si fece dare metà di una fetta normale, e siccome si vergognava un po' chiese anche un etto di prosciutto cotto e un po' di stracchino.

Tornò a casa sacramentando ad alta voce. «Sette euro. Ma questi sono pazzi. Quattordicimilalire. Con frutta e verdura, ventiseimila.» Tradotta in lire, l'enormità della cosa gli sembrava ancora più clamorosa. «Scemo io a comprare qui, comunque.»

Il napoletano lo stava osservando dalla finestra.

«Che ti succede, commissa'? Parli da solo?»

«Mi hanno appena rapinato.»

L'altro strabuzzò gli occhi, poi si guardò intorno: «Chi?! Chi è stato?»

«Il verduraio e il rosticciere.»

L'altro fece una faccia contrita. «Uh, tu sei uscito pazzo. Io qui intorno,» disse abbassando la voce «non compro più niente, solo il pane e il latte. Ma per tutto il resto vado al discount. Quello in Carignano. Risparmio almeno il trenta per cento rispetto al supermercato. Al supermercato» ripeté. «Ai negozi piccoli neanche li prendo in considerazione.»

«E c'è roba buona?»

«Ottima. Se vuoi ti faccio provare una bottiglia d'olio, o di vino. E poi mi dici.»

«No, non ti preoccupare. Magari ci faccio un salto domani.»

Rientrò a casa, fece per sedersi a tavola e vide che sulla sedia c'era un grosso pacco di fotocopie. Doveva averlo dimenticato Iannece. Diede un'occhiata per curiosità e non ci mise molto a capire che si trattava dei verbali del caso Ameri. Rilievi della Scientifica, autopsia, interrogatori.

«Che bastardo» disse ad alta voce. «Sei un bastardo, Iannece. Tanto non li leggerò.»

Si preparò un tè al limone, molto zuccherato, sedette al tavolo e cominciò a fare due conti, per vedere se poteva tagliare qualche spesa. Non che ci fosse molto da sfrondare, faceva la vita di un monaco tibetano e vizi costosi non ne aveva mai avuti. Ma ora che non avrebbe più avuto uno stipendio, doveva cercare di far durare il più possibile i suoi pochi risparmi e la liquidazione, in attesa di decidere cosa fare della sua vita.

Prese una penna e cominciò a incolonnare su un foglio le voci principali. A parte l'affitto, le sue spese principali erano rappresentate dalle bollette, dall'auto, e in percentuale modesta da vestiti e cibo. Affitto 350 euro, le bollette, più o meno, altri 150 euro al mese; ma la fregatura più grossa era l'auto, che pure non usava quasi mai: ogni anno c'erano almeno 700 euro di assicurazione e 200 di bollo, senza contare la benzina che era arrivata a cifre folli, e le eventuali riparazioni; per bene che andasse il solo fatto di possedere un'auto gli costava almeno altri 100 euro al mese. Non c'erano dubbi che fosse quello il primo ramo secco da tagliare. A lui occorrevano almeno 900 euro al mese per campare, quando non c'erano spese impreviste, e tagliarne un centinaio sarebbe stato già qualcosa.

Riesaminò una a una le vecchie bollette che aveva conservato. Al gas e alla luce non poteva rinunciare, ma il telefono fisso era un'altra spesa assurda, ogni due mesi pagava un canone che rappresentava praticamente l'80-90% dell'intero conto, visto che lui non chiamava mai nessuno. Lo aveva sempre tenuto in caso di emergenza ma a questo punto, pensò, tanto vale disdire il contratto e prendere un telefonino, quei pochi che ancora mi chiamano mi cercheranno lì. Si era sempre testardamente rifiutato di comprarlo, un telefonino, ma alla fine, anche in questo caso, la società era riuscita a fare in modo che non averlo diventasse antieconomico. E alla fine tutti erano costretti ad arrendersi. Come sempre.

Se non altro mi arriverà la liquidazione, pensò. E forse anche quel risarcimento per l'aggressione subita dagli ultrà durante l'ultima indagine sul mondo del calcio. Ma quella aveva già deciso di darla in beneficenza, non avrebbe mai potuto intascare soldi da una società che corrompeva gli arbitri.

Si chiese in quanto poteva consistere il tesoro che suo padre era riuscito ad accumulare e a nascondere all'estero. Me ne basterebbe il dieci per cento per vivere da signore, pensò. Poi scacciò subito ogni possibile tentazione e compromesso: non si può essere onesti al novanta per cento. Quell'eredità non l'avrebbe mai toccata.

Alle due meno un quarto di notte uno strano rumore si insinuò nel sogno di Marco Luciani. Si era appena riaddormentato ed era steso al bordo di una piscina, faceva caldo ma lui sapeva che di lì a un minuto si sarebbe tuffato nell'acqua fredda, pregustava il momento rimandandolo il più possibile e gustandosi, dietro gli occhiali da sole, la camminata di bellissime ragazze che gli passavano davanti guardandolo con la coda dell'occhio e con un accenno di sorriso malizioso. Qualcosa però doveva essersi guastato, forse nel filtro della piscina; si sentiva una specie di *frash*, *frash*, a intervalli regolari, non capiva esattamente cosa fosse ma col passare del tempo si faceva più forte e deciso, finché un rumore metallico si aggiunse, *tereteng tereteng tereteng*, il motore doveva essere saltato e anche le ragazze sembravano preoccupate e guardavano lui temendo che se ne andasse, che le lasciasse sole prima di averle soddisfatte tutte, che si svegliasse.

Aprì un occhio e ci mise qualche secondo a realizzare che si trovava nella sua camera. Il rumore era fortissimo ora, sembrava provenire dalla cucina, anzi no, veniva dalla strada, e non appena fu del tutto sveglio riconobbe facilmente la scopa dello spazzino che sfrusciava lungo i bordi del vicolo spostando carte e residui di spazzatura; il genio laureato, perché ormai tutti gli spazzini erano laureati, aveva agganciato una lattina vuota e la spostava di mezzo metro in mezzo metro, con paziente determinazione, dall'inizio alla fine del vicolo, diffondendo tra le case il suo concerto per ramazza e alluminio.

GIOVEDÌ

Giampieri

Nicola Giampieri arrivò al commissariato di Rapallo con sottobraccio un enorme rotolo da architetto, entrò nell'ufficio di Venuti con aria trionfante e spiegò sulla scrivania la grande ricostruzione grafica del palazzo di via Bixio che aveva preparato al computer, stampato a colori e ingrandito. C'erano tutti i numeri interni e le posizioni dei vari inquilini nei minuti precedenti e successivi al delitto, in base alle indicazioni emerse dagli interrogatori e dai controlli incrociati. L'Ingegnere aveva scritto in blu tutto ciò che era assodato al di là di ogni ragionevole dubbio, per esempio la telefonata delle 9.13 al centralino del 118, e in rosso le affermazioni dubbie o basate solo sulle dichiarazioni di una persona, per esempio il fatto che uno stava dormendo e non aveva sentito nulla. In verde le persone senza alibi ma praticamente insospettabili, come invalidi e anziani.

Il palazzo era di cinque piani, con due portoni e due scale, dodici appartamenti balconati da una parte e dodici dall'altra. Tutti avevano garage, cantine e, sotto la scala B, un gabbiotto dell'ex portineria, con acqua corrente e bagnetto, utilizzato dalla donna delle pulizie per tenere scope e detergenti.

Piano piano, raccogliendo le testimonianze degli inquilini, incrociandole e integrandole, gli agenti erano riusciti ad avere un'idea precisa di dove si trovava ciascuno degli abitanti del palazzo nei minuti-chiave dell'omicidio e della fuga.

Al primo piano, interno 1, lo studio dell'avvocato, luogo

del delitto. Barbara entra presumibilmente intorno alle 8.25, in anticipo rispetto agli altri giorni ma in linea con l'ingresso del lunedì. Giampieri aveva lasciato uno spazio bianco per aggiungere i dati che sperava di fare emergere da una futura perizia del computer, fermo restando l'orario di accensione alle 8.27. Quindi (all'interno 2) la sede di un circolo degli Alpini, che quella mattina era chiuso perché apre soltanto tre pomeriggi alla settimana. Al 3 abitano madre invalida ultranovantenne e figlia, erano in casa e non hanno sentito niente. Non hanno alibi. Al 4 un miniappartamento abitato da una studentessa, dormiva ed è stata svegliata dall'ambulanza. Non ha alibi, ma sembra a posto. Secondo piano: al 5 mamma separata con figlio piccolo, lo ha accompagnato all'asilo alle 7.50 e sul suo pianerottolo ha visto la lavascale che stava pulendo, e nessun altro, poi è rientrata alle 8.20 e di nuovo non ha visto nessuno. La lavascale era andata via e aveva lasciato il portone aperto per far asciugare prima, poi era passata a lavorare nell'altra scala dove diversi testimoni l'avevano vista tra le 8.15 e le 8.45. Tutto verificato, tutto in blu. All'interno 6, il nome della famiglia Turone era scritto in rosso. Padre che si arrangia con lavoretti saltuari, madre casalinga e un figlio in cura presso i servizi psichiatrici. Non violento secondo vicini e medici. Dice di avere incrociato Barbara nell'atrio alle 8.30, ma è stato a sua volta visto in piazza alle 9 circa, tranquillo e senza nessuna macchia di sangue sui vestiti. Il padre alle 9 era a dare una mano a un amico carrozziere; la perquisizione dell'alba in casa loro – aggiunse Venuti – aveva portato al sequestro di un paio di pantaloni e di un piccolo asciugamano con macchie sospette, che sarebbero stati esaminati. Ma dal tono deluso già si capiva che non c'era da aspettarsi nulla. Al 7 – riprese Giampieri – vive una hostess che quella mattina era in volo da Londra. All'8 un appartamento in ristrutturazione, ma quella mattina non ci lavorava nessuno. Al 9 ancora una coppia di anziani, lui è uscito un po' prima delle 9, ha fatto le scale a piedi perché l'ascensore era occupato, non ha visto nessuno entrare né uscire. La moglie è rimasta a casa ed è quella che innaffiava i fiori e ci ha dato qualche indicazione. Al 10 un negoziante, è uscito col cane ed è rientrato molto presto, prima che arrivasse la lavascale, poi è uscito di nuovo alle 8.40 per prendere il giornale, ha fatto quattro chiacchiere stando lì vicino al portone ed è rientrato, probabilmente è lui che occupava l'ascensore. All'11 e al 12, infine, i due appartamenti uniti che formano il grande attico dei Mantero; e lì, sugli spostamenti di madre e figlio, tornavano le scritte rosse.

L'altra scala era meno interessante: per arrivarci bisogna uscire e rientrare dall'altro portone, ma neppure una macchiolina di sangue era stata trovata su quel percorso a indicare un possibile passaggio dell'assassino. E lì certo nessuno aveva pulito con lo straccio. Avevano comunque controllato tutti gli inquilini e scartando anziani, seconde case e appartamenti sfitti, ragazze madri, restavano in rosso un giovane carabiniere con moglie e figlia piccola, che però sembrava un tipo a postissimo, e una coppia di quarantenni senza figli che si forniva l'alibi a vicenda, sveglia-colazione-arrivo al lavoro intorno alle 9.

Finita la lunga carrellata, Giampieri scosse la testa e sbuffò, poi prese il fazzoletto e diede una pulita agli occhiali. Venuti annuiva ammirato: «Un gran bel lavoro, Nicola. Davvero. Non c'è niente di nuovo rispetto a quello che sappiamo, ma vedere le cose tutte insieme nero su bianco, anzi rosso su blu, le rende molto più chiare». Giampieri non capì se lo stava prendendo in giro o meno. «Dico sul serio» ripeté Venuti convinto. «Ora bisogna fare in modo che diventi tutto blu, o che resti solamente un nome in rosso.»

Giampieri accese una sigaretta e si sedette. «Il "buco" a disposizione dell'assassino è tra le 8.25, il tempo per Barbara di entrare, sedersi, accendere il computer, e le 8.40; dopo diventa difficile, c'è molto movimento.»

«In un quarto d'ora è difficile farsi aprire, uccidere, pulirsi in bagno e uscire» insistette Venuti. «O ha avuto un culo pazzesco, oppure è ragionevole pensare che sia rimasto nel palazzo. Turone può essere entrato con lei, e l'avvocato poteva addirittura essere già nell'ufficio ad aspettarla.»

«Il tempo per arrivare da fuori, uccidere e scappare c'è tutto» osservò Giampieri. «Io penso che se fosse stato uno di loro sarebbe già crollato all'interrogatorio, specialmente il ragazzo.»

«Dal vicolo vicino al palazzo si entra nel portone quasi senza essere visti» confermò Vitone. «Quello che non capisco è come ha nascosto, una volta uscito, l'arma del delitto.»

Venuti riaccese il sigaro nella stanza già impregnata di fumo stantio: «Uno del palazzo almeno sapeva come muoversi».

«Ma l'avvocato sarebbe stato stupido a uccidersela proprio nel suo studio. Specialmente se il movente fosse passionale.»

«E se invece non fosse passionale?»

«In che senso?»

«Potrebbe averla sorpresa a fare qualcosa che non doveva, qualcosa di molto grave, o meglio di molto pericoloso per lui. Non poteva semplicemente licenziarla, doveva farla stare zitta.»

«In ogni caso dobbiamo andare più a fondo su di lui. Bisogna che la Serra si decida a indagarlo.»

Giacomo Carrisi detto Jacky aspettava da due ore seduto sulla stessa scomoda sedia che aveva torturato Mantero. A Giampieri e Venuti bastò entrare e guardarlo negli occhi per capire che il ragazzo non aveva neppure un briciolo della freddezza e dell'autocontrollo dell'avvocato; da quando era arrivato, aveva chiesto almeno tre volte che non dicessero niente a sua madre, che viveva con lui e soffriva di cuore. Aveva venticinque anni, aspetto molto curato, bel fisico allenato in palestra e un tatuaggio che circondava il bicipite sinistro: una fila di gechi agganciati uno all'altro, forse un omaggio al suo soprannome. L'Ingegnere pensò che così a occhio non sembrava il tipo a cui può piacere una come Barbara, tanto dimessa e poco attenta alle mode. Anzi, a dirla tutta non sembrava un tipo a cui piacevano le ragazze.

Venuti vide che il ragazzo era spaventato e subito lo prese di petto con un trattamento d'urto. «Allora, sei stato tu? L'hai ammazzata tu? Perché? Non te l'ha data? Da quanto stavate insieme?» L'altro gli tenne testa per non più di un minuto, poi cominciò a balbettare dei «no, sì, no, non stavamo insieme, era un'amica, solo un'amica, le volevo bene».

«Sei scappato, sei sparito.»

«Ero a Voghera, a lavorare, controllate, ho timbrato il cartellino.»

«Frega un cazzo del cartellino, può averlo timbrato un collega, ci prendi per scemi?»

«No.»

«Dicci chi è stato.»

«Non lo so.»

«Ha conosciuto qualcuno in crociera? Era con te in crociera? Gliel'hai pagata sperando di scopartela e lei non te l'ha data?»

«No, sì, non l'abbiamo pagata, l'avevamo vinta a un concorso.»

«Un concorso?»

«Sì, controllate pure, non le ho pagato niente, non avrei potuto, e lei neanche.»

«Ma ci hai provato.»

«No, come devo dirvelo, eravamo amici e basta.»

«Tra uomo e donna l'amicizia non esiste.»

E alla fine Jacky scoppiò a piangere e urlò: «Basta, non mi interessava, mi piacciono gli uomini, avete capito bastardi, sono gay va bene? Sono gay bastardi schifosi e se non mi lasciate andare subito vi denuncio per sequestro di persona».

Venuti se ne andò sbattendo la porta, Giampieri mise una

mano sulla spalla del ragazzo, gli offrì un bicchiere d'acqua e cominciò la recita del poliziotto buono.

«Io non credo che sia stato tu, Giacomo. Dico davvero. Ma tu ci devi aiutare. Lo conosci bene Mantero?»

L'altro tirò su col naso. «Non tanto. L'ho visto qualche volta alle gite in montagna, siamo soci del Club Rapallo Quattromila. Ma è uno che se ne sta sulle sue.»

L'Ingegnere lo fece parlare, finché si fu calmato. Poi arrivò al punto che più gli interessava.

«E quel paesino dove Barbara andava nel weekend, Santo Stefano d'Aveto? Quello dove vive suo zio. Non c'era qualche ragazzo, là, che le piaceva? O qualcuno a cui lei piaceva?»

Il sostituto procuratore Monica Serra era seduta sulla poltroncina di plastica e stoffa rossa, leggermente staccata dalla scrivania. Avvicinandosi, l'Ingegnere poté vedere le gambe accavallate, la gonna che lasciava scoperte le ginocchia e una porzione di coscia. Porzione non era l'espressione giusta, pensò, non erano gambe che ti facevano venire voglia di dare un morso, erano belle senza dubbio ma troppo magre per i suoi gusti. Una volta le quarantenni si allargavano, filosofeggiò il vicecommissario, diventavano più comode e accoglienti, e come gli aveva spiegato tanto tempo prima un suo zio si rivelavano le amanti migliori: escluse dai posti che contano sul lavoro, con i figli adolescenti e insopportabili, e i mariti che guardavano le ventenni, erano frustrate, con un sacco di tempo libero a disposizione e la voglia di goderselo tutto prima che fosse troppo tardi. «In più,» gli diceva «sono incredibilmente porche, ma raramente pensano di lasciare la famiglia per te, il che risparmia un sacco di rischi e di complicazioni.» Oggi invece le quarantenni si restringono, pensò Giampieri, si asciugano a forza di palestra e di lavoro; se sono single sono totalmente incentrate su se stesse, se sono sposate hanno figli ancora piccoli che non le lasciano libere un momento. Ma chi diavolo la vuole, una donna tutta ossa o stressata da un moccioso?

La Serra si aggiustò i lunghi capelli rossi con un paio di abili mosse delle mani, quindi gli fece segno di accomodarsi. Il viso magro, dagli zigomi sporgenti, era abbronzato e pieno di lentiggini, gli occhi erano chiari e luminosi e l'unico difetto erano le labbra, piuttosto sottili e poco portate al sorriso. Una rossa naturale così, pensò Giampieri sedendosi, con cinque o dieci chili in più e la voglia di farseli esplorare sarebbe davvero uno schianto. Ma negli occhi di lei non leggeva altro che ambizione e ossessione per la carriera.

«Lei ha un'idea, commissario, di che cosa succede se sbagliamo bersaglio?»

«È solo un avviso di garanzia, mica lo arrestiamo.»

«Per la gente è lo stesso, lei lo sa benissimo. Ormai dire "indagato" è come dire "colpevole".»

«Io ho bisogno di fare quelle intercettazioni, e il più presto possibile. E i prelievi di sangue e di Dna.»

Il magistrato si accese una sigaretta.

«Non mi guardi così. Almeno nel mio ufficio voglio essere libera di fumare.»

«Non la guardavo male. Anzi mi chiedevo...» replicò Giampieri tirando a metà fuori dalla tasca le sue sigarette.

«Prego.»

La accese con l'accendino del magistrato e per un attimo i loro sguardi si incontrarono. Nel fondo degli occhi color nocciola l'Ingegnere colse un lampo di fragilità, e forse anche di malizia. Sì, vista così è decisamente una bella donna, pensò, ma troppo sostenuta, troppo controllata. Chissà, magari è costretta a farlo per restare a galla in un mondo di maschi, ma a letto accetta di sottomettersi, sì, forse a letto diventa un'altra persona, dolce e malinconica.

Lei sembrò intuire quello che lui stava pensando, distolse lo sguardo e finse di cercare qualcosa in un cassetto.

«Voglio pensarci un po' su» disse alla fine. «Rischio di

farmi respingere la richiesta dal gip e non mi va di fare un passo falso, c'è troppa attenzione intorno a questa storia. In ogni caso le dico già che per le intercettazioni non ci sarà niente da fare. Sa che il gip ha avuto dei problemi.»

Giampieri annuì. Si trattava di una storia vecchia di due anni, ma non ancora risolta, per alcune intercettazioni in cui erano finiti per sbaglio dei parlamentari. E che erano finite, non per sbaglio, sui giornali.

«Ho capito. Ma almeno il Dna che Mantero non ha voluto fare, e i computer...»

«Come le ho detto, ci penserò.»

«Non ci pensi troppo» replicò lui di slancio. Poi, ricordandosi che aveva deciso di mostrarsi umile, si corresse: «Se posso permettermi, è chiaro».

Si congedò piuttosto deluso, sperava che non fosse così difficile ottenere quell'avviso. È vero che la situazione era delicata, ma era quasi certo di avere inquadrato la Serra nella categoria dei magistrati d'assalto, quelli che non guardano in faccia a nessuno e cercano di fare carriera a colpi di inchieste clamorose.

Salì in auto, accese lo stereo e si ripeté che Monica Serra non era una prudente, non lo era lo sguardo che si erano scambiati mentre lei gli accendeva la sigaretta e che un'altra donna davvero controllata non si sarebbe lasciata sfuggire. La Serra amava le emozioni forti ed essere al centro dell'attenzione.

Nel tempo necessario a Giampieri per rientrare in ufficio, il magistrato aveva già firmato l'avviso di garanzia per Giulio Mantero. I giornalisti lo seppero nel giro di poche ore, e quando corsero ad annunciarlo al broker scoprirono con stupore che lo sapeva già.

Stava di nuovo studiando gli orari degli inquilini quando Calabrò venne ad annunciargli che le due nuove erano arrivate. «Portale da me,» disse «ce ne liberiamo subito.»

Se avessero studiato a tavolino di sembrare il più diverse possibile, non ci sarebbero riuscite meglio. La prima a presentarsi, alzando leggermente la mano destra e lasciando la sinistra in tasca fu «Giolitti Nadia», bruna, capelli corti e sguardo da dura. Era in borghese, vestita con un paio di anfibi neri, pantaloni mimetici, una canottiera nera e un giubbotto di jeans.

Lesbica sparata, pensò Giampieri mentre il suo sorriso si apriva involontariamente ascoltando la voce un po' impaurita di «Stefania Boemi», un angelo biondo in divisa d'ordinanza, col saluto portato impeccabilmente col taglio della mano alla fronte e il berretto tenuto sul cuore, o meglio su un seno pieno e rotondo che neanche la camicia rigida riusciva a contenere. Il primo aggettivo che gli venne in mente fu "morbida", nelle curve del corpo e nel modo in cui lo guardava con un misto di timore e ammirazione. Aveva gli occhi azzurri, maledizione, e anche se era una scelta banale gli occhi azzurri erano quelli nei quali l'Ingegnere affogava più facilmente.

Tu guarda che cucciolo, pensò cancellando con un ideale colpo di spugna tutto il diagramma di spostamenti che Calabrò aveva faticosamente costruito. Se la mando in archivio mi diventa pallida, senza contare che quei vecchi lupi schifosi la sbranerebbero in dieci minuti. Al limite ci mando la lesbica. Già, ma così la biondina finirebbe alle volanti, peggio ancora. Tutto il giorno da sola in macchina con due agenti arrapati.

Provò a immaginare freneticamente una serie di spostamenti alternativi ma la costruzione di Calabrò si reggeva su un equilibrio miracoloso, impossibile da modificare senza far crollare tutto.

«Molto bene, ragazze» esordì. «Benvenute alla squadra Omicidi. Vi dico subito che da diverse parti mi è stato consigliato, prima ancora che voi metteste piede qui dentro, di spedirvi subito in qualche inutile archivio o a timbrare passaporti, facendomi dare in cambio persone più esperte, preferibilmente di sesso maschile. Ma questo non è il mio modo di pensare. Il fatto che siate donne, e giovani, lo considero un vantaggio e non certo un handicap.»

Evitò lo sguardo di Calabrò, che lo fissava più sbalordito che irritato, e proseguì: «Ma sappiate che qui per voi sarà tutto doppiamente difficile. Siete nuove, e siete donne. Aspettatevi battutine e diffidenza, ma quando succederà non venite a piangere da me. Io non vi darò pacche di consolazione sulle spalle, ma vi do ora la cosa più importante, ovvero la mia totale fiducia. Come sapete, capitate in piena emergenza. Siamo tutti impegnati nel caso Ameri e abbiamo bisogno di tutto l'aiuto possibile. Vi concedo quello che resta del pomeriggio e la mattina di domani per conoscere i colleghi, il palazzo, la città. Insomma per ambientarvi. Da domani pomeriggio vi considererò operative. Siete già sistemate?»

«Io sono a casa di una mia cugina, a Sori» disse la Giolitti.

«A me consegnano una delle nostre case la settimana prossima. Per il momento starò in albergo» spiegò la Boemi.

«Puoi venire da me, se ti va» buttò lì l'altra.

«Be'... grazie, adesso vediamo...»

Giampieri sentì una fitta di gelosia.

«Vabbe', sbrigatevela tra di voi. Se avete bisogno di qualcosa chiedete dell'agente Iannece. Domani vi metterete a disposizione dell'ispettore Calabrò, che vi dirà cosa fare. Altre domande?» disse guardando la biondina.

Lei arrossì leggermente, fece di no con la testa, poi tirò fuori un po' di voce: «Tutto chiaro. Grazie».

Giampieri evitò di sorriderle. Finché si è in una posizione di potere, guai a cedere anche solo un'unghia di terreno. Specialmente con quelle belle e viziate. Ma quando si voltarono per uscire, e vide il culo pieno e rotondo di Stefania, l'Ingegnere capì che da quel momento le sue giornate non sarebbero più state le stesse.

GIOVEDÌ

Luciani

Il padre era seduto sulla poltrona di cuoio marrone che Marco Luciani ricordava come la poltrona di suo nonno. Quando lo portavano a casa, durante le vacanze di Natale o per qualche altra occasione speciale, nonno Mario passava lì seduto buona parte della giornata, guardando la televisione oppure leggendo il giornale, quando ancora ci riusciva, e verso la fine dormicchiando quasi tutto il giorno. Era arrivato a 93 anni e fino agli 88 circa aveva vissuto da solo, in un vecchio quartiere popolare di Milano che non aveva mai voluto lasciare, neppure quando il figlio travolto dallo scandalo di Tangentopoli si era ritirato dagli affari e gli aveva proposto di andare a vivere nella villa di Camogli, in un appartamentino tutto per lui. Neppure quando il figlio aveva proposto di comperargli una casetta e una fascia di terreno poco lontano da loro, per controllarlo e averlo vicino. Nonno Mario non aveva mai creduto a quella fortuna improvvisa, a tutti quei soldi di cui non capiva bene la provenienza ma che gli sembravano troppi, e troppo facili. Ogni volta che il figlio gli faceva un regalo costoso, fosse un televisore o un telefono accessoriato o anche solo un maglione dall'aria troppo elegante, lui faceva una smorfia e diceva cose tipo "il mio vecchio telefono funziona benissimo, non mettermi questo che non lo so usare", oppure "chissà cosa costano i pezzi di ricambio", e quando il figlio infastidito gli diceva "papà, i pezzi di ricambio non esistono, quando si rompe una cosa la buttiamo via e ne compriamo un'altra, si chiama consumismo ed è bellissimo", nonno Mario scuoteva la testa come di fronte a una bestemmia e cominciava a dire cose tipo "andremo tutti a gambe all'aria", "non buttare via i soldi, mettili da parte, portali in Svizzera che un giorno o l'altro l'Italia farà bancarotta".

«Perché ridi? Sono tanto ridicolo?»

Marco Luciani si riscosse e guardò suo padre. Quell'uomo alto, corpulento e arrogante, soprannominato Il Grande Cesare, era diventato un vecchietto spaventosamente magro, a cui la malattia aveva scavato due occhiaie nere e due fosse profonde al posto delle guance. Forse per la prima volta si rese conto di quanto si assomigliavano fisicamente. «Stavo pensando al nonno, sei seduto nella sua poltrona. Pensavo a quando diceva che avremmo fatto bancarotta.»

Il padre fece una smorfia. «Già. Aveva ragione. Su quasi tutto aveva ragione, dovremmo ascoltarli di più i nostri vecchi.» La sua voce profonda e calda come un tempo, solo un po' più roca, mal si accoppiava con quello che era rimasto del suo corpo.

«Lo dici perché adesso ci sei tu in quella poltrona.»

«Forse. Ma il mondo lo si vede meglio da qui, credimi, che non quando si è là fuori a correre, a girare in tondo insieme a tutti gli altri. In fondo è un principio filosofico e scientifico elementare, l'osservatore obiettivo dev'essere esterno al sistema, se è all'interno del sistema non si accorge di nulla, a cominciare dal movimento.»

Avevano rotto il ghiaccio facilmente, come se si fossero parlati da pochi giorni e non, l'ultima volta, più di dieci anni prima. Il figlio non accennò a dargli un bacio, né semplicemente a toccarlo, ma l'altro non sembrava aspettarselo. Marco Luciani scostò un lato del lenzuolo che copriva il divano e sedette di fronte a suo padre, mentre la madre, non reggendo più la tensione, borbottò qualcosa a proposito di un caffè e sparì in cucina.

«Comunque il nonno aveva torto. Alla fine l'Italia non l'ha fatta, bancarotta.»

«E come no? L'abbiamo fatta noi cittadini, noi eravamo i creditori dello Stato, con tutti i nostri Bot e Cct al 18%, eravamo tutti seduti al tavolo della roulette e un bel giorno quelli hanno spento la luce e via. Quando è tornata, sul tavolo non c'era più neanche una fiche. Hanno sbattuto in galera un po' di capri espiatori, hanno chiesto risarcimenti miliardari, e poi hanno cominciato con la svalutazione della lira, il 30%, mica briciole, e il furto direttamente nei conti correnti, e la tassa per l'Europa, e una marea di tasse dirette e indirette che non ha uguali nel mondo. Nei tanto bistrattati anni Ottanta lo Stato era indebitato ma i cittadini erano ricchi, ora lo Stato dice di avere i conti più o meno a posto, o meglio fa finta che sia così, e i cittadini sono alla fame.»

«Tu no di certo» ironizzò il commissario.

«No, perché ho fatto quello che diceva tuo nonno, anche se c'ero già arrivato da solo. Ho messo i soldi al sicuro, e anche se mi hanno sequestrato le case, le macchine e la barca, i soldi non li hanno trovati tutti. Gliel'ho messo nel culo ai giudici comunisti e ai loro compari giù a Roma. Eravamo ancora una parvenza di nazione, ci hanno fatto diventare i camerieri dell'Europa.»

Rimpiangere il passato e lamentarsi della politica e dell'economia. Ecco cosa vuole dire diventare vecchi, pensò Marco Luciani. Sono costanti inevitabili, esattamente come sentirci e vederci meno o avere dolori reumatici.

Restarono in silenzio per un po', dopo quell'esordio promettente ora erano entrambi imbarazzati. Ma era il padre ad avere più bisogno di parlare. Si pulì un lato della bocca con il fazzoletto, quel rivolo di saliva che non riusciva a trattenere era il primo segnale che presto l'intera diga avrebbe ceduto.

«Sono contento che tu sia venuto, Marco.»

Il figlio si limitò ad annuire.

«Come tua madre ti avrà detto, sto morendo.»

«Anch'io sto morendo, papà. Anche la mamma. Tutti stiamo morendo.» Se l'era preparata prima, questa, e non voleva rinunciare a dirgliela.

«Si può vederla anche in questo modo» sospirò l'altro. «Diciamo che io sono più vicino al traguardo. Molto vicino. Ma non cerco la tua pietà, non ti preoccupare. E neppure voglio parlare del passato. Solo del futuro. Non il mio, ovviamente, ma quello di tua madre, e se vuoi anche del tuo.»

Marco Luciani si era imposto di restare cinico, distaccato. Di trattare suo padre come aveva sempre fatto. Non è perché stava morendo che doveva ribaltare il suo giudizio su di lui. Non sarebbe stato serio, come uno che è stato ateo tutta la vita e sul letto di morte chiede di vedere un prete.

«Del mio futuro mi occuperò da solo, grazie. Come ho sempre fatto. E cercherò di occuparmi anche della mamma.»

«Ascolta. So che ti è costato molto venire qui, ma conserva la tua rabbia per qualcosa di più importante. Con me ormai è sprecata, non vale la pena. Io sono già oltre tutto questo, ma sai che non mi piace lasciare le cose in sospeso. Che tu te la caverai non ho il minimo dubbio, sei in gamba, pure troppo. Se tu fossi stato meno in gamba avresti fallito e saresti dovuto tornare indietro, e avresti vissuto meglio... no, meglio non è l'espressione giusta, diciamo che avresti vissuto una vita più comoda e più facile.»

Marco Luciani si chiese se suo padre gli stava davvero facendo un complimento.

«Donna Patrizia è una grande donna, ma non ha la tua forza. Ha sempre vissuto in un certo modo e alla sua età non può cambiare. Non abbiamo da parte il tesoro che pensavano i giudici, comunque è rimasto abbastanza perché non debba preoccuparsi più dei soldi per il resto della vita. Ma tu la conosci, non ha il senso degli affari e non vorrei che facesse delle mosse sbagliate, o che qualcuno si approfittasse di lei.»

«Ma i soldi saranno in banca, immagino.»

«Appunto per quello. I peggiori pescecani sono in banca, guarda quanta gente hanno rovinato. Bisogna starci attenti, Marco. Il direttore è un amico ma tra poco andrà in pensione, e insomma io sarei più tranquillo se tu potessi non dico amministrare, ma insomma...»

«Papà. Lo so dove vuoi arrivare. Io quei soldi non voglio toccarli, non voglio vederli, non voglio averci niente a che fare.»

Il padre accennò ad alzare le mani, come ad arrendersi. «Va bene. Va bene. Lo dicevo per tua mamma, non per te. Se finisce in mezzo alla strada poi chi la mantiene? Tu? A quanto ho sentito, non hai neanche più un lavoro.»

Marco Luciani si alzò. «Neanche tu avevi un lavoro. Rubare non è mai stato un lavoro.»

Il padre fece per rispondergli, ma si trattenne.

Il figlio fu tentato di chiedergli scusa, ma si trattenne anche lui.

Si guardarono negli occhi per un momento, fu il commissario a distoglierli per primo e a riguadagnare l'uscita. «Salutami la mamma. Dille che tornerò presto.»

Aprì la porta, restò un attimo indeciso, poi parlò al soffitto. «Papà.»

«Dimmi.»

«Se hai bisogno chiamami. Se non stai bene, dico.»

«D'accordo. Anche tu chiama, se hai bisogno di soldi.»

Si voltò già infuriato.

Il padre sorrideva come un bambino a cui è riuscito uno scherzo.

Quando arrivò davanti a casa riconobbe da lontano una figura familiare, che aveva visto tante volte appostata in quel modo fintamente casuale, con l'atteggiamento di chi aspetta una persona in ritardo. Se il sospettato non ci conosce, diceva il commissario, non ha senso nascondersi dietro un angolo o dietro un giornale con i buchi per gli occhi. Ci noterà meno se ci mettiamo in mezzo alla strada e guardiamo continuamente l'orologio.

«Calabrò.»

«Oh, commissario. La aspettavo.»

«Come va? La famiglia, i bambini? Tutto a posto?»

«Sì, sì, tutto bene, commissario. Anzi, mia moglie mi aveva detto di salutarla alla prima occasione, di dirle che le dispiace che lei sia andato via.»

«Troppo gentile. Salutamela anche tu. Ma sarai qui per lavoro, immagino. Problemi?»

«Eh, neanche il tempo di tirare il fiato, dopo il caso dell'arbitro, e ci arriva subito quest'altro omicidio...»

«Già.»

«Senta, commissario... possiamo parlare dieci minuti?»

«Sicuro. Andiamo a bere una cosa qui vicino.»

Attraversarono un paio di vicoli squallidi, seguiti dallo sguardo preoccupato dei travestiti, superarono una fila di call center pieni di gente e negozi cinesi di bigiotteria dove a memoria d'uomo non si era mai visto un cliente, e finalmente trovarono un orribile bar rimasto fermo agli anni Settanta. Si misero in un tavolino appartato e si resero conto senza neppure stupirsi che le loro erano le uniche facce europee. Forse per quello, o forse perché erano anche facce da sbirri, gli altri clienti li fissavano con aria di fastidio o di sfida.

«Bell'ambientino» disse Calabrò.

«Qui intorno ormai è tutto così. Ma per le risse è ancora presto, non ti preoccupare. Prima devono caricarsi per bene.»

Calabrò prese una birra in bottiglia, il commissario in assenza di Lemonsoda ripiegò a malincuore su una tonica.

Parlarono per qualche minuto di cose poco importanti,

poi Calabrò giunse al punto che lo tormentava e cominciò a lamentarsi dei metodi di Giampieri.

«Si è subito scontrato con il sospettato, invece di lasciarlo un po' a cuocere l'ha aggredito e ora quello si è chiuso a riccio, non dice più nulla. E poi su certe cose è molto accentratore, vuole avere il controllo di tutto, non si fida di nessuno. Mentre su altre lascia fare tutto ai rapallesi col rischio di lasciarci indietro. A me sembra che stiamo perdendo un sacco di tempo. Con lei...»

«Aspetta. Fermati. Se sei venuto a parlarmi male di Giampieri hai sbagliato indirizzo. Io non sono più il responsabile delle indagini, magari manderanno un altro a sostituirmi ma per il momento il vostro capo è lui ed è lui che dovete seguire.»

«Ma lui non ce lo lascia fare. Non si fa consigliare, non ascolta nessuno.»

«Senti, Calabrò. Ognuno ha il suo metodo. Sta a voi adattarvi. Giampieri è bravo, conosce il mestiere, abbiamo lavorato tante volte tutti insieme, non è che ora sarà improvvisamente impazzito.»

«Ma prima c'era lei a coprirgli le spalle, ora che la responsabilità è sua è tutto diverso. È un'altra persona. Prima era sempre allegro, era quello che stemperava le tensioni, ora le provoca.»

Marco Luciani sospirò. «Ascolta. Può darsi che senta questo peso, che abbia paura di sbagliare. È naturale. A maggior ragione dovete avere pazienza e cercare di aiutarlo.»

«Io ci provo, sul serio. Ma lui si chiude in ufficio con quei suoi computer, ha elaborato un software mostruoso che cataloga tutti gli omicidi della storia e pensa che...»

Il commissario alzò una mano per fermarlo.

«Se prosegui mi alzo e me ne vado. Dico sul serio.»

Restarono in silenzio per un po'. L'ispettore capì di avere commesso un errore. Anche se la loro confidenza era grande, non sarebbe riuscito a trovare una sponda contro Giampieri.

«Senta, commissario...» riprese con voce esitante «posso almeno chiederle che idea si è fatto, di questo omicidio?»

«Io?!»

«Sì. Magari lei ha già capito tutto, non mi stupirei.»

Marco Luciani spalancò gli occhi. «E come, scusa? Leggendo i fondi del caffè? Quello che so è quello che ho sentito in televisione o visto sui giornali, ma non so neanche quanto c'è di vero e quanto di fasullo.»

«Ma i rapporti li ha avuti.»

Il commissario lo fissò. Quindi era d'accordo con Iannece.

Calabrò fece un mezzo sorriso. «E ora non mi dica che non li ha letti.»

Luciani replicò con la stessa identica espressione: «No, non li ho letti.»

«Bene. Allora non legga neanche questi» disse posando sul tavolo una cartellina con gli ultimi aggiornamenti.

Doveva essere una nottata moscia perché non sentì passare lo spacciatore di mezzanotte, forse si era preso un po' di meritate ferie con la famiglia, e dopo la serranda dell'una riuscì a dormire abbastanza bene fino alle due e un quarto, quando un'esplosione di vetri rotti lo svegliò di soprassalto. Se fosse crollato il Palazzo dell'Onu lo avrebbe fatto con più discrezione, rispetto ai due addetti della nettezza urbana che avevano sagacemente deciso di svuotare a quell'ora la campana della raccolta differenziata. Ecologisti del cazzo, pensò, se tutti facessero come me, cioè buttare tutta la spazzatura nello stesso sacchetto, forse il mondo finirebbe prima ma almeno di notte passerebbe un solo camion sotto la mia finestra, invece di quattro.

Si riaddormentò e sognò la sua verduraia: dopo quattro chiacchiere sul tempo e sulla bontà dell'uva il sogno si faceva via via più truce, con doppi sensi sulle pere e i meloni. Era riuscito a portarla nel retrobottega e stava spostando il discorso sui cetrioli quando un urlo prolungato lo fece saltare sul letto. Anzi no, non era proprio un urlo, ma una catena di parole pronunciate a voce altissima una dietro l'altra, parole incomprensibili che sembravano più abbaiate che parlate. Ci mise qualche secondo a capire che un altro nuovo clandestino era arrivato a destinazione e ci teneva a farlo sapere a casa, usando naturalmente il telefono pubblico piazzato sotto la finestra del palazzo. E urlava come se dovesse farsi sentire in Congo senza l'ausilio del cavo telefonico. Il mistero, tra l'altro, è che pure in Africa doveva essere piena notte, non aveva neanche la scusa del fuso orario.

Il tizio andò avanti così per un bel po', urlava e urlava, probabilmente dall'altra parte c'era un cugino a cui avevano mozzato le orecchie nel corso di qualcuna delle loro magnifiche guerre tribali. Le lingue dovrebbero mozzarvi, pensò Marco Luciani.

Poi la finestra della vecchia si aprì e una secchiata d'acqua prese in pieno l'africano, che cominciò a imprecare e a minacciare di morte tutto il quartiere. Il commissario sapeva per esperienza che la rissa verbale sarebbe durata almeno mezz'ora, si rassegnò a sedersi sul divano, accese la televisione e incocciò un vecchio Maigret con Gino Cervi. Non se lo ricordava così lento, lo seguì con meno interesse di quanto si era aspettato e dopo un po', senza accorgersene, scivolò in un sonno agitato nel quale al posto della verduraia lo stava servendo suo marito.

VENERDÌ
Giampieri

La sveglia lo catapultò fuori dal buio con violenza. Aveva faticato ad addormentarsi e intorno alle quattro aveva fatto un sogno erotico con protagonista Stefania Boemi. Si era svegliato proprio nel momento culminante, rovinandosi il finale, e per le successive due ore aveva indugiato a letto, insoddisfatto e inquieto, e con un nero presentimento che riguardava l'avviso di garanzia a Mantero. Fece una doccia, aggiustò il pizzetto rinunciando all'idea di tagliarlo e pensando che sulla strada dell'ufficio doveva assolutamente passare da Amalia per rimandare l'appuntamento a un'altra serata, quindi prese il caffè triplo e ingollò un paio di merendine al cioccolato. Non appena gli zuccheri entrarono in circolo si sentì meglio e arrivò a chiedersi se il sogno erotico, per una volta, poteva anche essere un sogno premonitore.

Capì il motivo del brutto presentimento non appena vide i titoli dei giornali. Si era aspettato toni di esultanza per l'avviso di garanzia, e titoli colpevolisti come sempre accadeva in quei casi. Nel momento in cui, dopo quattro giorni, il caso rischiava di cominciare a sgonfiarsi per lasciare le aperture a un'altra notizia, un avviso avrebbe dovuto riportare tutta la pressione dei media sull'avvocato Mantero. Invece, stranamente, a parte un paio di eccezioni tutti i quotidiani avevano sposato la linea della prudenza, dando più spazio alle dichiarazioni dell'avvocato che a quelle del procuratore. Il giornale locale addirittura annunciava per bocca del sindaco di Rapallo e del parroco don Guido una grande fiaccolata di solidarietà con Mantero, per la sera stessa, alla presenza del vescovo.

Davvero strano, pensò Giampieri. Lo stronzetto deve avere dei begli agganci. Se si muove perfino la Chiesa, che è sempre così prudente... Si domandò se non aveva sbagliato a insistere con la Serra, e quando arrivò la telefonata allarmata del questore capì che ai piani alti la loro mossa non era piaciuta per niente. Riuscì in qualche modo a calmare Iaquinta, assicurandogli che si sarebbero mossi rapidamente e con prudenza, ma capì che ne avevano pestata una grossa e puzzolente, e che sarebbe stato necessario ricorrere a una scorciatoia per trovare alla svelta le prove della colpevolezza di Mantero, oppure scagionarlo.

Cercò di distrarsi andando a fumare una sigaretta alla macchina del caffè. E dire che stavo per smettere, pensò. Era riuscito a ridurle ad appena cinque al giorno quando gli era capitato il primo caso da affrontare da solo, ed era quasi immediatamente tornato a fumare il suo pacchetto quotidiano. Sapeva che non era neppure il caso di provare a limitarsi, finché non avesse trovato l'assassino.

Prese un caffè senza zucchero, pentendosene non appena sentì sulla lingua il gusto amaro misto a un saporaccio di bruciato. Provò a rimediare schiacciando il tasto della bevanda al gusto di latte, dopo averla zuccherata al massimo, e versandone un po' nel caffè, ma quell'improvvisato caffè macchiato restava comunque imbevibile. Riversò il tutto nel bicchiere del latte, provando a trasformarlo in un latte macchiato ma le due "bevande al gusto di" non riuscivano proprio ad amalgamarsi. Roteò lo stecchetto di plastica come una bacchetta magica, sperando che facesse sorgere una schiumetta capace di trasformare quel fluido grigiastro in un cappuccino. Assaggiò, fece la faccia di chi ha appena baciato un bulldog e in quel momento sentì la voce infantile di Stefania Boemi.

«Ci vuole una spruzzata di cioccolato?»

Si voltò e la vide sorridente, con l'espressione di chi si sta godendo la scena da un bel po'.

«È tremendo» sorrise di rimando, gettando il bicchiere ancora pieno nel cestino. «Le ho provate tutte, ma oggi è peggio del solito. Posso offrire qualcosa?»

«Mmm... molto gentile, ma preferirei di no.»

«Neanche una bottiglietta d'acqua?»

«Quella sì, volentieri. Naturale.»

Giampieri prese due bottigliette, una per sé e una per lei, bevve subito un sorso sperando che gli togliesse quel saporaccio dalla bocca e dall'alito. Cercò di non pensare a com'era malvestito e impregnato di fumo.

Vide che lei gli fissava il mento e in un muto balenare di sguardi capì di avere una goccia di latte, o quello che era, sul pizzetto. La pulì con un fazzolettino di carta: «Scusa, domani me lo taglio, mi ha stufato».

«No, davvero lo vuole tagliare?» s'imbronciò lei.

«Perché, faccio male?»

«Mah... secondo me le sta bene. Le dà un'aria più... autorevole. Un po' da macho.»

Giampieri prese un respiro profondo. Beccati questa, Amalia, pensò. Ma subito dopo recuperò il sangue freddo e il controllo. Non doveva lasciare che fosse lei a condurre il gioco.

«Come mai già qui? Ti aspettavo oggi pomeriggio.»

«Mi sentivo inutile. Stamattina ho sentito l'amministrazione, mi danno le chiavi la settimana prossima. Così ho pensato che magari vi serviva una mano.»

Giampieri la guardò con attenzione. Aveva un paio di jeans a vita bassa, l'ombelico scoperto e una camicetta bianca stretta in vita che la snelliva notevolmente.

«Chiedo scusa se non sono in divisa» si scusò lei intercettando il suo sguardo «ma non prevedevo di finire così presto e...»

«Non c'è problema. Visto che sei qui, magari ti trovo qualcosa da fare. La tua collega?»

«L'ho chiamata, ha detto che sta sistemando le sue cose. È stata carina, ha insistito molto perché dormissi da lei.» Il tono era appena malizioso. Giampieri si eccitò all'istante e dovette trattenersi per non chiederle che cosa aveva risposto.

Le fece strada verso l'ufficio, pensando a cosa inventarsi per tenerla vicino a sé. In realtà tutti i compiti erano coperti. Poi vide che sulla scrivania erano rimaste le copie di alcune foto di Barbara, che lo zio gli aveva procurato: erano quelle che teneva in camera, quelle a cui era più affezionata.

«Ecco, Boemi, guarda qui. Sono foto della vittima. Qui è con delle amiche a bere, qui con un cane, qui al mare di nuovo con un'amica...»

«Le avete già rintracciate?»

«Certo. I genitori ci hanno detto chi sono, e gli agenti le hanno già sentite. Queste due, le due bionde, stanno a Milano. Aspetta che ti stampo i nomi e i numeri di telefono... ecco, Alessia Quaglia e Michela Picco, Michela è quella al centro, si è appena sposata e trasferita su; la terza, quella bruna, sta a Rapallo, si chiama Tiziana Longato, era la sua amica del cuore. Nessuna sa niente di interessante, nessuna ha un'idea di chi può essere stato, però magari con una ragazza... con una loro coetanea... potrebbero dirti qualcosa in più.»

«Benissimo. E la quarta amica?»

«Quale quarta amica?»

«Quella che ha fatto la foto.»

L'Ingegnere la fissò, sorpreso. Stefania Boemi sorrise: «Lasci fare a me».

Mentre la guardava allontanarsi, il telefonino squillò. Monica Serra aveva una voce più tesa del solito, gli spiegò che in ufficio era impossibile lavorare per l'assedio dei giornalisti e le telefonate.

«Ho un mal di testa terribile, sto andando a casa, mi raggiunga là. È il momento di stringere i tempi.»

Giampieri si fece dare l'indirizzo preciso, quindi scese a prendere la sua auto in garage e uscì senza scorta.

L'Ingegnere ascoltò lo sfogo del magistrato per dieci minuti buoni, seduto sul divano accanto a lei. Indagare Mantero era stato un errore, i giornali e l'opinione pubblica erano tutti dalla sua parte e il gip le aveva già detto che non avrebbe concesso le intercettazioni e neppure il sequestro dei computer. Quella mattina alle sette le era arrivata una telefonata da ambienti vicini al Vaticano, molto cortese per carità, ma anche molto molto "preoccupata". E poi ne erano arrivate altre, di telefonate, nei giorni precedenti. Da personaggi abituati a muoversi nell'ombra, con coperture politiche importanti, che non facevano mai niente a caso.

Giampieri cercò di calmarla, di spiegarle che avevano fatto il loro dovere, e che se lui non aveva mai pensato a Mantero come a un assassino, ora proprio quella solidarietà lo rendeva più sospetto.

«Abbiamo fatto bene a indagarlo» ribadì. «Se ha qualcosa da nascondere, ora è facile che faccia un passo falso. E noi saremo lì.»

Lei scosse la testa e l'abbassò. L'Ingegnere si accorse che piangeva. La tensione era troppo grande per un piccolo magistrato di provincia, costretta a fingersi sicura di sé. Si avvicinò, dicendole di calmarsi, che sarebbe andato tutto bene, poi capì che le parole non sarebbero bastate, che quello che lei cercava era un abbraccio e una spalla su cui piangere. Gliela porse e Monica Serra ci appoggiò la testa, poi alzò gli occhi guardandolo come aveva fatto il giorno prima attraverso la fiamma dell'accendino. Senza l'aria da stronza era molto più bella, sembrava fragile ma non disarmata.

Giampieri sapeva che era un errore, ma la sua mano era già sulla coscia di lei, e quando incontrò l'elastico dell'autoreggente capì che non sarebbe più tornato indietro. Trovò la sua bocca che sapeva di caramella alla menta e sigaretta, le sue lacrime salate, il seno ingrandito dal push-up. Si chiese se era il caso di togliere il reggiseno a una donna di quarant'anni. Non era mai stato con una tanto più vecchia di lui, e anche se era tonica sentiva al tatto che la sua pelle era diversa da quelle che era abituato ad accarezzare. Questo pensiero lo frenò per un attimo, ma lei sembrò intuirlo perché scelse proprio quel momento per mordergli il lobo dell'orecchio e ripetere: «Ti prego, ho bisogno di fare l'amore».

Anch'io ne ho bisogno, pensò Giampieri, e anche se in un angolo della sua mente pensava che avrebbe voluto stringere il corpo più generoso di Stefania, o quello più giovane di Amalia, si tuffò a baciare le lentiggini del petto, le strappò quasi la camicetta, scese fino all'ombelico e quando lei si abbandonò sul divano e si lasciò sfilare la gonna e le mutandine, quella peluria rossa lo ipnotizzò come la fiamma di un camino. Era bagnata e le scivolò dentro con facilità, non c'era tempo per i preliminari, l'incendio che ora bruciava entrambi andava spento il più in fretta possibile. Lei gli piantò le unghie nelle spalle e i talloni sui glutei, spingendolo dentro di sé più a fondo che poteva. Lui venne in modo meccanico, un po' troppo presto, e la sentì fingere un orgasmo che non poteva ancora avere raggiunto. Restarono sul divano qualche secondo, senza riuscire a rendere comodo il loro abbraccio, poi lei andò in bagno a farsi una doccia. Quando tornò, l'Ingegnere se n'era già andato.

C'era fumo nel giardino di Pietro Garaventa. Giampieri scese dalla macchina, lasciandola davanti al cancello, ed entrò deciso mentre un cane di piccola taglia gli veniva incontro abbaiando.

«Zitta, Bessie.» Lo zio di Barbara buttò una manciata di

erbacce sul mucchio di fascine che stava bruciando, si tolse i guanti da lavoro e andò a ricevere l'Ingegnere.

«Mi scusi se piombo qui all'improvviso.»

«Prego. Si accomodi. Stavo bruciando un po' di erbacce. Vuole un caffè?»

«Non vorrei farla allontanare dal fuoco.»

«Non si preoccupi, è sotto controllo. E poi oggi c'è poco vento.»

La casa era un rustico con i muri spessi e il retro addossato alla collina. Doveva essere molto umida e fredda d'inverno, ma in quel momento ci si stava bene. Il commissario si guardò intorno, Garaventa era il tipo d'uomo che pur vivendo da solo sa essere molto ordinato. A vederlo così sanguigno e impulsivo avrebbe pensato il contrario.

Quando l'uomo gli si avvicinò per versare il caffè dalla moka, Giampieri sentì l'odore di bruciato sulla sua camicia, accompagnato a un forte senso di déjà vu. Chiuse gli occhi e lo rivide, la mattina del delitto, in ospedale, con addosso quell'identico odore.

«Una bella menata le erbacce. Vanno bruciate spesso?»

«Abbastanza.»

«Scommetto che ne vale la pena. Il suo orto mi sembra ben fornito.»

L'uomo non rispose e Giampieri dirottò la sua attenzione sulle foto appese alla parete della cucina. La piccola Barbara al mare, abbracciata allo zio. Doveva avere sei-sette anni. In un'altra foto chiusa in una cornice d'argento guardava seria e compunta un libretto, e indossava il vestito della prima comunione. C'erano foto di Barbara, a diverse età, su un'altra parete, sul tavolino del televisore, sulle mensole.

Pietro Garaventa intercettò lo sguardo di Giampieri: «Doveva vederla, da bambina. Era eccezionale. E anche dopo, è sempre stata una ragazza speciale. La mia unica nipote. La mia unica nipote» ripeté mentre la pelle gli diventava rossa e gli occhi si riempivano di lacrime.

A Rapallo la giornata avanzava a rilento. Le notizie che arrivavano da Venuti non erano positive: le piccole macchie sui pantaloni e sull'asciugamano sequestrati in casa Turone erano rispettivamente ruggine e sangue del padrone di casa, probabilmente qualche minuscolo taglio mentre si faceva la barba. L'alibi di Giorgio Turone e la non pericolosità del figlio erano stati confermati, tanto che Giampieri fu tentato di passare la famiglia, sul prospetto del palazzo che aveva appeso dietro la scrivania, dal rosso al verde. Ma alla fine preferì aspettare. Anche degli altri testimoni che sperava di ritrovare non c'era ancora nessuna traccia.

Prima di cena Vitone arrivò con una notizia interessante. La banca aveva finalmente mandato i resoconti dei movimenti del conto di Barbara Ameri, e c'era qualcosa di strano: due ritiri bancomat, di duecento euro ciascuno, effettuati il sabato pomeriggio e la domenica. Una cosa decisamente insolita, perché a giudicare dai movimenti del resto dell'anno Barbara in genere ritirava cinquecento euro dopo che le era stato versato lo stipendio, che era di settecento cinquanta appena, e cercava di farseli bastare fino alla fine del mese. Qualche volta era capitato che prelevasse ancora cento o centocinquanta euro verso gli ultimi giorni ma quattrocento in un colpo era piuttosto strano. E visto che nel suo portafogli c'erano solo pochi spiccioli, dove e come poteva avere speso tutto quel denaro in un solo weekend?

Questa volta Giampieri pulì gli occhiali con grande attenzione e si lisciò il pizzetto più a lungo del solito.

«Chiediamo ai genitori e alle amiche se sanno come può averli spesi. In caso contrario doveva averli ancora nel portafogli lunedì mattina, e questo significa o che li ha presi l'assassino, anche se come rapina mi sembra molto anomala, o che glieli hanno fregati in ospedale, il che non sarebbe anomalo per niente.»

«E se fosse qualcosa legato alla crociera?» chiese Vitone.

«Ma quella l'avevano vinta.»

«Magari doveva pagare degli extra. È con quelli che ti fregano. Provo a chiedere al suo amico.»

«D'accordo.»

Vitone uscì per controllare le varie ipotesi e Giampieri dedicò un altro po' di tempo a cercare di penetrare nei segreti informatici di Giulio Mantero. Si era preparato un elenco di otto nomi di cani femmina, e quando Hotmail gli ripropose la domanda fatidica «Come si chiamava la cagnetta della nonna Erminia?» provò con Lella, Kika, Giugi, Pisola. Niente da fare. Poi gli si accese una sinapsi inaugurata quella mattina e digitò: «Bessie». Ancora niente. Chissà se la cara vecchietta è ancora viva, si chiese, quella stronza che battezzava i cani Quetzalcoatl o Kooyannisqatsi. Magari ha 105 anni, è in un pensionato, ma il nome della sua adorata cagnetta se lo ricorda ancora. Le mando la Boemi travestita da infermiera e la frego. E anche se andasse male – sorrise – solo la visione della Boemi travestita da infermiera varrebbe il tentativo. Chiese a Iannece di fare un controllo ma nessuna Erminia Mantero risultava esistente, e neppure una Erminia Valenti.

«Com'è possibile, Iannece?»

«Che cosa, Ingegnere?»

Spiegò la situazione all'agente scelto, gli lesse la domanda.

«Ah, non lo chieda a me Ingegnere. Io neanche ce l'ho le meil. E non riuscirei a ricordarmi la parola d'ordine.»

«Appunto a quello serve la domanda di riserva.»

«Mi scorderei pure quella. Anzi sa cosa scriverei? Scriverei: "Di che colore era il cavallo bianco di Garibaldi?".»

Giampieri lo guardò. A che servono anni di studi, di esami, di fatica, se non a complicare meccanismi che un protocavernicolo come Iannece intuiva perfettamente?

Era l'ultimo tentativo, digitò nella password «Erminia» e la posta elettronica si schiuse come la caverna dei quaranta ladroni. Ma il sorriso dell'Ingegnere morì sul nascere quando vide la schermata. Posta in arrivo: 0. Posta inviata: 0. Junk mail: 2, una pubblicità del Viagra e la proposta di un principe africano di gestire il suo patrimonio di quaranta milioni di dollari.

«Il bastardo ha ripulito tutto. O è molto ordinato, o ha qualcosa da nascondere.»

Tentò ancora, ma inutilmente, di penetrare nel sito dell'agenzia di brokeraggio. Aveva delle difese molto efficaci e tutti i tentativi dell'Ingegnere di aggirarle si rivelarono inutili, finché smise per il timore di essere agganciato e riconosciuto. C'erano molti soldi in ballo, d'accordo, ma gli parve che il livello di segretezza fosse troppo alto rispetto alle informazioni che poteva contenere quel sito. E anche questo rendeva sempre più sospetto Mantero.

Tornò a casa con un paio di vaschette del take away cinese, accese il televisore e lo sintonizzò su un canale locale, quindi avviò il videoregistratore. La tv trasmetteva in diretta da Rapallo la fiaccolata di solidarietà per Mantero e lui non voleva perdersela, anche perché i manuali di criminologia insegnano che spesso in quei casi l'assassino è portato a partecipare, in una sorta di sfida agli inquirenti. La manifestazione cominciò con una messa solenne nella cattedrale, celebrata dal vescovo in persona, quindi i fedeli fecero ala al prelato che con un codazzo di sacerdoti e chierichetti armati di fiaccole si mise in testa al corteo brandendo un crocifisso d'argento da cui sprizzava acqua santa.

Quando una telecamera piazzata su un balcone inquadrò il corteo dall'alto, Giampieri si lasciò sfuggire un «Minchia!» di assoluta sorpresa e preoccupazione. Il suo occhio allenato a valutare le manifestazioni gli diceva che tutto il paese era sceso in piazza, e il buon senso aggiungeva che a Rapallo, da quel momento in poi, le bocche sarebbero state più che mai cucite.

Un inviato della tv era a casa di Giulio Mantero. L'avvocato aveva preferito non scendere in strada, per non sembrare un sobillatore, ma si affacciò al balcone per salutare il passaggio del corteo, e ricevette lunghi minuti di applausi e cori da stadio. «Non ce l'ho con gli inquirenti, fanno il loro lavoro,» disse alle telecamere «ma sono preoccupato perché so di essere innocente, e vedo che il vero colpevole, quello che ha ucciso la povera Barbara, guadagna altro tempo.»

«Non ci sono piste alternative?» gli chiese il giornalista.

«Che io sappia no, anche se spero di sì.»

«Ma lei si è fatto un'idea di chi può essere stato?»

«Ci ho pensato tanto, ci penso tutti i giorni. Barbara era una bravissima ragazza e non aveva nemici. Solo un pazzo, un maniaco poteva ucciderla così.»

La madre era seduta accanto a lui sul divano, annuiva vigorosamente e quando il giornalista si avvicinò disse qualche parola sul suo bambino, «che è sempre stato bravissimo», poi si mise a piangere e allontanò il microfono con la mano.

Sfilarono molte altre facce che non gli erano familiari. Poi riconobbe una vicina di casa dell'avvocato, la vecchietta del balcone, che spiegò che era una persona squisita, un vero gentiluomo: «Non può avere fatto quello di cui lo accusano».

Ma di cosa lo accusiamo? Nessuno lo accusa, ho solo chiesto un cazzo di prelievo del sangue! Quando l'Ingegnere era ormai tentato di cambiare canale, lo zio di Barbara portò davanti alla telecamera il suo corpaccione e il viso arrossato, afferrò il microfono e disse che sì, la fiaccolata era una bella cosa, ma che nessuno doveva provarsi a fermare il lavoro dei magistrati: «Capisco come si può sentire l'avvocato, ma se lui è innocente non ha niente da temere. Quello che conta è prendere l'assassino e per farlo dobbiamo lasciar lavorare la polizia».

Almeno una voce sensata, pensò l'Ingegnere rigraziandolo mentalmente. Cambiò canale per non incazzarsi ulteriormente, ma sul primo, come un incubo, c'erano ancora le immagini della fiaccolata.

Siamo rovinati, pensò mentre il collegamento ripassava la linea allo studio, dove il giornalista stava in piedi davanti a una scrivania e aveva alle spalle un grande schermo con la faccia di Barbara e la scritta: «Chi l'ha uccisa?».

In studio c'era l'avvocato nominato da Mantero, un certo Vilfredo Rossi, abile in tribunale ma ancor più davanti alle telecamere. Accanto a lui un alto prelato, un criminologo dell'università di Roma e una giovane attrice che interpretava un magistrato in una fiction. Giampieri capì che questa trasmissione sarebbe d'ora in poi diventata il punto di riferimento di tutte le chiacchiere da bar, di tutti gli articoli di giornale, di tutte le ricostruzioni del delitto. Nel momento in cui l'Ingegnere si chiedeva perché non ci fosse nessuno della Procura, il giornalista spiegò che il sostituto procuratore Monica Serra, pur invitata, non era voluta andare, e aveva rilasciato solamente una breve dichiarazione sul fatto che un avviso di garanzia non è un rinvio a giudizio, e che i processi si fanno in tribunale e non in televisione.

«Lungi da noi l'idea di fare processi in televisione,» sorrise benevolmente il conduttore «per carità.» Tutti gli ospiti sorrisero in risposta. «Ma l'Italia,» proseguì fissando serio la telecamera «si interroga su un delitto orribile, si chiede se un uomo normale, un professionista stimato da tutti, può trasformarsi da un momento all'altro in un mostro. Se è possibile che una brava ragazza, tutta casa e famiglia, possa andare un giorno al lavoro e non tornare più. E noi siamo qui solamente per cercare di fare chiarezza, per sentire la testimonianza degli accusati e dei parenti, e siamo pronti a dare voce al procuratore in qualunque momento vorrà contattarci.»

Da quel momento fu un massacro. Vilfredo Rossi ebbe a disposizione tutto il tempo e tutto lo spazio necessario per smontare uno dopo l'altro i presunti indizi in mano alla Procura, o perlomeno quelli, veri o fasulli, che erano filtrati sui giornali. Ogni tanto il criminologo interveniva a puntualizzare un particolare, a chiedere qualcosa, ma essendo anche lui innocentista e convinto che il colpevole fosse una donna («Ci voleva una borsa o uno spolverino per nascondere l'arma del delitto») non rappresentava un contraddittorio. Il giornalista, in assenza della Serra, diede qualche volta la parola all'attrice chiedendole cosa avrebbe fatto, o meglio cosa avrebbe fatto il suo personaggio, al posto del magistrato. Il prelato spiegò che conosceva molto bene Oddone Mantero, uomo di profonda fede, benefattore impegnato nella difesa dei più deboli, nipote tra l'altro di un missionario la cui causa di beatificazione era stata avviata da Karol Wojtyla in persona ed era ora all'esame della Congregazione per le cause dei santi. Anche il figlio Giulio, disse, era un ottimo ragazzo, dedito al volontariato, che operava con carità cristiana in diversi campi e senza mai cercare pubblicità, perché la vera carità si fa nell'anonimato. Il suo unico difetto, aggiunse, è di essere un uomo timido e mite, a cui anche questa piccola manifestazione di affetto e solidarietà sembrava eccessiva. Ma a volte la voce dei deboli deve alzarsi per combattere l'ingiustizia, e questo è uno di quei casi.

I genitori di Barbara vennero raggiunti con una telefonata dallo studio. Nemmeno loro se l'erano sentita di andare in televisione, e nei due minuti scarsi di collegamento riuscirono appena a esprimere la loro perplessità sull'opportunità della trasmissione, invitando tutti a lasciare lavorare in pace i magistrati, prima che il conduttore li interrompesse con il viso contrito e un mellifluo «comprendo e rispetto il vostro dolore che mi sono permesso di turbare solamente in nome del diritto-dovere di cronaca. Non voglio disturbarvi oltre e spero che sia presto assicurato alla giustizia chi ha così barbaramente trucidato la vostra povera Barbara».

In un successivo collegamento, il sindaco di Rapallo ebbe

tre minuti abbondanti per fissare la telecamera con aria rabbiosa e spiegare che l'assassino non poteva essere un suo concittadino. «È certamente un maniaco, un pazzo venuto da fuori e poi fuggito chissà dove. Molti giornali e televisioni stanno diffondendo la sindrome del mostro, proprio mentre la nostra città è nel pieno della stagione turistica. C'è chi ha annullato le vacanze già prenotate. Sono cose che fanno male non solo a Rapallo ma all'intero paese. È giusto dire chiaro e tondo che non c'è alcun pericolo, un folle può colpire ovunque ma a quest'ora è sicuramente lontano.»

«Ma guarda che faccia di merda» borbottò Giampieri.

Aspettò l'inizio del telegiornale, vide per la terza o quarta volta il viso abbronzato di Monica Serra che arrivava in Procura scortata da due agenti in borghese, in una sequenza girata quella mattina e che sarebbe stata ripetuta decine e centinaia di volte nei giorni successivi. Si aspettava l'assalto e si era presentata in perfetta forma, con un tailleur beige di Armani e le scarpe tacco dieci che davano al suo passo uno slancio efficiente e sexy, i capelli rossi appena spuntati dal parrucchiere, gli occhi grandi leggermente dilatati dallo Xanax, l'espressione di tranquilla disponibilità che di fronte all'incalzare delle domande si era trasformata rapidamente in una smorfia di disagio. Sentì una fitta di colpevole rimpianto all'inguine, fu tentato di chiamarla ma si ripeté che sarebbe stato molto più saggio fermarsi lì.

Spense il televisore, si buttò a letto convinto di essere troppo sovreccitato per dormire. Ma dopo cinque minuti russava già.

VENERDÌ

Luciani

I gabbiani lo svegliarono prima delle cinque. Il primo richiamo fu come un messaggio in codice, un grido lungo e sette-otto singhiozzi corti, ai quali risposero tre, quattro, dieci uccelli ognuno col suo grido di riconoscimento, simili all'urlo di un neonato, all'abbaiare di un cane, a una risata cattiva. Andarono avanti così per quasi mezz'ora, con l'arroganza di chi è ormai padrone dei tetti. Avevano fatto a pezzi i piccioni, diventati uno dei loro cibi preferiti, e tenevano sotto scacco anche i topi, disposti a nutrirsi dei loro avanzi. Marco Luciani si riaddormentò per un altro po', prima che alle sei meno un quarto il camion dei giornali gli ridesse la sveglia, presto seguito da un furgoncino che consegnava il latte. Dalle sei e mezza alle sette ci fu una pausa, poi ricominciarono i camion delle consegne e alle otto meno venti sentì la prima martellata dei muratori.

Dopo tre minuti lo squillo del telefono lo fece sobbalzare, vide l'immagine di suo padre morto nel letto e di sua madre in lacrime, con la cornetta in mano.

«Commissario. Spero di non averla svegliata, so che lei è mattiniero.»

Ecco cosa mancava: Iaquintalino, pensò Marco Luciani. Niente di peggio della voce del questore per cominciare una giornata.

Si perse buona parte dei convenevoli, ancora intontito,

poi la frase «mi farebbe piacere invitarla a colazione» finì di svegliarlo.

Marco Luciani cercò in fretta una scusa. «Mi dispiace, ma stamattina sono molto impegnato.»

«No, io intendevo a pranzo. Verso la una. C'è un posto dove fanno dei ravioli di pesce davvero speciali.»

Il commissario trattenne un conato. «...non può dirmi al telefono qual è il problema?»

L'altro insistette un po', parlò di «questione delicata», si appellò al suo «senso dello Stato», accennò a un vago «pericolo» che riguardava Giampieri. A quel punto il commissario non aveva più scuse, ma non era così disperato da dover accettare anche i ravioli.

«Guardi, se vuole possiamo prendere un caffè prima che io vada via... alle dieci va bene?»

«D'accordo.»

Gli disse il nome di un bar di via San Lorenzo e l'altro replicò pronto: «Benissimo, ci vediamo lì, commissario. E grazie».

In anni di lavoro insieme, non lo aveva mai ringraziato. E non aveva mai avuto quel tono così accomodante. Non c'erano dubbi che stesse succedendo qualcosa di grave.

Arrivò volutamente con quindici minuti di ritardo, non voleva rinunciare al piacere di far aspettare il questore dopo che in passato gli era toccato spesso fare anticamera da lui, o attendere per giorni e giorni risposte che non arrivavano. Diede un'occhiata circolare agli avventori seduti all'aperto ai tavolini ma la faccia porcina di Iaquintalino non si vedeva da nessuna parte; mentre si apprestava a entrare nel bar si sentì chiamare: «Commissario. Che tempismo».

Il questore sorrise e gli porse la mano, contento di non doversi scusare per il ritardo e di essere comunque arrivato per secondo.

Marco Luciani gli strinse la mano con una certa forza, ma

l'altro non sembrò accorgersene. Era basso, neppure un metro e settanta, e tozzo. Pesava almeno trenta chili più di lui ed era grazie a quelli che si era guadagnato il soprannome.

«Come sta, commissario?»

«Benissimo, grazie.»

«Le sue ferie procedono bene? Non si annoia?»

«Assolutamente sì. Assolutamente no.»

Ordinò una Lemonsoda mentre l'altro chiese un caffè.

«Caro commissario, mi sono permesso di disturbarla nel pieno della sua... vacanza... possiamo chiamarla così? per sapere se ha riflettuto un poco su quella decisione un po' impulsiva, se posso permettermi di definirla così, e che giunse per me come una dolorosa sorpresa... certo dettata da un senso di... da una certa... demoralizzazione.»

Marco Luciani aggrottò le sopracciglia.

«Ricorderà che di fronte alla sua lettera di dimissioni io mi permisi, in virtù dell'esperienza personale nonché della stima e dell'affetto che nutro per lei, mi permisi non personalmente, perché conoscendola un po' so che in quel momento non mi avrebbe dato ascolto, ma attraverso colleghi e amici fidati... dicevo che le feci consigliare un periodo di... decantazione, lo definirei... di riflessione. Insomma un modo per ricaricare le pile e tornare, questo era quanto mi auguravo e mi auguro, al suo lavoro, come dire, pienamente rigenerato. Mosso da quell'entusiasmo e quelle capacità che le sono valsi la stima dei superiori e dei subalterni.»

Andò avanti così per un po', arrampicandosi su una parete sempre più liscia, perché Marco Luciani non diceva nulla, non gli offriva nessun appiglio. Finalmente prese fiato, e in quel momento il cameriere appoggiò sul tavolino un caffè e una tonica lemon.

«Mi scusi, avevo chiesto una Lemonsoda»

«Non ce l'abbiamo» disse il cameriere voltandosi per andare via.

«Mi scusi.»

«Dica.»

«Questa puo' riportarla indietro. Bevo solo Lemonsoda.»

L'altro fece una smorfia e riprese bottiglietta e bicchiere. «Cosa le porto allora?»

Marco Luciani lo guardò alzando le sopracciglia come a dire "se ti ho detto che bevo solo Lemonsoda, e non ce l'hai, cos'altro vuoi portarmi?". Poi, siccome l'altro restava impalato in attesa dell'ordine, disse: «Un bicchiere d'acqua naturale».

«Con ghiaccio e limone, *signore*?»

«No, liscio, per favore. E temperatura ambiente.»

Il cameriere fece dietrofront e il commissario lanciò uno sguardo di sottecchi al questore. Per una volta non aveva fatto quella scena per una questione di principio, ma per il piacere di metterlo in imbarazzo. E per fargli capire che qualunque cosa voleva da lui non l'avrebbe ottenuta facilmente.

L'altro sorrideva nervoso e cominciava a sudare dalla fronte: «Vedo che ha sempre le idee chiare».

«Non sempre. In questo momento, per esempio, non le ho chiare per niente. Mi stava dicendo qualcosa a proposito della stima dei miei superiori?»

Il questore ingoiò, continuando a sorridere. Sapeva da prima che non sarebbe stato facile recuperare.

«Esatto. Ricorderà che la pregai di rimandare le sue dimissioni, di non fare mosse avventate. E di prendersi una pausa di riflessione...»

«Quello che ricordo è un silenzio di tomba, a parte tre righe scritte che mi invitavano a esaurire le ferie arretrate.»

«Sono due modi diversi di vedere la stessa cosa. Lei era così determinato, e furioso, quando diede le dimissioni, che ritenni preferibile non insistere nel cercare di dissuaderla, salvo poi muovermi nell'ombra per cercare di ritardare la sua... dipartita. La sua lettera di dimissioni è ancora nel mio cassetto. So che non è corretto, ma sono convinto di avere fatto la scelta più saggia, perché ora che abbiamo avuto il tempo di riflettere credo che i tempi siano maturi per tornare a lavorare insieme con profitto, e con la soddisfazione di tutti.» La sviolinata proseguì il tempo necessario a sorseggiare il caffè, e a ingoiare in un unico lungo sorso l'acqua tiepidiccia in cui il cameriere aveva probabilmente sputato.

Marco Luciani fece una risata incredula. «Guardi, a rientrare non ci penso neanche. Anzi la invito a togliere quella lettera dal cassetto, e spedirla a Roma.»

L'altro provò a giocare più allo scoperto. «Suvvia, commissario. Non si faccia pregare. Sono venuto qui di persona, col ramoscello d'ulivo, a dirle che la rivogliamo con noi. Che abbiamo bisogno di lei. Non le basta come rivincita?»

«Signor questore, non mi sono dimesso perché cercavo rivincite. È stata una scelta di vita, punto e basta.»

Si fissarono per qualche secondo, misurando i rapporti di forza con lo sguardo. Il primo a parlare, senza mollare la presa visiva, fu ancora il commissario.

«Perché non mi dice chiaro e tondo qual è il problema? Dev'essere una cosa grave se la costringe a fare questo.»

L'altro abbassò gli occhi e sbuffò.

«Il caso Ameri. Lo starà seguendo, immagino. Non dica di no perché non ci credo.»

Marco Luciani annuì: «Ho sentito qualcosa in tv».

«Il suo vice, Giampieri, sta combinando un gran casino. Ha indagato il broker, un bravo ragazzo cattolico, e ci ha messo contro tutto il paese, mezza Procura, un numero imprecisabile di parlamentari e l'intera gerarchia ecclesiastica.»

«Io avrei fatto lo stesso.»

«Ma c'è modo e modo. E poi non ha carisma con i sottoposti, si muove male, insomma non è pronto a gestire questa responsabilità. Gli manca un punto di riferimento. Lo so che per me non lo farebbe, ma lo faccia per lui, per evitargli di bruciarsi.»

Marco Luciani scosse la testa e sorrise, incerto se sentirsi ammirato o schifato da tanta spudorata ipocrisia.

«Le sembrerà incredibile, signor questore, ma non gli

farei mai una cosa del genere. È un amico, e lo stimo enormemente come poliziotto. Il caso è già suo e sono sicuro che lo risolverà, sempre che lo lasciate lavorare in pace. Ora se permette torno alle mie ferie, dalle quali la sconsiglio di richiamarmi.»

Si alzò e uscì in fretta, senza lasciare all'altro il tempo di imbastire una replica.

Salì in auto e diede una pacca soddisfatta alla sacca sportiva che lo attendeva sul sedile del passeggero. Il venerdì da mezzogiorno alle due era dedicato alla sfida settimanale di tennis a Bogliasco col suo amico Andrea, e senza il pensiero di dover tornare di corsa al lavoro il commissario sentiva che gli avrebbe dato una lezione memorabile.

Fece la doccia, richiuse la borsa da tennis, si rivestì, salì in macchina. La tentazione di tornare subito a Genova era forte, ma visto che era già a metà strada si sarebbe sentito un vigliacco a non fare un salto fino a Camogli per vedere se sua madre aveva bisogno di qualcosa. Non era questione di affetto, si disse, ma di senso del dovere. Il primo avrebbe saputo come gestirlo, o ignorarlo, ma davanti al secondo non aveva mai avuto difese.

Il padre era nella stessa poltrona di cuoio in cui lo aveva lasciato la volta precedente. Stava dormendo. La madre lo chiamò a bassa voce e si avvicinò per svegliarlo ma Marco Luciani le fece segno di lasciarlo riposare, sedette sul divano da cui era stato tolto il lenzuolo e mentre Donna Patrizia tornava in cucina restò in silenzio a osservare suo padre. Guardandolo mentre dormiva, con la pelle del viso tirata intorno alle ossa, il collo magrissimo che spuntava dal foulard, le orbite degli occhi enormi, era più facile avere pietà di lui.

Il Grande Cesare si svegliò dopo una decina di minuti, non sembrò stupito di vedere il figlio e gli chiese un bicchiere d'acqua di cui bevve solo un paio di sorsi, con evidente sofferenza. In due soli giorni era peggiorato enormemente.

«Come stai, papà?»

«Non tanto bene, oggi. Temo che dovranno aumentarmi il dosaggio delle medicine, i dolori sono di nuovo forti.»

«Credo che il dottore verrà più tardi, nel pomeriggio.»

«Sì. E con i farmaci che mi darà questa volta, dormirò quasi sempre e quando mi sveglierò non sarò lucido come sono adesso. È una scelta difficile, quella tra la lucidità e il sollievo.»

Marco Luciani non disse niente. Io sceglierei il sollievo, pensò, sceglierei subito l'eutanasia.

«Ascolta, Marco. Vorrei riprendere il discorso dell'altra volta. Lasciamo da parte, solo per qualche minuto, il tuo giudizio su di me e il mio su di te, e parliamo da persone adulte.»

La malattia lo aveva svuotato di tutto il superfluo, dal grasso corporeo agli atteggiamenti. Perfino il modo di parlare era cambiato, più secco e diretto, tipico di chi non ha fiato da sprecare. Guardandolo ora avresti faticato a capire che tipo di uomo era stato, povero o ricco, solo o sposato, onesto o disonesto. Forse per la prima volta non lo vedeva come suo padre, o come il marito di sua madre, o come l'avvocato dei ministri e dei faccendieri, ma semplicemente come un essere umano che prima di scomparire torna a inseguire l'essenza di sé.

Si sedette sul bordo del divano. «Cosa vuol dire il tuo giudizio su di me?»

«Perché? Pensi di essere solo tu a potermi giudicare come padre? Non posso anche io giudicarti come figlio?»

«Be', sono i padri che scelgono di essere padri. I figli non scelgono di essere figli.»

«Però lo sono. Tu sei mio figlio da quasi quarant'anni e lascia che te lo dica, non sei stato certo un buon figlio, almeno negli ultimi quindici. Ma neanche prima. Eri un ragazzo viziato e superficiale, sei diventato un uomo spietato e rigido.»

Marco Luciani lo ascoltava incredulo. Se questo era il suo modo di rappacificarsi...

«Intendiamoci, sei una persona migliore di me. Più coerente, più coraggiosa. E onesta, non nel senso che pensi tu, ma perché chiedi a te stesso più di quello che chiedi agli altri e per questo io non ti invidio, perché alla fine sarai solo con te stesso e qualunque cosa dicano o pensino gli altri, è con te stesso che dovrai fare i conti.»

«E tu li stai facendo?»

«Sì.»

«E tornano?»

L'altro esitò un momento, mentre cercava una posizione più comoda. Poi rinunciò e ricadde sulla poltrona. Marco Luciani non si mosse per aiutarlo. «Abbastanza. Considerando da dove sono partito, ho fatto molta strada. Mio padre non aveva nulla, né soldi né istruzione, ma ha lavorato tutta la vita per farmi studiare, e in questo modo ha gettato le basi, le fondamenta. Io sono stato quello che ha costruito il grattacielo, tu sarai quello che lo distruggerà, e senza nemmeno esserselo goduto. Tutto sommato, nella giostra delle generazioni ti sei scelto il giro più ingrato.»

Tossì tre o quattro volte, facendo smorfie di dolore. Il figlio aspettò che si fosse pulito il mento con un fazzoletto, prima di replicare.

«Se partissimo tutti dal piano terra non ci sarebbe questo problema. Io ho scelto semplicemente di costruirmi la mia vita da solo, come si faceva una volta.»

Il padre fece un sorriso sarcastico. «Una volta quando? Quando c'erano le corporazioni? Quando c'erano le caste e il mestiere si tramandava di padre in figlio? Che poi è quello che succede ancora oggi, i figli di avvocati fanno gli avvocati, i medici i medici, i giornalisti lo stesso.»

«E ti sembra giusto?»

«Non mi sembrava giusto quando ero figlio di un operaio, e infatti mi sono fatto il mazzo e sono salito. Ma una volta arrivato dove volevo certo che mi sembrava e mi sembra giusto, poter trasmettere ai figli il proprio lavoro. Se sai che tutto finisce con te, che te ne importa di fare tanta fatica? Ti sdrai al sole sotto una palma e mangi la frutta quando cade.»

«Molti popoli vivono così.»

«Sì. Hanno una vita media di trentacinque anni, gli muoiono tre figli su otto e il primo tifone che passa li mette col culo per terra. Non farmi discorsi terzomondisti o comunisti, Marco, che non ci credi nemmeno tu.»

«Magari sono davvero più felici di noi.»

«Ma chi? Quelli che muoiono di fame se il raccolto va male? O forse tu rimpiangi il socialismo reale, i casermoni di Mosca, due famiglie in cinquanta metri quadri senza nessuna speranza per il futuro, senza che i migliori, i più dotati, possano emergere?»

«Anche i meno dotati hanno gli stessi diritti, papà.»

«I meno dotati non contano un cazzo. Sono la zavorra della società. Sono quelli bravi, i genii, gli individui superiori al proprio tempo che fanno fare degli scatti alla società, che la fanno progredire.»

«La vera zavorra sono quelli che campano di rendita.»

Il Grande Cesare si fece dare un po' d'acqua. Da giorni non parlava tanto.

«Senza quelli che vivevano di rendita, mio caro, e avevano tempo per pensare e per studiare le cose belle, non ci sarebbero state letteratura, filosofia, pittura, arte. Non ci sarebbe stata la musica.»

«Sei rimasto al secolo scorso, papà. L'arte contemporanea è fatta di gente normale, che vive di quello che fa.»

«L'arte contemporanea non esiste.»

La madre arrivò a interromperli, portando tre tazze di tè e dei pasticcini per il figlio. «Smettetela di discutere di queste stupidaggini. Tanto non andrete mai d'accordo.»

«Non si può andare d'accordo con lui. Prima esalta il progresso, poi rimpiange il Seicento.»

«Non devo essere coerente per forza,» sorrise il padre «sono un malato terminale.»

«No, tu sei un bastian contrario,» disse la madre «basta dire il contrario di quello che dicono gli altri, e sei contento. E in questo, Marco, tu sei uguale identico a lui.»

Presero il tè in silenzio. Da tanto, tantissimo tempo non erano tutti e tre riuniti in salotto a parlare, a discutere anche, senza litigare. C'era stato un breve periodo nella vita di Marco Luciani, intorno ai 14-15 anni, in cui passava ore a discutere così con suo padre, a godere delle sue teorie paradossali che smontavano una dopo l'altra tutte le sue dichiarazioni di principio. Ma era durata troppo poco, ben presto era subentrata un'adolescenza più insofferente e anche il Grande Cesare si era allontanato sempre di più dalla famiglia per rincorrere le sue avventure, fino a che, durante gli anni dell'università, proprio quando sembrava che il loro rapporto si fosse ricomposto, era arrivato l'arresto, lo scandalo delle tangenti, e Marco Luciani aveva visto il vero volto di suo padre.

«Ascolta, Marco. Come ti ho già detto, tu sei migliore di me. Le uniche cose che io ho più di te sono trent'anni e un figlio, e sono cose che contano, che ti fanno vedere le cose da una prospettiva diversa. So che tu non vuoi i miei soldi, e li lascerò alla mamma. Ma spero che quando toccherà a lei, fra cent'anni, tu li accetterai, perché altrimenti finiranno a un qualche lontano cugino che neanche conosci, oppure alla Chiesa.»

«Mamma. Non li lasceresti mica alla Chiesa...»

«Perché no? Ne hanno sempre bisogno.»

«Sì, per risarcire i bambini violentati dai preti.»

«Cesare! Non dire così!»

«In ogni caso, Marco, quello che volevo dirti è questo: se non vuoi la mia eredità dovresti almeno accettare quella del nonno, lui ha lavorato tutta la vita, senza rubare, e la sua casettina alla fine se l'era comprata, te lo ricordi?»

«Quale casa?»

«Quella di Milano,» intervenne la madre «dove ha sempre vissuto. Oh, niente di speciale, sarà sessanta metri quadrati, ma una volta era periferia e adesso è semicentrale, ci arriva la metropolitana, un po' di valore lo ha acquistato.»

«Non mi serve una casa a Milano.»

Il padre fece un gesto stanco. «Affittala. Vendila. Fanne quello che ti pare. Se la vuoi è tua e non ti arriva da me, ma dal nonno. Lui ne sarebbe felice.»

Una casa a Milano, pensò Marco Luciani. Una casa mia. Potrei venderla e comprarmene una a Genova, in Castelletto. O magari addirittura in Riviera. Le case a Milano costano un sacco di soldi, certo più di qua. La casa del nonno Mario. C'era stato soltanto poche volte e gli era sembrata così triste, con le tapparelle perennemente abbassate per frenare la luce e la cassetta del bagno che perdeva. Con la foto della nonna sul comò accanto a quella dell'altro figlio maschio, lo zio Albino, morto a dieci anni.

Si alzò prima di commuoversi, era la prima volta che sentiva con così grande evidenza il peso della famiglia, la responsabilità di essere l'ultimo rappresentante di una stirpe che per secoli aveva vissuto, lottato, si era riprodotta sperando in un futuro migliore. Sua madre non aveva fratelli, suo padre solo quel fratello morto da bambino e un'altra sorella che viveva a Roma, vedova e senza figli. Il cognome di suo nonno e di suo padre era finito, lui lo aveva ripudiato scientemente dopo lo scandalo e aveva preso quello di sua madre, ma anche quello sarebbe morto con lui.

«Ora devo andare,» disse «ma ti prometto che ci penserò.»

Il padre fece un cenno di approvazione. «È già qualcosa.»

La madre lo accompagnò fino al cancello.

«Chiamami stasera per dirmi com'è andata col dottore.»

«D'accordo.» Gli fece una carezza come quando era piccolo. «Sei stato bravo. Lo hai distratto e gli hai fatto piacere.»

Quando rientrò in casa il marito aveva gli occhi chiusi, ma non stava dormendo.

«Dici che accetterà?»
«Secondo me sì. A tuo padre ha sempre voluto bene.»
«Speriamo. Se prende quella casa, poi prenderà anche tutto il resto.»

Passò a comprare del tè verde in una drogheria e sessanta grammi di focaccia dal panettiere. Davanti a casa il napoletano stava parlando con dei muratori.

«Maro' che brutta cera che hai, commissario. Che ti è successo?»

Marco Luciani non parlò dell'incontro col questore, e neppure del 6-2 6-1 che aveva beccato da Andrea, sbagliando almeno una ventina di volées elementari, e neppure del fatto che aprendo la borsa da tennis al suo arrivo al club ci aveva trovato i verbali del caso Ameri. Aveva continuato a vederseli davanti per tutta la partita. Le gambe molli, i nervi a fior di pelle e il sonno arretrato avevano fatto il resto. «È che non riesco a dormire, Pasquale. Da quando è scoppiato il caldo è un disastro, con la finestra chiusa scoppio, con la finestra aperta c'è un casino per strada...»

«Lo so, lo so, io ho il sonno pesante ma a volte svegliano pure a me, come l'africano dell'altra notte. Hai provato con i tappi?»

«Sì, ma servono a poco. Attutiscono un po' le voci, ma le moto mi svegliano lo stesso.»

«Eh, e a quelle dovreste pensarci voi poliziotti, perché non fate un posto di blocco una notte, ne fermate tre o quattro, gli sequestrate il mezzo, magari li trovate anche belli carichi.»

«Non serve a niente. La sera dopo si ricomincia da capo, con un altro spacciatore e un altro motorino.»

Si spostarono per far passare il camion che portava altre travi di legno. Il napoletano abbassò un po' la voce.

«Sai commissario, a volte un esempio può fare miracoli. Le voci si spargono, io non dico che finisce la circolazione notturna ma magari cambiano giro, e noi dormiamo. Una volta giù a Napoli c'era un mio cugino che era tormentato da un gruppo di ragazzotti, questi coi motorini, sai, che si riunivano proprio sotto il suo palazzo, e fino a notte fonda andavano avanti con le urla, e a sgasare con le moto, e a rompere bottiglie, insomma le solite cose. E la gente non ne poteva più. Gliel'hanno detto prima con le buone maniere, poi con le velate minacce, ma quelli niente, anzi facevano sempre più gli arroganti. Vuoi sapere come l'ha risolta mio cugino?»

«Certo.»

«Una notte che avevano di nuovo esagerato gli è saltato il tappo, è sceso in strada col fucile e ne ha ammazzato uno.»

«Ah. Complimenti.»

«Essì, quando ci vuole ci vuole. Quello non ha più fatto il furbo, e gli altri non si sono mai più fatti vedere.»

«E lo credo. Ma tuo cugino?»

«Ha preso dodici anni. Oh, tutto il palazzo ha contribuito per pagargli l'avvocato migliore, erano tutti d'accordo che aveva fatto bene e che quello se l'era cercata. L'avvocato è riuscito a fargli dare la seminfermità mentale, perché quando non dormi tante notti di fila non sei più tu, diventi un'altra persona, e poi aveva l'attenuante della provocazione e insomma dopo nemmeno sei anni gli hanno dato la semilibertà, ora deve solo tornare in carcere alla sera ma lui è contento, dice che in carcere si dorme benissimo, meglio che a casa.»

Marco Luciani aprì il portone. «Certo farsi sei anni di galera non è poco. Non gli conveniva spararagli alle gambe?»

«Commissa', che discorsi fai? L'onore lo si difende fino in fondo. Se gli sparava alle gambe sai cosa succedeva? Che quello gliela giurava, i suoi amici pure, e non avrebbe più fatto vita. Invece così ha chiuso la questione. Ne ha colpito uno per educarne cento. Sono sicuro che tutti gli altri di quel gruppo, quelli che facevano casino, ora sono i ragazzi più tranquilli della terra. Se ti ammazzano uno così, davanti agli occhi, non è una cosa che ti scordi.»

«Vabbe', Pasquale, io non sono disposto ad ammazzare nessuno.»

Il napoletano era arrivato alla porta. «Non c'è bisogno che lo fai tu, commissario. Tu sei uomo di fede?»

«No, per niente.»

«Peccato. Sai, a volte basta una preghiera, detta con convinzione, per fare miracoli.»

Cenò con mezza patata bollita, una zucchina e un cucchiaio di stracchino, rimuginando sulla partita di tennis con Andrea. Da tempo non gli capitava di sbagliare tante volées, e sapeva che non era un problema di braccio o di polso, tutt'al più di piedi e di posizione. La volée e lo smash erano i primi colpi che perdeva non appena calava la forma fisica, ma questa volta era successo qualcosa di diverso, a livello mentale. Era andato a rete come se dovesse parare i passanti, difendersi, aveva aspettato la palla invece di andare a cercarla, aggredirla. Si chiese se questa perdita di aggressività e sicurezza fosse legata alla sua nuova condizione di quasi disoccupato. "Non conta quello che fai, ma quello che sei" era uno dei suoi motti preferiti, che citava sempre quando non voleva identificare se stesso nell'immagine stereotipata del commissario di polizia. Sentiva di essere qualcos'altro, oltre a quello, sentiva che mantenere un certo distacco dal suo ruolo gli permetteva di avere una via di fuga sempre pronta. Ma c'era un altro motto, "noi siamo ciò che fingiamo di essere, perciò bisogna stare molto attenti a ciò che fingiamo di essere", e in questo momento gli sembrava decisamente più vero. Che cos'altro era, lui, se non un commissario di polizia? Che cos'altro sapeva o voleva fare, nella vita, a parte considerarsi superiore al resto del mondo, non dover chiedere niente a nessuno, e non dover dire grazie a nessuno? Se non rispondeva alla svelta a questa domanda, finite le ferie si sarebbe trovato nella terra di nessuno, a metà strada tra la linea di fondo e la rete, mentre la vita lo prendeva a pallate.

Si alzò, lavò il piatto e le posate, andò a sedersi sul divano e decise di dare un'occhiata alla tv. Non c'era nessuno dei suoi telefilm preferiti, e non era stagione di reality, così finì a fare zapping sui canali locali e rimase colpito da una bellissima immagine, un fiume di gente con le fiaccole in mano che sfilava silenzioso per le strade di... già, dov'erano? La telecamera si spostò sull'inviato che seguiva la manifestazione. Sarà qualcosa per la pace, pensò il commissario. Poi il giornalista mise il microfono davanti al viso di un ragazzo di 20-25 anni, aveva l'aria molto curata, un tatuaggio sul braccio sinistro: «Era sempre allegra, positiva, pensava sempre agli altri» sussurrava versando qualche lacrima sincera. Quindi il cronista disse «ecco il sindaco» e un uomo in completo grigio con tanto di fascia tricolore ricordò la nobile figura di Barbara Ameri e quella altrettanto nobile del suo datore di lavoro, e da lì passò a rendere omaggio alle doti di generosità e solidarietà dell'intero paese.

Marco Luciani fu tentato di cambiare canale ma poi la curiosità prevalse. Chissà come se la cava Nicola, pensò. Aveva avuto la tentazione di chiamarlo, per chiedergli se voleva una mano, ma si era trattenuto perché sarebbe suonato come un atto di sfiducia. Tanto più dopo che Iannece, Calabrò e anche il questore avevano provato a convincerlo a rientrare.

Una ragazza bruna e carina, perfettamente truccata e pettinata, parlò di Barbara come se la conoscesse bene. Il giornalista spiegò che era Tiziana, la sua migliore amica. Forse aveva già pianto tutte le sue lacrime perché riuscì a restare fredda, lucidissima: «Vorrei dire all'assassino che non ci fermeremo finché non l'avremo preso. Personalmente non sono qui per portare solidarietà a Mantero, ma per tenere vivo il ricordo di Barbara, farle sapere che non la dimenticheremo mai e che ci batteremo per avere gustizia». I manifestanti arrivavano a gruppi, alcuni dietro cartelli improvvisati o addirittura striscioni di club e associazioni; vide un drappello di scout, sentì parlare il portavoce di una onlus che aiutava il Centrafrica, quindi un certo padre Mariano che raccontò di come Barbara era sempre in prima linea ad aiutare chi aveva bisogno, i senzatetto, le prostitute, e trovò anche il tempo di spiegare il dramma dei monaci comboniani intrappolati nella guerriglia tra le diverse fazioni; dietro uno striscione di Rapallo Quattromila un'altra ragazza, con i capelli corti da maschio e dei bellissimi occhi azzurri, intervenne per avere il suo momento di gloria: «Sono Emanuela. Io a dire il vero conoscevo Barbara solo di vista, ma conosco da tanti anni Giulio Mantero. È una persona buona e generosa e non può avere fatto quello di cui lo accusano». Intorno a lei diversi ragazzi annuivano, poi venne quasi spinta via da una vecchietta che si mise a parlare di Oddone Mantero, un benefattore della città, degno padre di tale figlio: «Se lui fosse vivo, nessuno si sarebbe permesso di infangare il nome della sua famiglia».

Il commissario si stupì di quella reazione così veemente della città, per un semplice avviso di garanzia. Davanti al microfono sfilavano commercianti, pensionati, colleghi avvocati, sacerdoti. Tutti pronti a dare solidarietà e testimoniare sulla sua assoluta onestà e bontà d'animo. Non basta essere una brava persona per suscitare tutto questo amore, pensò Marco Luciani. Se sei solo onesto ed educato nessuno metterà mai la mano sul fuoco per te quando sei nei guai. «Questo dev'essere uno che ha fatto favori a molta gente» si disse. «Gente terrorizzata all'idea che lui finisca in galera, e che qualcuno ficchi il naso nei suoi affari.»

SABATO

Giampieri

Il tono dei giornali e dei telegiornali era ormai completamente cambiato. Se il venerdì, subito dopo l'avviso di garanzia, avevano manifestato un sorprendente scetticismo, la tramissione televisiva della sera prima e la fiaccolata di Rapallo li avevano convinti a schierarsi definitivamente su un compatto fronte innocentista. Chi avesse ucciso Barbara non lo sapevano, ma sapevano chi la stava «uccidendo una seconda volta»: la Procura e la polizia, che a quasi una settimana dall'omicidio non erano riusciti a far altro che scegliere la decisione più facile e più ovvia, quella di accanirsi contro l'avvocato Mantero. Almeno cinque giornali avevano una lunga intervista con lui, e tre o quattro settimanali annunciavano «rivelazioni esclusive» sulla sua vita, dall'ospedale che aveva costruito in Bosnia all'orfanotrofio regalato alle autorità somale, fino alla beatificazione, data ormai per sicura, dello zio missionario.

L'ufficio di Giampieri era ingombro di giornali appallottolati, fatti a pezzi, o semplicemente scagliati con rabbia lontano dalla scrivania.

Iannece cercava di consolarlo: «Non date retta a quello che scrivono. Sono delle banderuole. Ora dicono che siete un imbecille, ma appena prenderete l'assassino diranno che siete un genio».

Giampieri preferì non interrogarsi sul senso profondo di quella frase.

«Comunque, Ingegnere, per me la storia è semplice semplice, quella l'ha ammazzata l'avvocato, punto e basta. S'è alzato dal letto eccitato, ci ha provato, lei gli ha dato due ripicche, lui non ci ha visto più e l'ha fatta fuori. Poi è corso da mammina e quella ha ripulito tutto, ha fatto scomparire le tracce.»

«Spero proprio che tu abbia ragione, Iannece. Comunque credo che lo sapremo presto, se è stato Mantero.»

«Ah sì? E come?»

Giampieri replicò con un sorriso furbo: «Ce lo dirà lui».

Un sole selvaggio picchiava su Rapallo, e non erano neppure le dieci del mattino. Seduta all'ingresso del bar Aonda, con gli occhi socchiusi per il riverbero della luce e la mano che agitava a mo' di ventaglio un depliant pubblicitario, la cassiera pensava alla spiaggia e a come le sarebbe piaciuto fare un tuffo in acqua, appena possibile. «Mamma mia, se continua così io non ci arrivo alla fine dell'estate.» «Davvero,» disse la barista di rimando «io stanotte non ho chiuso occhio.» Dal suo tavolino nell'angolo Diego Failla ripiegò la «Gazzetta dello Sport», fissò a lungo prima l'una e poi l'altra ragazza, pensando che le avrebbe tenute sveglie volentieri tutte e due, se solo avesse avuto qualche anno di meno. Comunque, a cinquantaquattro compiuti da meno di un mese, ce la poteva ancora fare alla grande, poteva insegnare qualcosa a quelle ragazzine anche se forse, a guardarle bene, non sembrava che avessero più molto da imparare.

Estrasse il più galante dei sorrisi, sotto i baffetti perfettamente curati, agganciò lo sguardo della barista che gli sorrise di rimando. «Mi scusi, potrei avere un'altra brioche vuota? E un bicchiere d'acqua.»

«Gasata o naturale?»

«Naturale.»

Failla era piazzato nel bar sotto casa Mantero da almeno tre quarti d'ora, in attesa che l'avvocato uscisse per andare a giocare a golf. Sapevano che era un abitudinario, faceva sempre colazione a casa tranne al sabato, quando la madre usciva presto per andare al mercato. Lui preferiva dormire ancora un po', si preparava con calma e prendeva il caffè al bar.

Giampieri aveva chiamato Failla nel suo ufficio il giorno prima, in un momento di relativa tranquillità. Gli aveva detto di avere scelto lui perché l'avvocato Mantero non lo aveva mai visto, a differenza degli altri poliziotti, e non si sarebbe insospettito; ma lui sapeva che il motivo era un altro e questo da un lato lo infastidiva, dall'altro lo inorgogliva.

Sciolse le dita con qualche movimento da pianista, ripensò ai giorni gloriosi e terribili passati sugli autobus, ai concerti, alle partite, in tutti i luoghi affollati in cui le sue mani si muovevano nella calca come quelle di un direttore d'orchestra sul palco, e le giacche si aprivano davanti a lui come le acque del Mar Rosso, e i portafogli riversavano nella sua borsa tutte le loro ricchezze. Un paio di volte, quando si sentiva al top della forma, quando era in quello stato di grazia che ti fa sentire che nessuno mai ti potrà beccare, era arrivato al punto di fregare un portafogli, svuotarlo di soldi, carte e bancomat, e rimetterlo in tasca al proprietario. Un prestigiatore.

Poi aveva esagerato, e forse per pigrizia forse per eccesso di sicurezza aveva finito per colpire un po' troppo spesso negli stessi luoghi, sullo stesso autobus. La morsa della mano che aveva bloccato la sua mentre s'infilava in tasca un portafogli era arrivata improvvisa, e solo per miracolo era riuscito a non pisciarsi addosso dalla paura.

L'avvocato uscì dal portone proprio mentre Failla finiva il suo bicchiere d'acqua fingendo di leggere il giornale. Come previsto, Mantero andò dritto al banco e ordinò un caffè, poi sembrò cercare una battuta d'approccio con la cassiera, una ragazza bruna e vistosa che mai e poi mai avrebbe considerato un tipo come lui, ma che era abbastanza pietosa da venirgli in soccorso.

«Salve, avvocato, come va?»

Lui fece un sorriso stirato. La sua timidezza era evidente. «Abbastanza bene. Cerchiamo di riprendere la vita normale.»

Quel riferimento alla povera Barbara fece immediatamente incupire la cassiera. «Già» disse dandogli il resto.

Failla si alzò dal tavolino, arrivò al banco insieme all'avvocato. «Mi scusi» disse dopo averlo urtato leggermente.

«Prego.»

«Prendo solo le caramelle» sorrise. Andò alla cassa, fece un sorriso seducente alla bruna: «Allora, bella signorina, cosa le devo? Ero seduto lì: cappuccino, due brioches, un bicchiere d'acqua e queste» disse mostrando le caramelle.

«Cinque e dieci. Se ha i dieci mi fa un favore.»

«Per lei questo e altro. Il suo sorriso è il miglior augurio di buona giornata. Ecco qua.»

Uscì senza fretta, leggero come il telefonino dell'avvocato che riposava nella tasca destra della sua giacca di lino. Camminò fino alla fine della via, svoltò l'angolo, s'infilò in un furgone parcheggiato in zona merci. Dentro c'erano Giampieri, Iannece e un ragazzo della squadra tecnologica. Gli fecero i complimenti e Failla pensò che era diventato un poliziotto a tutti gli effetti da quasi tre anni, ormai, e si chiese se e quando gli avrebbero chiesto di fare un lavoro da poliziotto vero, e non da ex borseggiatore pentito. Forse mai, specialmente se continuava a dimostrarsi così bravo. Scese a fumarsi una sigaretta, in attesa che il tecnico finisse il suo lavoro. Doveva trasferire la scheda e riversare la rubrica e tutta la memoria in un telefonino identico a quello dell'avvocato, ma arricchito di un nuovo particolarissimo gadget. Dopo pochi minuti il tecnico consegnò il nuovo telefonino a Failla, che a sua volta arrivò all'angolo della strada e lo passò a Vitone che teneva d'occhio la porta del bar, mentre Calabrò era andato dietro a Mantero.

«È già tornato?»

«No, non l'ho visto.»

«Arriverà da un momento all'altro. Sbrigati.»

«Vado.»

L'ispettore entrò nel bar, il banco era affollato. Si fece strada e ordinò un caffè lungo, tuffò una mano su una briochina al miele mentre appoggiava distrattamente l'altra, chiusa a coppa, tra il portafazzolettini di carta e l'espositore dei cioccolatini. Aveva appena finito di godersi il caffè e si stava avviando alla cassa per pagare quando vide arrivare, trafelato, l'avvocato Mantero.

«Scusate. Ho mica lasciato qui il mio telefonino?»

La barista si voltò con la faccia di chi non sa. La cassiera si guardò istintivamente in grembo, come se potesse essere lì.

«È questo?» disse un cliente indicando il piccolo alieno metallizzato che riposava nell'angolo nascosto del banco.

«Oh, grazie a Dio.» Mantero lo intascò, sollevato, chiedendosi per un attimo come diavolo fosse finito lì. Forse gli era caduto e qualcuno lo aveva raccolto, o forse lui stesso lo aveva appoggiato e se lo era dimenticato. Ma era in ritardo, ringraziò il cielo per questo colpo di fortuna e non ci pensò più.

Iannece guidava senza fretta in mezzo al traffico dell'autostrada, restando a lungo nella corsia di destra e lasciandosi sorpassare.

Giampieri gli diede la sveglia. «Vogliamo muoverci, Iannece?»

«Non vorrei sorprese, Ingegnere. È pieno di autovelox da queste parti.»

«E da quando ti preoccupi dell'autovelox? Se arriva la multa ce la togliamo.»

«Una multa è una traccia. E visto che quello che *avete* appena fatto è illegale...»

Giampieri sbuffò. Iannece aveva pienamente ragione. Meglio non lasciare tracce dello spostamento del furgone.

«Non credevo che tu fossi così... tecnologico.»

«L'ho visto su ciesseì l'altra sera, uno aveva fatto tutto giusto, un bell'omicidio come si deve, e si è fatto beccare per colpa dell'autovelox. Chi va piano va sano e va lontano, chi va forte va alla corte. D'Assise.»

«Quando lo attiviamo, il telefonino?» chiese il tecnico.

«Mah... direi che è inutile farlo finché Mantero è in tribunale, o in ufficio. Meglio aspettare che sia a casa, con la madre. Se hanno qualcosa da nascondere si tradiranno.»

«Magari penseranno che abbiamo messo dei microfoni in casa. Staranno attenti.»

«Può essere. E comunque dobbiamo scegliere i momenti giusti. Quando lo attiviamo dà occupato, e non possiamo tenerlo bloccato troppo a lungo. L'ideale sarebbe quando escono insieme. Io farei una prova più tardi, per essere sicuri che funziona. E poi tenterei domani mattina quando vanno a messa.»

All'ora di pranzo, come ogni sabato, Giampieri passò a prendere Davide Risi, un suo collega della Narcotici. Era qualche anno più vecchio di lui ma erano cresciuti nella stessa zona, da ragazzo Davide aveva preso in simpatia Nicola e lo aveva salvato da un pestaggio, mettendo in fuga un gruppetto di ragazzini che si credevano i padroni del quartiere. Nella piccola rissa il futuro ingegnere le aveva prese, ma ne aveva date anche un po' guadagnandosi il rispetto del più grande. Appartenevano a due mondi lontani costretti a convivere, come a volte capita, nello stesso quartiere. Giampieri figlio unico e coccolato di una coppia borghese, benestante ma non abbastanza per cambiare zona, Risi figlio trascurato di genitori separati e con pochi mezzi. Non aveva mai un soldo in tasca e sembrava destinato a subire la sorte di tre quarti dei giovani del quartiere, vale a dire rassegnarsi a qualche lavoro manuale sottopagato oppure cercare di campare meglio grazie ad attività più o meno losche. Giampieri lo aveva perso completamente di vista negli anni dell'università, e non si era stupito troppo di ritrovarlo in Questura: entrare in polizia, carabinieri o esercito era il quarto di possibilità che gli restava.

Andarono come sempre in una friggitoria poco lontano, dove avevano il loro tavolo prenotato, mangiarono farinata e minestrone e castagnaccio e si concessero anche un mezzo litro di rosso. E come ogni sabato Risi gli consegnò una videocassetta che preparava personalmente: «Ti ho portato l'ultimo *Batman*».

Giampieri diede un'occhiata rapida alla copertina, scannerizzata perfettamente al computer. Sembrava identica all'originale.

«Com'è?»

«Ottimo. Sentirai.»

La cameriera stava arrivando col caffè. Era una ragazzina di forse vent'anni con un piercing all'ombelico, tre anellini nel naso e i capelli corti nerissimi, con delle striature rosso fuoco. Si sporse verso di loro per appoggiare le tazzine mostrando chiaramente di non sapere cosa fosse un reggiseno. Riservò a Giampieri un sorriso tutto speciale che lui ricambiò muovendo appena un lato del labbro. Troppo giovane e troppo punkabbestia, pensò mentre pagava il conto, come sempre, e come sempre le lasciava due monete da un euro di mancia. Salutò Risi davanti alla stazione, per quel giorno il suo collega aveva finito mentre il vicecommissario aveva davanti a sé ancora parecchie ore di lavoro prima di godersi il suo *Batman*.

«Ci sono novità?»

Stefania Boemi sorrise appena, come a dire che lei stessa era delusa. «Qualcosina. Ha cinque minuti?»

Giampieri si mise a sedere, fece segno a lei di fare altrettanto. Gli dispiacque che la ragazza avesse i jeans e non la gonna, ma se non altro lo avrebbe aiutato a restare concentrato sul racconto. Anche se il top che le lasciava scoperte le braccia e le spalle ed esaltava l'abbondanza del seno era una distrazione piuttosto potente.

«Ho fatto una bella chiacchierata con Tiziana, l'amica di Barbara. La sera della foto stavano festeggiando Michela Picco, era il suo addio al celibato, anzi al nubilato. Niente di troppo peccaminoso, naturalmente. Niente California Dream Men, niente discoteca fino all'alba, niente rimpatriate con i vecchi amori del liceo. Sono andate al Saffophone, un locale per gay e lesbiche a Santa Margherita, il massimo della trasgressione che si concedevano, gli sembrava di fare chissà che. Michela aveva protestato ridendo, "volete essere sicure che non faccia proprio niente stasera", e Barbara le aveva detto: "Perché no, anzi è l'occasione di provare qualcosa di diverso che poi non proverai mai più con tuo marito". Cose così. Avevano riso, era stata una serata divertente, qualche ragazza si era anche avvicinata al loro tavolo, ma aveva capito subito che non erano lì per quello. Anche Tiziana dice che ha tenuto quella foto, ne avevano fatta una copia per ciascuna. Poi si è incupita, mi ha detto: "È stata una bella serata e sentivo che era la fine di qualcosa, avevo come un presentimento ma ho pensato è logico, con Michela che si sposa e va a Milano... invece è Barbara che è andata via per sempre". Non riesce ancora a crederci, non ha una spiegazione. Nessuna di loro ce l'ha, dice che ne ha parlato tantissimo con Michela e con Alessia, e che se avessero anche solo un minimo sospetto sull'avvocato, o su chiunque altro, ce lo direbbero subito.»

«E di Barbara che cosa ti ha detto? Era preoccupata? Strana? Aveva parlato di problemi sul lavoro? O di qualche ragazzo che aveva conosciuto?»

«No, o almeno a lei non sembra. Dice che Barbara era un po' triste perché Michela se ne andava. E sui ragazzi ha ripetuto quello che già sapevamo: aveva avuto pochissime storie in passato ed era rimasta scottata, così ora non dava confidenza praticamente a nessuno, frequentava solo questo Jacky, forse perché sentiva che non era un pericolo.»

Giampieri si massaggiava il pizzetto. «E l'amica misteriosa? Quella che ha fatto la foto?»

Stefania Boemi alzò le braccia, usò un elastico per legarsi i capelli in una coda e così facendo lasciò scoperte, e in vista, le ascelle perfettamente depilate. Secondo un manuale che Giampieri stava leggendo era un segno inequivocabile di seduzione, la femmina che invia al maschio il proprio odore, i feromoni destinati a scatenare la sua libidine. L'Ingegnere dovette riconoscere che funzionava ancora, oggi come qualche migliaio di anni prima.

«Ehm... in realtà non c'è nessuna amica misteriosa. La foto gliel'ha fatta il gestore del locale.»

«Ah. E non ci sono più tornate?»

«Tiziana no, le altre non lo sa, ma dice che è difficile, non era il posto per loro.»

«Direi che siamo al punto di partenza.»

Boemi fece il broncetto. Il manuale non diceva nulla a questo proposito, ma sporgere le labbra in quel modo verso un uomo vorrà pur dire qualcosa.

«Comunque hai fatto un buon lavoro» la incoraggiò Giampieri. «Mi sembra che tu sia riuscita a entrare in confidenza con questa Tiziana. Perché non vai avanti e senti anche le altre due? Magari si ricordano qualcosa.»

Lei sorrise e scattò in piedi: «Agli ordini, capo».

Si chiese a lungo se e come informare Venuti degli sviluppi. Non dirgli che stava per intercettare Mantero sarebbe stato scorretto, ma spiegargli come aveva fatto voleva dire rischiare il posto. E non solo il suo, ma anche quelli di Iannece, Vitone, Calabrò. Doveva riconoscere che proprio Calabrò, nonostante i loro contrasti, si stava comportando lealmente. L'ispettore era uno di quelli su cui puoi contare sempre, che mettono il lavoro al di sopra delle simpatie o antipatie personali. Si ripromise di avviare con lui un rapporto migliore. Tornando a Venuti, decise di pensarci sopra fino all'indomani, nella speranza che il telefonino regalasse loro qualche rivelazione.

Passò il resto della giornata a rileggere i verbali e lavorare al software, affinando la ricerca del colpevole con parametri sempre diversi, e ad aggiornare la carta del palazzo con le ultime scoperte. Passò i Turone dal rosso al verde. Solo l'avvocato Mantero, in tutto il palazzo, era rimasto in rosso. Si chiese mille volte se doveva telefonare alla Serra, ma ogni volta si rispose che non intendeva complicare ancora di più il suo rapporto con il magistrato, e che quella sera aveva un appuntamento al quale nessuna donna poteva farlo rinunciare. Fu in quel momento che si ricordò di Amalia.

Erano le sette e trentacinque quando arrivò davanti al centro estetico. Non avevano ancora chiuso ma la serranda era già abbassata di un terzo. L'estetista chiacchierava con la titolare e quando lo vide fermo davanti alla porta i suoi occhi si accesero per un attimo, prima di assumere un'aria truce e offesa. Giampieri estrasse da dietro la schiena un mazzo di fiori di campo e mise su la sua migliore espressione colpevole.

Le raccontò tutto al tavolino di un bar, mentre lei centellinava un analcolico alla frutta e lui spazzava via due Negroni e tutti i possibili stuzzichini. «Vedi? Oggi neanche sono riuscito a mangiare. E finché non prendo l'assassino non riuscirò a tornare a una vita vagamente normale. Avrei dovuto dirtelo prima, ma a volte le ragazze si spaventano, non vogliono avere niente a che fare con noi e allora...»

«Un poliziotto» sospirò lei. «Sai che non l'avrei mai detto?»

«È un complimento?»

«Be', sì... non so. Non ho niente contro i poliziotti, oddio magari qualcosa sì, in effetti mi fanno un po' paura, ne ho conosciuto qualcuno davvero stronzo. Sai, quelli esaltati, che si credono chissà che perché hanno il distintivo e la pistola.»

«Io non la porto quasi mai. Sono un ingegnere, mi manca praticamente solo la tesi. Lavoro con la testa, al computer, e non ho mai ammazzato nessuno. Non ho neanche mai picchiato nessuno.»

Amalia sorrise. «È quello che intendevo. Sembri uno per bene, di cui ci si può fidare. Anche se non mi avevi detto la verità. Se nascondi qualcos'altro, però, dimmelo subito» scherzò.

Era entrato nel terreno minato che proteggeva il caveau, ma ormai aveva in tasca la mappa per superarlo. Affidabile ma capace di sorprendere. Macho ma capace di regalare fiori. Sentiva che questo cocktail le dava alla testa quanto a lui i due Negroni.

«Mi spiace per il concerto. E immagino che ormai stasera...»

Lei esitò. «Sì, ho già un impegno. Un'altra volta. Davvero.»

Lui sospirò di sollievo. L'aveva invitata solo per darle modo di rifiutare, perché non aveva nessuna intenzione di rinunciare al suo sabato sera. Tutto ciò che voleva era recuperare terreno, e la missione poteva dirsi compiuta.

Le chiese di lasciargli il numero del telefonino, lei glielo diede senza storie. «Ti chiamo appena sono libero. Magari non potrò darti un grande preavviso.»

«Non c'è problema.» Era la resa incondizionata. «Tu prova, io cercherò di liberarmi.»

Arrivò a casa stanchissimo ma felice. Le lentiggini di Monica, il seno di Stefania, il culo alto di Amalia. La vita è bella quando si lascia afferrare, certo tu devi allungare le braccia, devi stringerla e non mollarla più. Anche l'assassino era lì, da qualche parte, bisognava afferrarlo e con lui sarebbe arrivata anche la promozione a commissario. Solo una cosa lo tormentava in quel momento, un feroce mal di testa da tensione che si concentrava sulla cervicale, provocandogli un senso di nausea e fitte di dolore lungo tutta la schiena. Ma sapeva che sarebbe presto scomparso. Si spogliò, restando in boxer e maglietta, staccò il telefono e il telefonino, accese lo stereo e mise su un cd dei Pink Floyd, quindi sedette sul letto e tolse la cassetta di *Batman* dalla custodia. Facendo leva con un cacciavite su una delle due facciate di plastica la fece saltare. C'era tutto, come sempre. Rimise la cassetta nella custodia e la infilò nella libreria accanto alle altre, ricontò la sua collezione del vizio – era la numero quarantasei – per prolungare ancora un poco il piacere dell'attesa.

Aveva cominciato quasi un anno prima. Marco Luciani si era ammalato nel bel mezzo di un caso complicato e gli aveva scaricato addosso tutta la pressione dell'inchiesta. Aveva deciso di tenerla sotto controllo con un farmaco ma non aveva funzionato, in dose normale era troppo leggero ma se la aumentava dormiva un sonno innaturale e restava come imbambolato per tutto il giorno successivo. Aveva pensato alla marijuana, che fumava ogni tanto, ma per riuscire effettivamente a calmarsi avrebbe dovuto farsi quattro o cinque canne al giorno e questo non era proprio possibile.

Prese un mezzo limone dal frigo e un cucchiaio dal cassetto, tornò in camera, si sistemò bene il cuscino, aprì la bustina, versò l'acqua distillata e la polvere bianca sul cucchiaio, ci spruzzò un poco di limone e scaldò la miscela con l'accendino. Quindi, tenendo in equilibrio il cucchiaio con la mano sinistra, con la destra prese la siringa da insulina e aspirò il liquido.

Una dose una volta alla settimana è come per un inglese andare a ubriacarsi al pub il venerdì sera, o come per tante brave persone andare a puttane il sabato sera, o a giocare ai cavalli la domenica. Un uomo ha diritto a coltivare un vizio una volta alla settimana finché non dà fastidio a nessuno. E poi non è vero che la droga è così pericolosa se sei tu a usarla, se non ti lasci usare da lei. Certo, il mondo sarà sempre pieno di coglioni che vogliono farsi tutti i giorni, o che si ubriacano tutte le sere, o che si giocano lo stipendio all'ippodromo o con le troie albanesi. Non era il suo caso, non lo sarebbe mai stato.

Domani saprò, forse. Domani capirò se davvero Mantero nasconde qualcosa. Ma non era quello il momento di pensare al broker. Fece un respiro profondo, quindi soffiò via il mondo esterno e tornò a concentrarsi solo su se stesso. Non aveva problemi a trovare le vene, erano in ottime condizioni, scelse classicamente quella del braccio sinistro e si iniettò l'eroina fino all'ultima goccia. Sorrise, si lasciò scivolare sul letto, la testa affondata nel cuscino, e si godette il suo viaggio del sabato sera.

SABATO

Luciani

Aveva dormito secco tre ore e mezza, fra l'ultimo ritiro della spazzatura alle due e l'arrivo del camion dei giornali. Da quel punto in poi era risalito alla superficie, in un sonnecchiare da cui si riscuoteva ogni cinque minuti: le zanzare, i gabbiani, le auto, le moto. Intorno alle sette e mezza gli operai cominciarono a pestare, anche se era sabato, e ci diedero dentro fino alle otto e un quarto, quando Marco Luciani si rassegnò ad alzarsi, devastato dalla stanchezza. Gli ci vollero due tazze di tè per riprendere conoscenza, e accorgersi che le mazzate si erano interrotte proprio allora. Guardò fuori dalla finestra e vide con sollievo che il cielo era coperto, se non altro avrebbe evitato di correre sotto il sole.

Mise maglietta e calzoncini, lanciò uno sguardo ai verbali che erano rimasti esattamente dove Iannece li aveva lasciati, sulla sedia della cucina. Non li aveva neppure toccati, solo ci aveva appoggiato sopra il fascicolo con gli aggiornamenti che gli aveva dato Calabrò e il plico che il questore gli aveva fatto trovare nella borsa da tennis. Fanculo tutti, pensò partendo per una corsa lunga e lenta, quella che tutte le tabelle prevedevano al sabato o alla domenica per concludere il lavoro della settimana fatto di ripetute, variazioni di ritmo e scatti in salita. Si supponeva che nel weekend i corridori amatoriali avessero più tempo, e potessero dedicare un'ora piena, o anche due, alla corsa lenta. Per il quasi ex commissario Luciani invece il sabato era ormai un giorno come un altro, anzi peggiore degli altri perché c'erano più code nei negozi, più gente in giro, più ubriachi, più tossici, più risse, più rumori fino a tarda notte. Per questo gli era sempre piaciuto andare in questura il sabato e la domenica, per starsene in pace.

Nonostante le nuvole, la cappa di caldo si faceva sentire e sui moli si correva male. Dovevo andare in corso Italia, pensò, e da lì a sognare di andarci davvero a vivere, in corso Italia o a Levante, vicino al mare, il passo fu breve come quelli che trascinava dentro le vecchie Saucony. Gli erano costate uno sproposito ma ci correva da oltre due anni, erano come una macchina con centocinquantamila chilometri che si è adattata perfettamente al piede del guidatore.

Vivere fuori città, pensò, vivere senza lavorare. Avere tutta la giornata a disposizione per correre, giocare a tennis, stare in spiaggia o in piscina, leggere, guardare lo sport in tv. Un sogno per tanti, una possibilità concreta per lui. Ma se avesse accettato quell'eredità avrebbe perso il rispetto di se stesso, e per uno che voleva restare solo con se stesso tutto il giorno per tutto il resto della vita non sarebbe stato un buon affare.

Entrò al discount intorno all'una, pensando che fosse l'orario migliore per evitare code, e vide che in effetti non c'era molta gente, a parte un gruppo di quattro o cinque ecuadoriani che avevano preso d'assalto le piramidi di cartoni di birra all'ingresso, e le avevano trasferite sui carrelli pezzo per pezzo, come se dovessero salvarle dalla costruzione di una nuova diga sul Nilo e trasferirle in un sito più sicuro, per esempio davanti alla Commenda di Pré, dove avrebbero trascinato la loro personalissima movida fino alle cinque del mattino. Gli altri clienti erano quasi tutti anziani soli, che controllavano i prezzi con attenzione, ma notò anche un paio di signore della Genova bene che avevano l'aria di chi è finito lì per sbaglio, e visto che c'è si rassegna a comprare qualcosa. Sceglievano perlopiù succhi di frutta, patatine e merendine per i figli, secondo il principio che i bambini volevano comunque mangiare schifezze, quindi tanto valeva pagarle poco. L'insieme del supermercato era squallidotto, e sugli scaffali mancavano i marchi noti e rassicuranti. I prodotti erano messi un po' a casaccio, senza lo studio psicologico e sociologico che insegna a piazzare le merci secondo un ordine e un'altezza precise, e nella maggior parte dei casi stavano ancora nei cartoni d'imballaggio. Tirò dritto davanti alle bottiglie di vino a mezzo euro, chiedendosi cosa diavolo potevano contenere, e si era appena fermato a dare un'occhiata agli scaffali della pasta quando si sentì chiamare.

«Commissario!»

Tre volte in pochi giorni. Non poteva essere un caso. «Che ci fai qui, Iannece? Ti vedo più spesso di quando venivo a lavorare.»

L'agente mostrò con orgoglio il carrello già mezzo pieno. «Io sempre qui vengo, commissario. Tutti i sabati. È comodissimo, parcheggio qui fuori, faccio la spesa e vado a casa.»

«Ah. Quindi non mi stavi seguendo?»

«Io? E perché mai? Ma sono contento di vedervi. È la prima volta che venite? Posso darvi qualche consiglio, ormai conosco tutti i prodotti.»

«Pensavo che fare la spesa fosse un lavoro da femmine, come dici tu.»

«No. Lavare, pulire, cucinare tutti i giorni sono lavori da *mugghieri*. Oltre che *figghiari*, naturalmente.»

Il commissario lo guardò in modo interrogativo.

«Fare figli. Emmamma mia, voi con le lingue proprio... Invece fare la spesa, e cucinare nelle grandi occasioni, è lavoro da uomini.»

«E perché?»

«Chi fa la spesa controlla la borsa, commissario. Il bilancio familiare.»

«Giusto. Ma cucinare?»

«Le donne cucinano da quando noi uomini abbiamo scoperto il fuoco, ma tutti i più grandi cuochi del mondo sono uomini. E lo sapete perché?»

«Non lo so.»

«Perché lento a tavola e lento a letto è il maschio perfetto. Per soddisfare la donna, e la pancia, non bisogna avere fretta.»

«Hmm.»

«Massì, per mangiare tutti i giorni vanno bene anche i sofficini, o un pezzo di pizza. Sono piacevoli, ma ti lasciano sempre un po' così, come una sveltina. Se però si vuole fare una cosa con soddisfazione, un pranzo di Natale, ci vuole la pazienza; ci vogliono tutti gli ingredienti giusti, e ognuno deve avere il suo tempo di cottura. E le donne, specialmente le donne di oggi, non tengono pazienza. Cucinano le cose pronte e se una volta accendono i fornelli poi corrono subito a fare un'altra cosa. Gli sembra che ci sono cose più importanti. Invece l'uomo sta lì anche tutto il pomeriggio, a girare il sugo dello stracotto, a coccolarselo come un bambino. E lo stesso con il capitone. Modestamente, il capitone che faccio a Capodanno neanche mio nonno lo sapeva fare così... e quando assaggia il capitone, commissario, anche mia moglie è contenta» disse strizzando l'occhio.

Marco Luciani sentì salire la nausea e si affrettò a cambiare discorso.

«Ma la roba qui è buona?»

«Eccome no. I prodotti sono gli stessi che trovate al supermercato, ma costano molto meno perché non fanno pubblicità. Capite, commissario, magari un produttore di olio fa, dico un numero a caso, duemila litri di olio extravergine, e allora mille li chiama "Olio ics", fa pubblicità in televisione con quello che salta la staccionata e li mette a diecimila lire, e gli altri mille li chiama "Olio ipsilon", non fa pubblicità e li mette a cinquemila. Ma non è che uno è Olio e l'altro è Stanlio. Sono tutti e due Olio, preciso identico.»

Marco Luciani non sembrava convinto.

«È come per i jeans, commissario. Quand'ero ragazzo c'erano jeans assolutamente identici, stessa stoffa, stesso taglio, uscivano dalla stessa fabbrica ma alla fine ci mettevano due etichette diverse. Uno costava diecimila lire, l'altro ventimila.»

«E perché?»

«E perché, perché. Così vendevano a quelli che volevano risparmiare e pure a quelli che volevano averci il jeans firmato. Cioè avevano il doppio dei clienti.»

Il commissario sorrise: «Io compravo i jeans firmati, anzi era mia mamma che insisteva per comprarmeli, perché diceva che se costavano di più sarebbero durati di più, e che alla fine chi più spende meno spende».

«Ah sì? E io che credevo che chi meno spende risparmia. Pensate un po' che fesso che sono. È per quello che sono rimasto povero, perché ho sempre speso poco.»

Marco Luciani prese un pacco di pasta, lo scrutò con sospetto e fece per metterlo nel carrello.

«No, quella no, commissario. Bisogna stare attenti. Questa pasta costa poco, ma vedete che c'è scritto di lato? Pasta di grano tenero. Questa va bene per gli americani o i tedeschi, ma non per noi. Questa invece, tenete, è pasta di grano duro. Costa un po' più di questa, ma metà della Barilla, ed è uguale uguale.»

«Magari la fa la Barilla stessa.»

«Eccerto. Ecco, questi biscotti per esempio sono buonissimi. E là ci sono i detersivi, e le pastiglie per la lavastoviglie.»

«Non ce l'ho la lavastoviglie.»

«Non ce l'avete? E chi vi lava i piatti?»

«Me li lavo io.»

«Quello è un lavoro da femmine» scosse la testa Iannece spingendo il carrello verso la cassa.

Marco Luciani prese una bottiglia di olio di oliva, un

vasetto di filetti di acciuga sott'olio che sembravano davvero bellissimi, dei crackers, un pacco di pasta, un detersivo per i piatti, uno per la lavatrice e un ammorbidente. Cercò invano una maxibottiglia di Lemonsoda ma non c'era, allora prese una ZytronSoda che lo inquietava già dal nome, probabilmente era un miscuglio di ZyklonB e soda caustica. Arrivò alla cassa molto perplesso ma quando si trovò a pagare in tutto appena quattordici euro si pentì di non avere fatto una scorta maggiore.

Appena arrivato a casa si preparò il tè, lasciò in sottofondo Aimee Mann, prese tutti i fascicoli e cominciò a leggere i rapporti sulla morte di Barbara Ameri.

Anche se con il questore non lo aveva ammesso, Marco Luciani aveva seguito la vicenda sui giornali e alla televisione con una certa attenzione, ma senza i rapporti in mano non aveva in effetti dato molto ascolto alle ipotesi. Sapeva per esperienza che la polizia tende a usare i cronisti, ogni volta che è possibile, ai fini delle indagini. E che può lasciar trapelare indizi veri o indizi inventati, a seconda delle circostanze, per provocare mosse false da parte dell'assassino. Da fuori, distinguere la verità dall'invenzione non era tanto facile, neppure per un addetto ai lavori come lui.

Lesse con attenzione tutta la parte che riguardava il ritrovamento della vittima, che era stata portata ancora viva in ospedale ed era morta sotto i ferri poche ore dopo. Sul pavimento dell'ufficio non erano rimaste impronte significative, prima che la Scientifica intervenisse era entrata e uscita parecchia gente e comunque ci aveva pensato la madre dell'avvocato Mantero, pulendo tutto col detersivo, a far sparire eventuali tracce. Nel lavello del bagno avevano ritrovato dei capelli di Barbara, segno evidente che l'assassino si era ripulito, o forse aveva ripulito l'arma del delitto, prima della fuga. Ma non aveva lasciato alcuna traccia che potesse identificarlo.

L'arma del delitto non era stata trovata. La polizia aveva sequestrato un grosso quarzo che serviva da fermacarte sulla scrivania di Barbara, ma lo aveva fatto più che altro per scrupolo: non aveva tracce di sangue e Rita Valenti Mantero aveva detto di non averlo toccato. Le analisi avevano in effetti escluso che fosse stato usato per spaccare la testa alla ragazza. Dall'ufficio, secondo l'avvocato, non mancava nulla, e in particolare nessun oggetto atto a offendere. Se diceva la verità, questo significava che l'assassino non aveva utilizzato la prima cosa che aveva trovato a disposizione.

L'arma se l'era portata da casa. L'omicidio era premeditato. L'assassino non l'aveva uccisa trascinato da un impeto d'ira, magari dopo un raptus sessuale o un litigio andato oltre le previsioni. No, l'assassino con ogni probabilità sapeva che Barbara a quell'ora insolita era in ufficio, anzi forse proprio lui le aveva dato appuntamento lì, per affrontare una qualche questione importante senza testimoni. Si era portato l'arma, aveva colpito, era uscito dall'ufficio senza che nessuno lo vedesse e sempre senza essere visto era uscito in strada, tra le otto e mezza e le nove, quando non c'è la folla ma neppure il deserto, e veniva da chiedersi come mai nessuno aveva notato una persona presumibilmente agitata, con in mano un'arma e almeno un po' sporca di sangue. A meno che, certo, l'assassino non fosse rimasto nel palazzo. In ogni caso, si era preso un bel rischio perché era comunque un'ora di movimento, e lo stesso avvocato poteva arrivare da un momento all'altro, come poi in effetti era accaduto, solo con qualche minuto di ritardo.

Marco Luciani aprì il taccuino e scrisse in stampatello: "premeditato". Poi lo sottolineò due volte, ma subito quella sicurezza gli sembrò eccessiva: se l'assassino era così deciso a uccidere, perché aveva lasciato Barbara ancora viva e rantolante, senza preoccuparsi di finire il lavoro? Se i soccorsi fossero arrivati prima forse Barbara si sarebbe salvata, in ogni caso avrebbe potuto fare il nome di chi l'aveva aggredita. Di certo, chi aveva colpito doveva poi essersi spaventato, fuggendo senza controllare se la sua vittima era davvero morta. Strappò il foglio e lo accartocciò, riscrisse "premeditato" e questa volta aggiunse un punto interrogativo. Poi scrisse "assassino inesperto" e lo sottolineò una volta.

Prese un paio di sorsate di tè e osservò il fumo che saliva leggero dalla tazza, quasi a cercare di leggervi dentro un'indicazione.

Un altro elemento quasi certo, o perlomeno molto probabile, era che Barbara conoscesse l'assassino. In teoria poteva avere aperto la porta a chiunque, ma trovandosi sola in ufficio, fuori dall'orario di lavoro, una visita di qualcuno che non conosceva l'avrebbe forse insospettita. E davanti a una persona sconosciuta e agitata che si faceva minacciosa avrebbe cercato in qualche modo di chiedere aiuto, di difendersi. Invece, con ogni probabilità, Barbara non si era neppure alzata dalla sua scrivania, aspettava qualcuno e quando quello aveva suonato gli aveva aperto la porta col pulsante. Dovevano avere discusso, l'assassino le aveva forse dato un'ultima chance, senza che lei lo sapesse, ma Barbara aveva commesso l'errore di sottavalutare la sua pericolosità. Era stata sorpresa da quel primo colpo, e una volta a terra non aveva più avuto un'altra possibilità.

Marco Luciani continuò a seguire questo filo. Se a ucciderla era stato un conoscente, il campo delle indagini naturalmente si restringeva. I moventi potevano essere molti: un amore finito, uno mai cominciato, ma potevano esserci anche motivi economici.

In questo tipo di omicidi, comunque, c'era sempre un movente logico. Se non si aveva a disposizione una cerchia di sospetti, e non si poteva ipotizzare quello di ciascuno di loro, l'unico modo di scoprirlo era di andare a cercare il movente del movente, ovvero ciò che la vittima aveva fatto per provocarlo. Questo discorso non si poteva fare ai parenti, perché lo intepretavano come un modo di mettere la vittima sotto accusa, di rovesciare la frittata. Come se fosse colpa sua se era stata uccisa. Qualunque cosa aveva fatto Barbara, ammesso che l'avesse fatta, non poteva giustificare l'orrenda fine che le era toccata. E in questi casi per Marco Luciani non era facile spiegare che non si voleva colpevolizzare nessuno, che lui era alla ricerca di una semplice catena di causa ed effetto, e basta. E che a volte nella mente malata di un assassino basta uno sguardo a far scattare la molla omicida, e quello sguardo non è una colpa, no di certo, ma è la chiave per spiegare quanto è accaduto.

Arrivò ai fogli dell'autopsia e lesse che il primo colpo le era stato dato in pieno viso, con violenza inaudita. Dunque Barbara non aveva dato le spalle all'assassino, segno che si fidava ma fino a un certo punto. In ogni caso, questo particolare non cambiava poi molto. Un pugno fortissimo, forse portato con l'aiuto di un oggetto, l'aveva abbattuta come un agnello al mattatoio. E poi il massacro.

Lesse rapidamente le considerazioni del dottor Vassallo sullo stomaco della vittima, e quando arrivò al colpo inferto al pube trovò conferma di quanto era trapelato sui giornali, cioè che la ragazza era vergine. E questo escludeva giri di prostituzione, nei quali sapeva che potevano entrare anche ragazze "normali", con una famiglia alle spalle e un lavoro regolare.

«Ancora vergine a 25 anni» borbottò. Non che ci fosse nulla di cui vergognarsi, e forse non era neppure così strano, ma certo l'idea che si era fatto della disponibilità sessuale delle nuove generazioni era molto diversa. Stroncò sul nascere i possibili confronti tra le varie epoche che aveva attraversato e quella in cui si trovava ora, e cercò di concentrarsi sul fatto specifico: il fatto che Barbara fosse vergine cambiava qualcosa nelle indagini? Senza dubbio eliminava l'ipotesi dell'ex amante respinto, o dell'uomo sposato che voleva chiudere una relazione pericolosa. Ma il movente passionale non si poteva escludere del tutto.

Ricordava di aver letto in qualche articolo di un "fidanzatino", che poi aveva smentito dicendo di essere solo un amico. Chissà se lo era per scelta o per impossibilità di avere quello che voleva. L'amicizia tra uomo e donna, specialmente a quell'età, non lo aveva mai convinto.

Cercò di non far correre troppo la fantasia e passò alla lettura dei verbali, era la cosa che più lo annoiava ma in questo caso, non avendo mai visto in faccia né sentito i protagonisti, gli sembrò più interessante del solito. A dire il vero, qualche protagonista lo aveva visto sui giornali o in televisione, alla fiaccolata, e riuscì più o meno ad associare alle parole dell'avvocato Mantero il suo viso pallido e impenetrabile, a quelle della madre la lacrima a effetto o l'espressione scettica di chi ha visto di peggio, a quelle della famiglia Turone l'ansia e la stanchezza di una vita passata a rincorrere la disgrazia di un figlio malato.

Riprese carta e penna per appuntarsi gli alibi dei possibili sospetti: nessun alibi oggettivo per Mantero e la madre, era impossibile controllare i loro orari e solo le reciproche testimonianze li scagionavano; due alibi discreti, ma non inattaccabili, per i Turone: il padre in carrozzeria alle nove, il figlio in piazza sempre alle nove; un alibi abbastanza sicuro per Giacomo Carrisi, che alle 10.15 era in ufficio a Voghera; Giampieri si era informato anche sullo zio materno che era sicuramente a casa sua alle dieci, quando gli era arrivata la telefonata della sorella, e prima sosteneva di avere lavorato nell'orto.

Passò poi a leggere gli interrogatori dei testimoni e dei conoscenti, tutti concordavano nel descrivere Barbara come una ragazza timida e tranquilla: «Veniva qui da tempo ma non dava confidenza a nessuno» aveva messo a verbale il proprietario della palestra. «Buongiorno e buonasera, al limite se aveva bisogno chiedeva alla nostra istruttrice. Non faceva corsi con le altre, correva da sola sul tappeto e faceva un po' di pesi, ma leggeri.»

Sottolineò alcune frasi di padre Mariano, il prete con cui Barbara andava a portare «conforto e un po' di tè caldo», ogni venerdì sera, alle prostitute. «Era sempre positiva, allegra, dava a tutti noi una grande forza. Molti cominciano a fare quest'opera di carità ma poi si tirano indietro. Barbara, da due anni, non mancava mai.» «No, non mi pare che avesse fatto amicizia con qualcuna di queste ragazze in particolare. Non è così facile. Vivono comunque in un mondo distante, hanno troppa paura. Sono poche quelle che riusciamo a salvare.» «Non ero il suo confessore, certo parlavamo di tutto. Le ripeto, era una ragazza positiva, coraggiosa, anche se a volte sentivo che aveva dentro come un'ombra, non dico un segreto ma un'inquietudine forse.» «Non so spiegarmi meglio, qualcosa di non risolto, con se stessa o con la sua famiglia.»

Andò avanti a leggere fino a sera, senza neppure accorgersi che stava facendo buio. Intorno alle dieci e mezza fece una pausa per mangiare una piccola patata bollita con un po' di stracchino, quindi si spostò sul divano e accese lo stereo per contrastare i rumori della strada. Cominciava la movida, si realizzava il miracolo della società multietnica, i giovani della Genova bene scendevano nei vicoli per pisciare sui muri fianco a fianco ai sudamericani ubriachi e agli spacciatori maghrebini, i padri di famiglia proseguivano la loro battaglia per convincere le prostitute albanesi a uscire dal giro e dargliela gratis, le cinquantenni separate si assicuravano che i venditori senegalesi di elefantini trovassero anche lontano da casa una carezza affettuosa e un poco di calore domestico. Il centro storico di Genova, il Patrimonio Mondiale della Subumanità, pensò mandando mentalmente a farsi fottere l'Unesco.

Rivolse un pensiero anche a Giampieri, che sicuramente dopo una settimana di lavoro si stava concedendo una bella serata con l'ultima conquista, beato lui, quindi si rituffò nella lettura, tornando spesso indietro a controllare particolari, orari, dichiarazioni. Il mondo fuori svanì lentamente, insieme ai rumori. Rimasero solo lui, una ragazza uccisa e un assassino in fuga. Chiuse gli occhi sul divano, con il sorriso sulle labbra e un fascicolo sulla pancia, e dormì le tre ore più serene degli ultimi tempi. Alle sei meno un quarto il camion dei giornali lo sorprese nella stessa posizione.

DOMENICA

Giampieri & Luciani

Era appena uscito dalla doccia e stava facendo colazione con un po' di focaccia avanzata e una tazza di tè quando squillò il telefono.

«Ciao Nicola.»

«Come fai a sapere che ero io? »

«Chi altri mi potrebbe telefonare a quest'ora?» O a qualunque altra ora, pensò. E poi, dopo Iannece, Calabrò e il questore, mancava solo lui.

«Tutto bene?»

«Tutto bene. Salta pure i convenevoli, non ce n'è bisogno.»

«Niente, volevo sapere come ti va. Non ti ho più sentito, e non sono più riuscito a chiamarti.»

«Va alla grande. E tu? Ti diverti?»

«Come no. Ascolta, non è che per caso hai un po' di tempo stamattina? Perché vorrei giusto chiederti un paio di cose.»

«Che succede?»

«Non posso dirti al telefono. Se sei a casa ti raggiungo e ti spiego tutto.»

Marco Luciani si guardò intorno. Nicola non era mai stato a casa sua negli anni in cui avevano lavorato fianco a fianco, e certo non era il caso che la vedesse ora. Se il suo vice avesse messo piede in quel buco piccolo e squallido, con l'odore di solitudine che impregnava le pareti e il nastro da pacchi che fermava una perdita del rubinetto, quel poco che restava della fama del commissario negli ambienti della Questura sarebbe affondato per sempre.

«Veramente stavo per uscire. Vediamoci in centro. Davanti a San Lorenzo ti va bene?»

«Benissimo. Ti offro la colazione, so dove hanno appena aperto un bel bar.»

«Grazie, ho già fatto la mia solita colazione. Cappuccio, brioche, pane burro e marmellata, uova con bacon, salsicce, succo d'arancia.»

Giampieri fece un risolino. «Immagino. Va bene tra mezz'ora?»

L'Ingegnere arrivò in leggero anticipo, in quei giorni l'ansia gli impediva di andare piano, correva dappertutto forse perché l'istinto si illudeva così di avvicinare la soluzione del problema. Ma quella mattina, dopo avere finalmente dormito otto ore filate di sonno profondo, l'ansia era praticamente scomparsa, lasciando il posto a un cauto ottimismo legato all'alleato speciale che riposava nella tasca del broker, e che prima o poi sarebbe venuto in suo aiuto. Anche il senso di colpa per non avere più chiamato Marco, dopo le sue dimissioni, si era attenuato: se le voci che gli erano arrivate erano fondate, era piuttosto il suo ex capo a doversi sentire in colpa. In ogni caso bisognava chiarire le cose. L'indagine era già abbastanza complicata senza che lui dovesse anche peoccuparsi di cosa stesse facendo Luciani. Se voleva rientrare, prego: si accomodasse pure. Voleva proprio vedere come se la sarebbe cavata, lui che faceva sempre grande sfoggio di esperienza e gli ripeteva continuamente che «prima dei 35 anni un poliziotto non vale niente», per rimarcare come decisiva la loro piccola differenza d'età. È vero, Luciani aveva un grande intuito e una certa sensibilità, ma erano doti naturali, l'esperienza non c'entrava niente. E poi, quando entravano in gioco i computer o le nuove tecniche di investigazione, si perdeva con una facilità scoraggiante.

Si fermò ad ammirare il Duomo di San Lorenzo, ci passava davanti spesso ma era difficile che gli lanciasse più di uno sguardo distratto. Le prime comitive di turisti erano già entrate per il giro classico: i dipinti, il tesoro, e quello che più di ogni altra cosa colpiva l'immaginario, la bomba che, lanciata da una nave, nel 1941 aveva sfondato il tetto della chiesa e non era esplosa per intercessione della Madonna. Osservò due bambini che si facevano fotografare in groppa a un leone di marmo, alzò lo sguardo verso il campanile e sentì di nuovo la fitta alla cervicale che lo tormentava da qualche tempo.

«Non guardare troppo che ti rovini il collo.»

Marco Luciani era arrivato silenziosamente alle sue spalle. Giampieri si voltò a guardarlo e non riuscì a trattenere un moto di sorpresa vedendolo con la barba di una settimana, le occhiaie scavate, il viso ancora più magro del solito.

«Ciao Marco» disse abbracciandolo, più che altro per distogliere lo sguardo e avere il tempo di riprendersi. «Ti fai crescere la barba?»

«Già. Trovi che mi ingrassa?»

Giampieri tornò a fissarlo. «Come no.»

«È un esperimento. Finché non trovo qualcuno a cui piace, la tengo.»

L'Ingegnere si stava massaggiando la nuca.

«Male alla cervicale, eh? Non devi guardare la facciata del Duomo, l'ha progettato un chiropratico per farsi nuovi clienti.»

L'Ingegnere sorrise.

«Non ci credi? Facci caso: non c'è spazio per guardarlo. È l'unica chiesa d'Italia senza una vera piazza davanti. E non puoi neanche fotografarlo tutto intero, il che comunque è un bel vantaggio.»

«Dai, non dirmi che non ti piace.»

«Come no? Io adoro lo stile patchwork-pacchiano, i ripensamenti. Esordio romanico con strisce bianche e nere, portali gotici, una torre più bassa completata con una loggia del Quattrocento...»

«Insomma non salvi niente. Come al solito.»

«Salvo la bomba. Quella sì. Se fosse esplosa non sarei qui.»

«Perché? Che c'entri tu? È caduta durante la guerra, no?»

«Sì. Ma non cadde in chiesa come racconta la propaganda cattomiracolistica. Finì dritta in casa dei miei nonni. E di mia mamma, che allora era una bambina.»

«Ma dai. Questa non me la bevo. Tu sei di Milano.»

«Io sì, e la famiglia di mio padre è lombarda. Ma i nonni materni erano genovesi, abitavano in piazza Matteotti in quegli anni, in una casa della curia.»

«E quindi?»

«Quindi niente. La bomba gli è finita in camera da letto, loro non erano scesi nei rifugi ma per fortuna erano in cucina, la bomba non è esplosa ma si è un po' danneggiata. La curia ne ha presa un'altra bella intera e l'ha esposta al pubblico, dicendo del miracolo eccetera.»

Giampieri lo guardava, incerto se credergli o no. A volte, quando era di buonumore, Marco Luciani inventava queste storie assurde, quasi per compensare una vita dedicata al rispetto delle regole e della verità.

«Guarda, lascia perdere,» sorrise l'altro «tanto per colmare le tue lacune in storia e storia dell'arte ci vorrebbero anni. Sarà meglio che ci prendiamo quel caffè.»

«Io mi faccio un paio di quei bei cannoli» disse Nicola guardando la vetrina. «Tu non mangi niente?»

«Lo sai come la penso: un terzo di quello che mangiamo ci serve per vivere, gli altri due terzi servono a far vivere i dottori.»

Sedettero nel dehors e parlarono per qualche minuto molto rilassati, poi Marco Luciani chiese notizie dei colleghi, di Iannece, di Calabrò, e Giampieri finse di non sapere che erano andati tutti in pellegrinaggio da lui. «Ti salutano tutti, parlano di te continuamente. Non passa giorno senza che mi facciano capire come si stava bene con te. E come si sta male con me.»

«Sì, me lo immagino.»

«Dico sul serio. Tu avevi questa fama di scorbutico ma in realtà ormai sapevamo come prenderti. Mentre io... non so, sono sempre nervoso, a volte li tratto male ma senza riuscire a trasmettergli energia.»

«Vabbe', un po' di tensione è normale. Se penso alle scenate che facevo io...»

L'Ingegnere lo guardò di sottecchi. Stava cercando di arrivare al punto che più gli premeva e sentire che il commissario usava l'imperfetto gli sembrò di buon auspicio.

«Ascolta, Marco... ma tu ti senti già fuori? Voglio dire, tecnicamente sei in ferie, se non sbaglio.»

In quel momento Marco Luciani capì il motivo per cui l'aveva chiamato. Non era preoccupato per lui, ma per sé. «Vuoi sapere se intendo rientrare?»

«No... cioè sì. Non so. Vorrei solo sapere che intenzioni hai. Se rientri sono il primo a essere contento, mi toglieresti un peso. Dico sul serio. Se non rientri mi dispiace, ma so di poter contare solo su me stesso.»

«Perché pensi che potrei rientrare? Io non ne ho la minima intenzione.»

L'altro lo fissò, cercando di capire se diceva la verità.

«Davvero, Nicola. Non ci penso neanche. Se temi che io possa improvvisamente arrivare a metterti i bastoni tra le ruote, o a sfruttare il lavoro che hai fatto finora, toglitelo dalla testa. Il caso è tuo, la gloria è tua, il posto di commissario sarà tuo. O almeno te lo auguro, visto che ci tieni tanto.»

«Dai, ora non dire così. Non è di questo che mi preoccupo, ma mettiti nei miei panni. Girano voci che rientri, quelli della squadra non vedono l'ora, e alcuni sembra che ti considerino ancora in servizio. Capisci, mi sento come il supplente a scuola, è difficile farsi rispettare se tutti sanno che il professore tornerà presto e cancellerà tutto quello che hai fatto.»

«Nicola, te lo dico una volta per tutte, e tu dillo pure agli altri: il professore è malato grave e starà via fino alla fine dell'anno, e poi andrà direttamente in pensione. Anzi no, se vuoi stare più tranquillo digli che il professore è morto.»

Giampieri scosse la testa: «Lo sapevo che ti saresti offeso. Ma io non volevo...».

«Non mi sono offeso.»

«Sì che ti sei offeso.»

«No.»

«Sì.»

Il Nokia Tune interruppe la disputa. Se Marco Luciani avesse cavato dalla tasca un tacchino vivo, invece di un vecchissimo telefonino, la faccia di Giampieri sarebbe stata meno sbalordita. Il commissario riconobbe il numero di casa di Camogli ed ebbe un piccolo tuffo al cuore.

«Pronto.»

Era la voce di sua madre, più roca e affaticata dell'ultima volta.

«Mamma, sei tu? Che succede?»

«Niente, è tutto a posto, non ti preoccupare. Ma avrei bisogno di chiederti un favore. È per una persona che conosco ma è una cosa un po' delicata...»

«Di cosa si tratta?»

«Di quella ragazza uccisa a Rapallo. Ma non farmi dire altro. Ce la fai a passare di qui?»

Marco Luciani incrociò lo sguardo di Giampieri. Per fortuna non poteva avere sentito. Mentre gli sorrideva si chiese cosa c'entrava sua madre con Barbara Ameri. Forse conosceva la madre del broker, pensò. Certo era riuscito a incuriosirlo.

«Sei a casa nel pomeriggio?»

«E dove vuoi che vada? Al massimo saremo in giardino.»

Appena mise giù, Giampieri lo guardò con aria interrogativa.

«Il telefonino?! E da quando?»

«Me lo ha dato mia mamma. È per mio padre, in realtà. Non sta bene e lei vuole potermi rintracciare in caso di bisogno.»

«Mi spiace. È una cosa grave?»

Marco Luciani annuì. «Aspettiamo la fine.»

Giampieri soffiò via il fumo, pensando a qualcosa di sensato da dire. «Quindi hai ripreso i rapporti? Con tuo padre, dico.»

«Già. Non avrei voluto, ma si vede che non riesco più a essere coerente con me stesso come una volta. Mi sto rammollendo.»

«Scherzi? Hai fatto benissimo. È tuo padre, punto e basta. Quando non ci sarà più ti mancherà.»

Questa volta a interromperli fu la sigla di *Jeeg Robot d'acciaio*. Giampieri si scusò, estrasse dalla tasca il gioiellino cromato col quale poteva parlare, fotografare, filmare, collegarsi a internet, sentire musica e guardare la televisione.

«Pronto.»

«Ingegnere, sono Iannece. Ci siamo.»

Fece per dire: «State intercettando?» ma si trattenne appena in tempo. Non era il caso che il suo ex capo sapesse delle sue indagini un po' particolari. D'altra parte, se lo chiamavano con tanta urgenza non poteva che essere per quello. «Va bene,» disse «arrivo subito.»

Marco Luciani aveva colto nei suoi occhi il lampo esaltante della caccia.

«Era l'ufficio?»

«Già.»

«Vai tranquillo. Tanto anch'io devo scappare, devo cambiarmi il pannolone e andare a dar da mangiare ai piccioni.»

«Tu li hai sempre odiati, i piccioni.»

Si sorrisero come ai vecchi tempi, e Giampieri si sentì

molto più sollevato. Ora poteva indagare in pace, senza sentirsi continuamente alle spalle quell'ombra lunga e sottile, ma maledettamente pesante.

Venti minuti dopo l'Ingegnere era in piedi nell'ufficio riservato alle intercettazioni. Con una mano stringeva nervosamente un accendino, con l'altra teneva appoggiato all'orecchio un auricolare.

«Sono andati a messa un'ora prima del solito,» stava spiegando Vitone «alle dieci invece che alle undici. Per fortuna Failla ci ha avvertito, qui comunque era tutto pronto» disse indicando il tecnico seduto al tavolo del registratore, con le cuffie, una penna e un taccuino.

«Niente appunti,» disse Giampieri «solo la registrazione. La terrò io. Voi non sapete niente.»

Restarono in attesa per qualche minuto, finché il cellulare di Vitone squillò.

«È Failla» disse. Parlarono brevemente, poi riferì: «Sono usciti pochi minuti fa, dice che sono in un bar, Mantero ha riacceso il telefonino e l'ha rimesso in tasca. Quando vuole chiamiamo».

Giampieri annuì, il tecnico compose il codice dell'impianto all'interno del telefonino spia e quello si attivò senza un rumore. Impossibile per il proprietario accorgersi che aveva in tasca un microfono ambientale sensibilissimo.

«Fatto.»

«Bene. Adesso silenzio assoluto.»

Passò qualche istante prima che la voce di Giulio Mantero arrivasse forte e chiara, più di quanto si aspettava. «Cosa prendi?»

«Un tè al latte.»

«Anche per me, grazie.»

L'avvocato e la madre erano appena usciti dalla messa e si erano seduti al bar pasticceria all'angolo della chiesa. Facevano così da sei anni a questa parte.

«Hai visto la figlia di Tassara? Secondo me è incinta. Continua a mettersi quei camicioni larghi per nasconderlo ma ormai mi pare evidente...»

«Magari è ingrassata.»

«Ma va'. Ne ho viste di donne incinte, so distinguere una incinta da una grassa.»

«E se anche fosse?»

«Se fosse, vorrei sapere chi è il padre.»

«Sarà coso, lì, il figlio di Maroni.»

«Ma va', con quello si sono lasciati mesi fa. Forse è già passato un anno. E non mi risulta che abbia un altro uomo.»

«Avrà fatto la fecondazione artificiale.»

«Eh? Ma cosa dici?! Ti pare che una in quelle condizioni, senza un lavoro, si mette a fare un figlio da sola? È anche tornata a stare dai genitori.»

«E allora? C'è qualcosa di male a vivere con i genitori?» Perfino nella sala intercettazioni si colse l'ironia nella voce.

«Comunque quella ha combinato un guaio, te lo dico io. Finirà a fare la ragazza madre e vivere alle spalle dei suoi, poveretti.»

Per un po' si sentì solo il tintinnìo dei cucchiaini, e il rumore di fondo del bar. Poi Rita Valenti Mantero ricominciò a parlare di altri conoscenti visti alla messa. Giampieri cominciò a sbuffare, lanciando occhiate disperate a Calabrò.

«Questa è veramente tremenda. Ma come fa a sopportarla?»

«Davvero. Se doveva spaccare la testa a qualcuno...»

«Mi sa che qui stiamo perdendo del tempo.»

Restarono in ascolto un altro minuto, poi il tecnico disse: «Stacchiamo? Forse è meglio non tenere occupato troppo a lungo».

Giampieri esitò un attimo, poi ebbe un'intuizione. «Sì, stacchiamo. E proviamo a chiamarlo.»

Telefonò con una scusa, chiese all'avvocato come stava, gli disse che stavano facendo passi avanti e che sarebbe passato l'indomani a risentire lui e la mamma. Poi riattaccò.

«Okay, adesso dovrebbero portare il discorso sulle indagini.»

Aspettarono due minuti, poi riattivarono il microfono.

«Certo» stava dicendo la madre.

«Ma voglio che tu sia sincera.»

«Dimmi.»

«Giuramelo.»

«O mamma mia, adesso mi fai spaventare. Fammi questa domanda, forza.»

«Senti... quando sei andata giù, a pulire l'ufficio.»

«Eh.»

«Lo hai fatto... sì, insomma, lo hai fatto perché pensavi che l'avessi uccisa io?»

Il silenzio durò un po' troppo a lungo. Giampieri avrebbe dato lo stipendio per vedere la faccia della madre.

«Ma cosa dici, il mio bambino, figurati se potevo pensare... ma come ti vengono queste idee?»

Silenzio.

«Credi ancora che sia stato io?»

«Giulio, smettila. Ma sei matto? Non lo penso e non l'ho mai pensato.»

«E se invece fossi stato io? Cosa faresti?»

La risposta non arrivò. Lui riprese. «Perché tu lo sai che a volte facciamo cose assurde. In certe situazioni tutti noi possiamo arrivare a fare cose... magari anche ad ammazzare.»

Nella sala intercettazioni Giampieri e gli altri si pietrificarono, trattenendo il respiro. Le lucette verdi che registravano il livello della voce erano ferme, solo il rumore di fondo della sala da tè indicava che la vita continuava, da qualche altra parte.

«Perché vuoi farmi male, adesso?»

«Non voglio farti male.»

«Pensi ancora a quella vecchia storia. Ma tuo padre era appena morto, lo sai, e io ero stanca... avevo preso quelle medicine... non ti avrei mai fatto del male.»

Giampieri e Calabrò si scambiarono uno sguardo interrogativo.

«No, mamma, non è quello.»

«E cos'è, allora?»

Il silenzio si tagliava a fette, ora. Ed erano fette molto, molto spesse.

«Cos'è? Dimmelo.»

«Niente, mamma, Niente.»

«Guardami negli occhi, Giulio. Guardami. Non è che sei tu che... oddio è così, non ci posso credere, tu pensi che io... tu chiedi a me se ho sospettato di te ma in realtà... ma Giulio, sono tua madre, sono tua madre perdio, come puoi pensare che... oddio mio oddio mio dio mio dio mio, prendi le pastiglie per favore, ho bisogno delle mie pastiglie.»

«Mamma stai calma, mamma. Smettila. Che cosa hai capito?»

«No lì, nell'altra tasca.»

«Eccole. Aspetta, bevi un po' d'acqua. Cameriera! Cameriera per favore! Un bicchiere d'acqua!»

La donna piangeva e si lamentava, ma da lì era impossibile capire se fingeva o era sincera. Il figlio dovette consolarla, spiegarle che si era sbagliata, che lui non aveva mai e poi mai sospettato di lei, solo gli era sembrata strana quella fretta di pulire e per quello aveva creduto che lei lo avesse fatto per salvarlo. Ma se non lo aveva fatto per quello allora...

Passarono così alcuni minuti, la cameriera venne a sincerarsi delle condizioni della donna, che la tranquillizzò salvo poi continuare a lamentarsi col figlio mentre uscivano dal bar e si avviavano a casa. Lei provò diverse volte a rispostare il discorso sull'omicidio, lui ripeteva «lasciamo perdere, mamma. Discorso chiuso».

Stavano per staccare il microfono quando la donna tornò alla carica.

«E poi io ero in casa, Giulio. Lo sai.»

«Non lo so mamma, io dormivo, mi hai svegliato tu più

tardi del solito, alle nove meno un quarto. Non lo so a che ora è morta Barbara. So solo che la porta non è stata forzata, e le chiavi oltre a lei le abbiamo solo noi.»

«E la donna delle pulizie.»

«Sì vabbe', ma quella l'hanno vista andare via... E poi perché avrebbe dovuto ammazzare Barbara?»

«Ah, e io invece? Spiegamelo: perché secondo te io sono scesa giù, ho ammazzato la povera Barbara, sono tornata su, ti ho svegliato, ho aspettato che tu tornassi giù a scoprire il delitto e poi sono scesa a cancellare le tracce.»

«Io non lo penso, mamma. Ti giuro che non lo penso. Ma da avvocato, devo dirti francamente che qui, oltre a me e forse in parte a te, altri sospetti non ce ne sono. I Turone sono fuori gioco, a quanto pare. Domani quello stronzo di commissario verrà a interrogarci di nuovo e proveranno a incastrarci, a metterci l'uno contro l'altra. Se vogliamo difenderci dobbiamo essere sinceri, almeno tra di noi.»

«Oh, buongiorno signora Mantero. Giulio...»

«Buongiorno.»

Una rompicoglioni li aveva fermati per strada. Giampieri la maledisse fino alla ventesima generazione. «Se gli fa cambiare discorso...» disse a mezza voce. Il tecnico e Calabrò erano rigidi come statue, Iannece sudava e sbuffava.

Passarono altri minuti infiniti. Non si poteva staccare, a costo di correre il rischio che l'avvocato trovasse poi una serie di chiamate senza risposta, e si insospettisse. Madre e figlio arrivarono sotto casa e l'avvocato riprese il filo interrotto.

«Ora dimmi una cosa mamma, ma poi in casa non parliamone più» disse sottolineando le parole *in casa*.

Temi le cimici, bastardo, pensò Giampieri, ma non sai che te lo sto mettendo nel culo lo stesso.

«Hai pulito perché sospettavi di me? E volevi proteggermi?»

L'altra esitò. Si sentì qualcosa.

«Cosa hai detto?»

«Sì. Ho detto sì, Dio mi perdoni. Quando ti ho visto lì, con Barbara per terra... eri sconvolto, c'era tutto quel sangue... per un attimo ho pensato...»

«E sospetti ancora di me?»

«No. Te lo giuro. È stato un momento, e basta. Ero sconvolta anch'io.»

«Benissimo. Neanch'io sospetto di te, mamma. Non ho mai sospettato. L'ho detto solo per farti dire la verità.»

«Ma se me lo chiede la polizia, cosa devo dire?»

«Quello che hai sempre detto: che pensavi fosse stato un incidente.»

«Ma se un momento fa...»

«Un momento fa ho detto che dobbiamo essere sinceri tra di noi, mamma. Dire alla polizia che sospettavi di me sarebbe come darmi l'ergastolo, capisci? Se *mia madre* pensa che io sia capace di fare una cosa del genere, figurati gli altri. Figurati gli altri.»

La donna ricominciò a piangere, travolta dalla tensione e dal senso di colpa.

«Dai mamma, andiamo su adesso. Sarà meglio che tu prenda un calmante.»

Giampieri fece cenno di staccare. Il tecnico eseguì, e un attimo dopo tutti tirarono un grosso sospiro e tornarono a rilassarsi.

«Certo che abbiamo avuto una bella botta di culo, Ingegnere,» disse il tecnico «al primo collegamento, bum: hanno parlato a ruota libera.»

«Non esiste il culo, ragazzi. Ma la sagacia dell'investigatore.» Giampieri sorrise leggermente, fiero di avere avuto l'idea di telefonare. «Che c'è, Calabrò? Mi sembri perplesso.»

«Sì, non so, a tratti mi sembrava troppo, come dire... troppo. Ecco. Come se pensassero di essere ascoltati.»

«No, e come potevano? Abbiamo fatto tutto per bene.»

«Ma lui è attento, furbo. Hai sentito che pensa possano

esserci delle microspie in casa... potrebbero anche avere imbastito una recita. C'erano delle cose strane, come quando lui ha precisato che lei l'ha svegliato alle nove meno un quarto.»

«A me non sembrava che recitassero» intervenne il tecnico. «Mi scusi, eh, Ingegnere, ma io ne sento tante di queste e insomma, le pause, le mezze parole, i pianti. Se recitavano sono da Oscar tutti e due.»

Giampieri annuì, Calabrò abbassò gli occhi. «Sì, probabilmente avete ragione. Ma in questo caso possiamo toglierli dalla lista dei sospetti.»

«Perché?» disse Giampieri. «Perché si sono detti a vicenda di essere innocenti? Anzi, a dire il vero non lo hanno neanche detto. E la madre ha pure spiegato come avrebbe potuto fare. I tempi c'erano.»

«Ma quella ha settant'anni, Ingegnere, ce la vedi a massacrare così una ragazza di venticinque? È assurdo.»

Iannece intervenne a smorzare i toni: «Quella è la madre di tutte le battaglie, ve lo dico io. Potrebbe uccidere un toro a mani nude. E la cosa incredibile è che non è neanche una suocera». Tacque un secondo, poi concluse: «Forse le ammazza prima, le possibili nuore».

Marco Luciani aspettò che si facessero le cinque, nel momento ideale per evitare il traffico del post pranzo diretto alle spiagge e quello del pre cena diretto ai locali, e prese con calma la via del mare e dell'Aurelia. Era una giornata caldissima, leggermente mitigata da una brezza che veniva dal mare e increspava l'acqua. Anche da lontano notò che non era pulita, ma i bagnanti sembravano non farci caso. A tutto ci si abitua, pensò, anche se il mare si trasformasse in un'unica distesa di merda la gente starebbe alla larga i primi giorni, poi qualcuno comincerebbe a pucciarsi, e qualcun altro a dire che fa bene alla pelle, e alla fine alè, tutti a nuotarci a crawl felici e contenti.

Ora stava seduto in giardino su una vecchia sdraio dall'imbottitura rotta, con le ginocchia in bocca e le ossa del sedere che gli facevano male, e fissava le orbite scure del padre semisdraiato su una chaise-longue di vimini e circondato di cuscini. Sembrava molto più stanco dell'ultima volta, ma anche molto meno sofferente. Doveva essere l'effetto dei farmaci. Tornò a concentrarsi su quello che gli stava dicendo sua madre.

«Secondo Maria Rosa il datore di lavoro non c'entra niente, dice che è uno timido, che con le donne non ci sa fare, ma non arriverebbe mai a fare una cosa del genere.»

Marco Luciani prese la tazza di tè. «Scusa, ma tu come la conosci questa Ameri?»

«Non è che la conosco molto bene, avevamo fatto qualche iniziativa con la parrocchia di don Guido, a Rapallo, tanti anni fa.»

Il padre intervenne dalla sua poltrona: «Il fratello ha lavorato tanti anni come giardiniere da Griggi. Te lo ricordi?».

«Il politico?»

«Esatto. Quello che finì in galera due mesi dopo di me. Settantasette giorni di carcere, sette anni di processo, e alla fine assolto con formula piena e neanche una parola di scuse.»

Marco Luciani si tenne la replica. Griggi, formula piena o formula vuota, era stato notoriamente un grande ladrone.

Donna Patrizia riprese: «Maria Rosa si ricordava di me, e di te come figlio mio. Deve averti riconosciuto sul giornale quando c'è stato il caso dell'arbitro. Così mi ha chiamato per chiedermi consiglio, ma ho capito subito che in realtà puntava a mettersi in contatto con te. Più che di un avvocato avrebbe bisogno di un investigatore.»

Marco Luciani scosse la testa: «Io? Investigatore? Non ci penso neanche».

Posò la tazza di tè e si alzò, istintivamente, dalla sdraio. Ma perché diavolo tutti continuavano a tormentarlo con questa storia? Prima Iannece, poi Calabrò, il questore, Giampieri, adesso perfino sua madre.

«Ma perché no, Marco? È il lavoro che hai sempre fatto. E se ora lascerai la polizia dovresti pensare a farlo in proprio. Magari guadagneresti anche di più.»

«Non ci sono solo i soldi. Uno che ha fatto il capo della Omicidi non si mette a pedinare mariti traditori. È questione di dignità professionale. E poi sarebbe scorretto nei confronti dei colleghi. Il mio vice penserebbe che voglio fregarlo, per carità.»

Il padre fu colto da un attacco di tosse che durò a lungo, facendogli strabuzzare gli occhi in modo drammatico e provocandogli dolori terribili. Gli ci volle qualche minuto per riprendersi. Si pulì la bocca e il collo con un fazzoletto, poi disse con un filo di voce: «Cazzate».

«Come?»

«Sono tutte cazzate. La dignità professionale, i colleghi, i soldi. Qui una cosa sola conta: prendere l'assassino. Per dare giustizia a quella povera ragazza e impedire che ne ammazzi qualche altra.»

Marco Luciani sentì salire immediatamente il fastidio. Questo è un discorso che avrei dovuto fare io, pensò, sono io il paladino della giustizia e non devo prendere lezioni da un corruttore. Eppure suo padre aveva ragione, se davvero lui aveva anche solo una possibilità più degli altri di prendere l'assassino doveva metterla al servizio degli Ameri, e della comunità.

La madre aspettò una replica, poi capì di avere vinto questo round. Gli allungò un biglietto con il numero di telefono e l'indirizzo di Paolo Ameri.

«Vedrò cosa posso fare. Ma non ti prometto niente.»

Il Grande Cesare allungò la mano e prese un polso del figlio. «Aspetta, Marco.» Era il loro primo contatto dopo un'infinità di tempo, e il commissario sentì il braccio perdere ogni forza. «Promettimi una cosa.»

«Cioè?»

«Che sarai prudente. Questo magari è il semplice raptus di un maniaco, ma può anche essere qualcosa di molto peggio.»

L'esaltazione per il blitz col telefonino era durata poco, giusto il tempo di rendersi conto che avevano appena buttato nel cesso una settimana di lavoro. Chiuso nel suo ufficio a fumare e a mangiarsi le unghie, Nicola Giampieri contemplava mestamente il grande grafico del palazzo. A Calabrò poteva raccontare quello che voleva, ma più ci pensava e più doveva ammettere che anche lui, dopo avere ascoltato quella conversazione, era ormai convinto che Giulio Mantero e la madre non erano gli assassini, anche se forse uno di loro, o entrambi, nascondeva qualcosa. Ma se l'avvocato era innocente, e i Turone anche, poteva tranquillamente fare a pezzi il suo bel grafico del palazzo di via Bixio; l'assassino forse era davvero un pazzoide o uno sbandato venuto da chissà dove. E adesso aveva anche una settimana di vantaggio.

Continuò ad arrovellarsi su varie ipotesi, senza riuscire a trovarne una priva di contraddizioni. Era già sera quando Stefania Boemi bussò alla porta, con la tempestività di un angelo custode.

«Dimmi che porti buone notizie.»

Lei gli restituì un sorriso che illuminò l'intero ufficio: «Lo spero».

Era stata a Milano, a parlare con le amiche di Barbara. Alessia Quaglia non le aveva detto nulla di interessante, era quella che la vedeva meno, solo d'estate e qualche weekend, e non si confidavano molto. Poi era stata da Michela Picco, da lei si aspettava di più, rileggendo i verbali le era venuto il sospetto che le sue risposte evasive ai colleghi che erano andati a sentirla fossero dovute alla presenza del marito, che non la mollava di un metro. Era bastato un controllo per trovarlo nell'elenco degli abbonati al pacchetto di incontri dell'Inter su Sky, così aveva fatto in modo di arrivare giusto all'ora della partita e se l'era portata a fare una passeggiata. Poi, davanti a un caffè, aveva messo sul tavolino del bar la foto scattata al Saffophone di Santa Margherita. Michela aveva pianto per dieci minuti di fila e alla fine aveva parlato, perché non riusciva più a tenersi dentro quel segreto e quel senso di colpa.

«Io e Babi siamo amiche dai tempi delle medie. Come sorelle. Ma durante il liceo abbiamo creduto, per un breve periodo, che il nostro fosse un legame... ancora più forte.»

Stefania non aveva detto nulla. Conosceva per esperienza quella sensazione. C'è un'età in cui vedi il mondo bianco o nero, e credi di avere capito tutto, ma se guardi dentro di te vedi solo una nebbia grigia, come quella di una tv senza antenna.

«Per me è stata solo una fase passeggera, a lei è durata un po' di più. L'abbiamo chiusa in modo molto naturale, senza traumi, anche se per qualche tempo, forse un paio d'anni, ho avuto la sensazione che non le fosse del tutto passata. Le altre non ne hanno mai saputo niente, né Tiziana né Alessia, forse Tiziana lo sospettava, a volte mi sembrava quasi gelosa di me, ma forse è solo una mia sensazione. I sensi di colpa fanno questi scherzi.»

Stefania Boemi aveva ascoltato concentratissima, attenta a non perdere una parola. Non aveva voluto usare il registratore e neppure prendere appunti. Era solo una chiacchierata tra donne, le aveva promesso, per capire meglio. Ma nessuno ne avrebbe saputo niente.

«Ero convinta che il tempo avesse sistemato tutto. Eravamo tornate ad avere un bel rapporto, io e Babi, diverso da quello del liceo ma più profondo. Se per esempio aveva problemi in famiglia era a me che ne parlava.»

«E ne aveva? Problemi in famiglia?»

«Niente di troppo grave. Quelli di una ragazza di 25 anni che vive con i genitori e vorrebbe essere più autonoma. I problemi li aveva con se stessa, con la propria identità. Me ne sono accorta tardi, ma non aveva superato la nostra... storia. Io ho avuto diversi ragazzi da allora, lei non è mai sembrata gelosa, ma quando ho annunciato che mi sarei sposata la ferita dev'essersi riaperta.»

Stefania Boemi sentiva di essere a un passo da una rivelazione importante.

Ma non capiva come questa storia potesse essere collegata alla fine di Barbara.

«La sera in cui abbiamo festeggiato l'addio al nubilato Babi era strana. Ha bevuto un paio di cocktail, non lo faceva mai e l'alcol deve averle dato alla testa. Niente di troppo vistoso, alle altre forse è sembrata solo allegra ma per me era un po' sopra le righe, mi lanciava degli sguardi che dicevano molte cose. A un certo punto Tiziana ha proposto di fare una foto tutte insieme ed è stata Babi a chiamare quel ragazzo, credo fosse il gestore del locale, o il proprietario, e non era una cosa che faceva normalmente, rivolgersi a un ragazzo così, di solito era timidissima e anche se qualcuno le piaceva non era mai lei a fare il primo passo. Quella volta invece lo ha chiamato, gli ha chiesto di fotografarci e poi ha detto una cosa assolutamente folle per il tipo che era lei, lo ha guardato e ha detto "peccato che ormai tutti i bei ragazzi siano gay", e lui allora ha protestato, ha detto "no guarda che io sono normale", ed erano così fuori luogo tutti e due, lui che gestiva un locale gay e si definiva "normale" e lei che faceva la civetta con uno che mai e poi mai era il suo tipo, un decerebrato pieno di tatuaggi, e ogni tanto mi guardava come a sfidarmi, come a dire "tu ti sposi ma anche io posso avere un uomo quando voglio". Non so, mi è sembrata subito una situazione un po' pericolosa, sai quando ti senti a disagio, istintivamente?»

«Ho presente, sì.»

«Così ho provato a cambiare discorso, l'ho ringraziato per vedere se se ne andava ma lui è rimasto lì e ha cominciato a dirle “ma sai che mi sembra di conoscerti? Non ci siamo già visti da qualche parte?” e lei a quel punto ha fatto una risatina come dire “sì, questa è vecchia”, lui ha insistito ancora un po’ cercando di ricordarsi dove l’aveva vista, aveva degli occhi... poi lo hanno chiamato da un altro tavolo ed è finita lì.»

«E sai se si sono rivisti? Se lei è tornata nel locale?»

«Non lo so, sinceramente. Noi ci siamo riviste due giorni dopo, al matrimonio, poi sono partita per il viaggio di nozze e quando sono tornata ho provato a chiamarla ma era in crociera. In realtà il giorno delle nozze è stata l’ultima volta che l’ho vista.»

Giampieri aveva ascoltato il resoconto massaggiandosi il pizzetto e cercando di non fissare le tette di Stefania. Si era aspettato chissà cosa, e invece...

«Quindi secondo questa Michela il tizio ci ha provato, lei l’ha respinto e lui l’ha uccisa. Non ti pare che da un’avance in un bar a un omicidio il passo sia un po’ troppo lungo?»

Lei abbassò lo sguardo. «Certo. Però mi sembra interessante il fatto che Barbara era in una condizione particolare, aveva perso la sua consueta prudenza e potrebbe effettivamente avere giocato con qualcuno, non dico con quel tizio lì, per vendicarsi di Michela, senza rendersi conto che era un gioco pericoloso. Domani sentirò anche Tiziana, e intanto potrei fare un controllo su quel locale.»

Guai a togliere entusiasmo ai giovani, pensò l’Ingegnere. «D’accordo,» concesse «tienimi informato.»

Seconda Settimana

LUNEDÌ

Luciani

Alle sei e mezza del mattino il motore martellante di un'Ape che affrontava la salita lo svegliò di colpo. Pensò che gli spacciatori avevano deciso di usare un mezzo più sicuro, o più capiente. L'Ape si fermò proprio sotto il suo portone, voci straniere cominciarono a lanciarsi richiami. Poi fu come se fosse scoppiata un'altra guerra: esplosioni di stoviglie, scoppi di mobili, ordini secchi e le urla di dolore dei feriti. Marco Luciani spalancò la finestra e guardò in strada: «Che cazzo succede?».

Il cingalese del secondo piano sorrise colpevole e si inchinò. «Scusa per disturbo. Scusa. Noi facciamo trasloco.»

«Alle sei del mattino?!»

«Miei amici mi aiutano,» disse indicando i suoi connazionali che cominciavano a caricare casse e bauli sull'Ape «ma servono tanti viaggi. Tutto il giorno di viaggi.»

Marco Luciani vide i bambini assonnati che si riparavano dietro la madre e non ebbe cuore di arrabbiarsi.

Richiuse la finestra, si sciacquò la faccia, prese un caffè e si infilò maglietta e calzoncini. Visto che era sveglio, tanto valeva farsi una bella corsa nell'aria ancora fresca del primo mattino.

Scese in strada, salutò i vicini, spiegò che anche se avevano avuto lo sfratto non erano obbligati ad andare via subito, ma quelli replicarono che se andavano via subito i nuovi proprietari non gli avrebbero fatto pagare il mese e anzi gli avrebbero dato una piccola buonuscita.

Il commissario imprecò mentalmente: con i lavori sul tetto, in facciata e ora anche nell'appartamento del secondo piano, restare a vivere lì sarebbe stato impossibile. L'unica cosa positiva è che non avrebbe più sentito per le scale quell'orrida puzza di curry. Si avviò verso i moli, corse di malavoglia, col fiato corto, per una ventina di minuti. Il cuore gli batteva troppo rapidamente rispetto allo sforzo. Si fermò su una panchina, ansimando, poi si piegò su un fianco e dormì secco per mezz'ora, come un ubriaco.

Nel momento in cui incontrò gli occhi di Paolo Ameri, e quelli di sua moglie, Marco Luciani capì che la strada che aveva imboccato era a senso unico, e che tornare indietro non sarebbe stato possibile. Lo fecero accomodare in salotto, la signora doveva avere passato la mattinata a pulire e a mettere tutto perfettamente in ordine, ma non aveva potuto spazzare via il senso di angoscia che permeava le stanze. Le persiane erano aperte solo a metà, e le tende chiuse tenevano lontana la luce del giorno. Il silenzio era sceso in quella casa dopo la morte di Barbara e ne aveva occupato ogni angolo. Simile a un gas invisibile assorbiva e ovattava i rumori allegri dell'estate.

Ameri e la moglie si sedettero, lei sul divano e lui su una sedia. Avrebbe preferito vederli seduti uno accanto all'altra, con le gambe che si toccavano, e le spalle, invece come gli era capitato di notare altre volte due persone piegate dallo stesso identico lutto rimanevano fisicamente e mentalmente distanti, ciascuno troppo sprofondato nel proprio dolore per poter essere di aiuto all'altro, anzi forse intimamente odiandolo, accusandolo di essere stato in qualche modo causa, o complice, di quanto era successo.

Continueranno ad accusarsi a vicenda, pensò Marco Luciani. Scoprire il colpevole potrebbe aiutarli, oppure potrebbe non cambiare nulla, è impossibile dirlo. Ma sentendo la madre che gli raccontava episodi dell'infanzia di "Babi", o il padre che ricordava di come era brava e generosa, e di come lo aveva accudito quando era stato, di recente, in ospedale, sentì che doveva almeno provarci.

Fece qualche domanda su di lei, in generale, senza entrare nel dettaglio di quell'ultima mattina. Era ancora intenzionato a tenersi una via di fuga e non voleva che pensassero che aveva già accettato il caso. Gli raccontarono di una bambina ubbidiente e riflessiva, di una ragazza senza grilli per la testa. Una che ora lavorava sodo, e invece di spendere i soldi in vestiti firmati o sciocchezze, come tante sue coetanee, contribuiva al bilancio familiare. Le vacanze e i fine settimana erano semplici, a Santo Stefano d'Aveto, dove era nata la madre, dove viveva lo zio Pietro e dove andavano da sempre. Quando il commissario chiese come mai stava ancora in famiglia, i genitori risposero che era una scelta, non certo una costrizione, e che anzi loro stessi a volte erano un po' preoccupati, volevano che pensasse di più a se stessa, al suo futuro. Ma Babi era così, sospirò il padre, e anche nel tempo libero trovava il modo di occuparsi dei più sfortunati, faceva volontariato con la parrocchia e andava a distribuire il cibo ai barboni e il tè caldo alle prostitute il venerdì sera. Il Signore l'ha voluta accanto a sé, disse la madre, perché era un angelo. Il suo angelo più bello. Che ora riposa nel piccolo cimitero di Santo Stefano, dove l'avevano sepolta il giorno prima senza avvertire nessuno, per evitare l'assalto di curiosi e giornalisti.

Marco Luciani la lasciò piangere. Non c'erano parole se non quelle di consolazione ripetute dalla Chiesa per secoli e riservate a chi aveva fede. Per lui, le uniche parole consolatorie erano quelle che recitavano "occhio per occhio, dente per dente", la più antica, giusta, e universalmente comprensibile legge ideata dall'uomo.

Chiese di vedere la stanza di Barbara, e non appena entrato se ne pentì. Tutto era rimasto sospeso, come se aspettassero da un momento all'altro il suo ritorno. C'era un libro col suo segnalibro sul comodino, vicino a una bottiglietta d'acqua piena a metà. Perfino il cestino della carta non era stato svuotato. Il letto era stato rifatto, probabilmente da Barbara stessa prima di andare in ufficio quella mattina, e aveva lenzuola e federe. Sulla scrivania c'era la custodia di un cd di Robbie Williams aperta, e il cd era probabilmente ancora nel lettore.

Ne aveva viste tante di stanze di morti, da commissario, a volte con il cadavere ancora dentro, a volte solo con quell'impronta di dolore e spavento che lasciano le anime morte di morte violenta, e che molti chiamano fantasma. Barbara era stata uccisa altrove e la sua anima non tormentava questa stanza, eppure Marco Luciani non aveva mai provato un'angoscia simile in tutta la sua carriera.

«Vostra figlia teneva un diario? Qualche cosa che possa aiutarci a capire?»

La madre scosse la testa. «Non ho trovato niente. Forse lo aveva, anzi certamente lo aveva ai tempi delle medie o del liceo, ma ormai era cresciuta, sono cose che si fanno da ragazzine.»

Mica detto, pensò Marco Luciani. «E quei diari vecchi? Capisco che sono cose personali, ma...»

«Li ha buttati. Anni fa. Mi spiace. Comunque non le sarebbero serviti, è sempre stata una ragazzina molto normale.»

Mai sentito di una che butta via i vecchi diari, pensò il commissario osservando con fare finto distratto la libreria. C'erano diverse foto di Barbara, la più recente sembrava una bella foto incorniciata di lei con tre amiche, erano sedute al tavolino di un locale, ridevano e sembravano su di giri. La prese, e notò un bigliettino infilato sul retro della cornice. Era il biglietto di un locale mai sentito, il Saffophone, e sopra c'era un numero di telefono scritto a penna. Il rumore di un'auto che entrava nel cortile li fece voltare all'unisono, il commissario si avvicinò alla finestra e diede un'occhiata tenendosi fuori vista. Riconobbe immediatamente l'auto di servizio e la sagoma di Iannece alla guida, poi le porte posteriori si aprirono e Giampieri e un altro poliziotto in borghese, grosso, con i capelli grigi, misero piede a terra simultaneamente.

Il commissario si fece un complimento mentale per non avere parcheggiato la Clio nel cortile. Forse era ancora in tempo a sgattaiolare via evitando una colossale brutta figura. Spiegò ai suoi ospiti che per lui era meglio non farsi vedere dal titolare dell'indagine. «Chiudete questa porta e andate ad aprire. Appena siete tutti in salotto io scendo dalla finestra.»

«Stia attento a non farsi male.»

«È solo il primo piano, non c'è pericolo.»

Paolo Ameri lo fissò con gli occhi sperduti: «Allora, commissario? Ci aiuterà?».

Marco Luciani promise che avrebbe chiesto informazioni in Questura, in modo molto discreto, e sarebbe tornato entro qualche giorno a riferire come andavano le indagini.

«La ringrazio. Sarebbe già qualcosa. A noi non dicono nulla, e quando vado a chiedere notizie di persona ripetono che va tutto bene, che sono vicini, che lo prenderanno, ma ogni volta mi sembrano meno convinti. Certo, se lei potesse occuparsi in prima persona...» Trasalì al suono del campanello.

Il commissario gli posò una mano sulla spalla, stringendola per un momento. «Stia tranquillo. E stia vicino a sua moglie. Ora vada, magari ci sono novità. Cercate di tenerli per qualche minuto lontano dalle finestre. E silenzio assoluto sulla mia visita.»

Si appese alla finestra e si lasciò andare, atterrando senza problemi. Era in questi casi che adorava essere alto due metri. Arrivato alla sua auto, che aveva parcheggiato una decina di metri oltre il cancello, mise in moto e riuscì ad allontanarsi quanto bastava per non essere più visto, quindi accostò e spense il motore.

Svuotò le tasche rovesciando tutte le carte sul sedile, vergognandosi come se avesse rubato l'elemosina in chiesa. Anzi, anche di più. Si sentiva come quei reporter che vanno a frugare nella spazzatura dei divi, sperando di scoprire qualche squallido segreto.

Appena i genitori di Barbara si erano allontanati aveva riempito le tasche di tutto quello che c'era nel cestino. Peccato solo non avere avuto il tempo di esaminare con calma la libreria.

Aprì i foglietti appallottolati e quelli spiegazzati, stendendoli delicatamente col palmo della mano. Se fossimo in una storia di Topolino questa sarebbe la svolta, pensò. Troverei una password del computer, o il nome di una nave che sta per salpare, oppure un foglio di bloc notes completamente bianco ma su cui, passando una matita, comparirebbe il segno lasciato dalla penna premuta sul foglio superiore, e quel segno mi darebbe il nome dell'assassino. Ma quella non era una storia di Topolino, e Barbara Ameri non aveva scheletri nel cestino. Solo scontrini di negozi, il "bugiardino" di un medicinale, un disegno venuto male, qualche fazzolettino di carta, una lista della spesa... Riappallottolò tutto e lo infilò nella tasca della portiera. Forse era stato un errore svuotare il cestino; ma se anche la madre di Barbara se ne fosse accorta, avrebbe dato la colpa a quello stronzo di Giampieri. Sospirò, incerto se essere deluso o soddisfatto, poi tirò fuori il biglietto che aveva trovato dietro la foto. C'era la silhouette di una donna che suonava un sassofono, e un'altra che la ascoltava seduta al tavolino, con un calice in mano.

Tornò a casa, diede una sommaria pulita all'insalata e la mise a bagno in una bacinella di plastica. Si rese conto che gli strofinacci della cucina erano incrostati di sporco, li mise in lavatrice e già che c'era passò in camera da letto per raccattare mutande e camicie appallottolate sulla sedia e per terra da almeno una settimana. Ebbe la tentazione di cambiare le lenzuola ma non se la sentì, conservavano ancora, se non il profumo, l'immagine dell'ultima volta che aveva fatto l'amore con Sofia.

Provò ad aprire le persiane per far entrare un po' di aria e di luce, e quasi colpì un muratore che stava montando i ponteggi.

«Ehi, attenzione!»

«Scusi. Siete già qui?»

«Oggi arriviamo al tetto. Resterà bloccato. Come le vuole tenere le persiane, aperte o chiuse?»

Era in piedi su un'asse di legno appoggiata a due tubi di ferro, senza cintura di sicurezza e senza casco, e issava altre assi legate con una corda. Marco Luciani sentì il cuore svuotarsi, le spalle piegarsi verso il vuoto come attirate da una calamita, e fece precipitosamente due passi indietro.

«Chiuse. Le voglio chiuse» disse mentre una goccia di sudore gli scendeva lungo la tempia destra.

L'altro lo guardò strano, richiuse le persiane e la stanza ripiombò bel buio.

«Anche oggi hai una brutta cera, commissario.»

«Non mi chiamare più commissario, Pasquale. Te l'ho detto, sto andando via, anzi in pratica sono già andato via.»

«Ma che dici, commissario una volta, commissario per sempre. Come gli onorevoli e i presidenti. Sono cariche a vita.»

«Comunque anche stanotte non ho dormito. Spazzini, moto, camion, ora anche questo maledetto ristorante.»

«Io dormo come un bambino, commissario. E quando proprio ne ho bisogno prendo una mezza pastiglietta, a volte una intera ma non dirlo a mia moglie, e non mi svegliano neanche le cannonate.»

«Eh, dovrei fare così anch'io. Ma non mi fido tanto delle medicine.»

Il napoletano fece un sorriso di superiorità.

«Mio padre, e anche mio nonno, per dormire come un sasso prima si bevevano due litri di vino. Cosa vuoi che faccia una pastiglietta?»

«Basterebbe che la gente fosse un po' più educata, Pasquale. Questi sono le bestie della terra, se ne fottono degli altri, una volta o l'altra...»

«Non te la prendere, commissa'. Vattene alla spiaggia, il tempo è bello, non c'è nessuno, ti fai una bella dormita lì.»

«Magari. Ho troppo da fare.»

L'altro drizzò le orecchie. «Veramente? Sei tornato in Questura?»

«No, no...»

«Allora fai l'investigatore privato? Come nei film?»

Marco Luciani era già pentito di essersi fatto scappare qualcosa. «Ma no, Pasquale, volevo dire che... niente, sto dando una mano a un amico, e basta.»

«Ohè, tienimi informato, mi raccomando. E qualunque cosa hai bisogno...»

«Eh, avrei bisogno di dormire, Pasquale.»

«Se è solo per quello, commissario, ci penso io. Una preghierina al mio santo di fiducia...»

Marco Luciani sorrise scettico. Ai miracoli di san Gennaro non aveva mai creduto.

La cantante era piccola ma sensuale, una brunetta formosa che si aggrappava al microfono come un naufrago afferra una cima. Gli occhi socchiusi, la bocca quasi deformata in una smorfia di dolore, sembrava commemorare chi era scomparso tra i flutti. Poi, verso la fine della canzone, quando sentiva che non avrebbe più sbagliato, quando la tensione si scioglieva, apriva gli occhi e fissava la platea distratta, concedendo finalmente un sorriso al pianista e agli amici seduti al tavolo più vicino. C'era musica dal vivo il lunedì, mercoledì e venerdì, diceva il cartello all'ingresso del Saffophone. L'atmosfera era rilassata, il locale carino anche se un po' scontato, con le riproduzioni di Tamara de Lempicka alle pareti, le foto incorniciate di Greta Garbo e di tutte le più note icone lesbo e gay, da Cher a Madonna fino a Mina e Raffaella Carrà.

Meno male che non è la serata del tuca tuca, pensò Marco Luciani. L'assenza della Lemonsoda lo aveva messo di malumore almeno quanto l'antipatia della tipa che era venuta a servirlo al tavolo, una bruna con occhi da gatta che lo avevano subito graffiato con l'espressione schifata di chi odia gli uomini, e soprattutto gli uomini etero che vanno in un locale di lesbiche a fare i guardoni.

Ordinò un'acqua e menta e quando la ragazza tornò a servirlo le mostrò il tesserino e le chiese di parlare col titolare.

«Sono io il titolare. Merli. Emanuela» disse tendendogli la mano. Aveva leggermente abbassato la cresta.

Il commissario le fece cenno di sedere, lei si guardò intorno come a dire che era molto impegnata ma alla fine si sistemò in punta alla sedia, col vassoio in grembo. Marco Luciani tirò fuori la foto di Barbara con le sue amiche.

«Si ricorda di queste ragazze?»

L'altra ci pensò su qualche secondo. «Sì... me le ricordo sì... quella foto gliel'ho scattata io.»

«Sa chi è quella al centro? La bruna?»

«Certo che lo so. Leggo i giornali.»

«Veniva spesso nel suo locale?»

«No, era la prima volta che la vedevo. Era con le sue amiche. Con rispetto parlando, sono di quelle stupidotte che vengono a festeggiare l'addio al nubilato in posti come questo, pensando di fare chissà quale trasgressione.»

«E non le ha più viste?»

«No, solo lei, una volta. Circa una settimana dopo. Era con un ragazzo.»

«Sa come si chiama?»

Emanuela Merli si concentrò: «L'ho già visto in giro, mi pare che fosse venuto un paio di volte alle gite in montagna. Ma parlo di molti anni fa, e il nome...».

«Me lo può descrivere?»

«Mah, giovane, direi sui venticinque anni, carino, capelli bruni, un tatuaggio sul braccio.»

«Ricorda dove abita?»

«No. Francamente no. Ma è sicuramente qui di Rapallo.»

«Gli avrà pure fatto una tessera. Qui ci vuole la tessera Arci, giusto?»

«Sì. Se non ce l'hanno già è obbligatoria, la prima volta. E io la faccio a tutti, su questo non mi potete contestare niente.»

«Quindi possiamo controllare i registri.»

«Veramente ho un po' di lavoro. Se si potesse fare domani sarebbe meglio...»

«Domani potrebbe essere troppo tardi» disse Luciani, senza precisare per cosa.

L'altra fece uno sbuffo d'impazienza, avvertì il tipo dietro al bancone che si allontanava per un po'. «Venga. Ho tutti i dati di là.»

Trovarono facilmente la registrazione di Barbara e delle amiche, il 29 aprile. Da allora c'erano almeno una dozzina di nomi maschili che potevano corrispondere all'amico con cui era tornata. La Merli ne scartò circa la metà dicendo che li conosceva, quindi si concentrò sui dati registrati con la calligrafia di suo fratello e diede al commissario una rosa di tre nomi. Marco Luciani li annotò tutti ma sapeva di avere già individuato quello giusto: Giacomo Carrisi, nato nel 1982 a Rapallo, che aveva fatto la tessera sabato 7 maggio. Ricordava di aver letto il suo nome, e anche il suo interrogatorio, sui verbali.

«Erano soli quella sera? Lei e quel ragazzo» chiese il commissario.

«Sì, direi di sì.»

«E lui, secondo lei, era gay?»

Emanuela Merli scoppiò a ridere. «E che ne so.»

«Via, non mi dica che non... voglio dire, ormai avrà l'occhio clinico.»

L'altra lo guardò dura. «Non è così semplice, commissario. Ormai anche gli uomini... non tutti,» aggiunse squadrando la barba lunga e la giacca stropicciata «hanno una certa cura della loro persona. Ma questo non basta a farne dei gay. E poi ce ne sono tanti, uomini e donne, che sentono di esserlo ma se lo nascondono. Senza contare tutti quelli che non fanno una scelta precisa e definitiva, e continuano a innamorarsi delle persone, indipendentemente dal loro sesso. Questi come vogliamo inquadrarli?»

Marco Luciani la guardò nei begli occhi arroganti: «Insomma era gay o no?».

«Le ho detto come la penso. E ora dovrei davvero tornare in sala.»

Il commissario la seguì, perplesso. Si risedette al tavolo a sentire un paio di canzoni e a bere l'acqua e menta, senza riuscire a staccare gli occhi dalla bionda favolosa al tavolo vicino. Era con una bruna a suo modo interessante, che in quel locale sembrava molto a suo agio. Stavano parlando con il cameriere, un tipo nervoso con capelli lunghi e tatuaggi d'ordinanza, e si augurò che come poliziotte fossero meno improbabili che come coppia di fidanzate.

LUNEDÌ

Giampieri

Suonò a casa del broker alle nove in punto. Giulio Mantero e la madre erano convinti che il commissario sarebbe stato furioso per la fiaccolata del venerdì precedente e per le critiche feroci dei giornali, ma dovettero subito ricredersi. Giampieri si presentò col sorriso più bello e un sacchetto di briochine alla marmellata, al cioccolato e alla crema, specialità di una pasticceria sotto casa sua. «Con un caffè sono l'ideale» esordì.

Presero il caffè che la signora Rita era andata subito a preparare, e mentre mangiucchiavano le brioches Giampieri spiegò con serenità e apparente umiltà che al termine di una settimana di indagini si era praticamente convinto che l'avvocato Mantero non avesse nulla a che fare col delitto. «E neppure lei, signora, naturalmente.»

Madre e figlio si guardarono, visibilmente sollevati. La donna si fece il segno della croce: «Signore, ti ringrazio».

«Dovete scusarmi,» riprese Giampieri «so che avete passato giorni terribili ma credo possiate capire che il nostro dovere, in questi casi, è di indagare a 360 gradi, a cominciare dalle persone più vicine alla vittima.»

«Certo, certo» annuì l'avvocato. Stava per chiedere se poteva considerarsi scagionato, ma l'Ingegnere lo precedette.

«Devo chiedervi però qualche giorno ancora di pazienza. Per due motivi. Il primo, puramente tecnico, è che per chiudere il fascicolo che la riguarda il magistrato deve aspettare i responsi ufficiali di alcuni esami. Il secondo è che sembra essere emersa una pista interessante, ma vorrei poter tenere sotto osservazione la persona sospetta senza metterla in allarme. Voglio che continui a pensare che noi sospettiamo solo di lei, avvocato, che si senta sicura, tranquilla. E faccia un passo falso.»

Mantero sospirò. «Lei mi chiede molto. Di restare in questo incubo ancora chissà quanto.»

«No, solo pochi giorni, come le ho detto. E poi, mi scusi, avrei potuto non anticiparle nulla e tenerla sulle spine. Invece ora può tirare un sospiro di sollievo, le chiedo solo di non parlarne con nessuno. Non lo faccia per me, ma per Barbara.»

Mantero guardò la madre, si scambiarono un'occhiata nella quale lei lo invitava a dare il suo assenso e lui le raccomandava, senza crederci neppure per un attimo, di mantenere il segreto. Giampieri capì di avere sbagliato a parlare in presenza della donna, ma ormai era fatta. Strinse la mano che l'avvocato gli tendeva, suggellando il patto. E una volta svanita la tensione, l'Ingegnere ne approfittò per cominciare l'interrogatorio senza che sembrasse tale. Nessuna domanda, solo una chiacchierata informale, giusto per chiarire alcuni punti, per essere aiutato nel percorrere la nuova pista. Mantero a sua volta cercò di farsi dire qualcosa sul nuovo sospettato, ma naturalmente l'Ingegnere stava molto attento a non farsi sfuggire nulla.

«Senta, avvocato, lei ha detto subito di non avere notato niente di strano, in questi ultimi tempi, nel comportamento della sua segretaria.»

Mantero annuì.

«Ecco, pensavo che magari, a distanza di una settimana, a freddo... a volte vengono in mente particolari nuovi. Provi a pensarci con calma. Sembrava preoccupata, triste? Depressa? O magari invece più allegra del solito, distratta, sognante?»

L'avvocato fece finta di pensarci un po' su. «No, davvero. Era normale.»

«Pensi, non so, se era vestita in modo diverso dal solito. Più truccata, meno truccata.»

«Lei pensa che avesse incontrato qualcuno» osservò Mantero. «Un ragazzo.»

«Potrebbe essere.»

«Mah, a me sembra che fosse sempre uguale. Non era una ragazza che ci teneva a farsi notare, vestiva in modo semplice, non si truccava quasi. Era seria.»

«Per questo l'avevamo scelta» intervenne la madre.

«Arrivava sempre puntuale? Era arrivata in ritardo, o uscita prima, negli ultimi tempi? Le aveva chiesto dei permessi, o di cambiare orario? Era venuto qualcuno a prenderla?»

L'avvocato scuoteva la testa a ogni domanda, con lo sguardo perso in un punto dietro le spalle del commissario. Ma a Giampieri non sfuggì che la madre si era come illuminata per un attimo, anche se subito dopo aveva cercato di ritrovare la sua posa impenetrabile.

«Signora? Le è venuto in mente qualcosa.» Non era una domanda, ma un'affermazione. Lei esitò un po' troppo a lungo prima di dire «no, no». Il vicecommissario tenne lo sguardo inchiodato nel suo, e quando la donna aggiunse in fretta «niente di importante» capì di averla stanata.

«Tutto è importante, signora. Tutto.»

«No, una sciocchezza. Però è strano, in effetti.»

«Che cosa, mamma?»

«Barbara è venuta in ufficio sabato.»

«Sabato? Ma va', mamma, ti sbagli.»

«Come mi sbaglio? Te l'ho anche detto, non ti ricordi?»

«A me? Non mi pare. Ma sarà stato venerdì, mamma.»

Mentre il figlio dava segni di impazienza e sorrideva imbarazzato al commissario, come a dire "non le dia retta, è una persona anziana e un po' svanita, si sta confondendo", la madre proseguì senza inciampi: sabato mattina intorno alle nove e mezza era scesa per fare la spesa e passando davanti alla porta dell'ufficio aveva sentito il ronzìo del computer. Pensando che lo avessero scordato acceso la sera prima era entrata con le sue chiavi e aveva visto Barbara alla scrivania. Le aveva chiesto come mai era lì, e lei sembrava imbarazzata, aveva risposto che era passata per riprendere un'agenda che aveva dimenticato e intanto ne aveva approfittato per controllare la posta elettronica. Poi aveva detto «comunque ho appena finito», aveva spento il computer con una certa fretta e aveva tirato fuori un dischetto, che si era fatta scivolare nella borsa facendo finta di niente, ma lei se n'era accorta. Avevano scambiato ancora due parole e poi Barbara era andata via e ripensandoci quella era l'ultima volta che l'aveva vista viva, perché il lunedì successivo...

Giampieri aveva registrato tutte queste informazioni restando impassibile e trattenendo la voglia prepotente di alzarsi dalla poltrona e urlare in faccia a quei due deficienti perché non gliel'avevano detta prima, una cosa così.

«Non mi guardi male commissario, non pensavo che fosse importante, anzi non me la ricordavo neanche, questa cosa, fino a quando lei poco fa ha chiesto degli orari insoliti, e allora mi è tornata in mente.»

«E lei, avvocato, non se la ricordava neanche lei?»

«Io neanche la sapevo, commissario. Ma sei sicura che fosse sabato, mamma? E non venerdì?»

«Sono sicura sì, Giulio. Che discorsi. Se fosse stato venerdì, Barbara non se ne sarebbe andata. E se fosse stato venerdì ci saresti stato anche tu, in ufficio.»

«Non fa una grinza» disse Giampieri.

«E poi te l'ho anche detto, a pranzo. Non ti ricordi?»

«No, non lo so... magari me l'hai detto ma non ti ho sentito, che importanza vuoi che abbia se Barbara è passata un attimo dall'ufficio sabato mattina?»

«Lo faceva spesso?» chiese il vicecommissario.

«Che cosa?»

Mi hai capito benissimo, stronzo, pensò. «Lo faceva spesso, di passare in ufficio il sabato mattina?»

Il broker sembrava imbarazzato. «In certi periodi particolari può capitare di lavorare anche al sabato, non ci vedo niente di strano.»

«E questo era uno di quei periodi?»

«Mah... veramente no. Però magari sarà passata altre volte, ha le chiavi, per quello che ne so io potrebbe essere capitato spesso; al sabato mattina non ci sono mai, in genere vado a giocare a golf al circolo.»

«Io non l'ho mai incontrata, al sabato mattina» intervenne la madre. «E se avesse acceso il computer me ne sarei accorta, penso, come me ne sono accorta sabato scorso.»

Annuì soddisfatta, senza rendersi conto di avere gettato un'altra palata di terra sulla sepoltura del figlio, che annaspava cercando di non finire affondato dal peso dello sguardo che l'Ingegnere gli teneva piantato addosso, e in cui poteva leggere perfettamente quello che gli sarebbe toccato subire: sequestro degli hard disk dei computer, di tutte le carte dei clienti, analisi minuziosa delle telefonate da e per l'ufficio. La pista di un delitto passionale o di una vendetta contro Barbara lo coinvolgeva di striscio, ma il sospetto che in quell'ufficio e con quei computer la sua segretaria stesse facendo qualcosa di strano, qualcosa che poteva avere causato la sua morte, non poteva che investirlo come un treno in corsa. In pochi minuti era passato dal sollievo per essere stato scagionato alla disperazione per quello che gli investigatori avrebbero combinato nel suo ufficio.

«Lei ha un'idea, avvocato, di che cosa potesse contenere quel dischetto?»

«Io? E come faccio a saperlo?»

«La ragazza non era lì per fare qualche lavoro per lei?»

«No, assolutamente no. Si sarà scaricata qualcosa da internet. Magari era un cd di canzoni, a volte le scaricava a fine giornata, mi aveva chiesto il permesso perché non aveva il computer a casa e io le avevo detto di sì, purché lo facesse a lavoro finito e senza fare niente di illegale. Lei mi ha assicurato che non rubava niente, andava nei siti ufficiali e pagava con una carta prepagata. Tutto lì. Magari sabato sera doveva andare a una festa, ed è venuta a scaricarsi qualche canzone.»

Giampieri lo sentiva parlare e pensava che nei telefilm, in genere, chi si affanna a spiegare le mosse degli altri personaggi è l'assassino. Forse Giulio Mantero non lo era, l'assassino, ma certo aveva qualcosa da nascondere e del resto chi non sarebbe nervoso, all'idea che la polizia vada a ficcare il naso nei suoi archivi?

L'Ingegnere gli scoccò un'ultima occhiata tra il minaccioso e l'ironico, e quando si rimise in piedi si sentì più alto di dieci centimetri. Aveva l'acquolina in bocca al pensiero che presto si sarebbe seduto davanti a quei computer, rivoltandoli da cima a fondo.

«Vi ringrazio. Signora, lei ci è stata molto utile. Se le dovesse venire in mente qualcos'altro, mi raccomando. Non esiti a chiamarmi.»

«Eccoci qua, Ingegnere. Questa è la villetta degli Ameri.»

«Aspetta un attimo, Iannece. Vai un po' avanti.»

«Avanti dove?»

«Dritto, ancora un po'. Okay. Avanti, avanti. Va bene. Torna pure indietro.»

«Avanti, indietro» borbottò Iannece.

Mentre parcheggiavano nel cortile, Nicola Giampieri notò il fugace movimento di una tendina che veniva aperta e richiusa. Che pezzo di merda, pensò. Scommetto che non avrà neanche il fegato di farsi vedere.

Fece un sorriso garbato alla signora Ameri, cercando di mascherare la sua irritazione. Il marito arrivò trafelato, e bastò piantargli gli occhi in viso perché gli si imporporassero le guance.

Sedette sul divano, mentre Venuti preferì restare in piedi, e rimasero per oltre un'ora a rifare ai genitori le stesse domande di sempre, ottenendo le risposte di sempre.

«Come passava di solito il weekend sua figlia?»

«Ve l'ho già detto» sospirò Maria Rosa Ameri. «Veniva con noi nella nostra casa a Santo Stefano.»

«Dove abita anche suo fratello?»

«Sì, ha una casa accanto alla nostra.»

«Ma negli ultimi tempi sua figlia aveva cambiato abitudini.» Non era una domanda, ma un'affermazione.

Maria Rosa e Paolo si scambiarono uno sguardo perplesso. «Mah, in effetti era un po' che non veniva, ma non c'era un motivo particolare...» disse la madre. «Il primo maggio mi ricordo che era andata al matrimonio di Michela, poi c'era stato un weekend in cui mi pare aveva da lavorare, e poi niente, aveva fatto la crociera, e sabato ha detto che doveva recuperare del lavoro arretrato, ed era stanca. Così siamo andati da soli.»

«Quindi in realtà era un mese che non veniva.»

«Be'... sì. Ma non credo che...»

Ha avuto l'impressione che volesse evitare di vedere lo zio? pensò Giampieri. Ma chiese: «Ha avuto l'impressione che volesse evitare di andare in paese?».

I genitori si guardarono allibiti. «No, assolutamente no. Era affezionata a quel posto, veniva sempre volentieri.»

L'Ingegnere restò in silenzio per un po'. Ogni cambiamento della routine, all'immediata vigilia di un delitto, diventava sospetto. «Vi dispiace se do un'occhiata alla camera della ragazza?» chiese alla fine.

Paolo Ameri lo guardò con fastidio. Si chiamava Barbara, pensò, la nostra bambina aveva un nome. «Prego. La accompagno.»

L'Ingegnere si guardò intorno sperando di intravedere un diario, un bloc notes, un appunto, un foglio strappato, qualsiasi cosa. Ma tutto era perfettamente in ordine, e anche il cestino della carta straccia era vuoto. Non se la sentì di prelevare nulla, per non compromettere definitivamente i rapporti con la famiglia. Si congedarono con una certa freddezza, delusi di non avere fatto passi avanti. Risalirono in auto, oltrepassarono il cancello. Giampieri diede un'occhiata alla sua destra e vide che la Clio di Marco Luciani non c'era più.

Passarono in commissariato a Rapallo a vedere quali pesci erano caduti nella rete organizzata da Venuti, che quella mattina alle otto aveva piazzato gli agenti disponibili alle estremità della via Bixio per fermare praticamente tutti, cercando di capire chi aveva l'abitudine di passare di lì al lunedì mattina, quali erano i suoi orari, spostamenti, chiedendo se aveva notato qualcosa, e così via.

«Abbiamo fermato tre tizi che facevano jogging,» riferì l'agente Franchi «ma solo uno è passato di lì anche lunedì scorso verso le otto e un quarto, otto e mezza. Probabilmente è quello che la vicina ha visto dal balcone, ma dice di non aver notato niente di strano, neanche la signora della bicicletta che però abbiamo beccato subito dopo.»

«Ma va'.»

«Eh sì. Da un lato mi dispiace, ci contavamo tutti su quella custodia di racchetta. Invece dentro c'era proprio una racchetta vera, la tipa prende lezioni ogni lunedì alle 8.45.»

«E perché non l'avevate trovata prima?» borbottò Venuti.

«Non va in nessun tennis club, ma nel campetto privato di un condominio. Comunque abbiamo sentito tutti, vicini, negozianti, fornitori, passanti, spazzini, volantinari.»

Venuti si rivolse a Giampieri: «Se vuoi ti faccio mettere in bella tutte le dichiarazioni, potremmo preparare una mappa della zona con i vari spostamenti minuto per minuto», e l'Ingegnere si chiese di nuovo se lo stava prendendo per il culo.

«Non è una cattiva idea» disse. Ma in quel momento era più urgente concentrarsi su quello che aveva appena scoperto dai Mantero.

Preparò il rapporto per il magistrato, spiegando la novità della visita di Barbara all'ufficio e la necessità di capire quali operazioni aveva compiuto. Questa volta non avrebbero potuto negargli il sequestro dei computer.

Mentre entrava nel portone della Procura della Repubblica si diede del cretino per non avere più chiamato Monica Serra. Per lui era stato un momento di debolezza, di cui si era già pentito, e sperava che anche lei la pensasse allo stesso modo: da quella storia non poteva venire niente di buono per nessuno. Ma dopo tre quarti d'ora che aspettava in anticamera, capì che il sostituto procuratore non aveva preso sportivamente la fuga dal suo letto.

«Toh, chi si rivede. Il vicecommissario Giampieri.»

«Buongiorno dottoressa.»

Fingeva di essere ironica e distaccata, ma si vedeva lontano un miglio che era incazzata come un puma.

«A cosa devo l'onore? È sparito da tre giorni.»

«Ho avuto molto da lavorare. Ma ci sono novità promettenti.»

Non le raccontò delle confidenze di Michela Picco, erano ancora troppo vaghe, e neppure di come aveva intercettato Mantero e la madre. Ma riferì di quanto aveva detto quest'ultima e della conseguente necessità di sequestrare al più presto i computer.

«Benissimo. Mi lasci qui i rapporti. Li esaminerò con calma.»

Fai pure la dura e l'offesa, pensò Giampieri. Sapessi quanto me ne frega.

Stava per uscire quando lei lo richiamò.

«Per quanto riguarda... il resto, non voglio che quello che è successo comprometta le indagini. Se vuole evitarmi lo capisco, anzi non lo capisco ma sono affari suoi, ma non può stare tre giorni senza tenermi al corrente delle novità.»

«Ero in ufficio. Ho lavorato tutto il weekend. E sono sempre stato reperibile.»

«Be', poteva pensare che preferissi non chiamarla io. È una questione di elementare sensibilità.»

Giovani o vecchie, libere o sposate, casalinghe o in carriera, alla fine sono tutte uguali, pensò Giampieri. Si avvicinò alla scrivania e la guardò negli occhi: «Ascolta. Sul lavoro devo rendere conto ai miei superiori, ma nella vita non devo rendere conto a nessuno. Sono un uomo adulto, se mi va di fare una cosa la faccio, se non mi va non la faccio. Non ho tempo né voglia di giocare e non mi aspetto né un "grazie" né un "vaffanculo". È successo, ci andava di farlo, è stato bello. Punto.»

Lei allargò le narici, parlò sottovoce. «Altro che adulto. Parli come un ragazzino egoista. Io non ti ho chiesto niente, solo mi aspettavo un minimo di rispetto, non sono una raccattata una sera in discoteca.»

«Il mio rispetto è essere sincero. Con tutte. Sono libero e voglio restarlo. Se ti va, bene. Se non ti va, amici, anzi colleghi come prima.»

Arrivò sulla porta, si voltò. «E spero che le nostre eventuali... divergenze personali non influenzeranno le sue scelte professionali, dottoressa.»

Tornò in ufficio a Genova pensando che aveva fatto una stupidaggine a scoparsela, avrebbe dovuto tirarsi indietro ma non era mai stato bravo a controllarsi in quelle situazioni. Perse quasi un'ora al telefono con un tecnico, cercando di spiegargli esattamente che cosa doveva trovare nel computer di Barbara Ameri che gli avrebbero portato al più presto, ma l'altro non sembrava cogliere il senso delle richieste. Purtroppo il suo capo era a un corso di aggiornamento negli Stati Uniti e non sarebbe tornato tanto presto, l'Ingegnere doveva accontentarsi di quello che c'era. Sta a vedere che me lo dovrò fare da solo, questo lavoro, pensò mentre l'altro cercava di spiegargli che cosa si poteva o non si poteva rintracciare in un disco fisso.

«Ho capito,» lo interruppe «se permetti ho una certa esperienza in materia. Ma quello che voglio...»

In quel momento sentì bussare alla porta semiaperta. Poi vide spuntare una ciocca bionda, mentre la voce calda di Stefania Boemi chiedeva: «È permesso?».

Le fece segno di entrare, disse al tecnico che lo avrebbe richiamato e mise giù. Fissò Stefania, era bellissima e non poté fare a meno di immaginarla nuda, stesa sul letto, che gli accarezzava i capelli mentre lui le... si sforzò di scacciare quell'immagine. «Dimmi.»

«Ho parlato con Tiziana Longato stamattina.»

«E com'è andata?»

«Insomma. Ho provato a fare un po' di sondaggi sulla storia Barbara-Michela, naturalmente senza dirle nulla, ma non ha fatto una piega. Per lei Barbara era assolutamente etero, anche se molto repressa. In compenso ha una sua teoria simile e opposta: non lo ha detto esplicitamente, ma sospetta di Giacomo.»

«Perché?»

«Dice che secondo lei Giacomo era innamorato di Barbara. Lei sa benissimo che ha altre preferenze, ma anche lui è un represso, non ha ancora fatto una scelta di campo precisa. Diciamo che se Barbara lo avesse voluto non solo come amico lui sarebbe stato più che felice.»

Iannece, che era nella stanza, non riuscì a trattenersi: «Certo che qui non ci si capisce più niente. Tutti indecisi tra ostriche e lumache».

«Prego?»

«Lasciate stare, è un vecchio film di quando non eravate neanche nati.»

Giampieri pulì gli occhiali, cercando di leggere nelle lenti rotonde come in una sfera di cristallo: «La pista è interessante, a livello teorico. Ma a livello pratico, la mattina del delitto Giacomo alle dieci e un quarto ha timbrato il cartellino a Voghera, e mi sa che questo chiude la questione».

«In un'ora da Rapallo a Voghera ce la faccio tranquillo, Ingegnere.»

«Non con la macchina di questo Giacomo, Iannece. Senza contare che ci sono testimoni che lo hanno visto prendere il treno delle 8.35. E doveva anche sbarazzarsi dell'arma del delitto e cambiarsi i vestiti.»

Stefania Boemi intervenne: «Se permette, stasera vorrei fare un salto in quel locale a Santa Margherita. Tanto per vedere che aria tira e che tipo è il gestore, quello che ha fatto la fotografia».

«Va bene. Ma non fare imprudenze e fatti accompagnare dalla Giolitti. Così avrete anche una copertura credibile.»

«Saremo credibilissime» sorrise lei.

Ostriche e lumache, si ripeté Giampieri sentendo una fitta all'inguine, forse di gelosia, forse di eccitazione. La ragazza era deliziosa, ma si stava allargando troppo. Era il caso di fare una telefonata ad Amalia.

Un'ombra oscurò la lista dei cocktail e rimase ferma per alcuni secondi.

L'Ingegnere terminò di esaminare i long drink, alzò gli occhi e vide due uomini alti e ben piantati vestiti di scuro, con le camicie bianche e gli occhiali da sole. Sembravano i cacciatori di marziani dei film, o forse no, sembravano più dei cacciatori di uomini.

«Il vicecommissario Giampieri?»

Il tono con cui era stata pronunciata la frase gli fece stringere il buco del culo. Prese un attimo per valutare se alla risposta affermativa quelli avrebbero estratto le pistole e sparato, ma pensò che a quell'ora, in mezzo a tutta quella gente, poteva considerarsi abbastanza al sicuro. Diede un colpetto di tosse per evitare che la voce gli tremasse, e rispose guardandoli negli occhi: «Sono io».

«Vorremmo fare quattro chiacchiere con lei.»

«A che proposito?»

«Forse sarebbe meglio andare in un posto più tranquillo.»

Giampieri esitò un istante. Rifiutare di seguirli avrebbe tradito un certo timore, mettendolo in una posizione di debolezza. Ma seguire due tipi simili poteva essere molto peggio.

«La mamma mi ha insegnato a non dare retta agli sconosciuti.» Giusto. Buona risposta. Non si erano presentati ed erano loro dalla parte del torto.

Il meno giovane dei due, atletico, sui cinquantacinque anni, capelli corti sale e pepe e una smorfia tra l'ironico e il crudele sul viso, sedette di fianco al commissario e tirò fuori dalla giacca un tesserino. «Sisde» disse a bassa voce. La rapida visione che ne ebbe Giampieri non gli consentì di vedere se il documento era autentico o meno.

L'altro tipo si guardava intorno con apparente noncuranza, mentre due giovani mamme sedute al tavolo vicino non riuscivano a staccargli gli occhi di dosso. Era giovane, sui trent'anni al massimo, con un'aria da sbruffone e labbra carnose che lo facevano assomigliare a un Jean-Paul Belmondo moderno, palestrato e lampadato.

«Allora?» insistette l'uomo in nero.

Anche se non gli assomigliava granché, Giampieri lo ribattezzò mentalmente "Gabin". «Questo è un posto molto tranquillo,» disse gettando un'occhiata circolare tutto intorno, ad abbracciare il verde, l'aria serena, il mare sullo sfondo «e voi siete già seduti.»

L'altro fece un sorrisetto poco promettente.

«Non deve avere paura, vicecommissario. Siamo qui semplicemente per aiutarla.»

«Dovrei avere paura? Perché mai?»

«Sappiamo che lei sta indagando sul caso di quella ragazza, Barbara Ameri,» proseguì l'altro a bassa voce «e vorremmo semplicemente evitare che perda tempo dietro una pista che la porterebbe fuori strada.»

«E voi come fate a sapere che mi porterebbe fuori strada?»

«Questo non glielo posso dire. Sono informazioni riservate che riguardano la sicurezza nazionale. Ma posso assicurarle sul mio onore che quella ragazza non era in alcun modo coinvolta... insomma, se vuole cercare l'assassino le conviene indagare su un ambito più ristretto.» Vide la faccia scettica di Giampieri e continuò: «Faccia conto che, come un prete in confessione, abbiamo ricevuto informazioni che non possiamo rivelare. Ma grazie a queste informazioni possiamo evitarle di commettere errori».

«Voi sapete chi è l'assassino?»

«Assolutamente no, vicecommissario. Altrimenti glielo diremmo. Ma pensiamo che sia un pesce piccolo. E per prenderlo non serve inseguire navi in giro per il Mediterraneo.»

Più esplicito di così non poteva essere. Dovevano averlo beccato mentre cercava di entrare nel sito del broker. O forse li aveva messi in allarme la sua visita ai Mantero. Giampieri decise di fare il finto tonto.

«Ho capito. Vorrà dire che se è un falsa pista perderò un po' di tempo, che problema c'è?»

«Il problema c'è. Primo, perché rischia di farsi sfuggire il vero colpevole. E secondo, perché quando si getta la rete a casaccio non si sa mai cosa può restarci impigliato. Potrebbe mettere in pericolo persone che rischiano la vita tutti i giorni per la sicurezza nazionale.»

E due. Bastava che un semplice poliziotto andasse in giro a fare qualche domanda, ed ecco che un'Entità Superiore piombava dal cielo a fulminarlo in nome del Bene del Paese.

«Noi siamo disposti ad aiutarla, vicecommissario, abbiamo uomini e mezzi che possono darle una mano. Il caso forse è meno complesso di quello che sembra, si può risolvere con una buona canna da pesca. E l'esca giusta, naturalmente.»

La cameriera si avvicinò per prendere l'ordinazione di Giampieri, poi si rivolse ai due nuovi arrivati. Belmondo, che non aveva mai aperto bocca, disse «un caffè» ma l'altro fece un cenno con la mano per dirle che non serviva. «Stiamo andando via, grazie.»

Si alzò in piedi, quindi porse all'Ingegnere, invece della mano, un ultimo suggerimento: «Come può immaginare, noi non ci siamo mai visti...».

"Noi" chi? Chi diavolo sei? pensò Giampieri.

«...ma pensi ugualmente a quello che le ho detto.»

«Ci penserò. E una volta che avrò deciso, a chi devo farlo sapere?»

Gabin sorrise in modo poco rassicurante. «Oh, non ci sarà bisogno. Lo sapremo da soli, che cosa avrà deciso.»

Li guardò allontanarsi, avevano il passo pesante e ginnico del felino. Una massa compressa di muscoli e ferocia che aspetta il momento per colpire. Chiese alla cameriera un bicchiere d'acqua, perché gli si era asciugata la gola, e pensò istintivamente a Marco Luciani, alla sua capacità di mantenere la freddezza nei momenti come quello. Lui aveva cercato di dimostrare sicurezza, ma sapeva di non esserci riuscito granché bene.

«Sono riusciti a farmi paura» si disse con rabbia, cercando razionalmente di convincersi che non ce n'era motivo. Certo se si erano scoperti così tanto voleva dire che la posta in gioco era molto grossa, c'erano di mezzo affari milionari, o qualcuno di molto potente. O più probabilmente entrambe le cose.

MARTEDÌ

Luciani

Chissà chi prepara queste cavolo di tabelle, pensò Marco Luciani mentre arrancava in salita, praticamente fermo. Un sadico, o un venditore di sedie a rotelle. Quella che stava seguendo dopo averla trovata su un giornale specializzato, prometteva "Maratona in otto settimane", ma non era affatto destinata a chi partiva da zero, e neppure a un dilettante già in discreta forma come lui. C'erano cinque allenamenti alla settimana e i tempi di recupero in pratica non esistevano: era capace di chiederti un'ora di corsa lenta un giorno e quaranta minuti di corsa in salita il giorno dopo. Del resto tutti hanno fretta, pensò, e se dici "Maratona in sei mesi" chi ha la forza e la costanza di seguire la tabella per tutto quel tempo? Certo non uno con un lavoro, una famiglia, dei figli. Ma uno come me sì, io ho tanti difetti ma quando decido una cosa la porto avanti fino in fondo. Aveva i battiti a centottanta e sentiva che non sarebbe riuscito a fare un passo di più, su quella mattonata in salita che portava in Castelletto, eppure continuava a farlo, quel passo, e dopo quello un altro, e un altro ancora. Mancavano duecento metri alla fine della *creuza* quando la nausea lo travolse, cadde in ginocchio al bordo della strada e i conati lo spezzarono per cinque minuti abbondanti, anche se non aveva mangiato nulla. Non passò nessuno, a parte una coppia di anziani che lo scambiò per un tossico e filò via il più in fretta possibile.

Quando decido una cosa vado fino in fondo, si ripeté,

specialmente se è una cazzata. Si rimise in piedi e arrivò camminando in cima alla salita.

Fece una doccia e restò steso a letto, senza dormire e senza riuscire a concentrarsi su niente. Pensava a Barbara Ameri, e cercava per quanto possibile di identificarsi con lei, di ricordarsi quali erano le sue paure e i suoi sogni quando aveva venticinque anni, dopo che la rovina del padre lo aveva spinto a dare una svolta alla sua vita. Forse lo avrei fatto anche senza quello scandalo, pensò. Forse non ero nato per fare l'avvocato e ho colto al volo la prima occasione per fuggire, così come ero fuggito dal mondo del calcio qualche anno prima, così come sto fuggendo dalla polizia adesso. Forse non è vero che porto le cose fino in fondo. Per una cosa stupida come il jogging magari sì, ma nella vita corro come un pazzo fino quasi alla fine della salita, con grandi sacrifici e fatica e poi, quando sono a pochi metri dal traguardo, quando potrei fermarmi ad ammirare il panorama, trovo una scusa qualunque per dire che il panorama fa schifo, faccio dietrofront e corro senza più guardarmi indietro.

Ho sempre pensato di essere stato molto coraggioso, rinunciando al successo, alla carriera, ai soldi, complicandomi la vita, ricominciando daccapo, andando a stare ogni volta peggio. Ma è davvero così? O forse ho semplicemente paura, e rinunciando all'eredità rinuncio prima di tutto alla responsabilità?

Barbara Ameri era la segretaria di un broker, poco pagata e forse poco stimata. Una ragazza timida, incerta sessualmente, che vedeva le sue amiche prendere il volo. Si prodigava per gli altri, i poveri, le prostitute, andava in chiesa, passava i weekend con i genitori. La sua vita era un grumo di responsabilità. Ma chissà, forse dentro di lei, a venticinque anni, sentiva una voglia prepotente di mollare tutto e scappare, prima che fosse troppo tardi. Sognava un lavoro esaltante, una casa sua, un compagno, o forse no, forse voleva solo godersi un po' la vita, perdere la verginità e insieme a quella tutte le sue paure.

E Giulio Mantero? Anche lui viveva con la madre, andava in chiesa, anche lui era prigioniero delle responsabilità. Forse anche lui sognava le stesse cose, le stesse fughe. Erano simili, ma probabilmente troppo simili per scatenare un dramma del genere.

Forse Barbara Ameri aveva preso una decisione e l'aveva portata fino in fondo, pensò il commissario, anche quando si era accorta che era sbagliata.

Troppi forse, pensò. D'altra parte è con i forse che si risolvono i casi, non certo con le analisi del Dna.

Si vestì, prese i verbali e uscì di nuovo, per andare a leggerseli al sole, su una panchina al Porto Antico.

Stava rientrando dopo avere comprato un po' di verdura quando lo bloccò la voce del napoletano piazzato alla finestra.

«Mamma mia, commissario. Non hai l'aria di avere dormito molto. Le donne ti rovinano.»

Marco Luciani non era in vena di scherzare. Era tornato da Santa Margherita alle tre, e i gabbiani gli avevano dato il buongiorno alle cinque. Alle sette era uscito per correre ed era stato vicino all'infarto. Ora un presentimento nerissimo gli diceva che per quel giorno i suoi problemi non erano finiti.

«Lo spacciatore era in forma stanotte, Pasquale. Mi sa che le tue preghiere non bastano» disse per tagliare corto.

«Eh, dai tempo al tempo, commissario. I santi non fanno mica i miracoli.»

Questa era degna di Iannece, pensò Luciani. «Dì un po', non hai mica un fratello in polizia?»

«Per carità, commissario. Oddio scusa, non intendevo... non volevo offendere, sia chiaro, ma sai come sono queste cose. Diciamo che non è... tradizione di famiglia.»

«E... questo santo chi sarebbe? San Gennaro?»

L'altro si guardò intorno, un po' indeciso. Poi, forse preda del senso di colpa per quello che aveva appena detto, invitò Marco Luciani a salire da lui. Il commissario non ne aveva nessuna voglia ma finì per accettare. «Prego, entra, accomodati. Ci beviamo un bicchiere di vino e ti racconto la storia. È cosa riservata assai, siamo pochissimi a saperla, e quando te l'avrò spiegata, capirai perché. Me la insegnò il mio vecchio padrino di battesimo, un genovese che aveva conosciuto mio padre sulla Michelangelo, la nave, te la ricordi?»

«Certo che me la ricordo» disse il commissario sedendosi al tavolo di cucina, mentre l'altro metteva in tavola due bicchieri e il fiasco del Chianti.

«Io non bevo, Pasquale. Dammi un bicchiere d'acqua, anche del rubinetto va bene.»

«Come vuoi.»

Gliela porse e si sedette. «Quel tipo era direttore di sala, credo, mio padre era capo meccanico e avevano fatto amicizia e insomma è anche per questo che io venni a Genova nel '63. Quando arrivai qua andai a stare per un poco da un mio cugino, dalle parti di San Bernardo, intanto che mi guardavo intorno per una sistemazione. Dopo un paio d'anni però, visto che era anche nata mia figlia e non volevo approfittare della sua ospitalità, chiesi un poco nel palazzo se qualcuno voleva affittarmi casa. Proprio al piano di sotto c'era un piccolo appartamento affittato a un siciliano che navigava, era sempre in giro per il mondo e la padrona non era contenta perché la casa era lasciata un po' andare, cosa vuoi, e oltretutto lui non pagava mai puntuale. La padrona di casa mi disse che se convincevo il siciliano ad andarsene, potevo avere l'appartamento.»

Finì il primo bicchiere di vino e se ne versò un altro, mentre il commissario si godeva la sua acqua calcarea.

«Insomma, aspetto che il siciliano torni da uno dei suoi viaggi e provo a parlargli, a trovare una soluzione ma quello non ci sente, anzi la prende male e arriva a minacciarmi e a dirmi che lui ha gli amici di qua e gli amici di là, e invece io in città non conosco quasi nessuno ancora, e non mi va di mettere di mezzo mio cugino, così vado dal mio padrino a chiedergli consiglio. Lui mi fa giurare di non dirlo a nessuno e mi spiega il segreto di san Giuda.»

«San Giuda?»

«Esattamente. Io ora te lo racconto, ma tu pure mi giuri di non dirlo a nessuno.»

«Certo. A nessuno. San Giuda quello che tradì Gesù?»

L'altro lo guardò come se fosse scemo. «Sè, ti pare che quello lo facevano santo? L'altro Giuda, ce n'erano due tra gli apostoli. Giuda Iscariota è quello infame e l'altro... te lo ricordi come si chiamava?»

«Giuda... Taddeo?»

«Proprio lui. Questo poveraccio è santo a tutti gli effetti, ma forse per colpa di quell'altro nessuno lo prega mai, si vede che la gente non si fida. Se uno ha bisogno di una grazia invece di pregare san Giuda prega santa Caterina da Siena o sant'Antonio da Padova, o nel mio caso san Gennaro, naturalmente,» baciò automaticamente la medaglietta d'oro che teneva al collo «perciò san Giuda non ha niente da fare, non ha fedeli, lo chiamano il santo delle cause perse perché si rivolgono a lui solo quando è troppo tardi. Così sta tutto il giorno in cielo sulla sua nuvoletta e si annoia, com'è logico.»

«Quindi?»

«Quindi per avere la soddisfazione di fare qualcosa anche lui, col tempo si è adattato, diciamo così, a esaudire pure i desideri che la gente non oserebbe mai chiedere agli altri santi. I desideri... insomma... non tanto buoni.»

«Spiegati meglio, Pasquale.»

«Commissario, in poche parole: se voglio guarire da un brutto malanno, accendo un cero a santa Rita. Ma se voglio che uno non guarisce da un malanno, o che gli viene, lo accendo a san Giuda. Ci siamo capiti?»

Marco Luciani vuotò il bicchiere e sorrise.

«Un santo che fa fuori la gente? Stai scherzando.»

Il viso del napoletano era serissimo.

«No, commissario. E non scherzarci tu.»

«Ma l'hai provato?»

L'altro distolse lo sguardo.

«Col siciliano?»

L'altro non disse niente.

«E...?»

Pasquale fece un sospiro, parlò in fretta. «Andai ad accendere venti ceri davanti alla statua di san Giuda e un mese dopo ero nella nuova casa. Il poveretto ebbe una disgrazia. In mare.»

Il commissario scosse la testa. «Una combinazione.» L'altro la scosse più forte, impallidendo leggermente.

«Non mi dire che... l'hai pregato altre volte?»

Pasquale si alzò. «Si è fatto tardi, commissario. Devo andare a comprare il latte.»

Era appena rientrato a casa quando il telefono squillò e la segreteria partì al secondo scatto, segno che dovevano esserci altri messaggi in memoria. Chiunque fosse, buttò giù senza lasciare detto nulla ma Marco Luciani nel frattempo era davanti al telefono, a osservare come ipnotizzato la lucina rossa lampeggiante. Era rimasto fuori parecchio e gli sembrò che ogni accensione fosse un urlo muto che lo stava inseguendo da ore, sempre più fioco, sempre più disperato.

Schiacciò il tasto "ascolto" e sentì la voce metallizzata di sua madre, stravolta dall'ansia. «Marco, sono io. Sei a casa? Al telefonino non ti trovo (merda, mi sono dimenticato di accenderlo, pensò il commissario). Ascolta, non ti spaventare ma ho bisogno che tu venga subito. Papà è stato male, lo hanno portato al San Martino. Raggiungici lì appena puoi.» Fece una pausa, riempita dal fruscio della segreteria. «Per favore.»

Marco Luciani restò fermo qualche istante, a osservare il nastro che poteva finalmente riavvolgersi dopo essere rimasto tanto tempo in tensione. Già, quanto tempo? Non sapeva a che ora aveva chiamato, e nel frattempo poteva essere successo di tutto, poteva essere troppo tardi per salutare suo padre, certo era troppo tardi per impedire che sua madre sentisse di essere stata abbandonata nel momento più difficile della sua vita.

Per un millesimo di secondo pensò che non era colpa sua, e nel secondo successivo pensò che il messaggio avrebbe potuto anche sentirlo molto più tardi, e a quel punto subentrò fortissima la tentazione di ignorarlo, di fare finta di non averlo sentito affatto, magari fino al giorno successivo.

Ma nello stesso istante in cui lo pensava si rese conto di essere già sulle scale, e dopo tre minuti era su un taxi diretto all'ospedale.

«E così ci siamo. Siamo alla fine» pensava Marco Luciani seduto su una scomodissima sedia in corridoio, con in mano un caffè della macchinetta che aveva lasciato raffreddare senza accorgersene. Sua madre uscì dalla camera in cui il padre dormiva profondamente, intontito dai farmaci antidolorifici. Aveva perso conoscenza in casa, dopo un fortissimo attacco di mal di testa. Per fortuna l'ambulanza era arrivata molto in fretta e gli infermieri conoscevano già il suo caso, avevano portato l'ossigeno ed erano riusciti a rianimarlo sul posto. Al San Martino il suo medico l'aveva visitato e tranquillizzato, per quanto possibile, poi aveva fatto in modo che dormisse qualche ora.

Marco Luciani si alzò per far sedere la madre, lei rifiutò con un sorriso e disse «camminiamo un po', andiamo fino in fondo al corridoio». Le diede il braccio e lei ci si appoggiò appena; si era tranquillizzata, aveva gli occhi asciutti e la schiena dritta.

«Ti dico la verità, sapevo che prima o poi sarebbe successo e vivevo nell'ansia di non essere lì ad aiutarlo, o che non si arrivasse in tempo in ospedale. Per quanto, in effetti...» Tacque un momento, poi riprese. «Comunque adesso è in buone mani, l'importante è che non abbia più dolore, vederlo soffrire è la cosa peggiore, vederlo soffrire e non poter fare niente. Ha avuto dei momenti terribili, di furia, di rabbia, in cui non lo riconoscevo. Il dolore può cambiarti completamente.»

Il commissario non voleva saperne di più. «Cosa dicono i dottori?»

«Mi hanno consigliato di portarlo all'hospice. Qui è inutile tenerlo, là sarebbe seguito meglio, è un ambiente più bello dell'ospedale, con la cucina, infermiere specializzate. È un posto pensato per aspettare la fine, i familiari possono stare lì e hanno la loro camera.»

«Forse lui preferirebbe tornare a casa.»

La madre sospirò. «Forse. Ma sarebbe complicato. Ci vorrebbe assistenza 24 ore su 24, quindi almeno due infermiere che mi aiutino. E a parte la spesa, non sai mai chi ti metti in casa.»

Marco Luciani fece per obiettare che i soldi non erano certo un problema per loro, e l'idea che suo padre morisse in una struttura per malati terminali, che entrasse in un posto sapendo che non ne sarebbe più uscito... l'idea che avrebbe trascorso gli ultimi giorni tra gente che era lì solo per morire, che l'avrebbe avuta sempre davanti agli occhi e che loro avrebbero visto lui... è già così crudele sapere di dover morire, ma conoscere anche il come e il dove, se non precisamente il quando, è assolutamente insostenibile.

Fu sul punto di fare alla madre tutte queste obiezioni ma vedendola con le braccia conserte, davanti alla finestra, che guardava fuori con occhi smarriti capì che sarebbe stato altrettanto crudele portarlo a morire a casa, nella sua camera da letto, perché in quella casa e in quel letto lei avrebbe dovuto continuare a vivere. A questo servono gli ospedali, pensò, a cercare di curare la gente, ma a volte anche a farla morire, tutto sommato sono sempre dei lazzaretti dove si portano i moribondi perché non contagino con la loro morte né i familiari né le pareti della loro casa.

E in fondo mio padre è già morto, rifletté, è morto nel momento in cui gli hanno detto che sarebbe successo. Il resto è solo crudele attesa, insopportabile per lui e per gli altri, utile forse soltanto a prepararsi all'evento, ammesso che alla morte ci si possa davvero preparare.

«Secondo te riuscirò ancora a parlargli?»

Sua madre fece una smorfia. «Penso di sì, ma sarà sempre più difficile. Da questo momento aumenteranno le dosi di antidolorifici e passerà sempre più tempo in uno stato di dormiveglia. Mi hanno assicurato che non soffrirà, ma solo perché sarà quasi incosciente.»

Restarono in attesa, alternandosi accanto al letto del Grande Cesare, passeggiando in corridoio o uscendo a turno per prendere cinque minuti d'aria fresca. Intorno alle dieci di sera Marco Luciani mise a forza la madre su un taxi e sistemò i suoi quasi due metri su una di quelle allucinanti sedie di ferro e fòrmica che esistono ancora solo negli ospedali, e restò fino all'alba a osservare il respiro regolare del padre. Sperò ogni istante che morisse, davanti a lui, per risparmiare quel momento a sua madre.

MARTEDÌ

Giampieri

Passò la mattinata a seguire da vicino le operazioni di sequestro dei computer nell'ufficio di Mantero. Era una procedura lunga e complessa e voleva essere sicuro che tutto fosse fatto a regola d'arte, per evitare che qualche dischetto venisse dimenticato o che il broker, in futuro, trovasse appigli per contestazioni legali.

Si mise d'accordo con la Serra e Venuti per occuparsi personalmente dell'esame dei file, con l'aiuto di un tecnico, e lasciò che andassero avanti con i loro interrogatori.

Era appena rientrato in ufficio quando Stefania Boemi bussò alla porta, la socchiuse con un battito delle lunghe ciglia e sussurrò: «Disturbo?».

«Dimmi.»

«Sono venuta a relazionare su ieri sera.»

Giampieri ci mise un paio di secondi a ricordarsi di cosa stava parlando, lei se ne accorse e sembrò delusa.

«Ieri sera siamo andate a Santa Margherita, si ricorda? Io e Nadia.»

«Certo, certo. Siete andate in quel locale, come avevamo stabilito.»

«Esatto.»

«E... com'è andata?»

Stefania si aggiustò una ciocca di capelli, riportandola dietro l'orecchio. Secondo il manuale era un gesto esplicitamente seduttivo. «Oh, benissimo. Ho avuto un sacco di proposte» rise.

«Non ne dubito.»

«Pare che io sia il tipo che piace alle lesbiche. Col seno grosso,» e qui Giampieri si sentì perfettamente autorizzato a guardarlo, annuendo vigorosamente «e, insomma, con un po' di curve... se non fossi stata con Nadia penso che mi sarebbero saltate addosso.»

L'Ingegnere si sforzò di non visualizzare la scena. «E Nadia... cioè la Giolitti... dov'è?»

«L'ho lasciata a casa che dormiva. Abbiamo avuto una nottata piuttosto... faticosa.» Fece un sorrisetto con l'angolo della bocca, da perfetta stronza.

Il commissario lottò per non farle la domanda che già premeva nelle sue parti intime. «Perché, siete andate a dormire tardi?»

«Eh sì, saranno state le tre, tre e mezza. No, forse anche un po' dopo. Mi sono fermata a dormire da lei a Sori perché mi stavo addormentando al volante» disse godendosi l'espressione sempre più preoccupata del vicecommissario.

«Bene. E... hai scoperto qualcosa?»

«Nel locale o a casa di Nadia?» Scoppiò a ridere, soddisfatta di come lo stava tenendo sulla corda.

Giampieri alzò gli occhi al cielo. «Nel locale.»

«Si metta comodo, sarà una cosa lunga. Posso sedermi?»

«Certo.»

«Bene. Abbiamo bevuto qualcosa, ci siamo guardate un po' in giro, abbiamo fatto amicizia. Il tipo che diceva Michela, quello della foto, lo abbiamo individuato subito: faccia da bello e maledetto, capelli lunghi, un po'... come posso dire... primitivo. A occhio, molto lontano dal genere di Barbara. Non è esattamente il gestore, ma il fratello della proprietaria, una odiosa tra l'altro. Lo tratta malissimo e lui subisce, era venuto al nostro tavolo a fare lo scemo e lei subito lo ha richiamato al banco.»

«Ma ti è sembrato un tipo pericoloso?»

«In un certo senso sì. Ha presente quelli che si danno l'aria del duro anche se non lo sono più di tanto, quelli che si mettono nelle risse per dimostrare che sono coraggiosi ma poi le prendono. Ecco, un tipo così.»

«Quelli che prima o poi finiscono per fare una cazzata più grande di loro. Mi collego e controllo se ha dei precedenti. Il nome?»

Stefania Boemi tirò fuori dalla borsa una cartellina azzurra piena di fotocopie. Accavallò le gambe, la sistemò in equilibrio sulla coscia destra, la aprì: «Mi sono permessa di stampare il fascicolo. Glielo leggo?».

Giampieri non sapeva se ammirarla o detestarla.

«Maurizio Merli, nato a Sesto San Giovanni il 13 giugno 1976. Residente a Rapallo in via Larga 5 interno 2. Titolo di studio: licenza media.»

«Boemi.»

«Dica.»

«Fammi un riassunto.»

La poliziotta arrossì fino alla punta delle orecchie, forse offesa, forse arrabbiata con se stessa per aver fatto brutta figura.

«D'accordo. Allora vediamo... il tipo ha una bella riga di precedenti per rissa, spaccio, resistenza a pubblico ufficiale, porto abusivo di coltello, ricettazione. Comincia come piccolo spacciatore quando è ancora minorenne, prima fumo, poi cocaina. Alcune denunce per maltrattamenti e lesioni, poi ritirate, da fidanzate occasionali. Riesce a evitare il carcere fino ai ventun anni ma poi comincia a fare dentro e fuori fino ai venticinque, comunque se la cava sempre con poco. Famiglia sfasciata, il padre li ha mollati presto, la madre è morta da tempo. Ogni volta che esce, o che deve stare ai domiciliari, va dalla sorella maggiore, Emanuela. Prima a Sesto, poi a Rapallo. Lei ha aperto il locale... ecco, nel 2000, e si è trasferita lì. Nel 2001 il salto di qualità: un pentito lo accusa di avere partecipato a una rapina a un furgone portavalori a Cinisello Balsamo, in cui muore una guardia giurata. Una storia strana, ancora da chiarire. Il bottino non è mai stato recuperato e c'è il sospetto che ci fosse una talpa. Merli non ha un alibi, si va al processo ma l'avvocato dimostra che non ha un curriculum criminale di questo spessore, un conto è spacciare qualche dose e un altro andare all'assalto di un portavalori. Viene assolto, insieme all'unico altro imputato. Lo tengono sotto controllo per vedere se contatta qualcuno, se fa spese esagerate, ma non salta fuori niente. Negli ultimi anni sembra calmarsi un po', comincia a lavorare saltuariamente, prima da un benzinaio, poi con associazioni di volontariato, poi dando una mano alla sorella nel locale. Viene fermato ancora una volta per possesso di droga, e un paio di volte per ubriachezza molesta e rissa aggravata...»

«Mmm... mi sembra uno sfigato» borbottò Giampieri.

«Un fallito, anche come criminale,» replicò Boemi «ma le sorprese cominciano ora.»

«Cioè?»

«L'estate scorsa, a Roma, viene denunciato per stupro da una turista inglese. Lui insieme ad altri due.»

«E che aspettavi a dirmelo?»

La ragazza sorrise. «Aspetti. C'è un particolare interessante. Gli altri due vengono condannati, lui assolto. La ragazza lo riconosce al confronto, dichiara che era con gli altri e non ha fatto nulla per fermarli, ma non ha partecipato in prima persona.»

«Perché?»

«Si giustifica dicendo che ha provato a difenderla ma gli altri lo hanno minacciato, e aveva paura. Presenta un certificato medico per *impotentia coeundi*. Viene assolto dall'accusa di stupro e condannato per favoreggiamento, poca roba. Esce subito e torna a Rapallo.»

«È tutto?»

«Quasi. Per esempio lei potrebbe farmi altre domande. Potrebbe chiedermi chi era il suo avvocato nel 2001. E per quale associazione che porta medicinali e viveri nel Terzo mondo ha lavorato come camionista.»

Giampieri la guardò, lei annuì senza dire nulla.

«Conosceva Mantero e forse conosceva davvero anche Barbara, può averla vista nel suo ufficio. E abita a dieci minuti a piedi dal luogo del delitto.»

L'Ingegnere tolse gli occhialini, li pulì con un fazzoletto, quindi restò due interminabili minuti a massaggiarsi il pizzetto. Alla fine alzò gli occhi fissandoli in quelli della poliziotta. «Ottimo lavoro. Davvero. Ora prepara un bel rapporto per il procuratore e uno per lo psicologo. Vediamo se il profilo è compatibile con quello dell'assassino. Intanto sarà meglio farlo sorvegliare.»

Quando Stefania fu sulla porta, Giampieri parlò senza neppure voltarsi.

«Boemi.»

«Dica.»

«E a casa della Giolitti, hai scoperto qualcosa?»

Immaginò la sua espressione di malizioso trionfo, e di nuovo si eccitò all'istante.

«Sì. Che ha un grande letto matrimoniale... e un divano comodissimo.»

Quindi non ci aveva fatto niente. Aveva dormito sul divano. Giampieri si sentì sollevato, ma subito dopo si accorse che la sua erezione era scomparsa.

«Ah, commissario.»

«Dimmi.»

«C'era un tipo strano ieri sera nel locale. Ha passato tutto il tempo a guardarci e prima di andarsene si è avvicinato e mi ha detto di salutarla.»

«E chi sarebbe?»

«Il nome non l'ha detto, ma era altissimo, magrissimo, con la barba. Occhi azzurro ghiaccio. Affascinante, a modo suo.»

«Che figlio di puttana» mormorò Giampieri.

Il ex suo capo aveva davvero un sesto senso, o più probabilmente i genitori di Barbara gli avevano detto cose che a lui avevano taciuto. Ma non aveva importanza, a quel punto. «Ottimo lavoro davvero, cara Stefania» mormorò componendo il numero di cellulare di Amalia.

Chiamò la Serra e Venuti e li mise al corrente delle novità. Il sostituto procuratore firmò un mandato di perquisizione per la casa di Merli, e si prepararono per effettuarla il giorno dopo all'alba; nel frattempo i rapallesi avrebbero steso un cordone di controllo intorno alla casa e al locale. Dopo tanti giri a vuoto su piste spinose e impervie, tutti e tre sentivano di essere finalmente entrati in autostrada.

Cominciò a dare un'occhiata al computer di Barbara, anche se a questo punto la pista di Maurizio Merli gli sembrava decisamente più interessante. Frugò qua e là nei file della segretaria, alla ricerca di qualcosa di strano, ma erano tutte lettere commerciali assolutamente burocratiche, che non sembravano nascondere niente di strano. Dopo un paio d'ore sentì di nuovo bussare alla porta, disse un «avanti» poco convinto e si trovò di fronte Nadia Giolitti. Aveva i capelli un po' scompigliati, due profonde occhiaie ed era vestita come al solito in jeans e canottiera verde militare.

«Mi scusi il ritardo, commissario. Abbiamo avuto una notte lunga e... faticosa» disse strizzando gli occhi e allargando il sorriso.

«Be', mi pare che tu abbia recuperato» replicò Giampieri guardando con intenzione l'orologio.

«Sì, un po'.»

«Non c'è niente di più comodo di un bel lettone tutto per sé» sorrise l'Ingegnere.

L'aria soddisfatta sparì dalla faccia della Giolitti.

«Boemi mi ha già relazionato.»

«Ah.»

«Ma dimmi anche tu com'è andata.»

«Come primo approccio, direi molto bene. Non è che si può sempre fare centro la prima sera.»

Giampieri aprì la finestra e si accese una sigaretta. Stavano parlando dell'inchiesta o di Stefania?

«Però la situazione mi sembra promettente,» proseguì lei «c'è un po' di comprensibile imbarazzo, ecco tutto. Quando entreremo in confidenza, penso che si potrà andare più a fondo.»

«Quindi vorresti riprovarci.»

«Certo. Anche stasera.»

Ora il giochetto lo stava stancando. «Stasera no. Stasera riposati. Intanto vai da Calabrò che ha bisogno di una mano.»

L'altra batté i tacchi e fece scattare il saluto, ironicamente.

«Ah, Giolitti.»

«Dica.»

«Come ti sembra la ragazza? Ti piace?»

«In che senso?» replicò lei a muso duro.

«In senso lavorativo, naturalmente. Si muove bene? Ha passione per questo lavoro? È dotata?»

L'altra si rilassò leggermente. «È furba. Molto, molto furba. Lei magari quando l'ha vista ha pensato ecco la ragazzina ingenua appena uscita da casa di mamma che non sa niente della vita. Be', ha fregato anche me, ma solo per i primi cinque minuti. Quella è una grandissima paracula, se mi passa il termine. Sa bene quello che vuole e sa come ottenerlo» disse fissandolo.

Giampieri si sentì quasi offeso. Non era un ingenuo neppure lui, e non sarebbe stata una lesbica gelosa a fargli cambiare idea su Stefania. Era solo una ragazza troppo bella che cercava di destreggiarsi con un po' di spirito tra continue proposte e battute a doppio senso, cercando di tenere tutti a bada meglio che poteva.

«E con i colleghi le cose come vanno? Vi trovate bene?»

«Lei se la cava bene. È gentile con tutti ma non dà confidenza a nessuno, perlomeno a nessuno dei gradi bassi.»

Altra staffilata. Gelosa e acida. E invidiosa.

«E tu?» finse di interessarsi il commissario. Sperava che la stessero facendo morire.

«Io bene. Non mi sottovaluti, sono grande abbastanza per cavarmela da sola.»

La vita è meravigliosa, pensò Giampieri seduto al tavolo all'aperto di un ristorantino di Boccadasse. Ci sono periodi in cui va tutto bene e altri in cui va tutto male, ma questa volta non posso davvero lamentarmi. La pista Merli è eccellente e domattina lo metteremo con le spalle al muro. Se confessa, e risolviamo il caso in neanche dieci giorni, voglio vedere con che coraggio mi negheranno la promozione. Anche sul fronte femminile tutto andava alla grande, era così sicuro di sé che avrebbe scommesso di poter sedurre qualunque donna nel giro di due ore. Il rimorso per essersi portato a letto la Serra si era ormai annacquato in una moderata soddisfazione, tanto più che anche lei gli era sembrata di nuovo concentrata solo ed esclusivamente sull'inchiesta. Quanto a Stefania, faceva un po' la furbetta ma la soluzione del caso avrebbe potuto dare a entrambi la spinta finale per festeggiare come si deve.

Amalia scese dalla *creuza* che portava da corso Italia alla spiaggia, attraversò la piazza e quando lo vide già seduto al tavolo gli andò incontro quasi di corsa, sorridendo. Aveva messo una minigonna bianca con un po' di pizzi in fondo e gli stivali marroni da puttana del west. Sotto la camicetta non aveva il reggiseno, e si capiva bene perché poteva farne a meno. Tutti i maschi nel giro di venti metri quadrati si voltarono a guardarla e l'Ingegnere si gonfiò d'orgoglio quando lei gli si sedette accanto, avvolgendolo nella nebbia del suo profumo e portandolo via, in un'altra dimensione. Dovette dar fondo a tutte le sue risorse per resistere il tempo della cena senza saltarle addosso, mantenendo la conversazione brillante con qualche aneddoto sulla polizia e fingendo anche di interessarsi ai particolari del lavoro di lei.

Era molto concentrato ma al tempo stesso rilassato, dimenticò presto le preoccupazioni legate al lavoro e non si accorse che due uomini vestiti di scuro, uno più giovane e uno con i capelli bianchi, seduti sul muretto davanti agli scogli, non avevano perso una sua mossa.

«Voglio tutto su quel bastardo» disse Gabin. «Carriera scolastica, stato di servizio, cartelle cliniche, conti bancari, vizi, fidanzate, figli segreti, situazione familiare. E voglio sapere tutto sulla troietta.»

Belmondo sorrise, passandosi un dito sulle labbra: «Quella me la lavoro io».

Intorno a mezzanotte Giampieri accompagnò Amalia a casa in macchina e lei fece un po' la difficile prima di invitarlo a salire, ma sapevano entrambi che era una piccola schermaglia pro forma, un po' come tirare sul prezzo con un venditore arabo per non offenderlo. La ragazza mise sul lettore un cd di lenti anni Ottanta, gli porse un bicchiere di mojito artigianale, quindi sedette sul divano accavallando le gambe. Aveva cosce lunghe e abbronzate, perfettamente lisce. L'Ingegnere assaggiò un sorso, poi si allungò verso di lei e le posò una mano sul ginocchio.

Lei la tolse, sorridendo ironica.

«Be'? Te l'ho detto che la prima sera...»

«Solo un bacio. Un bacio si può dare, la prima sera.»

«Mmm... va bene. Ma tieni le mani a posto.»

La baciò lentamente, poi con sempre maggiore impazienza, frugando con la lingua nella bocca che sapeva di menta e rhum. Le sfiorò una coscia con la punta delle dita, mentre con l'altra mano scendeva dai capelli al collo e dal collo al seno, incontrando un capezzolo duro come il cappuccio di un pennarello.

Lei lo fermò di nuovo. «Be'?»

«Be' cosa?»

«Avevamo detto solo un bacio.»

«Non ce la faccio più, Amalia.»

Lei quasi scoppiò a ridere, orgogliosa. «Davvero?»

«Davvero» sospirò Giampieri spostandole la mano sui pantaloni. Appena lo circondò con le dita, il contatto gli fece girare la testa.

«Sbaglio, o mi avevi promesso di tagliarti il pizzetto?»

«Oh sì, non ho avuto tempo, scusami.»

«O magari hai un'altra che vuole che tu lo tenga» disse lei aumentando la stretta della mano.

«No, non c'è nessun'altra.»

«Sicuro?» chiese stringendo ancora più forte.

«Sicuro» deglutì Giampieri.

Amalia lo lasciò andare, si alzò dal divano. Ancheggiò leggermente sul posto seguendo il ritmo degli Spandau Ballet.

«Siete tutti uguali voi uomini. Tutti egoisti. Mai che facciate un piccolo sacrificio per noi. E poi che cosa ci vuole a tagliarsi un po' di barba? Guarda io cosa ho fatto per te.»

Alzò leggermente la minigonna e Giampieri si trovò faccia a faccia con un bocciolo di orchidea violetto, bagnato di rugiada e perfettamente depilato. Doveva essersi tolta le mutandine quando era andata a preparare da bere.

«Dovreste pensare di più a noi. Alle donne piace venire per prime» disse Amalia accarezzandogli la nuca e tirandolo verso di sé.

MERCOLEDÌ
Luciani

Il Grande Cesare non morì e anzi, intorno alle sei di mattina aprì gli occhi come se avesse fatto semplicemente una lunga e bella dormita, sorrise leggermente vedendo il figlio addormentato accanto al suo letto, lo svegliò e gli chiese un bicchiere d'acqua. Poi si fece raccontare cos'era successo e quando arrivò il medico disse di sentirsi bene e chiese di tornare a casa. Marco Luciani provò a opporsi, a dissuaderlo, cercò l'appoggio del medico ma quello non si fece commuovere, disse che la crisi era passata e che anche per l'hospice era ancora presto, che a casa poteva restare ancora diversi giorni, forse una settimana.

Verso l'ora di pranzo lo riportarono a Camogli in ambulanza, con una bombola di ossigeno, dopo avergli appeso al collo una specie di sacca rigida con dentro decine di pastiglie, farmaci potentissimi che venivano rilasciati piano piano attraverso una speciale flebo.

Quando se li trovò davanti, Donna Patrizia non riuscì a trattenere le lacrime. Il loro calvario non era ancora finito, anzi cominciava veramente in quel momento. Il marito le chiese di metterlo nel letto in camera del figlio, così non l'avrebbe disturbata di notte. Lei disse che in quel modo si sarebbe dovuta alzare molte volte per controllarlo e lui replicò che non aveva alcun bisogno di essere controllato. «Quando ti svegli la mattina vieni a vedere se sono vivo, e basta.» Questa frase la fece piangere di nuovo, lui le chiese scusa e Marco Luciani capì che da sola non ce l'avrebbe fatta.

Quando lo ebbe messo a letto, in quella che era stata la sua camera, si fece preparare un tè dalla madre e cercò di consolarla. «Allora mamma, ascolta. Papà non ha bisogno di granché, dormirà tanto, e ormai non mangia praticamente nulla. Deve bere, quello sì, e andare in bagno ogni tanto. Una volta ogni tre giorni verrà il medico a vedere come va e a riempire il distributore dei farmaci. Domani pomeriggio verranno dei volontari, degli psicologi, e staranno qui qualche ora. Tu approfittane per uscire un po', per fare la spesa, per vedere un'amica.»

La madre piangeva piano, tenendo la tazza con tutte e due le mani «Come farò, Marco, come farò?»

«Non durerà molto, mamma. Una settimana al massimo, e lo porteremo all'hospice. Da domani, comunque, ti mando un'infermiera per la notte, così non dovrai alzarti.»

La madre gli lanciò uno sguardo duro. «Non è quello il problema. Lo assisterò meglio che posso, ma non so come farò dopo, capisci? Senza di lui... che cosa so fare io da sola? Ha sempre pensato a tutto lui, alle cose importanti, intendo: la proprietà, l'amministrazione, gli investimenti, le cose pratiche.»

«Ma a tutte le altre hai pensato tu: a me, per esempio. Sono meno importante delle proprietà?»

La madre sorrise e gli accarezzò una guancia. «Che discorsi.»

«Te la caverai benissimo, mamma.»

«Dimmi che tu mi aiuterai.»

«Certo che sì. Verrò ogni volta che mi chiamerai, verrò subito.»

La madre lo guardò di sotto in su. «Senti... non è che ti fermeresti stanotte? Se hai degli impegni vai pure, adesso, ma se potessi tornare a dormire qui... poi se da domani troviamo l'infermiera non c'è bisogno.»

Marco Luciani non capì se aveva paura del marito o del suo fantasma, ma era chiaro che non voleva restare da sola. E che in quella casa dove stava per entrare la morte lui avrebbe riportato comunque un soffio di vita. Ma sì, pensò, il caso Ameri potrà pure aspettare qualche giorno.

«Hai poi accettato di occuparti di quel caso?» Il padre era a letto, quasi seduto, con tre cuscini a sostenerlo. Sembrava lucido e meno sofferente del previsto, i medicinali a rilascio graduale stavano funzionando bene.

Marco Luciani annuì. «Per il momento mi sto occupando di te. Ma ho cominciato a ragionarci un po' su.»

«Di me non ti devi preoccupare. Stai attento invece a come ti muovi.»

«In che senso?»

Il Grande Cesare tossì qualche secondo, sputò un po' di saliva giallastra, poi gli fece cenno di avvicinarsi. «Donna Patrizia è generosa, e si è commossa di fronte alla richiesta di aiuto di un'altra madre. Ma per me sarebbe meglio lasciar perdere, non è una storia semplice come sembra.»

«Cosa vuol dire? Ne sai qualcosa?»

«Dell'omicidio no. Ma so bene chi era Oddone Mantero. E chi è suo figlio.»

«Allora dimmelo, chi è..»

«Tu hai presente tutte quelle raccolte... chiamiamole di beneficenza... che si vedono dappertutto ormai: giornali, televisione, mandate un messaggio col telefonino e donate un euro a un bambino africano... quelle pagliacciate lì.»

Era in arrivo un discorso cinico e razzista. Il commissario si mise comodo.

«Bene, noi vediamo come comincia: sentiamo gli appelli, i cantanti, i politici, ci dicono che hanno raccolto tot miliardi e che li manderanno nel tale posto dove c'è la guerra o la siccità o l'alluvione. Qualche volta vediamo anche come finisce, i camion che scaricano nei campi profughi medicine, vestiti, cibo, l'assalto ai camion dei rifornimenti. E magari sentiamo che qualcosa è finito alla mafia locale, o è stato rubato...»

«...o che i soldati dell'Onu danno le scatolette di carne alle ragazzine di quattordici anni in cambio di sesso.»

«Esatto. Ma queste sono le ultime briciole, a quel punto la torta è già sparita.»

«Dove?»

«Lungo il percorso. Ti faccio un esempio. Hai presente *Il vecchio e il mare*? Lui pesca il marlin, dopo una lunga battaglia, lo attacca alla barca e tutto fiero se ne torna verso casa. Pensa di essere a posto, non sa che la parte più difficile arriva ora: gli squali. Gli squali che cominciano a mangiargli il marlin, un pezzo uno un pezzo l'altro, e alla fine che cosa arriva ai suoi nipotini affamati?»

Marco Luciani non rispose.

«Il business comincia quando hai raccolto il materiale. Il tuo bel marlin da cinquanta milioni di euro. Come ce lo porti in Kosovo, in Africa, in Asia o dove diavolo c'è bisogno? E chi ce lo porta? Ci sono costi: benzina, materiale, personale; ci sono pericoli: predoni, guerriglieri, mine. Così chiedi aiuto agli squali, loro pensano a tutto, ti trasportano e ti scortano in cambio di un pezzo di marlin.»

«E Oddone Mantero era uno squalo.»

«Grande e grosso e cattivo. Aveva i contatti giusti all'Onu e tra le organizzazioni non governative, ma prima di tutto in Vaticano. Sapeva dove trovare navi e container e faceva da intermediario tra i politici italiani, le organizzazioni ecclesiastiche no profit e i governi stranieri che avevano bisogno di aiuti umanitari. La sua specialità erano le zone di guerra, i campi profughi, aveva buone entrature dappertutto e viaggiava spesso.»

«Tu l'hai conosciuto?»

«Certo. Negli anni in cui davi un calcio per terra e saltava fuori una mazzetta. Anni formidabili, quando c'era ricchezza per tutti.»

Marco Luciani non voleva raccogliere la provocazione. Tirò solo una piccola stilettata: «E il buon Mantero ha avuto la fortuna di avere un figlio che ha seguito le sue orme.»

Il Grande Cesare sorrise: «Il figlio non è altrettanto abile. Sai com'è, quando i padri sono in gamba i figli non sono quasi mai alla loro altezza. Ma conosce il meccanismo, riesce bene o male a tenere in piedi dei canali, in Africa e in Medio Oriente, che ormai funzionano quasi da soli».

Aveva parlato molto. Ricominciò a tossire così a lungo e così forte che il commissario si spaventò. Poi, passato l'attacco, riuscì a bere un po' d'acqua e a calmarsi.

«Va bene, papà. Ho inquadrato la situazione. Non ti sforzare più. Ci sono sempre i furbi che si arricchiscono sulle disgrazie dei poveracci, è moralmente riprovevole ma sono sicuro che è tutto assolutamente legale.»

Il padre fece un sorriso amaro, poi riprese a parlare, sia pure più lentamente e a voce più bassa.

«Forse sì. Ma forse no. Sai, su quei container non... un bel timbro del Vaticano fa saltare tanti controlli.»

«Cosa dici? Che fanno passare anche droga o roba del genere?»

«Perché no? Ti sorprenderebbe? La droga è meglio del contante, la scambi facilmente con qualunque cosa. Armi comprese. Non fare quella faccia, noi pensiamo sempre a quelli che forniscono armi ai guerriglieri o ai terroristi, ma ai cattolici chi gliele dà? Come viaggiano le armi per combattere i musulmani e i comunisti? E come si compra l'incolumità dei missionari in Africa?»

«Ma dai. Non ci credo.»

«Io non ti dico che tutti sanno. Sono sicuro che molti sono in buona fede. Ma se uno vuole usare quei canali per fare i suoi traffici... andate a controllare i conti di Mantero, se ve lo lasciano fare.»

«Un conto è mangiare sugli aiuti, un conto commerciare in droga e armi.»

«Perché? Non c'è nessuna differenza morale tra una merce e l'altra: cibo, armi, droga, clandestini. È sempre e soltanto una questione economica.»

«I clandestini non sono una merce, sono esseri umani.»

«Certo. E sono quelli che rendono di più.»

Marco Luciani si alzò, nervoso: «Mantero non aveva delle regole? Dei limiti?».

«Non c'è limite alla misericordia di Dio, figliolo. Almeno del Dio cattolico. Dunque non c'è limite ai peccati che si possono compiere in suo nome, con la certezza di essere perdonati.»

«Ma esiste l'Inferno.»

«Sì? È un sacco di tempo che non ne sento più parlare. E ti assicuro che di questi tempi è un argomento che mi interessa molto, visto che ho molto peccato e non mi sono mai pentito.»

«Quindi?»

«Quindi Mantero ha protettori importanti, nel mondo cattolico. E non solo. Anche nei container dei militari è meglio non andare a ficcare il naso. Ti sconsiglio di entrare in rotta di collisione con loro. Piuttosto vai in Sicilia, all'Antimafia, almeno farai una fine gloriosa. Qui saresti solo uno dei tanti poliziotti e magistrati "trasferiti" in qualche oscura procura sarda, o suicidato in circostanze imbarazzanti.»

«Io non sono più un poliziotto.»

«Oh, sì che lo sei. E sei il migliore.»

Dopo che il padre si fu riaddormentato, il commissario rifletté a lungo su quello che gli aveva detto. Si chiese cosa sapeva esattamente il Grande Cesare, e se gli era mai capitato di fare affari con Mantero. E si chiese che cosa sapeva Giampieri, di quelle navi che giravano per il mondo con i loro preziosi carichi, e quanto in là avrebbe potuto o voluto spingersi partendo dalla morte di una semplice segretaria in un ufficio di una cittadina di provincia. Vagò per ore tra il giardino e la casa, sentendosi sempre più inquieto, sempre più inadeguato ad affrontare una situazione che si andava complicando. Forse dovrei chiamare Nicola, pensò.

MERCOLEDÌ

Giampieri

Arrivarono all'alba, con il mandato di perquisizione firmato dal sostituto procuratore Monica Serra. Emanuela Merli aprì la porta con un occhio aperto a metà e l'altro completamente chiuso. Era in slip e canottiera bianca, e quando vide i poliziotti si coprì istintivamente. Giampieri cercò di non guardarla mentre infilava in fretta un paio di jeans ma non poté fare a meno di notare che aveva un bel corpo, un po' mascolino ma tonico. In quel momento dalla camera da letto uscì una biondina spettacolare, in maglietta all'ombelico e mutandine, chiese cosa stava succedendo e la padrona di casa la spedì a vestirsi, e fulminò con lo sguardo gli occhi spalancati del vicecommissario. Gli agenti erano già sparpagliati nelle stanze, sordi alle proteste della Merli, mentre Venuti cercava di disorientarla continuando a ripeterle: «Dov'è tuo fratello? Dove lo hai nascosto? Lo sai cosa vuol dire omicidio? Lo sai cosa vuol dire diventare complici di un assassino?».

Misero tutto sottosopra, mentre la ragazza li seguiva per cercare di rimettere le cose nei cassetti. Minacciò di denunciarli, provò a chiamare il telefonino dell'avvocato Mantero, ma era staccato. Urlò, sbraitò, sputacchiò insulti a un centimetro dalla faccia di Giampieri. Ma alla fine, mentre la sua amica si defilava a testa bassa sotto lo sguardo goloso dei poliziotti, la Merli crollò su una poltrona, mise su il suo migliore atteggiamento di sfida e disse: «Fate un po' come cazzo volete, tanto non abbiamo niente da nascondere. Mio fratello è semplicemente andato in vacanza per qualche giorno».

«Quando è partito?»

«Ieri mattina.»

«Sai dov'è andato? E quando torna?»

Lei fece per rispondere, poi ci ripensò: «Trovatevelo da soli».

«Ingegnere, venga a vedere cosa è saltato fuori.» Nel ripostiglio c'era un'attrezzatura da montagna completa di piccozza.

«È di suo fratello?»

«No, è tutta roba mia» disse lei. «E non provate a sequestrarla che mi serve.»

Ecco dove ti ho vista, si ricordò Giampieri. La stronza del club di escursionisti che difendeva Mantero alla fiaccolata. Due ore dopo, il vicecommissario consegnava al laboratorio della Scientifica tutta l'attrezzatura, insieme a due coltelli da cucina, due cacciavite e un pestacarne che aveva preso per fare un po' di scena. Nel corso della perquisizione avevano trovato anche il telefonino di Maurizio Merli: lo aveva lasciato a casa perché non aveva il roaming per l'estero, secondo la sorella. O forse perché sapeva che era meglio non tenerselo addosso.

All'inizio l'idea era di tenere nascosta la cosa alla stampa il più a lungo possibile, per non dare al fuggitivo nessun vantaggio. Ma poi sia Giampieri sia la Serra si erano trovati d'accordo su un fatto: se la sorella non collaborava e lui non aveva con sé nessun dispositivo rintracciabile, e stava attento a non usare bancomat e carta di credito, capire dove si era cacciato non sarebbe stato facile. Aveva un solo giorno di vantaggio, ma in sella alla sua moto poteva essere già arrivato lontano. A quel punto il procuratore aveva convocato una conferenza stampa per percorrere una pista contraria, ovvero massima pubblicità all'operazione, ma che portava allo stesso punto d'arrivo: catturare il fuggiasco.

«Cosa ci può dire del sospettato? È vero che è un pregiudicato?»

Monica Serra lasciò ai cronisti tutto il tempo di circondarla e di tenerla sotto il tiro dei microfoni e delle telecamere. «Sì, ha dei precedenti» ammise quasi di malavoglia. Aveva messo il vestito bianco aderente, che fasciava il corpo snello ed esaltava l'abbronzatura, e i sandali col tacco che slanciavano tutta la figura.

«Può essere più specifica? Che precedenti sono? È vero che fu condannato per violenza carnale?»

«No comment.»

«È sposato? Ha dei figli? Con chi vive?»

«Vive con la sorella maggiore. I genitori sono morti presto e lei gli ha fatto un po' da madre.» Bene così, pensò, non dire niente di accusatorio.

«Cosa ci può dire dei suoi rapporti con Barbara Ameri? La conosceva? »

«Merli conosceva Barbara Ameri per avere frequentato lo studio dell'avvocato Mantero, di cui è stato cliente. È stato lui a difenderlo nei casi di cui vi ho parlato prima. Stiamo ancora indagando sui loro rapporti. Al momento abbiamo in mano solo questi elementi. Ripeto: non vogliamo assolutamente dire che è colpevole, lo stiamo solo cercando per porgli alcune domande. Per questo ci serve la vostra collaborazione. Vogliamo solo aiutarlo.»

«Da quanto tempo è scomparso?»

«Merli si è allontanato dalla sua abitazione ieri mattina, dicendo che si prendeva una breve vacanza. La sua moto non c'è più. La sorella dice di non sapere dove è andato.»

«Che cosa avete sequestrato nell'appartamento?»

«No comment.»

«È vero che avete sequestrato una possibile arma del delitto?»

«No comment.»

Brava, prudente, convincente, pensava Nicola Giampieri riguardando la differita della conferenza stampa su una tv locale. Poi la linea tornò all'inviato a Rapallo, che aveva raccolto da "fonti vicine agli investigatori" (ovvero da Vitone) alcune informazioni che davano del sospettato un ritratto meno prudente. «Maurizio Merli è un individuo violento, con problemi di dipendenza dalla droga, cocaina, e precedenti per lesioni alle donne e molestie sessuali. È stato processato per violenza carnale, ma assolto. È stato processato e assolto anche per una rapina a un portavalori, in cui morì una guardia giurata.» Sullo schermo il viso sudato del giornalista lasciò il posto a una foto del ricercato, un po' sfuocata dall'ingrandimento ma piuttosto chiara, quindi il conduttore del telegiornale lanciò il servizio successivo.

L'Ingegnere spense la tv, visibilmente soddisfatto: con un battage di quel genere su tutti i telegiornali locali e nazionali, Merli non aveva più di ventiquattr'ore di libertà, se era in Italia. Qualcuna di più se era già all'estero.

Per accontentare i giornalisti dei quotidiani, l'ispettore aveva raccontato a microfoni spenti alcune cose in più: l'incontro tra Merli e Barbara avvenuto circa un mese prima nel locale gestito dalla sorella, le avances del pregiudicato respinte dalla ragazza. Perfino la foto che le aveva scattato insieme alle amiche era stata distribuita in diverse copie. Al cronista del più importante quotidiano locale, e a quello del più diffuso quotidiano nazionale, venne fatto sapere anche del sequestro della piccozza.

Venuti teneva le sue ascelle troppo vicine alla faccia di Emanuela Merli.

«Scusa, puoi evitare di starmi così addosso? Puzzi come un orso.»

Lui la guardò cattivo: «Vedrai come puzzerai tu, dopo qualche giorno di isolamento».

«E con quali accuse?»

«Favoreggiamento, complicità in omicidio. Ne troviamo quante ne vuoi. Ti posso tenere dentro per un bel po', e anche farti chiudere il locale. Scommetto che se mando a fare un bel controllo igienico qualcosa salta fuori di sicuro. O forse preferisci un bel controllo fiscale?»

Lei tacque per un po', guardando ostentatamente verso il vetro dietro cui Giampieri la osservava non visto.

«È inutile che fai la dura. Sai benissimo che prima o poi lo prendiamo, tuo fratello. È solo questione di tempo. E più ci mettiamo, più saremo incazzati quando lo prenderemo. E più lui sarà disperato. E la combinazione tra bandito disperato e poliziotto incazzato... te la puoi immaginare. Pensaci su.»

Giampieri gli diede il cambio, provò un approccio più soft ma lei gli rise in faccia: «Se tu sei quello buono siamo a posto».

«Io non sono buono, ma non mi faccio trascinare dalla foga. Analizzo tutti i dati e valuto. Credo che per suo fratello sia meglio costituirsi.»

«Ma non ha fatto niente. Quella mattina dormiva, ve l'ho detto.»

«Se è innocente perché è scappato appena ci ha visto nel suo locale? E perché non si è portato dietro il cellulare?»

«Lo fa sempre. Non ha il roaming, controllate. E poi neanche lo sapeva, dei poliziotti. Il tipo lungo lungo mi ha fatto delle domande su Barbara Ameri, ma io a Maurizio non l'ho neanche detto.»

«Figuriamoci. Con tutti i suoi precedenti, quello ci riconosce subito.» E il tipo lungo lungo faceva meglio a farsi i cazzi suoi, pensò Giampieri.

Poi toccò di nuovo a Venuti.

«Tuo fratello conosceva bene Mantero?»

«Lo sapete. È stato il suo avvocato, diversi anni fa. E poi quando è uscito di prigione lo ha aiutato a trovare lavoro.»

«Con l'associazione di volontariato. Guidava i camion con gli aiuti.»

«Esatto.»

«Ed è stato cacciato perché rubava.»

La Merli si alzò in piedi: «Chi l'ha detto?!».

«Siediti,» sibilò Venuti «me l'ha detto un uccellino. Non c'è stata denuncia, forse hanno avuto pietà, forse non volevano che qualcuno andasse a ficcare il naso in quei container, ma lo hanno beccato con le mani nella marmellata.»

L'altra non rispose.

«E tu lo conosci Mantero?»

«Certo. Per la storia di mio fratello. E ogni tanto facciamo delle gite in montagna.»

«E Barbara la conoscevate?»

«Io l'ho vista per la prima volta il mese scorso, è venuta nel mio locale con le sue amiche. Non so se mio fratello l'aveva già vista da Mantero, ma è possibile.»

«Sai, l'unica cosa che mi chiedo è se tuo fratello è andato là proprio per ammazzare Barbara, o se voleva rubare qualcosa all'avvocato e lei è arrivata prima del previsto. Tu che idea ti sei fatta?»

Emanuela Merli scosse la testa: «Che sono qui da sei ore. Che puzzi sempre di più. Che non sono accusata di niente e che se non mi lasciate andare subito vi denuncio».

Venuti uscì senza dire una parola. Sapeva che non ne avrebbero ricavato niente, ma quelle lunghe ore servivano anche a cucire la rete. I telefoni di casa e del locale e i telefonini erano sotto controllo, compresi quelli di Mantero che aveva subito dato il suo assenso; i bancomat e le carte di credito anche, l'Interpol era al lavoro. Se Maurizio Merli finiva i contanti, o se avesse provato a contattare la sorella o l'avvocato, lo avrebbero trovato in un attimo.

Andarono avanti per tutto il giorno ripetendole le stesse domande, sperando di farle saltare i nervi. Alle otto di sera la Serra mandò via i due poliziotti e provò a darle l'assalto finale.

«Signorina Merli, dov'era suo fratello lunedì 30 maggio alle otto e mezza?»

«E che ne so? Lo chieda a lui.»

«Questo non mi sembra l'atteggiamento di una sorella che vuole difenderlo dalle accuse. Già lui è scappato, se anche lei non collabora cosa dobbiamo pensare?»

Emanuela Merli sbuffò. Quella donna aveva ragione. Per loro suo fratello era un colpevole facile, perfetto. Toccava a lei fargli cambiare idea.

«Okay, vediamo se riesco a risalire... in genere al lunedì mattina io sono stanca morta, la domenica chiudiamo il locale alle tre, tra pulizia e tutto, e dormo come un sasso. Mio fratello si alza presto in ogni caso, e spesso va a correre.»

Da dietro il vetro Giampieri sentì un campanello da qualche parte, nella testa.

«Si sforzi di ricordare: 30 maggio. Non ha un'agenda, qualcosa? E comunque, un omicidio nella sua città... possibile che non si ricordi cos'ha fatto quella mattina?»

L'altra scosse la testa. Niente agenda. Fissò il piccolo calendario da tavolo sulla scrivania, lo prese in mano, enumerando a bassa voce le cose che ricordava, finché a un tratto sembrò illuminarsi.

«30 maggio! Il 30 maggio avevo appuntamento col commercialista. Me lo ricordo sì. E ho parlato con mio fratello prima di uscire.»

«Che ora era?»

«Avevo appuntamento a Genova alle nove e mezza, quindi ho preso il treno delle otto e trentacinque. Sarò uscita di casa pochi minuti prima, stiamo proprio di fronte alla stazione, e lui era ancora lì.»

«Era andato a correre?»

«Mi sembra che stesse per andare. Era vestito da jogging.»

Sicura che non ci fosse già andato?, pensò Giampieri dietro il vetro.

«È sicura che non ci fosse già andato?» chiese la Serra.

Emanuela Merli sorrise. «Quando torna da correre si sente. Puzza quasi più di quel commissario grasso. E lui non puzzava.»

Venuti si stava grattando un'ascella. Alla fine si portò due dita sotto la punta del naso, fece una faccia preoccupata.

«Quando mi innervosisco sudo,» disse a Giampieri «e sai quando mi innervosisco? Quando cercano di raccontarmi delle balle.»

A me sembra sincera, pensò Giampieri.

Emanuela Merli fissò la Serra: «Ho detto la verità. Mio fratello non c'entra. Siete fuori strada, lo volete capire?».

«E allora perché è scappato?»

«Non è scappato. È solo andato a fare uno dei suoi giri. Starà via tre o quattro giorni al massimo.»

«Non le spiace se facciamo un altro salto a casa sua a prendere un po' di roba da jogging?»

Lei alzò le spalle. «Fate pure. Ma temo di averla messa in lavatrice.»

Monica Serra sorrise: «Non importa. Lei lo sa che i detersivi non lavano, vero? Coprono soltanto».

L'Ingegnere tornò a casa stanchissimo, sedette davanti alla tv con un cestino di Happy Meal preso al McDonald's, giocherellò un po' con il pupazzetto di Bugs Bunny che gli avevano regalato, quindi mise nel videoregistratore il DVD della fiaccolata e lo guardò con l'avanti veloce finché vide comparire sul video lo striscione del Club Rapallo Quattromila e la faccia truce di Emanuela Merli. Appena l'inquadratura si allargò leggermente schiacciò il tasto del fermo immagine. La definizione era perfetta. Allora non ci aveva fatto caso, non poteva farci caso, ma ora lo vedeva bene, il ciuffo di Maurizio Merli. Era poco più indietro, alla destra della sorella, e la ascoltava con attenzione mentre difendeva l'avvocato Mantero non con una generica dichiarazione di solidarietà, ma con la sicurezza di chi *sapeva* che era innocente. Perché il vero colpevole, come volevasi dimostrare, era lì, alla fiaccolata, e annuiva con la sua espressione da bullo di periferia.

GIOVEDÌ

Luciani

Lo svegliò il tocco leggero della mano di sua madre. «Perché hai dormito così? Potevi metterti di là sul divano.»

Marco Luciani alzò la testa dalle braccia appoggiate sulla scrivania della sua camera, vicino al letto del padre, stirò a fatica le gambe rimaste incastrate sotto la sedia. Le giunture scrocchiarono in modo preoccupante. «Avevo paura di non sentirlo.»

«Buttatici un po' adesso.»

«No, grazie. Ormai sono sveglio. Che ore sono?»

«Quasi le otto.»

«Prendo un caffè, faccio una doccia e faccio un salto a casa. Ieri sera poi ho parlato con l'infermiera, viene stasera alle otto e resta fino a domattina.»

«D'accordo. Tu fatti una notte di sonno a casa tua, bello tranquillo.»

Il commissario sorrise amaro. Dormire a casa sua. Magari. «Se ci sono emergenze chiamami.»

«D'accordo. Vai pure in bagno intanto che ti preparo il caffè. Ti ho messo un asciugamano pulito sulla vasca. Ah, ci sono novità grosse sull'omicidio di Barbara, l'ho visto stamattina su Televideo. Pare che lo abbiano preso.»

Il commissario andò subito ad accendere la tv e ricostruì quello che era successo il giorno prima, a partire dall'irruzione in casa di Maurizio Merli. Si risentì che né Giampieri né gli altri lo avessero chiamato, ma d'altra parte perché avrebbero dovuto farlo? Aspettò la prima edizione del telegiornale e rimase inchiodato davanti alle immagini del procuratore Monica Serra che scorrevano sullo sfondo, mentre lo speaker spiegava come il caso fosse praticamente risolto e invitava a collaborare nella ricerca del presunto colpevole, in fuga su una moto di grossa cilindrata e probabilmente armato e pericoloso. Riconobbe nella foto del ricercato il cameriere del Saffophone.

«E bravo Nicola» sospirò. Lo aveva preceduto, sia pure di poco, ma considerando lo svantaggio con cui era partito, il commissario non poteva lamentarsi. Anche lui aveva fiutato subito la pista del Saffophone, anche se fiutato non era il termine giusto, diciamo piuttosto che aveva avuto un grandissimo culo. Del tutto inutile, a quel punto, visto che il caso sembrava risolto. E con un movente passionale, a quanto pareva, il che spazzava via tante ipotesi suggestive ma improbabili.

Spense la tv, andò in bagno, si concesse una lunga doccia e un abbraccio del grande asciugamano, il profumo dell'ammorbidente lo catapultò subito agli anni felici della sua infanzia. Quell'odore non era cambiato, da allora, a differenza di tutti gli altri: il suo, che sapeva di solitudine e incertezza, quello di sua madre che sapeva di alcol e spezie evaporate, quello di suo padre che era odore di delusione e morte. E c'era, più forte di tutto il resto, l'odore della casa, che dopo tanti anni di vento e di fumo e di sale avrebbe avuto bisogno anche lei di una lunga doccia calda, o quantomeno di tenere aperte le finestre per giorni, settimane, mesi, per tutto il tempo necessario a portare via gli umori di chi l'aveva abitata.

La voce della madre lo riportò alla realtà. «Marco, c'è il caffè. Te lo porto?»

«No, vengo io.»

«Allora, hanno risolto il caso?»

«Così pare... ma non sai mai cosa c'è di vero in quello che

dicono ai giornali. Già che sono a Genova passo in Questura e vedo di saperne di più, così magari posso fare una telefonata anche agli Ameri.» Diede un bacio a sua madre e l'abbracciò forte, cercando di trasmetterle un po' di coraggio.

In quel momento sentì suo padre che chiamava dalla camera da letto, debolmente. «Marco», poi subito dopo più forte, «Marco», «Marco».

Si fermò sulla soglia della stanza. Cesare era seduto sul letto, al buio, con la testa bassa e il distributore dei medicinali appeso al collo. Sembrava confuso, come un drogato in pieno viaggio e in fondo lo era, drogato di morfina e di altri farmaci che annullavano il dolore e la volontà.

«Eccomi, papà.»

«Ah, Marco» biascicò. Sembrava ricordarsi di lui. «Dov'è la mamma?»

«È in cucina. Dimmi di cosa hai bisogno.»

Il padre continuò a ciondolare leggermente il capo, senza rispondere. Ogni tanto si passava una mano sul viso. Erano passate poche ore da quando gli aveva parlato, in modo assolutamente lucido. Ma ora sembrava un'altra persona. Dopo un tempo che al figlio parve infinito, disse: «Devo andare in bagno».

Tese leggermente le braccia e Marco Luciani lo prese sotto le ascelle, puntellandosi bene e preparandosi a sollevarlo. Si trovò tra le braccia un involucro di pelle sottile e ossa che parevano già scollegate, pesava come un ragazzino di undici anni.

Lo portò quasi di peso in bagno, gli abbassò i pantaloni del pigiama, lo mise a sedere sulla tazza per non dovergli prendere l'uccello in mano. L'altro si liberò con sollievo e subito sembrò sul punto di riaddormentarsi. Marco Luciani fece per sollevarlo ma il padre aprì gli occhi con uno sforzo e disse «aspetta, lasciami qui un momento», e dopo un minuto disse «se torno a letto mi addormento di nuovo».

Sapevano entrambi che a ogni risveglio sarebbe stato meno

lucido, che le occasioni di parlarsi stavano diventando sempre più rare. Il commissario fissò lo sguardo sui piedi nudi, bianchi e magrissimi, solcati da spesse vene azzurrine. Erano identici ai suoi.

Passò un altro po' di tempo e alla fine suo padre sembrò riacquistare un minimo di lucidità, riuscì ad articolare una frase che doveva essersi ripetuto tante e tante volte, nel dormiveglia farmacologico, per poterla estrarre non appena sveglio.

«Non lasciare la mamma da sola in questa casa.»

Marco Luciani non disse niente.

«Davvero, Marco. Non lasciarla sola. È troppo grande.»

Fece una lunga pausa, poi riprese: «Se tu davvero non la vuoi, aiutala a venderla e a trovare una casa più comoda e più piccola. Ma che ci sia un bel giardino, mi raccomando».

«Va bene, papà. Non ti preoccupare. La aiuterò. Non ti preoccupare.»

«Non dirlo solo per farmi contento.»

«No. È una promessa, sai che io le promesse le mantengo.»

Il padre chiuse gli occhi e annuì, poi alzò leggermente le braccia. Era il segnale che voleva tornare a letto.

Si stese su un fianco, aspettò che il figlio gli sistemasse le gambe in posizione fetale.

«Un'ultima cosa. Io vorrei restare qui.»

«Come?»

«Sì. Quando sarà il momento, mi cremate. E poi mi mettete in giardino, sotto un albero.»

Marco Luciani non sapeva bene se era possibile o se la legge lo vietava. Ma subito pensò che la volontà di un morente, se non fa del male a nessuno, è più importante di qualunque legge.

«C'è tempo, papà. Non ti preoccupare.»

«No, è quasi finita. Per fortuna è quasi finita.» Si tirò le coperte addosso, fece un mezzo sorriso e si riaddormentò.

Appena entrò a casa vide la luce rossa lampeggiante della segreteria, la fece partire e stentò a riconoscere nella voce secca e sbrigativa quella solitamente squillante di Giampieri.

«Il tizio che siamo andati ad arrestare stamattina è scappato. Forse vedere un commissario, o ex commissario non so, che andava in giro nel suo locale a fare domande l'ha messo sull'avviso. E dagli Ameri non hai neanche avuto il coraggio di farti vedere. Sai che ti rispetto Marco, ma non mi prendere per il culo dicendo che non stai indagando. E se indaghi cerca almeno di non ostacolare il mio lavoro. Grazie.»

Sarcastico e petulante, pensò Marco Luciani. Lo aveva chiamato eccome, il giorno prima, ma non come pensava lui. Dentro di sé il commissario sapeva di essere dalla parte del torto, tuttavia sapeva anche che a far scappare Maurizio Merli poteva essere stata la presenza delle due poliziotte, più che la sua. E che scappando, tutto sommato, Merli aveva reso il lavoro di Nicola molto più semplice. Ora aveva un colpevole e prenderlo sarebbe stata solo questione di tempo.

Pensò di fargli una telefonata ma sarebbe sembrato un gesto di scuse, e non gli sembrava di doversi giustificare di niente. E poi, in quel momento, l'Ingegnere doveva avere cose più importanti di cui occuparsi.

A differenza di me, pensò il commissario. Ora che il caso era risolto non aveva neppure più quella scusa per evitare di veder morire suo padre.

Ripensò ai verbali e cercò di ricordarsi se c'erano stati accenni a Merli, sospetti, richieste di alibi, ma aveva il cervello annebbiato e non riusciva a farsi venire in mente nulla. Fece una telefonata a Calabrò, che gli confermò che erano a buon punto. Bisognava ancora capire il movente preciso, perché quello passionale non spiegava tutto. Per esempio c'era sempre la questione dei soldi ritirati al bancomat, e bisognava trovare l'arma del delitto, ma a quel punto i particolari li avrebbero chiesti allo stesso Merli: era fuggito con pochi soldi, senza avere il tempo di pianificare nulla, ed erano tutti abbastanza sicuri che lo avrebbero ritrovato presto.

Marco Luciani salutò l'ispettore, complimentandosi, ma non riusciva a sentirsi tranquillo. Anche se si augurava che quel figlio di puttana finisse i suoi giorni in galera, sapeva che non sarebbe stato così. Non era mai così. Anche lui, come tanti altri, avrebbe trovato un avvocato senza scrupoli morali, un giudice accomodante, qualche psichiatra ben pagato, e se la sarebbe cavata con pochi anni di galera, pronto a uscire al primo indulto. Alla fine farà otto anni al massimo, mormorò, contro i sessanta che aveva davanti la povera Babi.

Verso le quattro provò ad assecondare l'idea un po' folle che gli era venuta. Scese le scale e il napoletano aprì la porta senza neppure dargli il tempo di suonare il campanello.

«Senti, Pasquale. Ti ricordi quando abbiamo parlato di quel santo?»

«Eh. San Giuda!»

«Sì. Potresti mica dirmi, così, solo per curiosità, dove si trova quella statua?»

«Chi hai deciso di far fuori?»

«Come, scusa?»

«No, pensavo... magari hai trovato qualche delinquente e per una volta, invece che portarlo dai giudici che tanto lo mettono subito fuori, preferisci affidarti a una giustizia superiore.»

Il commissario fece una smorfia. «È meglio che non tu sappia più del necessario. Lo dico per te.»

«Questo è giusto, e ti ringrazio. La statua è nella chiesa di San Matteo. La trovi sulla sinistra entrando, non ti puoi sbagliare.»

«Grazie mille.» Marco Luciani fece per allontanarsi, poi si

voltò. «Secondo te devo fare un'offerta? O rischio di offenderlo?»

«Prega col cuore, commissario, perché deve sentire che il tuo desiderio è sincero. Ma tieni presente che devi fare un sacrificio anche tu, e il denaro è sempre un buon modo di misurare il proprio impegno. Fagli una bella offerta, che ti costi sacrificio. In fondo ingaggiare un killer ti costerebbe molto più caro.»

Non appena uscì in strada si accorse che aveva cominciato a piovere, e anche piuttosto forte. Un bel temporale preestivo che poteva forse rinfrescare un po' l'aria. Marco Luciani non aveva voglia di risalire le scale e prendere l'ombrello, così alzò il colletto della giacca, attraversò il vicolo e si mise a camminare di buon passo rasente al muro, cercando di schivare le perdite delle grondaie e le gocce più grosse raccolte dai cornicioni. Fece via del Campo, una delle poche zone ancora in mano agli africani, e via San Luca, in cui quasi la metà dei negozi era stata acquistata dai cinesi. Superò i lavori in corso da circa vent'anni in piazza Banchi e arrivò, ormai completamente zuppo, in San Matteo. La chiesa era aperta e davanti alla porta un gruppo di turisti stranieri, probabilmente sbarcati da una nave, ascoltava con attenzione le spiegazioni di una guida.

Il commissario non si fermò a considerare le bellezze della piazza, entrò dritto in chiesa senza neppure farsi il segno della croce, ma dopo pochi passi si rese conto che se voleva un favore dall'inquilino non poteva non rendere omaggio al padrone di casa. Tornò indietro, bagnò indice e medio nell'acquasantiera, abbassò leggermente un ginocchio e disse a bassa voce «nelnomedelpadredelfiglioedellospiritosanto», come se pronunciasse una formula magica.

Non gli ci volle molto a trovarlo. A dire il vero si era immaginato una statua di legno, anche modesta, piazzata sopra una di quelle cassette piene di candele pronte all'uso.

Invece san Giuda era un busto di marmo bianco appoggiato su una balaustra in alto, un signore dall'aria autorevole, con una grande barba bianca e un'aureola di ferro dorato sopra la testa. Non sembrava un killer ma neppure un santo, piuttosto un filosofo, o un vecchio marinaio che non esce quasi più in barca, ma resta seduto al sole a cucire le reti.

Marco Luciani sentì un brivido, l'acqua gli stava appiccicando i vestiti addosso e l'umidità della navata non prometteva niente di buono.

«Va bene, san Giuda,» disse a bassa voce «dicono che a te si possono chiedere anche cose... un po' particolari. Io non so se è vero, ma se lo è, se sei la persona che sto cercando, ho davvero bisogno di un favore.»

Fece per proseguire ma si accorse che alla destra di san Giuda un altro filosofo con la barba e l'aureola, san Giacomo, era girato verso di loro e sembrava ascoltare attonito, mentre ancora più in là san Simone chiudeva gli occhi scandalizzato. Si voltò dall'altra parte e incontrò san Paolo che lo scrutava minaccioso, e lo stesso facevano, dalla navata opposta, altri quattro apostoli o santi o profeti dall'aria severa.

Guardò san Giuda, che pareva sorridere beffardo, e parlando solo nella propria mente gli espose brevemente la situazione, cercando di convincerlo che era la cosa giusta da fare, anche se tutti i suoi colleghi con la barba e l'aureola non avrebbero approvato. E tanto meno avrebbe approvato quell'altro signore, quello crocifisso sopra l'altare, per il quale qualunque vita era sacra.

Restò un attimo in raccoglimento, poi sentì che il gruppo di turisti era entrato in chiesa e ne approfittò per congedarsi. Siccome non c'era una cassetta delle offerte riservate al suo santo scelse la più vicina, tolse il portafogli dalla tasca e infilò nella fessura una banconota da cento euro.

«Tu lo sai che per me sono tanti» disse. «E questa è solo la metà. Il resto a lavoro finito.»

Mangiò un pomodoro con due foglie di lattuga, quindi si sistemò sul divano, mise su un cd di musica barocca, a volume molto basso, e riprese in mano i fascicoli del caso Ameri. Voleva cercare tracce di Maurizio Merli ma non le trovò, di certo non era stato né tra i sospettati né tra gli interrogati. Una pista nuova. Chissà Giampieri come ci era arrivato, probabilmente avevano trovato nella borsa la tessera di Barbara o forse qualcuno si era ricordato di averla vista nel locale. Rilesse un po' di pagine finché, quasi all'improvviso, la stanchezza gli piombò addosso come una pietra tombale. Non fece neppure finta di resistere, sapeva che non avrebbe retto un'altra notte in bianco. Aveva un bisogno disperato di dormire. Chiuse le finestre e sperò di riuscire a tenere lontani spacciatori, spazzini, ubriachi e zanzare.

Il ristorante aveva chiuso da un po' anche l'ultima saracinesca, e il commissario si era riappisolato, quando sentì da lontano il rumore inconfondibile della moto. Appena fatta la curva aprì al massimo la manopola del gas e si fiondò su per il vicolo con un rumore di trapano elettrico sempre crescente, ma un attimo prima dell'acuto Marco Luciani sentì il rumore calare di colpo, poi la botta sorda del corpo contro il selciato e quella, secca e squillante, della moto che andava a schiantarsi contro il bidone della spazzatura.

Si alzò da letto, si affacciò nel vicolo e vide le luci di altre due o tre finestre che si accendevano, sentì le voci dei vicini che indicavano il teatro dell'incidente. Il giovane disarcionato dalla moto era a terra, piegato su un fianco, e non si muoveva. Era senza casco.

Fu tra i primi a scendere in strada, un ragazzo stava già chiamando un'ambulanza col telefonino. Il motociclista respirava debolmente e perdeva sangue dalla testa. Nessuno osava toccarlo, forse per paura di peggiorare le cose, forse per paura di prendersi l'aids. Dal viso sembrava un marocchino e per un attimo Marco Luciani ne ebbe pena, pensò a come sarebbe stato triste per lui morire così lontano da casa, da sua madre e dai suoi fratelli.

Si guardò intorno e fu l'unico ad accorgersi del filo trasparente aggrovigliato a terra. Era una corda di nylon sottile ma resistente, e mentre uno dei capi era spezzato l'altro era ancora legato a un gancio nel muro, vicino alla porta del ristorante. Diede un'occhiata alla posizione della moto, del corpo del marocchino e del filo. L'occhio allenato di un vigile avrebbe capito facilmente che qualcuno aveva teso il filo nel vicolo, a un'altezza di circa un metro e trenta, e che quando il motociclista era arrivato a tutto gas il filo lo aveva disarcionato, spezzandosi subito dopo per la tensione; e non ci avrebbe messo molto a trovare il resto del filo e un altro nodo sul lato opposto, tra le impalcature che coprivano il suo palazzo.

La sirena dell'ambulanza lo distrasse dai suoi calcoli. Il rumore finì di svegliare tutti gli abitanti del quartiere, molti scesero in strada, qualche africano si avvicinò per vedere se conosceva il ragazzo. Mentre tutti seguivano le operazioni di soccorso e gli davano le spalle il commissario spostò con nonchalance il filo accostandolo al muro, e quando l'ambulanza ripartì con il ragazzo tutto intubato, e l'ultimo dei curiosi ebbe finito di bivaccare nel vicolo, sciolse il nodo accanto al muro del ristorante e riavvolse la corda. Nessuno si era accorto di cosa era successo, il marocchino non aveva segni sul viso, probabilmente aveva investito il filo con il petto; in ogni caso tutti avrebbero pensato che aveva perso il controllo della moto perché era strafatto o ubriaco. Marco Luciani si guardò intorno e con un gesto indifferente buttò il filo nella campana dei vetri. Prima di rientrare a casa scrutò bene tra le impalcature ma non vide traccia dell'altro pezzo di corda. Poi alzò gli occhi e vide il napoletano alla finestra. I loro sguardi si incrociarono. Nessuno dei due ebbe bisogno di dire nulla.

GIOVEDÌ
Giampieri

Infilò i pantaloni del vestito blu, il migliore completo che aveva, la camicia bianca che la donna delle pulizie aveva stirato con grande cura il giorno prima, poi sistemò la fondina con la pistola. Non era un grande tiratore, ma dopo la visita degli uomini in nero aveva deciso di prendere qualche precauzione. Scelse una cravatta non perché gli piaceva ma perché, nel manuale che aveva letto di recente, aveva imparato che la cravatta poteva rivelarsi un alleato molto utile. Badò a fare un nodo imperfetto, un po' storto, quindi strappò due o tre pelucchi beige da un vecchio maglione infeltrito e li piazzò sulla spalla sinistra della giacca, prima di infilarla. Il libro diceva che se hai la cravatta storta la donna a cui piaci non resisterà alla tentazione di raddrizzartela. E allo stesso modo, se li dovesse notare, toglierà dai tuoi vestiti i fili o i pelucchi. Chissà se vale anche per la forfora, si chiese, poi infilò le scarpe coi lacci, inforcò gli occhialini rotondi e si diede una lunga occhiata allo specchio. «Tutto sommato faccio la mia porca figura. E poi dicono che gli ingegneri e gli sbirri non hanno gusto nel vestire.»

Nel tragitto dall'ingresso della Questura al suo ufficio incassò un paio di complimenti e altrettanti «è stato a un funerale, Ingegnere?». Girellò un po' nei corridoi per vedere se incrociava Stefania, stazionò un quarto d'ora buono alla macchina del caffè ma lei non si fece vedere. Ogni due minuti controllava che i pelucchi fossero ancora sulla spalla, sbirciava la curva innaturale della cravatta riflessa dallo sportello del distributore automatico.

Dieci minuti prima della riunione, dopo che aveva risposto ad almeno sette telefonate di personaggi più o meno importanti e più o meno minacciosi, sentì l'inconfondibile bussata di Iannece che arrivava nel suo ufficio con la posta del mattino.

«Buongiorno, Ingegnere. Come siamo eleganti stamattina. Un funerale?»

Giampieri fece le corna.

«Matrimonio, allora. Magari il vostro. Sarebbe anche ora.»

Giampieri rifece le corna.

«Eeeh, e che c'è di male a sposarsi? Avere una donna che lava, stira, pulisce, ti fa da mangiare. Qualche bambinetto intorno. La sera si torna a casa e si sta in famiglia, almeno. Voi tornate a casa e mangiate da solo guardando il muro.»

Meglio guardare il muro che tua moglie, pensò Giampieri, poi si pentì di quella cattiveria. «Iannece, l'ultima donna che lava stira e fa da mangiare l'hai trovata tu. Ormai le donne di oggi sono diverse.»

«Ma non è mica vero Ingegnere. Ci sono ancora tante brave ragazze giù dalle mie parti che pensano solo a prendersi cura del loro uomo. È che voi le volete pure intellettuali, in carriera, e quelle certo che di pulire e fare da mangiare non ce ne hanno voglia. Sapete come dice il proverbio, non si può avere la moglie ubriaca e riempirla di botte.»

Giampieri visualizzò per un attimo quell'immagine, poi gli diede una pacca sulla spalla: «Andiamo, è l'ora della riunione».

«Aspettate un attimo, Ingegnere.»

Fece per sottrarsi, ma le manone di Iannece gli avevano già afferrato il nodo della cravatta e con quattro o cinque mosse vigorose lo risistemarono perfettamente. «Evvualà, ora sì che siete un figurino.»

Lo fissò con un grosso sorriso, allungò nuovamente la mano

e per un attimo l'Ingegnere ebbe paura che lo volesse accarezzare. Invece il suo aiutante spazzò via con due colpetti decisi i pelucchi che aveva notato sulla spalla sinistra, quindi si voltò e lo precedette in sala riunioni.

Stefania Boemi era seduta in terza fila, in divisa ma con i capelli sciolti. Lo fissava con attenzione e giocherellava inconsapevolmente con un anellino, facendolo entrare e uscire dall'anulare. Sul significato recondito di questa mossa il suo manuale aveva un'idea molto precisa. Giampieri cercava di concentrarsi sulla relazione ma non poteva fare a meno di radiografare ogni più piccolo movimento, ogni gesto e sguardo e postura di Stefania, cercando di ricordare cosa diceva il libro a proposito delle gambe accavallate, del piede che dondola, delle dita che sistemano continuamente i capelli. Nadia Giolitti era rimasta in piedi, con la schiena appoggiata alla parete e le braccia incrociate, lo guardava decisa e senza segni evidenti di simpatia.

Riuscì con grande fatica, impappinandosi e confondendosi più volte, a dare a tutti le istruzioni per quella giornata. L'imperativo numero uno era lo stesso del giorno prima: trovare una traccia, una qualsiasi traccia, che permettesse di mettere le mani su Maurizio Merli prima di chiunque altro. Il caso era loro, nessun dubbio su questo, ma con un fuggiasco in giro per l'Italia o forse anche fuori si sarebbero mobilitati carabinieri, guardia di finanza, e tutti i possibili avvoltoi a caccia di facile pubblicità. Perciò dovevano scovare amici, parenti, conoscenti, compagni di merende, chiunque potesse dare rifugio o appoggio a un assassino in fuga, probabilmente armato e senza dubbio pericoloso. Alla fine sciolse la riunione dicendo: «Bene, se qualcuno vuole un caffè prima di rimettersi al lavoro...».

Precedette tutti e con la coda dell'occhio vide Stefania avviarsi dietro di lui in corridoio, mentre quattro o cinque colleghi le si accalcavano intorno; nel tragitto verso la macchinetta diede un paio di strattoni alla cravatta e la riportò nella sua posizione innaturale, quindi sfregando la fodera della tasca riuscì a strappare un filo che posò sulla spalla fingendo di massaggiarla.

Si voltò sorridendo e disse: «Allora, chi prende il caffè?».

Si alzarono due o tre mani. «Io senza zucchero» disse Calabrò che era il più vicino. La Boemi era rimasta un po' in disparte a parlare con la Giolitti e gli altri.

Fecero girare i caffè, appoggiarono i bicchierini di plastica sui tavolinetti, Calabrò fissò il commissario e disse: «Scusami», quindi con un unico gesto fluido gli riaggiustò la cravatta.

Giampieri fece una smorfia e buttò il bicchierino vuoto nel cestino: «Sono circondato da bulicci» disse a mezza voce.

«Come?»

«Niente, niente. Andiamo a vedere se sono arrivate segnalazioni.»

Fissò Stefania Boemi con uno sguardo un po' più lungo del necessario.

«Hai fatto un buon lavoro. Vedrai che lo becchiamo.»

Stefania gli regalò un sorriso raggiante: «Se è lui, mi deve come minimo una cena. Con aragosta e champagne».

Sono allergico all'aragosta, pensò il vicecommissario, ma quando lei si voltò pensò che ne avrebbe mangiata una cruda in cambio di quel fantastico culo rotondo. Strinse i pugni in un gesto di trionfo, si morse il labbro inferiore per non gridare di gioia. Prendere il colpevole era questione di ore, e per prendere la dolce Stefania bastava allungare la mano.

«Non ci posso credere.»

L'Ingegnere era seduto nella sala dei tecnici, davanti al computer di Barbara Ameri. «Non ci posso credere» ripeté.

Aveva dedicato un paio d'ore della mattinata a frugare nella memoria del computer di Barbara Ameri, curiosando nei file archiviati, e solo per scrupolo aveva deciso di ricontrollare le ultime operazioni compiute dalla macchina. Il risultato pareva incredibile ma stava lì, sotto i suoi occhi. L'ultima accensione del computer era stata alle 8.27, come aveva visto subito, la mattina stessa dell'omicidio, ma ora aveva scoperto che si trattava di un'accensione che scattava automaticamente ogni mattina a quell'ora. E l'accensione precedente era stata, quella mattina stessa, alle 7.58.

Aveva dato per scontato che quella delle 8.27 fosse, oltre che l'ultima, anche la prima di quella giornata. Un ragionamento logico, considerando la testimonianza di Marco Turone che aveva chiesto l'ora a Barbara alle otto e mezza. Invece non era così. I testimoni potevano mentire o sbagliarsi, ma il computer non aveva ragione di farlo. Barbara lo aveva acceso alle 7.58. Poi lo aveva spento, chissà perché, alle 8.06. E quello era ripartito automaticamente venti minuti dopo.

Un momento. E se ad accenderlo fosse stato qualcun altro?

L'Ingegnere poteva quasi sentire gli ingranaggi della sua testa che ruotavano impazziti. È stato Mantero ad accenderlo. È l'assassino. Oppure no, lo ha acceso qualcuno entrato per rubare e lei, arrivando prima, lo ha sorpreso. Ma perché un ladro dovrebbe accendere un computer? Che cosa cercava? Oppure l'assassino era lì proprio per uccidere lei, l'ha aspettata già dentro l'ufficio. In ogni caso doveva avere le chiavi. E le chiavi le hanno solo Mantero, la madre e la donna delle pulizie che abbiamo già scagionato. Ma Mantero può averle date a Merli perché facesse fuori Barbara, forse lei aveva scoperto cose che non doveva sapere. Il sabato mattina era andata in ufficio, aveva portato via un dischetto. Che cosa c'era dentro? L'immagine degli uomini in nero, dei loro muscoli da felini compressi sotto la giacca, gli tornò alla mente con tutto il suo carico di minacce.

Calma, si ripeté, calma.

Ma era impossibile calmarsi. Questa scoperta rischiava di cambiare tutto, perché gli alibi dei sospettati erano stati controllati prendendo come punto fermo quelle 8.27. Ma con questa nuova scoperta, nulla impediva di pensare che Barbara fosse stata colpita prima: era rimasta a terra, con la testa spaccata, fino all'arrivo del broker, ma nessun esame era in grado di dire se dal momento dell'aggressione erano passati quindici minuti o un'ora. Con quel tipo di ferite si può sopravvivere anche molto a lungo.

Pensò subito a Maurizio Merli. Il suo alibi era solo la parola della sorella, e lei, sempre che dicesse la verità, lo aveva visto alle otto e mezza che andava a fare jogging. Ma forse tornava, e se davvero non era sudato era perché aveva corso solo pochi minuti, dall'ufficio di Barbara a casa. Nessun altro lo aveva visto fino a mattina inoltrata.

Ci siamo quasi, pensò, ma non voleva trascurare nessuna possibile alternativa. Cercò di ricordare cosa avevano detto gli altri testimoni o sospettati, dallo zio a Giacomo a Turone a Mantero.

Stava per riprendere la ricerca degli ultimi file trattati quando Vitone entrò nella stanza per dirgli che Iaquinta lo aspettava nel suo ufficio.

Giampieri spense il computer per evitare che qualcun altro ci ficcasse il naso, salì in ufficio, chiamò Venuti per dirgli che avrebbe aspettato a Genova eventuali novità sulla caccia all'uomo, e gli chiese di avvertirlo se gli agenti che pedinavano e intercettavano le comunicazioni di Emanuela Merli avessero avuto novità. Non disse nulla del cambiamento di orario, era una scoperta che poteva essere fondamentale ma era presto per condividerla con Venuti o con la Serra.

Anche con Iaquinta tenne la bocca chiusa, limitandosi ad ascoltare le istruzioni del questore sulla necessità di chiudere rapidamente l'inchiesta. Parlarono di Luciani e della possibilità che non rientrasse più, e anche se non gli promise nulla esplicitamente il questore lasciò intendere a Giampieri che pensava a lui per la successione. Era chiaro che tutto si sarebbe deciso nelle prossime ore, e che il suo destino professionale era strettamente legato a quello di Maurizio Merli.

Verso le dieci di sera, esausto, andò a mangiare il solito Happy Meal nel McDonald's vicino alla Questura. Avevano finito i pupazzetti di Duffy e questo lo mise un po' di malumore, ripiegò su Titti che gli era sempre stato sulle palle. Si chiese se non fosse il caso di chiamare il suo ex capo. La visita degli uomini in nero, e la scoperta del nuovo orario del computer, mal si combinavano con il quadro che avevano ricostruito fino a quel momento. «Bisogna che almeno un'altra persona sappia quello che ho scoperto. Non si sa mai.» Non voleva dirlo a Venuti né alla Serra, poteva forse confidarlo a Calabrò ma quello ne avrebbe approfittato per demolire l'intera inchiesta e criticare ancora una volta le sue scelte. Vitone forse, ma non lo conosceva ancora abbastanza bene. Gli uomini in nero avevano certamente qualche aggancio in Questura e poteva fidarsi solo dei veterani della squadra. O forse nemmeno di quelli.

Ritornò in Questura e si fermò fino a tardi, rileggendo i fascicoli con le testimonianze dei sospettati e dei vicini di casa alla luce dei nuovi orari che aveva scoperto. Aveva l'impressione che quella pista potesse portarlo a una verità che non aveva immaginato, ma non era sicuro di volerla percorrere. Sperò ogni minuto che arrivasse la notizia della cattura di Merli, o almeno una segnalazione credibile dopo i tanti falsi allarmi della giornata. Aveva bisogno di catturarlo, e aveva bisogno che confessasse l'omicidio di Barbara, se voleva liberarsi di quel senso di inquietudine che gli si era piazzato alla bocca dello stomaco.

Quando posteggiò a una trentina di metri dal portone di casa gli sembrò di vedere un'ombra all'angolo del palazzo. Riaprì l'auto come se avesse dimenticato qualcosa, si infilò dentro e fingendo di rovistare nel cassetto spostò la pistola dalla fondina sotto l'ascella alla cintura dei pantaloni. Riallacciò la giacca, richiuse l'auto e s'incamminò cercando di non sembrare troppo rigido. Aveva tutti i sensi all'erta, pronto a buttarsi a terra al primo segnale di pericolo. "Perché mai dovrebbero avercela con me?" pensava. "Non ho fatto mosse false, dopo il sequestro del computer. Anzi, l'irruzione in casa Merli dovrebbe averli tranquillizzati, è un pesce piccolo. A meno che non temano che Merli mi possa portare a qualcun altro, o da qualche altra parte."

Per aprire il portone dovette dare le spalle alla strada. Si accorse che le mani gli tremavano quando per due o tre volte non riuscì a infilare la chiave nella toppa. Alla fine entrò, si chiese se era meglio prendere l'ascensore o le scale, poi scelse con decisione queste ultime. L'idea di chiudersi in una cabina sospesa nel vuoto non gli sembrava geniale.

Salì con cautela, attento a sentire se ai piani superiori si muoveva qualcosa, ma anche se la serratura del portone scattava di nuovo. Superò il primo, il secondo, il terzo piano. La luce delle scale andò via prima di quanto si aspettasse, fece per precipitarsi verso il segnale rosso dell'interruttore ma preferì bloccarsi, appiattito contro il muro, e restare in ascolto. Ancora niente, a parte il battito assordante del suo cuore.

Paura. Non aveva mai imparato a controllarla, la paura. Eppure doveva esserci un modo. Forse proprio quello di restare lì a combatterla mentre si insinua sottopelle, cercando di restare lucidi, di controllare il respiro. Era il suo più grosso limite come poliziotto, non riuscire a controllare la paura. E anche per questo preferiva restare in ufficio, davanti a un computer, lontano dai pericoli. Ma ora il pericolo era venuto da lui.

Riaccese la luce delle scale. La camicia era madida di sudore freddo. Arrivò davanti alla sua porta. Gli sembrava in ordine, nessun segno di scasso né di forzatura. Ma non era difficile arrivare al balcone e da lì introdursi nell'appartamento.

«Coraggio,» sospirò girando la chiave con la sinistra, mentre nella destra aveva impugnato la pistola, dopo aver tolto la sicura. «Come dicono nei film, si muore una volta sola.»

Schiacciò l'interruttore della luce. Era praticamente certo che non si sarebbe accesa, e che in quel momento avrebbe capito di essere fottuto. Invece la luce si accese, illuminando l'ingresso che sembrava tranquillo come sempre. Passò nel salotto, sempre con l'arma in pugno, e da lì in cucina. Vuota. La porta del bagno era chiusa. La lasciava sempre chiusa. Aprì lentamente. Vuoto. Restava la camera da letto. La porta era chiusa. Non si ricordava di averla chiusa. Fu in quel momento che non riuscì più a reggere la tensione e partì verso la stanza, la spalancò con un calcio, si buttò dentro impugnando l'arma a due mani. «Bastardi! Bastardi! Venite fuori, bastardi!»

La stanza era vuota. Sotto il letto non c'era nessuno. Nell'armadio solo i vestiti. L'Ingegnere sedette sul letto, rimise la sicura, scoppiò a ridere, poi ebbe un improvviso, violentissimo sbocco di pianto che lo lasciò senza fiato e gli riempì la bocca di un rigurgito acido di McDonald's. Ma riuscì a non vomitare, e dopo qualche respiro profondo sentì che la paura, finalmente, se ne stava andando. Era lei che decideva come e quando, era una reazione chimica del tutto incontrollabile.

Tolse le scarpe e le calze, buttò in un angolo la giacca e la camicia fradicia, aprì il cassetto e si rollò con calma una canna di Mazar El Sharif. La prima boccata lo rimise al mondo, non gli era mai sembrata così buona.

Gli prese bene, anche se era da solo. Si fece una bella risata stupida pensando a Marco Luciani che mangiava un Big Bacon. Domani lo richiamo, pensò, e lo convinco a provarlo. Che scopra un po' i piaceri della vita.

Fumò fino a bruciarsi le dita, poi spense il mozzicone.

Si muore una volta sola. Che stronzata, io non sono per niente pronto a morire. Non nella settimana in cui mi sono scopato una rossa e una mora, e potrei ancora scoparmi una bionda. Sorrise. Che filotto sarebbe. Ecco, dopo una roba del genere sì che potrei morire. Tra le braccia di Stefania o tra le cosce di Amalia. Partì per un'altra risata isterica, poi, più che addormentarsi, svenne sul cuscino.

VENERDÌ

Luciani

Il napoletano era alla finestra, sereno e impassibile, anzi con un'ombra di sorriso disegnata all'angolo della bocca.

Marco Luciani si avvicinò infuriato, sibilò sottovoce: «Sai che dovrei denunciarti, per quello che è successo stanotte?».

«E io che c'entro, commissario? Te l'avevo detto che san Giuda non sbaglia mai.»

«Già. E usa la corda, naturalmente.»

«Ti sbagli di nuovo. Quello che ha usato la corda era Giuda Iscariota. Questo è...»

«Taddeo. Lo so. In ogni caso non c'era bisogno di scomodarlo, non ti pare?»

«Sai come si dice, aiutati che Dio ti aiuta. Figurati con i santi: loro una mano te la danno, ma non è che puoi proprio stare lì ad aspettare che il miracolo ti piova dal cielo.»

«Comunque mi sono informato, il ragazzo non è morto, ha solo qualche frattura e un trauma cranico. Se non farà denuncia potresti anche cavartela.»

«Vedrai che adesso andrà più piano, commissario. O almeno non berrà prima di salire in moto. E spero che tu dormirai un po' meglio, in questi giorni sei troppo nervoso.»

Marco Luciani fece per replicare, poi decise di lasciar perdere. Erano già le undici passate e non voleva arrivare in ritardo al tennis.

Mandò un messaggio a sua madre per dirle che doveva ancora sistemare un po' di cose e che sarebbe arrivato intorno alle tre. Si vergognava di dirle che stava andando a giocare a tennis mentre suo padre stava morendo. Ma non vedeva un nesso tra le due cose, suo padre sarebbe morto comunque e se lui avesse deciso di dormire tre ore nessuno avrebbe potuto biasimarlo, dopo tante notti insonni. Quindi non c'era niente di male se sostituiva il suo sacrosanto diritto al sonno con l'altrettanto importante diritto all'attività fisica, senza la quale sarebbe stato nervoso e di malumore per tutto il giorno e per la settimana successiva. Erano la sua droga settimanale, quelle due ore di tennis. E ogni uomo, una volta alla settimana, dovrebbe essere lasciato in pace a sbronzarsi, drogarsi, scopare o dedicarsi a qualunque altra cosa lo faccia sentire ancora vivo.

Quando arrivò a Bogliasco, Andrea lo aspettava facendo come sempre stretching nello spogliatoio. Non si dicevano mai molto, e dopo che Marco Luciani lo aveva battuto tre settimane prima i loro dialoghi erano ridotti al minimo indispensabile; Andrea avrebbe dovuto batterlo almeno quattro volte di fila, e con punteggi umilianti, prima di considerare lavata l'onta di quella sconfitta. Scese in campo concentratissimo, quasi furioso, e vedendolo così incattivito il commissario giocò senza piacere, pensando continuamente che non sarebbe dovuto essere lì ma ad assistere suo padre, o ad aiutare Giampieri, o a indagare per dare una risposta sicura ai genitori di Barbara. Almeno qui voglio sentirmi libero, pensò cominciando a sparacchiare drittoni da fondocampo o a buttarsi a rete a ogni occasione, senza riflettere, senza badare alla tattica. Andrea lo aspettava con i piedi ben piantati un metro oltre la linea di fondo e giocò al tirassegno con i passanti. Finì 6-1, 6-1. All'uscita dal campo Marco Luciani incrociò lo sguardo del geometra Casareto, un vecchio socio che ogni tanto gli dava qualche consiglio, e abbassò gli occhi: «Lo so, non mi dica niente. È stata una tattica per illuderlo, la prossima volta lo batterò». L'altro alzò le sopracciglia a significare "come no?" e tornò al bar scuotendo la testa.

Donna Patrizia fece scattare l'apertura del cancello, andò incontro al figlio uscendo dalla portafinestra della cucina. Marco Luciani la abbracciò rapidamente e le diede un bacio sulla guancia.

«Come stai?»

«Io bene. Un po' stanca. Papà dorme, ha avuto una brutta nottata.»

«Ma non c'era l'infermiera?»

«Sì, ma voleva me. L'ha trattata malissimo. Si è arrabbiato che ci fosse un'estranea, non si è calmato finché non sono arrivata io.»

«Hai chiamato il dottore?»

«Sì, passerà domani mattina. Può darsi che decidano di portarlo all'hospice. Sta peggiorando più rapidamente del previsto.»

Nel tono con cui lo disse c'era dolore ma anche un certo sollievo. La fine si avvicinava ed era un bene per tutti. Perché non si può morire e basta, invece di stare lì ad aspettare che un tumore ti soffochi lentamente?

Si avviarono alla porta e la madre strinse il braccio del figlio, lo fissò negli occhi con un'espressione insolitamente dura: «Marco».

«Dimmi.»

«Ha chiesto tanto di te. Forse oggi è l'ultima volta che gli parli. Trattalo bene. E se ti chiede qualcosa... qualunque cosa... digli che la farai.»

Lui scosse la testa.

«Ma cosa ti costa? Sarebbe una bugia a fin di bene. Per farlo morire tranquillo. Continua a ripetere solo quello: la villa, l'eredità, il giardino, tutto quello che lui ha costruito... ha paura che vada tutto perduto.»

«Senti. Papà sa come la penso. Se anche ora gli dicessi il contrario, non ci crederebbe. Tradirei me stesso e mancherei di rispetto a lui, sarebbe come uno che è stato ateo tutta la vita e sul letto di morte fa chiamare il prete. Io se fossi Dio mi incazzerei e gliela farei pagare per l'eternità.»

«Ascolta. Qualunque cosa tuo padre abbia fatto l'ha già pagata in abbondanza, e non dargli un conforto sul letto di morte non è coerenza né rispetto, ma solo una carognata. E se morirà pensando di avere avuto ragione, di essere riuscito a farti accettare l'eredità, che male c'è? Morirà felice, se questo è umanamente possibile. E di Dio non ti preoccupare, Marco, perché non ci hai mai creduto tu e non ci ha mai creduto lui, tu sei sempre stato il suo unico dio ed è il tuo perdono quello che vuole.»

La fissò, e mentre negli occhi di sua madre lesse una determinazione e una ferocia che non aveva mai neppure immaginato prima, sentì che i suoi si stavano sciogliendo. Li abbassò bruscamente e si rifugiò nella camera.

Alle otto di sera sentì al telegiornale le novità sulla caccia all'uomo: era finito, era tutto finito. Telefonò subito a Nicola e si stupì di non sentirlo euforico come era lecito aspettarsi; ma prima di capire che cosa era esattamente successo sentì che il Grande Cesare si era svegliato. Chiuse la telefonata in fretta e si rituffò nel caldo insopportabile, nell'odore di morte che aleggiava in quella che era sempre stata la camera più colorata e allegra della casa. Quando lui se n'era andato il padre voleva buttare via tutto, il letto, l'armadio, i libri, i trofei vinti giocando a pallone, e farci qualcos'altro, ma la madre gli aveva detto a muso duro che se avesse osato anche solo provarci lei se ne sarebbe andata. «Mi hai tolto un figlio, non mi toglierai anche il suo ricordo», era stata la frase precisa che lei stessa aveva riferito a Marco in una lettera. Il letto era rimasto e ora suo padre ci stava morendo dentro. La vita è un tessuto di simboli, a volerli cercare.

Si alzò ad aprire leggermente la finestra, pensando che comunque non poteva poi fargli tanto male, al massimo lo avrebbe ammazzato prima e questo non poteva che essere una benedizione. Un refolo d'aria fresca si insinuò nella stanza e fece aprire un occhio al Grande Cesare. Lo ruotò fino a incrociare lo sguardo del figlio, quindi accennò un sorriso. Faceva piacere anche a lui sentire che il mondo continuava a respirare.

Sussurrò qualcosa di incomprensibile, un raschio di gola da cui a malapena emergevano le vocali. Marco Luciani dovette piegarsi con l'orecchio fino alla bocca di suo padre, respirare il suo fiato che sapeva di dolore e putrefazione e chiedergli tre o quattro volte di ripetere, finché gli sembrò di capire «fiori... fuori», o qualcosa del genere.

«Vuoi andare fuori? Vuoi che ti porti fuori» disse ad alta voce, per farsi sentire.

Cesare sorrise, mosse leggermente il capo.

«Ma farà fresco, a quest'ora» obiettò senza alcuna logica.

L'altro sorrise ancora. Dove sta scritto che bisogna morire al chiuso?

Marco Luciani lo coprì come meglio poteva con il plaid, gli mise un paio di calze spesse di cotone e lo sollevò con facilità. Cesare aveva l'espressione di un bambino che si affida alle braccia del padre per abbandonarsi al sonno.

Chissà quante volte lo ha fatto lui con me, pensò Marco Luciani mentre apriva la porta con il gomito. O forse no, lui era stato padre quando i bambini erano della mamma fino a tre anni, e spesso lo restavano anche dopo; quando le veglie e le poppate notturne e i pannolini erano cose da donne, o da tate, e ai padri si affidava solo il compito di lavorare di più, di guadagnare di più, e poi col tempo di esaminare pagelle, dare permessi e somministrare punizioni. Era tutto più chiaro, all'epoca, tra padri e figli. E forse per questo, ora, potevano scambiarsi i ruoli in modo assolutamente naturale.

Uscì in giardino, sistemò il corpo prosciugato del Grande

Cesare sulla chaise-longue imbottita di cuscini e sollevò entrambi, senza sforzo, per sistemarli accanto al fico e di fronte al panorama di Camogli.

Se ci avessi pensato prima avrei potuto fargli vedere il tramonto, pensò, ma poi si disse che sarebbe stato troppo triste e troppo melodrammatico. Aspettarono in silenzio che il buio calasse, facendo emergere le luci lontane della costa e quelle ancora più lontane delle barche sul mare. Poi Marco Luciani spense il faretto che illuminava il giardino e sopra di loro, a una a una, comparvero le stelle.

Il respiro di Cesare si era fatto più profondo. Il commissario gli prese la mano e sentì che l'altro rispondeva, sia pure con fatica, alla stretta. Aveva la pelle d'oca e una lacrima si era fermata tra il naso e la guancia sinistra.

Ha freddo, pensò, scacciando l'ipotesi che avesse paura. Prese una sdraio, si mise addosso un asciugamano e si stese accanto a lui, riprendendogli la mano, poi cominciò a parlare.

«Sai qual è il mio primo ricordo, papà? Di quando ho mangiato una pallina dell'albero di Natale. Era verde, di vetro. Avrò avuto due anni e mezzo, forse tre, devo aver pensato che fosse una mela, non ero tanto sveglio neanche allora, evidentemente, e la prima immagine che ho della mia infanzia è la tua faccia che mi guarda e dice "che cos'hai fatto?", avevo la bocca piena di sangue e la mamma mi ha preso in braccio ed è corsa in bagno, e davanti allo specchio mi ha tolto i vetri dalla bocca mentre io piangevo, c'erano ancora i nonni e la zia Rina e dopo mi sono sentito un eroe. Il televisore no, non me lo ricordo, me l'avete raccontato mille volte di quando me lo sono tirato addosso ed è esploso e non mi sono fatto niente, lì forse avevo due anni, ogni bambino che riesce a diventare adulto è un miracolo, te lo dico io. Come quando mi hai salvato al mare, quello sì ce l'ho chiarissimo, avevo il salvagente e un bambino mi ha dato una spinta e io mi sono ribaltato e sono finito con la testa sott'acqua e le gambe su, tu ti sei buttato a ripescarmi e la prima cosa che ho detto è stata "ma papà, fai il bagno col cappello?" e non voleva essere una battuta ma ha fatto ridere di sollievo tutta la spiaggia. E mi ricordo quando mi hai portato a vedere l'Italia in miniatura, o la prima volta che ho visto Venezia, e quei momenti di felicità assoluta, come le nostre partite a Subbuteo, d'inverno, la domenica mattina. E la prima volta che mi hai portato allo stadio, Inter-Fiorentina, c'era Antognoni e mi sono subito innamorato di lui e delle magliette viola, e tu volevi che tifassi per l'Inter...»

Andò avanti a parlare, percorrendo senza fretta tutte le tappe dell'infanzia, la scuola, il calcio, i primi amori, gli disse cose che non gli aveva mai detto e che mai pensava gli avrebbe detto, e confessò le paure e gli imbarazzi e le brutte figure dell'adolescenza, e gli raccontò di come si era sentito la prima volta che aveva fatto l'amore, e della faccia che aveva fatto lui, il Grande Cesare, quando gli aveva detto che avrebbe giocato in serie C.

Si fermò un istante, incerto se continuare, perché a quel punto la mongolfiera su cui aveva imbarcato suo padre e i suoi ricordi era arrivata alla fine dell'ascesa, la fase più brutta della loro vita si avvicinava sotto forma di una nube nera di tempesta e quel viaggio commovente e magnifico rischiava di ripiombarli nel dramma già vissuto.

Fu in quel momento che Cesare ebbe un sussulto, gli strinse la mano più forte, e lui capì che era arrivato il momento.

«Aspetta papà, ti sistemo il cuscino.»

Poi si stese di nuovo sulla sdraio e andò avanti a parlare, anche quando non sentì più i rumori degli animali, anche quando si spensero le ultime luci delle case. Raccontò a suo padre tutto quello che aveva fatto dopo essersene andato di casa, le cose di cui era fiero e quelle di cui si vergognava. Gli parlò dei suoi colleghi, delle donne che aveva avuto, gli descrisse i sogni che faceva di notte e gli incubi che viveva di giorno. Parlò, parlò e parlò come non gli era forse mai successo, finché la stanchezza trasformò la sua lunga confessione in un monologo interiore.

Lo risvegliarono la luce dell'alba e un bisbiglio continuo, cantilenante. Donna Patrizia, seduta accanto a Cesare, sgranava il rosario senza una lacrima.

VENERDÌ

Giampieri

Lo svegliò un dolore intenso all'interno della coscia destra. Era rimasta tesa in posizione innaturale per chissà quanto tempo, e ora il tendine tirava come un pazzo. Si sorprese nel ritrovarsi ancora mezzo vestito, e con la testa un po' annebbiata. Riuscì non senza dolore a rimettere la gamba in posizione normale, vagò per qualche minuto come inebetito, ma dopo una doccia e una cuccuma di caffè si sentì pronto alla battaglia. «Oggi lo becchiamo. Lo sento» disse a mezza voce, nuovamente di buonumore.

Prima di uscire di casa incastrò alcuni segnali vicino alla portafinestra del balcone e sulle finestre, e altri sullo zerbino e sulla porta d'ingresso. Minuscoli fili che gli avrebbero rivelato se qualcuno era entrato in casa sua. Appena arrivato in ufficio si sistemò davanti al computer e aggiornò il prospetto degli alibi che aveva cominciato a preparare il giorno prima. Quindi scese nella stanza dei computer, e cominciò a cercare le ultime operazioni effettuate da Barbara, o dall'assassino, tra le 7.58 e le 8.06 di quella mattina. Aveva aperto un file chiamato "Sorriso" ma ora di quel file non c'era più traccia nei documenti, doveva averlo cancellato. Cercò a ritroso nelle operazioni effettuate sabato mattina e di nuovo trovò l'indicazione dello stesso file. Recuperarlo non dovrebbe essere difficile, pensò. Ma mentre stava per avvicinarsi all'obiettivo Vitone fece irruzione nella stanza, con un sorriso da un orecchio all'altro: «Ingegnere, lo abbiamo trovato!».

«Chi?»

«Merli.»

«Dove?»

«Francia. Cannes.»

«E chi lo ha beccato? Come?»

«L'Interpol. Ieri sera si è registrato in albergo usando i suoi documenti. A dire il vero non lo hanno ancora preso, ma è questione di ore.»

Giampieri aggrottò le sopracciglia: «È pazzo. Sicuri che sia lui?».

«Dicono di sì. Hanno già fatto un controllo col gestore, e lo ha riconosciuto.»

Il vicecommissario spense il computer e balzò in piedi. «Lo facevo più furbo.»

Vitone alzò le spalle. «Andiamo là?»

«Ci puoi scommettere.»

Parcheggiò la Yamaha 600 in seconda fila, si tolse il casco e liberò i lunghi capelli con sollievo. Poi, siccome faceva caldo, li legò con l'elastico in una coda. «Vacanza di merda» borbottò, pensando alla serata precedente. Non gliene era girata dritta una, né alle slot né alla roulette né al tavolo di black jack, quello che in genere, anche quando la serata girava male, gli consentiva di rifarsi. Sarebbe bastato un colpo fortunato e la moldava, invece di andarsene con quel grassone schifoso, sarebbe venuta via volentieri con lui. Glielo aveva anche detto, con lo sguardo, quando lo aveva visto perdere l'ultima piccola torre di fiches sul cavallo 12-15, il suo portafortuna. Niente da fare. Doppio zero per la quinta volta in poco più di un'ora. Che sfiga di merda. D'altra parte alla ragazza cosa le potevi dire? Era lì per lavorare, e se con lui si sarebbe anche divertita doveva pensare prima di tutto agli affari. Avevano riso insieme, è vero, ma non voleva dire nulla, se non che erano simili. Infatti anche lui avrebbe fatto lo stesso, a parti invertite. L'avrebbe scaricata in un secondo di fronte a un'opportunità più conveniente.

Prese una baguette con prosciutto e formaggio e si fece spillare una birra media, quindi sedette a mangiare su una panchina non lontana dalla moto, all'ombra, aprendo la cerniera della tuta da motociclista per far respirare la pelle. Vide una signora che lo guardava fisso, ma quando le rimandò uno sguardo interrogativo quella fece finta di niente e tirò via. Che cazzo hai da guardare, vecchia stronza, ora non si può neanche mangiare un panino in pace.

Gli restavano ancora poco meno di cento euro in tasca, dopo aver pagato l'albergo. Una notte di spesa che non aveva previsto, ma non aveva previsto nemmeno che il marito di Julie rientrasse da Parigi con un giorno di anticipo. E meno male che aveva telefonato per avvertire. Ecco cosa vuol dire essere uomini di mondo: non fare sorprese stupide alle mogli. Grande trombata comunque, Julie. Grandissima trombata, valeva ogni singolo chilometro del viaggio. Quelle erano donne come si deve, carnali e passionali, altro che quella figa di legno della Ameri. Vergine a venticinque anni, pensa te. Ma per chi se l'era conservata?

Con meno di cento euro poteva giusto pagare benzina e autostrada e rientrare a casa senza fretta. Magari ci usciva pure una cena decente. Pensò per un attimo di rientrare al casinò, buttare cinquanta euro su un numero e via, vaffanculo, se esce sono milleottocento euro e vado a cercare la moldava. Gliene do cinquecento per la notte, una così ne prende anche il doppio ma con me sono sicuro che sarebbe più che contenta... posso anche arrivare a settecento più una cena della madonna, e col resto mi compro un paio di stivaletti nuovi che questi non ne possono più.

Un'altra donna lo guardò, questa volta con aria spaventata. Teneva in mano un giornale ripiegato e quando lui alzò lo sguardo diede uno strattone al guinzaglio del cane e si allontanò a passi corti e decisi.

«Ma che cazzo succede qui?» Un campanello di allarme che non sentiva da tempo emerse prepotente nella parte bassa della nuca. Una sensazione dei tempi in cui era braccato.

Inghiottì in fretta l'ultimo morso del panino, finì la birra e buttò la carta in un cestino, in Italia l'avrebbe lasciata per terra ma lì era tutto così ordinato e pulito che veniva voglia anche a te di essere civile, è lo Stato che deve dare il buon esempio, pensò, farci crescere in un ambiente educato.

Passò davanti a un'edicola, il «Corriere della Sera» era sull'espositore, piegato in quattro. Sulla parte esposta al pubblico c'era una sua foto di pochi anni prima, con i capelli corti e l'aria truce. Lo prese, lesse il titolo, sbiancò. Era ricercato per l'omicidio di Barbara.

Erano appena entrati in autostrada quando il cellulare di Giampieri squillò.

«Lo hanno segnalato a Nizza. Almeno in tre. Tutti concordano. Hanno anche descritto la moto, una Yamaha blu.»

«Grazie, Calabrò. Continua a tenermi aggiornato.»

«Metto la sirena, Ingegnere?»

«Mettila, Iannece. Non arriveremo in tempo per prenderlo, ma voglio essere lì prima possibile.»

Che cosa cavolo sta facendo? Pensò. Viene verso la frontiera. Possibile che voglia rientrare in Italia?

Devo restare calmo, pensò sciogliendo la coda di cavallo e nascondendosi dietro gli occhiali da sole. Si voltò verso la moto, prima cosa rimettersi il casco, salire con calma e andare via bello tranquillo, a cinquanta all'ora. Chissà che cazzo era successo, e chissà da quanto lo stavano cercando. Mentre camminava verso la moto provò a ripassare mentalmente tutte le sue mosse degli ultimi giorni, e ci mise poco a rivedersi mentre allungava il documento al portiere dell'albergo. Mi saranno addosso in poche ore, pensò, anzi forse sono già qui, mi stanno osservando. Fu tentato di proseguire oltre la Yamaha, ma se erano lì intorno non avrebbe fatto alcuna differenza. Se non erano ancora arrivati, invece, poteva ancora farcela. Anche se poi avrebbe dovuto mollarla presto, la moto, visto che avevano di sicuro già diffuso il numero di targa.

Tolse gli occhiali da sole e li mise nel taschino, strinse gli occhi per ripararsi dal sole, prese il casco con due mani. Nel momento in cui lo alzava per infilarlo sentì l'odore del cacciatore e la canna di una pistola premuta sulle costole.

Ragazzi in gamba, pensò con le braccia ancora alzate a reggere il casco. Invisibili e tempisti. Anche l'altro era comparso dal nulla, eppure con quei vestiti neri e gli occhiali da Blues Brothers lui e il suo compare avrebbero dovuto spiccare come mosche nel latte.

Il secondo che aveva visto era più anziano e sembrava il capo. Gli fece intravedere un tesserino: «Sei armato?».

Maurizio Merli fece cenno di no con la testa. «Posso abbassare il casco?»

«Gradualmente. E sorridi, come se avessi incontrato due vecchi amici.»

«Non c'entro niente con quella storia.»

Quello che lo teneva sotto tiro gli si mise di fianco. Assomigliava a quell'attore francese... Jean-Paul Belmondo. «Può essere,» disse «ma sai com'è: devi solo seguirci buono buono e rispondere a qualche domanda.»

Merli lo guardò con un sorriso sprezzante: «Dove sono tutti gli altri? Sbaglio o non volete dare pubblicità alla cosa?».

Il più vecchio fece una smorfia. «Per il momento no. Vorremmo arrivare in Italia senza troppo chiasso. Senza dover litigare con i francesi per l'estradizione e robe del genere. Certo, se preferisci, puoi metterti a fare casino. E noi diremo che hai provato a scappare» disse allargando la falda della giacca e scoprendo parzialmente la fondina della pistola, sotto l'ascella. «Se invece te ne stai buono, diremo che ti abbiamo fermato in Italia. E terremo presente che hai collaborato. Anzi, potrai dire che stavi venendo a costituirti. Il tuo avvocato è già a Rapallo che ti aspetta. Se vuoi possiamo chiamarlo» disse mostrando il telefonino.

Merli ci pensò un po' su, fece una risatina cattiva. «Non credo che terrò Mantero come avvocato.»

Restarono in silenzio per un attimo, valutando il significato di quella frase. Poi il più giovane disse: «Che ne facciamo della moto?».

«Prendila tu. Noi ti precediamo in macchina. Niente in contrario?» chiese a Merli.

«La sai guidare almeno?»

«Rispetto alla mia Honda questa è un motorino, amico.»

Merli gli tirò il casco con dentro le chiavi: «Non diciamo cazzate».

La fila di tir sulla corsia destra era un serpentone continuo, e la sirena non bastava a evitare i rallentamenti. C'erano anche molti lavori in corso, e per due volte dovettero cambiare carreggiata e accodarsi ai camion, mentre Giampieri imprecava.

«Come mai tanta fretta, Ingegnere?» chiese Iannece. «A questo punto non ci scappa più.»

«Lo so. Ma ho idea che sia armato, e vorrei cercare di prenderlo vivo.»

«Sapete che vi dico? Se non si arrende tanto meglio. Gente come quella è inutile metterla in galera, che ce la ritroviamo fuori tra quattro o cinque anni. Io sono per il taglio della mano prima ancora del processo: amputato, alzatevi.»

Giampieri gli concesse un sorriso: «In ogni caso vorrei essere lì quando lo prendono. Vedi di toglierti dalle palle!» urlò al camion che li precedeva.

Iannece capì che non gli interessava davvero la sorte di Merli, quanto la sua. Il vicecommissario se lo era fatto scappare da sotto il naso, e questo errore poteva costargli la promozione.

Certo, se fosse stato lui a riprenderlo, avrebbe fatto tutt'altra figura.

«Mi spiace doverti ammanettare alla maniglia. Ma sono da solo, è il regolamento.»

Merli annuì. «Non c'è problema.»

Nessuno dei due aveva voglia di parlare, l'uomo in nero accese la radio e sintonizzò su un canale di musica jazz. Poi attaccò l'aria condizionata e guidò piano e senza strappi verso l'interno.

«Che strada stai facendo?»

«Non posso passare da Ventimiglia con te ammanettato dietro. Magari non ci vedono neanche, ma se per caso succedesse dovrei rispondere a un sacco di domande imbarazzanti.»

«Quindi?»

«Quindi ci arrampichiamo fino all'Olivetta. Là non c'è nessun controllo.»

«Che palle. È un giro lunghissimo.»

«Lo so. Non fa piacere neanche a me. Stasera avevo altri progetti. In compenso il mio collega si divertirà.»

Quando cominciarono i primi tornanti lo videro sfrecciare avanti, poi piegare come Valentino, rialzarsi e schizzare via.

Il telefonino di Giampieri squillò di nuovo. L'Ingegnere restò in ascolto per un po', poi disse solo: «Va bene. Grazie».

Guardò fuori dal finestrino, perplesso. Mancavano ancora pochi chilometri al confine.

«Puoi smettere di correre, Iannece. Lo hanno trovato.»

Era seduto sul ciglio della strada dieci chilometri più su, dove l'asfalto era una striscia nera nel bosco e il sole non riusciva a filtrare attraverso le fronde degli alberi. Aveva il vestito sporco di terra e la cravatta nera che fasciava una mano. Nell'altra mano teneva una sigaretta ma il fumo che soffiava era nulla in confronto a quello che usciva dal motore della moto, scivolata dalla strada e finita nel bosco.

Quando superarono la curva, e intravide la sua Yamaha tra gli alberi, Merli si agitò sul sedile. «Che cazzo...»

L'uomo in nero accostò. «Che succede?»

Belmondo replicò con un sorriso sprezzante: «Lo sapevo che era una baracca. I freni non funzionano. Sono saltato via appena in tempo».

«Brutto figlio di puttana! Che cazzo hai fatto? Toglimi 'ste manette, tu!»

«Ti sei fatto male?»

«No, solo un graffio alla mano. Moto di merda.»

«Di merda sarai tu, cazzo! Fammi scendere, fammi scendere!» Merli cominciò a bestemmiare e minacciare, e solo quando si fu un po' calmato il guidatore gli parlò con voce pacata.

«Vuoi vedere cosa è successo? Magari possiamo ancora rimetterla in sesto.»

L'altro annuì.

«Ti tolgo le manette?»

«E toglimele, cazzo.»

«Non provare a fare scherzi. Siamo tutti abbastanza nervosi.»

Merli saltò giù dalla macchina, resistendo alla tentazione di buttarsi addosso al poliziotto. Poliziotto, o quello che era. Ora che ci pensava, non si erano qualificati esattamente. Affondò nel tappeto di foglie del sottobosco, si appoggiò a un albero e riuscì ad arrivare alla moto. Interpol, probabilmente. Oppure gente dei servizi, da come vestivano.

La moto non fumava più. «Datemi una mano a tirarla su, almeno.»

Si piegò sulla Yamaha, e in quel momento vide il piccolo fumogeno rosso incastrato tra gli ingranaggi del motore. Alzò la testa, si voltò, e la sua tempia si fermò contro la canna di una pistola. Non ebbe neppure il tempo di chiedersi perché. L'eco dello sparo galleggiò a lungo tra i boschi deserti.

Giampieri e Iannece arrivarono a Nizza e si presentarono alla Gendarmerie. C'era una certa confusione, riuscirono a farsi spiegare che il cadavere di un uomo che aveva in tasca i documenti di Maurizio Merli era stato ritrovato in un bosco, sulla strada dell'Olivetta. Chiesero come ci si arrivava ma un ispettore scortese li invitò a fermarsi lì in attesa del cadavere. «Stanno facendo i rilievi, non è il caso che andiate a intralciare il lavoro.»

«Perfetto.»

«Perfetto un cazzo! Ti avevo detto la tempia destra! Cento volte te l'ho detto!»

Belmondo si morse un labbro. «È colpa mia se si è girato dall'altra parte? Non potevo mica arrampicarmi sull'albero.»

«Sì che è colpa tua, perché hai messo male la moto. Dovevi metterla nell'altro senso, così. E lui si sarebbe girato così.» Glielo mostrò.

L'altro sbuffò. «Che palle. Non ti va mai bene niente.»

«No, non mi vanno i lavori fatti col culo. Questo mica era mancino, mi spieghi perché si sarebbe dovuto sparare con la sinistra?»

Belmondo si grattò la testa e sentì il contatto con la cravatta. «Certo che te lo spiego» disse srotolandola e guardandosi intorno, frugando con le scarpe tra le foglie. «Te lo spiego subito.» Trovò la pietra, la soppesò per essere sicuro che fosse abbastanza pesante, la calò come un colpo di maglio sulle dita della mano destra di Merli. Quindi la lanciò lontano.

«Ha usato la sinistra,» sbuffò «perché nell'incidente si era rotto due... no, forse tre... dita della mano con cui amava tanto farsi le pippe.»

Gabin fece per urlare ancora. Non si modifica la scena del delitto con tanta leggerezza. Bisogna usare la testa.

Doveva ammettere, però, che il ragazzo aveva rimediato

abbastanza bene. «E comunque c'è anche il problema della traiettoria» disse.

«Eh?»

«La traiettoria del proiettile. È un po' troppo dall'alto in basso. Dovevi lasciare che si alzasse del tutto, prima di sparare.»

«No, guarda che mi sono abbassato. Il colpo è andato praticamente orizzontale.»

L'altro scosse la testa. «Se fosse andato orizzontale si sarebbe incastrato nell'albero a quest'altezza. Invece guarda il segno. È quasi alle radici. E poi basta vedere il buco d'entrata e di uscita.»

«Senti. Vogliamo stare qui due ore a fare i sofisti, o vogliamo toglierci dai coglioni in fretta prima che arrivi qualche macchina?»

Gabin capì che aveva ragione. Non era stato un granché, come suicidio, ma per uno come Merli quelli della Scientifica francese non si sarebbero dati troppa pena. E in Italia, se si fosse messa male, i ragazzi avrebbero fatto in modo di mettere in campo un perito di fiducia.

«D'accordo. Ora lascia fare a me.» Indossò rapidamente i guanti, prese la pistola e premette il calcio prima contro il pollice, poi contro le altre dita di Merli, stando attento a non macchiarsi col sangue. Quindi lasciò cadere l'arma accanto alla mano sinistra del morto.

Belmondo si era acceso una sigaretta.

«Attento a non buttarla qui. Quella che fumavi prima l'hai recuperata?»

«Certo. Mi hai preso per un dilettante?»

«No. È solo che mi piace fare le cose per bene.»

«È andato tutto liscio. Non ci ha visto nessuno.»

Sentirono il rumore del trattore da lontano, valutarono la distanza dall'auto ferma sul ciglio della strada. Avevano tutto il tempo. Gabin mise in moto, mentre il giovane si scuoteva la terra dai vestiti.

«Non mi sporcare i sedili.»

«E dai capo, piantala di lamentarti. Andiamo a festeggiare, ti offro una birra.»

Dopo lunghe ore di attesa l'ispettore Jacquot guardava Giampieri senza più preoccuparsi di nascondere il fastidio. Era uno dei tanti francesi che non amano gli italiani, e tantomeno i colleghi italiani. Anche se la lingua la parlava molto bene. «Mi sembra una storia chiara. Ha visto la foto, forse su un giornale, e ha capito di essere braccato. Ha cercato di fuggire ma quando è uscito di strada con la moto ha capito di essere finito. Così ha preso la pistola e si è ucciso.»

«Senza nemmeno un messaggio di addio?»

«Non aveva carta e penna con sé. E poi, cosa c'era da dire?»

Giampieri non era per niente convinto. «Ma che senso aveva, da Cannes, andare a Nizza e poi piegare verso l'interno? Voleva rientrare in Italia?»

«Ah, non lo chieda a me. Doveva essere fuori di testa. Nel panico.»

L'Ingegnere continuava a scuotere la testa. «Si è registrato in albergo con i suoi documenti. Uno in fuga non lo fa.»

«Gliel'ho detto. Era fuori di testa. Magari dentro di sé sperava di farsi prendere, e ha lasciato tracce.»

Psicologia da quattro soldi, pensò Giampieri: «Se uno vuol farsi prendere, si fa prendere e basta».

L'altro fece un gesto di noncuranza con la mano. «Oh, la mente umana non è così semplice. Quella degli italiani poi...»

Giampieri riuscì a sentire da un metro di distanza il prurito nelle mani di Iannece, gli scoccò uno sguardo che voleva dire "lascia perdere".

«Ho sentito che è arrivato il corpo. Vado a identificarlo, se non le spiace.»

«Alla chiusura del caso Ameri.»

«Prosit.»

Il capo bevve in un sorso metà della birra media, sbiancò, posò il boccale sul tavolo.

«Cazzo. Il fumogeno.»

«Non dirmi che lo hai lasciato lì.»

«Merda. Dovevi prenderlo tu.»

«Io? È stata tua l'idea del fumogeno, per me la moto fuori strada bastava e avanzava. Tu invece, con la tua mania del "tocco del maestro"...»

«Merda merda merda. Ora tornare indietro è troppo rischioso.»

«Magari non lo trovano.»

«Magari tua sorella non è zoccola.»

Belmondo sorrise. «Magari non lo trovano,» disse aprendo il palmo della mano «perché l'ho preso io. E zoccola ci sarà tua *sorella.»*

Poi buttò il piccolo fumogeno rosso nella birra del suo capo.

Non lo aveva mai visto prima, se non in fotografia o in tv, e non si era reso conto di quanto assomigliasse alla sorella. Era cresciuto senza padre e questo, lui lo sapeva bene grazie alle sue ricerche, in termini statistici aveva un suo peso. Un avvocato l'avrebbe considerata una giustificazione, l'Ingegnere invece la vedeva semplicemente per quello che era: una maggiore propensione a delinquere. Maurizio Merli aveva ancora addosso la tuta e gli stivali da motociclista. Quando lo avevano trovato, grazie alla segnalazione di un contadino che aveva notato la moto uscita di strada, era già morto. Non c'era stato bisogno di spogliarlo, né di lavarlo per vedere la ferita, come era successo con Barbara. E la scena del suicidio non era stata troppo contaminata, solo il contadino, per soccorrerlo, aveva forse spostato leggermente il corpo e calpestato il terreno. Si sarebbe fatto mandare le foto dai francesi, e i risultati dell'autopsia. Se c'era qualcosa di strano lo avrebbero trovato.

Guardò ancora una volta il viso del morto. Eri uno di quelli che credono di essere duri, pensò, finché non trovano molto presto uno più duro di loro. Non una gran perdita per l'umanità. Lanciò un'ultima occhiata al grumo di sangue sulla tempia sinistra, alle dita spezzate della mano destra, poi fece cenno all'inserviente che poteva coprirlo di nuovo col lenzuolo.

Riportare Merli in Italia da vivo sarebbe stato molto complesso, riportarlo da morto un po' meno. Bisognava comunque aspettare che i francesi facessero l'autopsia e tutte le loro verifiche, e prima di riavere il corpo ci sarebbero voluti diversi giorni.

L'Ingegnere risalì in macchina e disse a Iannece di non correre, voleva pensare con calma a quanto era successo nelle ultime ore senza doversi preoccupare della propria incolumità.

«In ogni caso meglio così, Ingegnere. Se lo prendevamo vivo tra meno di dieci anni era di nuovo in circolazione. Gente come quella è inutile metterla in galera.»

«Sarebbe utile se li mettessero ai lavori forzati.»

«Magari. Ma nelle nostre galere il lavoro è un premio, invece di essere frustante.»

Giampieri sorrise a quel lapsus meraviglioso: «Già. Forse bisognerebbe ripristinare le galere cristiane».

Erano ancora in autostrada quando il cellulare di Giampieri squillò. Sul display comparve "Savonarola", uno dei soprannomi che aveva dato a Luciani.

«Ciao Nicola. Ho appena sentito la notizia al telegiornale. Volevo solo farti i complimenti.»

Giampieri sentì che stava arrossendo. Che stupido, non era neanche più il suo capo. «Grazie. E scusami per la telefonata dell'altro giorno. Ero un po' stressato.»

«Figurati. Avevi ragione. Forse se non mi fossi messo in mezzo Merli non sarebbe scappato. E se non fosse scappato forse non sarebbe morto.»

«Troppi forse, Marco. Le indagini non si fanno con i forse. I fatti sono questi. E comunque a metterlo in allarme potrebbe essere stata una delle nostre agenti.»

«La blonde?»

«Già.»

«È una nuova?»

«Già.»

«Uno dei nostri, anzi dei vostri migliori elementi, così a occhio.»

«Già.»

Giampieri era troppo laconico. Il commissario capì subito che su quella ragazza non era disposto a scherzare.

«Comunque tutto è bene quel che finisce bene, no? Il caso è risolto e tu sei sulla rampa di lancio.»

«Mah... non ne sarei troppo sicuro.»

«Di cosa? Del caso risolto o della promozione?»

«Di entrambe le cose. Non so, è solo una sensazione, ma qualcosa non torna... vabbe', parliamo d'altro. Scusa, non te l'ho neanche chiesto: tuo padre come sta?»

Marco Luciani sospirò: «Anche qui è quasi finita, per fortuna. Anzi adesso vado, mi sembra che si sia svegliato».

Alle dieci l'Ingegnere vide lampeggiare sul display l'ennesimo messaggio. Ma questa volta era quello che aspettava.

«*Caso risolto. Mi devi cena.*» Stefania non voleva più perdere tempo.

Armeggiò rapidamente sulla tastiera. «*Volentieri. Ma non cantiamo vittoria.*»

«*???*»

«*Domani ti spiego.*»

«*Va bene.*»

Si disse che doveva andare fino in fondo ora, perché trovare un momento di tranquillità, il giorno dopo, sarebbe stato impossibile. *«Per cena facciamo domani sera?»*

«D'accordo. Dove?»

L'Ingegnere pensò che era meglio non farsi vedere fuori con la sua agente. Almeno per ora. E poi perché perdere tempo al ristorante se entrambi sapevano già come sarebbe finita?

«Meglio no ristorante. Cucino io ottima cenetta se ti fidi.»

Gli piaceva quel doppio senso, fidarsi di lui come cuoco e come gentiluomo. Che errore. A cucinare era negato, avrebbe comprato qualcosa di pronto in rosticceria. E come gentiluomo era ancor meno credibile.

Il telefonino restò in silenzio per un tempo che gli parve interminabile, facendo svanire pian piano il suo sorriso tronfio. Cominciava a pensare di aver dato tutto troppo per scontato, che la fortuna sfacciata dell'ultima settimana gli aveva fatto montare la testa e che forse, invece di un irresistibile seduttore, era solo un imbecille presuntuoso. Nessuna risposta. Trattenne il respiro, il cuore smise di battere. Ma Stefania Boemi impugnava saldamente, con tutte e due le mani, la scossa che poteva ancora riportarlo in vita. "Carica a 200! Libera!" Ancora un attimo di silenzio, poi il *bip bip* del messaggio che arrivava, e del cuore di Giampieri che riprendeva a battere.

«Perché ho questa sensazione di essere io il piatto principale?»

Non era incazzata. Era lusingata.

«Dopodomani divento vegetariano ☺»

Il telefonino rimase di nuovo in silenzio, ma questa volta l'Ingegnere era tranquillo. La risposta che aspettava arrivò poco dopo.

«Oggi mi hanno dato chiavi casa. Porta champagne io penso a resto.» Seguiva l'indirizzo e l'orario, come in un invito ufficiale.

Stefania voleva giocare sul suo terreno. Giusto. In fondo era il primo appuntamento.

Digitò semplicemente: «*Magnifico*» e inviò.

Rientrando a casa il vicecommissario controllò i segnali che aveva lasciato sullo zerbino, sulla porta e infine sulla portafinestra. Sembrava tutto tranquillo. Del resto ai ragazzi in nero non poteva andare meglio di così. Il presunto colpevole, l'uomo-chiave di tutta la storia, era morto e adesso nessuno avrebbe potuto chiedergli come e perché, e semmai per conto di chi, aveva ammazzato Barbara.

Aprì una confezione di insalata di tonno e fagioli e la spazzò via direttamente dalla vaschetta. Tutta quella storia sembrava lineare, e in fondo non doveva dare troppo credito a Merli, era un banditello da quattro soldi e ci stava che perdesse la testa in quel modo. Eppure continuava a sentirsi inquieto, ricominciò a pensare a come era nata quell'indagine e a come si era sviluppata, ripensò alla visita degli uomini dei servizi e si convinse che c'era davvero qualcosa che non andava. Da Merli non avrebbe saputo più nulla, ma aveva ancora la carta dei computer da giocare. Una carta rischiosa.

Guardò l'orologio. Erano quasi le due.

«Troppo stanco per le grandi decisioni» borbottò buttandosi sul letto.

Il penultimo pensiero prima di addormentarsi fu per Marco Luciani. La sua chiamata gli aveva fatto piacere. L'ultimo lo rivolse a Stefania sperando che sarebbe proseguito anche in sogno.

SABATO
Luciani

Uscì in giardino e camminò un po', con i capelli umidi. Il sole non era ancora spuntato da dietro la casa, Marco Luciani sentì un brivido di freddo e cercò di conservare quella sensazione, perché annusando l'aria si capiva che sarebbe stata un'altra giornata troppo calda. Passò accanto ai cespugli di rose, al giovane mandorlo che portava ancora la targhetta con il nome scientifico e la data in cui era stato piantato, cinque anni prima. Saggiò con la mano la solidità dei due alberi che reggevano l'amaca. Costeggiò l'orto abbandonato e sommerso di erbacce, aspirò il profumo degli alberi da frutta e del grande fico d'india, arrivò fino al campo da tennis in mateco dove nessuno metteva più piede da anni. La rete era abbandonata a terra, i lastroni scollati l'uno dall'altro, il fondo consumato dalle piogge e scivoloso. Gli sarebbe piaciuto affrontare Andrea su un campo in mateco, per una volta, un campo rapido dove poteva giocare più spesso servizio-volée e togliergli l'arma più pericolosa, la regolarità da fondo campo. «Qui bisognerebbe alzare tutto e rifarlo daccapo, magari in erba sintetica» pensò passeggiando sui lastroni. «Una volta costruito non serve tanta manutenzione, ma chissà cosa costa farlo.» E chissà quanto sarebbe costato rimettere in sesto il giardino, i muretti a secco che stavano cadendo a pezzi. Ma il problema più grosso riguardava il grande muro di contenimento, che mostrava una crepa profonda e poco tranquillizzante. Sua madre poteva fare a meno del campo da tennis, ma quel lavoro non si poteva rimandare ancora per molto. E anche l'impianto elettrico doveva essere rifatto. Questa villa è un pozzo senza fondo di spese, si ripeté. L'unico modo di salvarla è vendere la casa del nonno e usare quei soldi per pagare le tasse, fare i lavori di manutenzione e mantenerla in condizioni decenti finché sarà viva la mamma. Sperando che bastino.

Mi stavo già affezionando a quella casa di ringhiera, pensò mordendosi il labbro, ma è meglio che lasci perdere: se comincio a prendere una cosa, poi rischio di voler prendere tutto.

«Torni a dormire qui stanotte?»

Donna Patrizia teneva gli occhi abbassati, vergognandosi di quella richiesta che era invece perfettamente naturale. Dopo decenni di notti passate insieme a una persona, il vuoto improvviso del letto, e più ancora della casa, scava canali di panico nella testa di chi rimane. Sua madre non doveva avere passato molte notti da sola, nella villa che portava il suo nome, perché nel periodo in cui suo padre era spesso assente c'era lui, e dopo che Marco se n'era andato il padre si era ormai confinato a Camogli, da dove difficilmente si muoveva. E poi, da poliziotto, lui stesso sapeva bene che non era prudente lasciare una donna anziana in una villa piuttosto isolata. C'era purtroppo anche chi leggeva i giornali per controllare i nomi dei morti e andava a svuotare le case prima che lo facessero gli eredi.

«Certo che mi fermo, mamma. Che domande» la confortò accarezzandole piano i capelli, per non spettinarla. Ma pensò che il problema c'era eccome, perché da quel momento si sarebbe riproposto ogni notte. Non poteva certo far venire sua madre a Genova. Prima di tutto perché non aveva una casa decente dove ospitarla e poi perché sradicarla dalla sua, in questo momento, sarebbe stata un'inutile crudeltà. Doveva essere lui a dormire là, sperando che lei si riprendesse presto.

«Allora lo facciamo domani?»

«Sì. Voglio che ci sia più gente possibile.»

«Un funerale di domenica. Come sei riuscita a convincere il prete?»

«Non è stato difficile. Fa volentieri un'eccezione per noi. E per la busta che gli farò scivolare in mano.»

«Però molti non faranno in tempo a vedere il necrologio.»

«Lo sentiranno al telegiornale. Tuo padre non era mica uno qualunque, sai. Insieme a lui se ne va un pezzo di storia di questo paese. E un giorno qualcuno la riscriverà in modo diverso.»

Vestirono il Grande Cesare con il suo completo più bello, un morbidissimo Armani estivo cucito su misura, anche se ormai ci stava dentro due volte. La madre gli chiese se potevano lasciarlo nella sua stanza per quella notte e il commissario annuì. Aveva visto abbastanza cadaveri per non impressionarsi più di fronte alla morte. Avrebbe chiesto a quelli dell'agenzia di venire a truccarlo quel pomeriggio stesso, per coprire il più possibile i segni lasciati dalla malattia.

Il commissario prese un caffè invece del solito tè, ne aveva bisogno per affrontare una giornata di ordinaria burocrazia. Forse per la prima volta gli pesava davvero non avere un fratello o una sorella con cui dividere lo strazio e le responsabilità.

Chissà perché i suoi genitori avevano deciso di avere un unico figlio, ammesso che fosse stata davvero una decisione. Si ripromise di chiederlo a sua madre, col dovuto tatto, nei giorni successivi. Gli sembrava di ricordare che i suoi fossero felici insieme, almeno durante la sua infanzia, ma era un'impressione vaga e forse fasulla. Di se stesso ricordava lunghi pomeriggi passati in giardino con qualche amichetto: i compagni di scuola facevano a gara per andare da lui a giocare a pallone o a tennis, non era mai stato il figlio unico che se ne sta chiuso in camera sua a studiare o a parlare con l'amico immaginario e tuttavia sì, doveva ammettere che da ragazzino le famiglie numerose di alcuni suoi compagni lo affascinavano, e che nel calcio prima e in commissariato poi aveva forse cercato uno spirito di squadra, di gruppo, che in famiglia gli era mancato.

«A cosa pensi?» gli chiese la madre.

«Eh? Ah, a niente in particolare. A quando ero bambino.»

Lei sorrise. «Anch'io stavo pensando a quel periodo. È stato il più bello della nostra vita. Mentre lo vivi sei troppo stanca per godertelo, ma poi lo capisci molto bene com'era... speciale.»

Marco Luciani annuì. La madre gli strinse l'avambraccio con la mano.

«E tu lo farai un figlio, vero? Prima o poi.»

Lui distolse lo sguardo, infastidito. Era una domanda così prevedibile, in quel momento. Sua madre avrebbe potuto risparmiarsela.

Ma subito dopo si vergognò di se stesso. Che cosa può fare una donna appena rimasta vedova, per scacciare il pensiero della morte, se non pensare a veder ricominciare una vita?

«Chissà, mamma. Magari ne ho già fatti e non lo so.»

«Stupido. Non sono cose su cui scherzare. Ma una fidanzata ce l'hai?»

«Mamma...»

«Va bene, va bene. Ho capito. Non diventerò una madre invadente. Non lo sono mai stata, mi pare. Era solo una domanda.»

Il commissario si mise una mano sul cuore e mostrò il palmo dell'altra. «Quando farò un figlio, sarai la seconda a saperlo.»

«La terza. Tua moglie lo dirà prima a sua madre.» Fece un

piccolo sorriso. «Vedi? Parlo già come una suocera.» Si sedette, voltò il viso verso la finestra e Marco Luciani lasciò che piangesse per un po'.

Conosceva bene il titolare dell'agenzia di pompe funebri, e il fatto di essere un commissario di polizia gli permise di accorciare di molto la trafila tra i vari uffici. Scelse una bara poco costosa, visto che era destinata a bruciare insieme al Grande Cesare, e un'urna dignitosa ma senza grandi fronzoli, visto che era destinata a finire sottoterra. Non risparmiò invece sui fiori e sull'addobbo della chiesa, sapeva che sua madre ci teneva. E anche lui voleva che la gente che ricordava suo padre con affetto conservasse di lui un'ultima immagine positiva. Tra firme, documenti, permessi, necrologi, manifesti la giornata se ne andò lentamente. Erano le sei passate quando arrivò in via San Lorenzo e si incamminò nei vicoli, pensando che la sua avventura da quelle parti stava per finire. Una fase della sua vita si chiudeva, e come spesso accade tutto avveniva contemporaneamente, le dimissioni dal lavoro, lo sfratto, la morte del padre. L'addetto al suo piccolo, personalissimo destino stava cercando di dirgli qualcosa, di spingerlo da qualche parte. Ma dove? Che cosa poteva fare della sua nuova vita, ora, e che cosa poteva portarsi dietro di quella vecchia? Pensò alla casa di suo nonno, alla vecchia casa di ringhiera abbandonata da anni, e di nuovo cambiò idea sulla vendita. Invece di sacrificarla per salvare Villa Patrizia poteva cedere la casa dei suoi e trovarne un'altra sempre a Camogli, ma più piccola e più centrale, in cui la madre avesse dei vicini e un minimo di rete di controllo intorno. E lui poteva andare a Milano e rimettersi a posto la casetta piano piano, con le sue mani. Non era mai stato molto abile nei lavori manuali ma poteva imparare, il tempo non gli mancava e la voglia neppure. Dopo tanti anni passati a rimuginare e ad affaticare il cervello, quella di spaccare piastrelle e imbiancare sarebbe stata un'ottima terapia.

Giocherellò per un po' con l'idea di cambiare città, cambiare aria. Ma l'aria di Milano era grigia, e poi doveva restare vicino a sua madre, almeno per i primi tempi. Anche se non aveva una donna, una famiglia, una casa, un lavoro, degli amici, c'era ancora qualche legame che lo frenava, che lo teneva impigliato alla sua vita precedente. E a condizionarlo di più, forse, sarebbe stato il ricordo di suo padre, delle cose che gli aveva detto in questo ultimo periodo. Della prospettiva nuova dalla quale gli aveva fatto vedere la scelta di fare il poliziotto: non una ripicca nei suoi confronti, ma la scelta di un mestiere al quale era davvero destinato. Suo padre era molto più presente nei suoi pensieri ora, da morto, di quanto lo fosse stato per anni da vivo.

La chiesa di San Matteo era davanti a lui, illuminata dal sole. Marco Luciani entrò, tolse gli occhiali scuri, si fece il segno della croce con l'acquasanta. L'espressione sul viso di san Giuda gli sembrò diversa dall'altra volta, il sorriso non era più beffardo ma sereno, soddisfatto.

Tolse di tasca un biglietto da cento euro, lo piegò per farlo entrare più facilmente nella cassetta delle offerte.

«Ottimo lavoro, san Giuda. Grazie di cuore. Non so se ti farà piacere, ma questa volta mi hai aiutato a fare un'opera di bene.»

Rientrò a Camogli e si sedette insieme alla madre davanti al telegiornale della sera. La morte di suo padre era nei titoli di testa, ma preceduta dagli sviluppi del caso Ameri. Vide la faccia raggiante del sostituto procuratore Monica Serra mentre spiegava i particolari della caccia all'uomo conclusa il giorno precedente e ripensò alla frase che gli aveva detto Nicola. L'indomani, al funerale, gli avrebbe chiesto che cosa non lo convinceva.

SABATO

Giampieri

«L'avete ammazzato voi, bastardi! L'avete ammazzato voi! Vi serviva un colpevole a tutti i costi, ma non è stato lui!»

Emanuela Merli aveva i pugni appoggiati sulla scrivania di Giampieri. L'Ingegnere la guardava, una maschera di dolore e rabbia con gli occhi rossi e i capelli scompigliati. La prima cosa che pensò è che era più brutta di come la ricordava. La seconda, che gli sembrava sincera.

Venuti, in piedi accanto alla finestra, le rispose a muso duro: «Piano con le accuse, ragazza. Tuo fratello si è ammazzato».

«No. Non si è ammazzato. Non lo avrebbe mai fatto.»

«Perché?»

«Perché era innocente. Non aveva niente da temere.»

«È la tua parola, e basta. E comunque neanche tu puoi esserne sicura. Può essere uscito mentre dormivi.»

«Lo avrei sentito. E poi non avete trovato niente nella perquisizione, e niente sulla sua roba da jogging.»

«I risultati dei laboratori non sono ancora...»

«Non diciamo cazzate! Ce li avete subito, quei risultati, se non dite niente è perché non c'è niente da dire!»

«Il caso non è ancora chiuso, signorina Merli,» disse Giampieri «verificheremo tutto con scrupolo, glielo assicuro. E sul corpo di suo fratello sarà fatta un'autopsia. Ma non accusi noi della sua morte. A noi conveniva molto di più prenderlo vivo, per chiarire definitivamente tutta questa storia.»

Emanuela Merli fece una smorfia. «Forse lei lo voleva vivo, sì. Ma qualcun altro no. Di una cosa potete stare sicuri: non finisce qui.»

L'Ingegnere sfogliò rapidamente la mazzetta dei giornali e capì che per quella che si definisce opinione pubblica il caso poteva considerarsi chiuso. C'è un sospettato in fuga, fa una mossa falsa, la polizia gli sta addosso, lui si uccide. Tutto abbastanza chiaro, in effetti. Da manuale.

Monica Serra sembrava più alta di cinque centimetri, mentre si avviavano tutti insieme a una nuova, trionfale conferenza stampa.

Quattro casi di omicidio risolti su quattro, il curriculum del sostituto procuratore cominciava a farsi davvero interessante. E sul piano delle pubbliche relazioni non aveva niente da imparare.

Sedette al centro del tavolo, davanti ai giornalisti assiepati con taccuini, registratori e telecamere, e cominciò esaltando il «lavoro straordinario» della polizia italiana, e ringraziando i colleghi dell'Interpol e della polizia francese. Omaggiò il sostegno datole dal questore e dal procuratore capo, quindi ringraziò via via tutti i suoi "collaboratori" citando anche Venuti e Giampieri. Un discorso da notte degli Oscar, con i ringraziamenti di rito; ma solo per rendere ben chiaro, in ogni momento, che era stata lei a tenere il controllo delle indagini, che era lei l'attrice protagonista che ora impugnava la stuatuetta.

Poi cominciarono le domande. Sulla caccia all'uomo e sul suicidio del ricercato.

«Maurizio Merli aveva capito di non avere scampo, gli eravamo addosso. Anche il vostro aiuto, con la pubblicazione delle foto, è stato decisivo» disse per arruffianarsi ancora di più la stampa. «Certo nessuno di noi pensava a un così tragico epilogo.»

«Cosa ritiene sia successo?»

«Penso che abbia perso la testa. Deve essersi accorto che qualcuno, magari un passante, lo aveva riconosciuto, è salito sulla moto e si è diretto verso l'interno, su strade poco frequentate. Una scelta logica. Poi però la moto, o il nervosismo, lo hanno tradito. È uscito di strada, ha capito che era finita e...»

La tuta non aveva neanche un graffio, pensava Giampieri seduto tre posti più in là. E non ha senso scappare verso l'Italia. Così come non ha senso mostrare a un albergatore i propri documenti. Guardava intensamente i giornalisti, quasi a voler suggerire le domande giuste.

«Che ci dice della pistola?»

«È una Smith & Wesson calibro 38. L'abbiamo già rintracciata grazie al numero di matricola. Risulta tra quelle rubate in un'armeria di Padova sei anni fa. I colpevoli non erano mai stati rintracciati.»

Forse perché non erano delinquenti comuni, pensava Giampieri. E comunque il giorno della rapina Merli era in galera, ho già controllato in archivio. Certo, può essergli arrivata per vie traverse.

«Con il presunto colpevole ormai morto, non sapremo mai il movente. E l'arma del delitto Ameri? L'avete trovata?»

Finalmente una buona domanda, pensò l'Ingegnere. Niente confessione, niente movente, niente arma del delitto.

«Continueremo naturalmente a fare tutte le verifiche del caso. Anche su alcuni oggetti sequestrati in casa di Merli su cui sono al lavoro i nostri laboratori.»

«Conferma l'indiscrezione dei giorni scorsi che tra gli oggetti sequestrati c'era anche una piccozza?»

La Serra mise su la sua espressione arrabbiata. «Visto che la notizia ormai è uscita... e vorrei sapere come... tanto vale che ve la confermi. Sì, abbiamo trovato anche una piccozza da montagna. E per oggi è tutto. Grazie.»

Giampieri le si mise a fianco in corridoio: «Dottoressa, si

è dimenticata di dirgli che sulla piccozza non abbiamo trovato tracce di sangue».

Lei alzò le spalle: «Non vuol dire niente. Ora che c'è *CSI* anche un bambino sa come fare a cancellarle».

Restò a fissare il telefonino, incerto se chiamare Marco o aspettare. Sapeva che avrebbe dovuto farlo subito ma non sapeva cosa dirgli, è sempre così difficile telefonare a qualcuno a cui è morta una persona cara. Ti ripeti che non lo vuoi disturbare, anche se sai che probabilmente gli farebbe piacere, perché chi ha appena avuto un dolore in genere ne vuole parlare, per provare a dargli una logica, per renderlo più sopportabile. In realtà non è che devi dirgli molto, bastano due parole, "ho saputo adesso", "mi dispiace", e poi in genere è l'altro che parla, che racconta, che afferra l'occasione per sfogarsi. Ma è difficile lo stesso, e dopotutto anche Marco Luciani era uno così, che non aveva il coraggio di essere diretto, che aveva indagato alle sue spalle. E poi a Marco non gliene importava niente di suo padre, lo sapevano benissimo tutti e due, lo aveva sempre odiato e chissà se in quel momento era davvero in lutto o non si era piuttosto tolto un peso. Pensò di mandargli un sms ma si disse che sarebbe stato poco sensibile. Un telegramma ha una sua fredda e formale dignità, ma un sms in quel caso è freddo e basta, è come dire mi cago addosso all'idea di telefonarti, non ne ho nessuna voglia, beccati questo che non mi costa nessuno sforzo.

Basta, lo vedrò domani al funerale, pensò rimettendo il telefonino in tasca. Meglio un abbraccio di persona che delle parole vuote al telefono, scritte o parlate che siano.

L'idea dell'sms, comunque, continuò a frullargli in testa per un po'. Alla fine decise che un messaggio, comunque, avrebbe fatto meglio a mandarglielo.

Come ogni sabato si trovò a pranzo con Davide Risi nella friggitoria di via San Vincenzo. Questa volta il collega della

Narcotici gli aveva portato la terza puntata degli *X Men*. «Com'è?» chiese Giampieri, perché lo chiedeva ogni volta. E come ogni volta Risi rispose: «Ottimo. Vedrai».

«L'ho visto anch'io, è divertente» sorrise la cameriera indicando la cassetta. Continuava a mangiarsi l'Ingegnere con gli occhi, lui ricambiò il sorriso per darle soddisfazione, quindi la sua forchetta cominciò a far strage di farinata, torta pasqualina e panissa. Risi si fece fuori da solo quasi un litro di rosso. L'Ingegnere stava per ordinare anche un pezzetto di torta di cipolle ma si trattenne, più tardi avrebbe visto Stefania e voleva che tutto fosse perfetto.

Andarono a prendere il caffè, Risi ordinò una grappa morbida e insistette perché la prendesse anche Giampieri, poi fece un brindisi «all'amicizia e alla vita carogna». L'Ingegnere guardò la sua espressione e capì che qualcosa non andava: «Che ti succede, Davide? Qualche problema?». L'altro impallidì, abbassò gli occhi: «Mia moglie. La mia quasi ex moglie. Vuole trasferirsi a Roma con le bambine. Non riuscirò più a vederle».

«Quanti anni hanno adesso?»

«La più grande quattro, la piccola due e mezzo.»

«Fatti trasferire anche tu.»

«Non posso. Marina... la mia ragazza... non vuole spostarsi da Genova neanche... e qui sto a casa sua, se vado a Roma non ci sto con le spese, già passo a mia moglie più di metà dello stipendio.»

«Ma con Marina da quanto state insieme?»

L'altro aveva gli occhi lucidi, forse non solo per la grappa. «Otto mesi. Non so se è una storia seria, cioè lo è, non so se sarà... definitiva. Ma in questo momento è tutto quello che ho. L'unica persona che... insomma, con cui posso provare a costruire qualcosa. È brutto essere soli, Nicola. Alla mia età...»

Alla tua età, pensò Giampieri? A 33 anni? A 33 anni essere soli è una benedizione, specialmente se l'alternativa è avere una moglie incazzata, due figlie piccole urlanti, e magari pure dei genitori con l'Alzheimer... pensò a Amalia e a tutte le Stefania Boemi che avrebbe ancora potuto conoscere. C'è tempo per le storie serie, amico mio, c'è tempo a 29 anni e a 33 e anche a 99, credi a me.

Prese il portafogli dalla tasca ma il gestore lo fermò: «È già pagato».

Giampieri guardò sorpreso Risi, che era sorpreso quanto lui.

«Sono due signori nella saletta interna.»

L'Ingegnere si affacciò nella stanza e i Blues Brothers lo fissarono sorridendo. Non si erano tolti i Ray-Ban neppure per mangiare. Il capo alzò il boccale della birra: «Alla felice conclusione dell'inchiesta. E alla sua imminente promozione, *commissario*». Il giovane toccò il boccale con il suo e sorrise con denti scintillanti.

«Amici tuoi?» chiese Risi quando furono in strada.

«Non proprio» replicò Giampieri. «Ragazzi dei servizi. Non so come si chiamano, li ho soprannominati Gabin e Belmondo. Da un po' di tempo sono i miei angeli custodi.»

Risi si rabbuiò: «Mai piaciuti quelli».

«Neanche a me. Neanche a me.»

Aveva dato il weekend libero a tutti, dopo due settimane di lavoro bestiale. Era giusto festeggiare la conclusione dell'inchiesta o comunque far credere a chi lo stava osservando che aveva mollato il colpo. Almeno per qualche giorno.

Tornò in ufficio, si chiuse nella stanza dei computer e fissò il monitor di quello di Barbara. «Tu lo sai cos'è successo,» sussurrò «e ora devi raccontarmelo.»

Rientrò a casa, controllò i segnali e vide che era tutto a posto, si fumò una canna digestiva e rilassante mentre giocherelleva col cd in cui aveva copiato tutto quello che aveva scoperto sul computer di Barbara.

La verità, alla fine, stava emergendo. Il sabato prima di essere uccisa, la segretaria era andata in ufficio e aveva estratto dall'archivio del broker una cartellina chiamata "Sorriso". Dentro c'erano parecchi file con registrate alcune operazioni legate a una grande iniziativa di solidarietà lanciata alcuni anni prima per soccorrere le vittime della guerra civile in Congo. C'erano cifre, versamenti, movimentazioni di container, ma tutte queste cose a Barbara non interessavano. Lei aveva solamente copiato un file chiamato "Merli", che conteneva un resoconto della denuncia presentata e poi ritirata nei confronti dell'autista ex galeotto, messo in libertà sulla parola, accolto dalla Chiesa come un figliol prodigo su raccomandazione di Mantero e garanzia della sorella. Probabilmente lei era andata dal broker per chiedergli di aiutare quel fratello disgraziato, che lui ricordava perché era già stato suo cliente. Così a Maurizio Merli era stata data un'altra chance, ma anche questa volta aveva preferito sprecarla: aveva fatto sparire un intero camion di medicinali ed era stato sorpreso mentre cercava di rivenderli per conto suo al mercato nero. Forse si era detto che rubare ai ladri non è peccato, forse voleva semplicemente la sua fettina di torta, ma i suoi datori di lavoro non la pensavano così. Facile immaginare cos'era successo: denuncia ritirata in cambio del silenzio su qualche cosa che Merli poteva avere scoperto. Così si era salvato, perché quella denuncia lo avrebbe fatto tornare dritto in galera.

Che cosa se ne facesse Barbara di quelle informazioni non gli era chiaro. Che ricattasse Merli era da escludere, non gli sembrava il tipo; più probabile che lui l'avesse convinta a far sparire quel file. Di certo Merli non l'aveva uccisa per motivi passionali, ma per coprire se stesso e forse qualcun altro. E poi era toccato a lui.

L'Ingegnere osservava il fumo della canna, incerto su come comportarsi.

Dopo il "suicidio" di Merli il caso era chiuso con soddisfazione di tutti, la spiegazione ufficiale era un raptus sessuale o qualcosa del genere. Tirare fuori un altro movente avrebbe provocato le reazioni di mezzo mondo coinvolgendo nuovamente Mantero e i suoi amici preti, e rimettendo in movimento i ragazzi dei servizi; per la famiglia di Barbara non sarebbe cambiato nulla, e anche la sorella di Merli non avrebbe avuto niente da guadagnarci. Il procuratore lo avrebbe maledetto perché lo metteva in condizione di andare a scornarsi contro gente troppo potente, ben protetta dalla politica; pure Iaquinta si sarebbe incazzato e di certo, una volta posatosi il polverone, l'unico che ci avrebbe rimesso sarebbe stato lui, l'Ingegnere. Valeva la pena di rinunciare alla promozione a commissario, e rischiare pure la pelle, per una battaglia contro i mulini a vento?

Si chiese se era il caso di raccontare a qualcuno dei colleghi la sua scoperta, ma pensò che per il momento era meglio tenerla per sé.

Gli venne in mente che doveva forse aggiornare Marco, ma quello neanche gli aveva risposto. Del resto aveva altro a cui pensare.

Fece l'ultimo tiro, quindi staccò telefono e telefonino e si concesse un'ora secca di sonno, per essere in piena forma per la serata che lo attendeva.

Erano le nove in punto quando suonò al campanello di Stefania. Nessuna risposta. Poi si ricordò che lei gli aveva detto di avvertirla con un sms.

Digitò «*Toc toc*» e schiacciò "invio".

La risposta arrivò dal cellulare. *«Chi è?»*

«Il lupo cattivo. Aprimi, o con un soffio spazzo via tutto.»

Stefania Boemi aprì la porta e il sorriso.

«Se vuoi soffiare, accomodati.»

Giampieri rimase a bocca aperta. Decine, centinaia di piccole candele accese erano distribuite dappertutto, nella stanza principale che faceva da salotto e sala da pranzo, con un angolo cottura vicino alla finestra. In fila ai bordi della stanza o appoggiate sulle mensole di ardesia facevano ala al viso perfetto di Stefania dandole un'aria da madonna sensuale, accarezzavano i capelli biondi con tenui riflessi ramati. L'Ingegnere fece due passi all'interno dell'appartamento. Era completamente vuoto, non c'erano mobili né sedie, ma la sensazione era comunque di essere entrati in un posto vivo, abitato. Il parquet assorbiva la luce delle candele e la diffondeva ammorbidita sulle pareti bianche, sul soffitto, sulla carnagione chiara di Stefania che sembrava accendersi di vita, restituire il calore di una giornata passata al mare.

«Fa caldo,» disse lei «sarà meglio che ti togli la giacca.»

Era a piedi nudi, con un paio di pantaloni bianchi comodi, legati da un cordino in vita, e un top viola che esaltava la bellezza sfrontata del seno. Non aveva praticamente messo trucco e profumava di crema doposole. L'Ingegnere pensò che non l'aveva mai vista così bella.

«Scusa per le candele, ma non mi hanno ancora attaccato la luce. E neanche il gas. Ho solo l'acqua. Saremo un po' in emergenza. Ma ho fatto in tempo a comprare piatti, bicchieri, posate, una tovaglia. E ho fatto scorta di acqua.»

Potevamo andare da me, fece per dirle lui, ma si trattenne in tempo. Nella sua casa di scapolo non sarebbe mai riuscito a ricreare un'atmosfera simile a quella. E poi, una volta messo piede lì dentro, si era subito sentito a suo agio, in una specie di tempio del quale lei era la vestale e lui il dio sceso a visitarla.

Incrociò lo sguardo di Stefania e si vide riflesso in una posa ridicola, con la bocca aperta, la schiena leggermente piegata, un pacchettino in una mano e una bottiglia nell'altra.

«Posso aiutarti?»

«Ah, scusa, sì. Qui c'è una bottiglia di champagne. Andrebbe messa in fresco. E qui... avevo preso del gelato.»

Lei fece una smorfia. «Niente luce, niente frigo... mi sa

che siamo nei guai.» Ci pensò su un secondo. «Aspetta, lo champagne possiamo metterlo al fresco nel lavandino, riempito d'acqua. E il gelato lo metto sul balcone.» Gli diede le spalle e lui vide, attraverso i pantaloni bianchi, che portava delle mutandine minuscole, la linea arcuata dell'elastico si notava appena al di sopra dei glutei.

Stefania stese una tovaglia immacolata in mezzo alla stanza, apparecchiò con piatti, posate, due bicchieri da acqua e due calici da vino, aggiunse il pane, l'olio, il sale, una bottiglia di Vermentino, quattro piccole candele bianche circondate di alluminio e immerse in altrettante coppette d'acqua e perfino un minuscolo vaso con dentro dei fiori di campo coloratissimi, quindi portò quattro piatti.

«Pomodoro e mozzarella, insalata di aragosta, polpettone di patate e fagiolini, pinzimonio di verdure. Tutta roba fredda, mi spiace. Comunque l'aragosta c'è.»

Non le disse che l'ultima volta che l'aveva mangiata era stato male: non era quello il momento di deluderla. Si tolse la giacca, si mise a piedi nudi, incrociò le gambe. «È tutto fantastico. E dietetico. Ne ho bisogno» sospirò toccandosi la pancia.

Lei alzò un sopracciglio e sorrise: «Un po' di pancia è sexy, in un uomo. Dà sicurezza».

Mangiarono senza parlare di cibo né di lavoro, e questo parve a Giampieri il primo piccolo miracolo che avveniva in quel tempio laico, grazie a quella ragazza che sempre più gli appariva come circondata da un'aura sacra. Suggestione, pensò in un momento di lucidità. Effetto dell'atmosfera. Anche i rari momenti di silenzio non erano freddi né imbarazzati, ma complici e ricchi di implicazioni.

Posarono insieme le forchette, presero i bicchieri del vino e insieme alzarono lo sguardo per un brindisi. Gli parve che lei tremasse e non solo per l'effetto delle candele, si sporse al di sopra della tovaglia e vide che Stefania chiudeva gli occhi e piegava leggermente la testa da un lato, non c'era bisogno del manuale per sapere che sono due gesti di resa, chiudere gli occhi e offrire il collo al predatore.

La baciò sulle labbra, piano, e lei finse di esitare un attimo prima di restituirgli il bacio. Sapeva di vino fresco e mozzarella e miele di lavanda. Si baciarono di nuovo, le posò una mano sulla nuca, mentre lei gli teneva il viso con entrambe le mani. Già dal bacio capisci tutto, pensò lui, è il bacio che ti dice come andrà tutto il resto. Era eccitato più che mai, ma in un modo diverso dal solito, più consapevole e più gioioso. Spinse in caccia la sua lingua e Stefania vi allacciò la sua come in un passo di tango. Abbassò una spallina del top, le accarezzò un seno e lei non lo respinse, fece solo un mugolio e un sorriso.

Lui sussurrò: «Vuoi lo champagne?».

«Lascialo al fresco ancora un po'.»

«Il gelato si scioglierà.»

«Credo che mi scioglierò prima io.»

Non aveva mai fatto l'amore con tanta tranquillità. Sul futon steso in camera da letto, il corpo morbido di Stefania lo aveva accolto e avvolto come un lussuoso abito su misura, e nel momento in cui entrò dentro di lei pensò che non ne sarebbe uscito più, che se la sarebbe portata addosso anche dopo, per strada, in ufficio, e l'avrebbe sentita intorno a sé ancora per giorni e mesi e anni. Che stupida romanticheria, si disse cercando di restare presente a se stesso. In realtà l'odore di lei sarebbe presto scomparso, e un giorno forse non avrebbero neppure più ricordato l'uno il viso dell'altra. Impossibile, considerò tuffandosi di nuovo negli occhi azzurri da gatta. La sensazione provata in quel momento, quella non l'avrebbe dimenticata mai. Era come quando il vecchio sciamano Don Juan lascia l'allievo Castaneda da solo in veranda e gli chiede di trovare il suo posto e sedersi, e lui non capisce, e passa una notte terribile a cercarlo, finché finalmente lo trova e in quel momento tutto gli appare chiaro, e capisce che quello e nessun altro poteva essere il suo posto, e si chiede come aveva fatto a non trovarlo subito. Nicola Giampieri aveva esplorato molti posti, alcuni davvero spettacolari, panoramici, confortevoli. Ma capì che non erano stati altro che una lunga e forse un po' stupida ricerca, dal momento che era evidente che quello dove si trovava ora, e soltanto quello, era il suo posto.

Faceva l'amore con Stefania e non c'era ansia, non c'era paura di godere troppo presto, o di non piacerle. Si muovevano insieme, in perfetta armonia, accelerando e rallentando al tempo di una musica che solo loro sentivano, e che era identica per entrambi. Rotolavano all'unisono e si scambiavano di posto con un semplice, muto gesto d'intesa, sorridendo, cercandosi con la bocca e con la lingua, a volte lasciandosi sfuggire un breve gemito. Lei venne più di una volta, sopra di lui, nascondendo il viso sotto i capelli o attutendo i singhiozzi sulla sua spalla. Nicola avrebbe voluto guardarla, in quei momenti, ma gli piaceva che sentisse un po' di pudore per quello che le stava capitando e che sembrava stupirla. Forse con nessuno ha mai provato tanto piacere, pensò con l'orgoglio del maschio, e lo stesso varrà per me, tra un minuto o tra un'ora.

Sentiva che sarebbe potuto andare avanti per sempre e continuò a prenderla con dolcezza e decisione, finché fu lei a interrompere il suo movimento e a fissare lo sguardo al soffitto.

«Ti ho fatto male?»

Lei scosse la testa, avvicinò la bocca al suo orecchio. «No, no. Va tutto bene. È stupendo. Sei stupendo.»

Lui sorrise.

«Ma ora vorrei che tu...»

«Dimmi.»

«Sì, vorrei... che piacesse anche a te.»

«Allora chiedimelo.»

Lei capì quello che doveva dire. Avvicinò la bocca al suo

orecchio e sussurrò: «Vieni dentro di me, vieni adesso». Giampieri sentì il piacere arrivare da lontano e travolgerlo come un'onda gigantesca, mentre le sue gambe da marmo diventavano sabbia e le loro bocche godevano ancora, insieme, per l'ultima volta.

La tenne abbracciata a lungo, finché lei si addormentò nell'incavo della sua spalla. L'Ingegnere restò sveglio a fissare il tremolìo delle poche fiammelle che ancora vivevano in quella stanza sconosciuta, pensando che quel giorno, a quell'ora, avrebbe dovuto essere nel suo letto a provare un altro tipo di estasi.

Aprirono lo champagne e il gelato, poi fecero l'amore una seconda volta, e una terza. Stefania si addormentò appagata, si capiva dal ritmo regolare del suo respiro, dal sorriso leggero che le era rimasto sul viso. Potrei fermarmi qui, pensò Giampieri, potrei fermarmi e probabilmente riuscirei anche a dormire, e questo sarebbe il segno indubitabile che mi sono innamorato.

Quel pensiero fermò il tempo per un istante, vide se stesso e Stefania come due acrobati le cui traiettorie si erano incrociate durante un pericoloso esercizio senza rete. Avevano lasciato il loro trapezio e si erano agganciati alle mani del compagno, ma nessuno dei due aveva pensato che così facendo sarebbero precipitati entrambi. Bisognava che almeno uno dei due restasse lucido, che recuperasse in fretta il suo trapezio perché solo così l'altro poteva volteggiare in tutta sicurezza.

Non è il momento giusto per innamorarmi, pensò riscuotendosi dal dormiveglia, perché l'amore fa cambiare abitudini e le conseguenze dell'amore possono essere fatali.

Si staccò da Stefania cercando di non svegliarla, ma non ci riuscì.

Lei lo guardò vestirsi, stupita più ancora che addolorata: «Dove vai?».

«A casa.»

Sono io la tua casa, fece per dirgli, ma sarebbe stata una frase eccessiva tra due semisconosciuti che avevano fatto l'amore per la prima volta.

«È tardi. Se vuoi puoi fermarti.»

«Devo andare. Scusami. Devo andare a casa, domani mattina c'è il funerale del padre di Marco. Marco Luciani, il commissario. Bisogna che mi cambi e mi metta un vestito decente.»

Stefania Boemi cambiò espressione, disse «mi dispiace. Mi dispiace davvero», lasciando che lui pensasse che era dispiaciuta per il commissario. Ma dentro di sé smise di volteggiare, riagganciò il suo trapezio, e mentre lui le alzava leggermente il mento e la sfiorava con un bacio chiuse gli occhi e trattenne le lacrime.

L'Ingegnere risalì in auto, tornò a casa con uno spaventoso senso di inquietudine che cresceva e cresceva e si chiese se non aveva sbagliato tutto, se quella fuga notturna non fosse un segno di debolezza, anziché di forza, come aveva creduto.

Si sentiva ancora sospeso a mezz'aria, a testa in giù, indeciso se riconquistare il pilone da cui si era lanciato o cercare di riagganciare la compagna che si allontanava sempre di più.

Devo dimenticarla subito e tutto tornerà come prima, pensò. È stato un triplo salto mortale, qualcosa di mai provato prima, ma ora devo tornare alle traiettorie che conosco.

Arrivò a casa, e solo dopo avere aperto la porta si accorse che aveva dimenticato di controllare i segnali. Al diavolo, si disse mentre faceva saltare la cassetta con il cacciavite e preparava rapidamente tutto il necessario, sentendo l'ansia montare insieme alla paura di avere sbagliato tutto e allo schifo di sé. Dovevo fermarmi da lei, pensò, ma basta una notte di amore per mettere in discussione tutte le proprie certezze? Sì, se è una notte d'amore come questa, così bella che ti spezza lo stomaco e ti fa dubitare di tutta la tua vita. Bisogna respingerla subito, prima che penetri in profondità, respingerla come un sogno stupendo senza darle il tempo di diventare un incubo.

Preparò la dose scaldandola su un cucchiaio, la aspirò con la siringa.

Stava per mettere il laccio emostatico quando sentì suonare alla porta.

Guardò istintivamente l'orologio. Erano quasi le due. Richiuse in fretta la siringa nella cassetta, mise cucchiaio e laccio sotto il letto, prese la pistola e si avvicinò allo spioncino.

«Ciao, Amalia. Che ci fai qui?»

Lei alzò un sopracciglio, indicando la pistola con un gesto stanco. «È così che si accolgono le amiche? O aspettavi qualcun altro?»

Era di nuovo in minigonna e senza reggiseno, e invece degli stivali aveva dei sandali. I capelli bruni erano tirati indietro e legati in due trecce molto sexy.

«Scusa. Non mi aspettavo che fossi tu.»

«Avevo voglia di vederti. E al cellulare non rispondevi.»

È ancora staccato, si ricordò lui. Era tentato di farla entrare ma aveva su di sé l'odore di Stefania, e sotto il letto un piacere ancora più grande che lo aspettava.

«Allora? Non mi fai neanche entrare?»

«Sono stanco. È stata una giornata... faticosa.»

«Non dirmi che hai lavorato finora.» Il tono era scettico. «Ho saputo che il caso è risolto.» Siccome lui non rispondeva, Amalia lo fissò. I suoi occhi sembravano brillare nel buio del corridoio. «Dieci minuti. Solo per un drink.»

Non doveva essere il primo della serata, a giudicare dalla voce leggermente strascicata e dall'odore di alcol del suo fiato, sovrastato ma non cancellato del tutto da quello del chewing-gum alla menta.

Avvicinò le sue labbra all'orecchio di Nicola, morsicò leggermente il lobo. Era uno dei suoi punti più sensibili, e lei lo aveva scoperto molto in fretta. «Prometto che non ti farò stancare. Ma ho bisogno di te.»

Le aprì la porta, disse «cosa vuoi bere?» ma prima ancora che arrivasse al frigorifero Amalia lo fermò.

«Com'è lei?»

«Lei chi?»

Amalia sorrise, scivolando dai sandali. Non sembrava arrabbiata.

«Sento il suo profumo da qui. Dev'essere bionda, non è vero? Sarà carina, sicuramente. Ma a letto com'è? Più brava di me?»

Mentre parlava si era avvicinata a Nicola e mettendogli un dito sul petto lo aveva fatto indietreggiare fino al letto.

«Amalia, io davvero...»

«Ssssh, non ti preoccupare, non sono gelosa,» gli sussurrò all'orecchio prima di leccarglielo con la punta della lingua «dimmi com'è lei. Dimmelo.»

Prese la mano dell'Ingegnere e se la portò sotto la minigonna di jeans. Non aveva le mutandine ed era sempre perfettamente depilata.

«Dimmelo.»

Giampieri capì che il gioco la eccitava forse quanto stava eccitando lui.

«Bionda,» disse «bel viso. Un seno da urlo. Grande e sodo.»

Lei fece un mugolìo, prese la mano di Nicola e se la posò sul seno, dopo avere sbottonato la camicetta, e mentre si baciavano cominciò a toccarsi da sola.

Averle tutte e due insieme, pensava Nicola, che sogno. La bionda e la bruna. Immaginò la lingua di Amalia sul corpo di Stefania e il desiderio ritornò prepotente, quasi doloroso.

I sospiri della ragazza si erano fatti più forti.

«Oddio, sto per venire. Senti come sono bagnata.» Gli

mise in bocca due dita, avevano un sapore penetrante di pesce e di pesca, poi lo fece stendere sul letto, si alzò la minigonna alla vita, allargò le gambe e gli salì sopra il viso. Venne così a lungo che Giampieri quasi rischiò di soffocare.

Rise, e sospirò, Amalia, staccandosi da lui. La vide ricomporsi con naturalezza e allegria, come liberata da un peso. Rimise a posto la mini, riallacciò i due bottoni della camicetta.

«Mi lasci così?» le chiese. Mentre la baciava il desiderio era tornato e si aspettava che anche lei...

«Non hai detto che volevi riposarti?»

«Sì, ma mi è tornata la voglia.»

«Si vede che la biondina non ci sa fare.» Risalì sui sandali, aspettò che lui le aprisse la porta, si sottrasse a un ultimo tentativo di abbraccio. «Ci vediamo.»

Restò a guardarla mentre andava via rapida, con quella camminata di culo che lo mandava fuori di testa. Che serata, pensò. Che serata. La migliore della sua vita, probabilmente.

Gli girava leggermente la testa e il cuore era accelerato. Troppe emozioni per una sera sola, pensò. Sentì il bisogno di respirare un po' d'aria e andò ad aprire una finestra. Vide cadere i segnali e pensò che non aveva controllato quelli della porta. Non importa, pensò prendendo tre o quattro respiri profondi. Ormai il caso è chiuso.

Riprese la cassetta e la rimise in ordine sulla libreria, ricontò rapidamente fino a quarantasette, lo faceva sempre, per scaramanzia. Mise il laccio emostatico, quindi pizzicò leggermente la vena del braccio sinistro: era perfetta.

Ripensò a Stefania e a come avevano volteggiato insieme, in perfetta sintonia. Era stato bellissimo, ma per fortuna Amalia era arrivata a ricordargli che non si fanno quegli esercizi senza una rete di sicurezza. Guai ad affidarsi totalmente a un'altra persona, guai a perdere il controllo. Prese ancora fiato, osservò in controluce la prima goccia appesa all'ago, chiuse gli occhi e aspettò di vedere arrivare il trapezio a cui aggrapparsi, il contatto rassicurante dell'ago con il braccio, il piccolo dolore muto della vena, il fremito del corpo attraversato dalla droga che come lo sperma corre impazzita verso la vita o verso la morte.

Ora arriva, pensò, ora arriva.

Lo sparò in cielo come non aveva mai fatto, togliendogli il respiro. Nicola Giampieri non riuscì a urlare, non riuscì neppure ad avere paura. Sussurrò solo «mamma», poi vide precipitare a terra il suo corpo e capì che non sarebbe più tornato.

DOMENICA
Luciani & Giampieri

Quando vide tutta quella folla capì perché suo padre, pur non essendo credente, aveva voluto un funerale in chiesa: un po' per sua madre ma soprattutto perché non voleva rinunciare a un addio da grande protagonista, che un funerale laico in una squallida e piccola saletta crematoria non gli avrebbe dato. La grande chiesa affacciata sul mare era piena, con gente in piedi sul fondo e lungo le navate, e c'era ancora altra gente sulle scale e sul sagrato, e molti negozianti avevano calato le saracinesche a metà nonostante l'afflusso di turisti della domenica. Era un giorno di tramontana, limpidissimo, ed entrando in paese dietro al carro funebre Marco Luciani non aveva potuto trattenersi dal dire alla madre «che giornata magnifica», poi, vergognandosi per come suonava assurda quella frase detta da uno che sta seppellendo il padre si era affrettato ad aggiungere «di quelle che piacevano a papà». Donna Patrizia gli aveva appoggiato la mano sulle dita che tenevano il volante, con un piccolo sorriso. «Già. Scendeva fino alla passeggiata, comprava i giornali, si sedeva al bar e tornava abbronzato e di buon umore. Diceva sempre che andava a energia solare, lui.»

Chissà a che cosa aveva pensato nel momento finale, quello in cui è meglio credere che non ci passerà davanti tutta la nostra vita, perché sarebbe troppo crudele, ma solo i ricordi più belli. Forse il Grande Cesare aveva rivisto i suoi momenti di gloria, le migliori arringhe in tribunale, un celebre dibattito televisivo in cui aveva ridicolizzato un avversario; forse aveva rivisto le sue amanti più belle, ne aveva avute tante nei giorni del potere vero e della vera ricchezza, attrici avvocatesse soubrettes e, se è vero quanto si diceva, anche una che poi sarebbe diventata una famosa pornostar. Ogni volta che uscivano queste voci sui giornali scandalistici, Marco Luciani lo odiava per il male che faceva a sua madre. Una volta lo aveva anche affrontato per chiedergliene conto, e suo padre col sorriso che riservava ai giudici più duri gli aveva mentito spudoratamente, giurando e spergiurando che non c'era nulla di vero, che quando si frequentano quegli ambienti si finisce travolti dalle voci più assurde, e che spesso erano proprio le ragazze a metterle in giro per farsi pubblicità e conquistare una foto in copertina. Poi gli occhi rossi di sua madre, i sonnellini pomeridiani che diventavano sempre più lunghi, le bottiglie che diventavano sempre più leggere, gli confermarono che anche lei aveva smesso di credere al suo uomo, finché alcune foto rubate su uno yacht, con Cesare impegnato a succhiare l'alluce di una valletta, avevano spazzato via anche gli ultimi dubbi, e questa volta di fronte al suo sguardo di sedicenne tradito e spietato suo padre non aveva più provato a negare, solo aveva detto a mezza voce: «Un giorno capirai, quando sarai un uomo».

Ma neppure diventare uomo era bastato per capirlo. Anche di fronte all'urgenza del desiderio e a una donna bella e disponibile ci sono le regole, le promesse, la parola data a una moglie e a un figlio. Se non l'amore, si era detto molte volte Marco Luciani, almeno il rispetto avrebbe dovuto impedire al padre di tradire così la sua famiglia.

E tuttavia ora, scendendo dall'auto e vedendo i necrofori che estraevano la bara dal furgone, di fronte a centinaia di persone che si facevano tutte nello stesso momento il segno della croce, il commissario pensò di avere capito. Suo padre era morto ormai, e tutte le sue maledette scopate ora acquistavano un senso. La vita sa essere disperatamente lunga, ti lascia il tempo di fare un sacco di cose di cui ti pentirai, ma tra queste non ci sono quei rari momenti in cui l'hai vissuta veramente. Nei corpi di quelle donne il Grande Cesare si era sentito vivo, aveva sconfitto la noia e la tristezza e la morte e questo era il massimo che un uomo poteva sperare in attesa di consegnarsi per sempre al nulla.

Si stupì di come la sua mente, in questo giorno dedicato alla morte, continuasse a rincorrere immagini erotiche. Era una reazione istintiva, o forse c'era qualcosa di strano nell'aria che lo chiamava ma che non riusciva ad afferrare. Scosse la testa e si disse che stava semplicemente proiettando i propri desideri insoddisfatti su quelli del padre. Magari non ha pensato affatto alle sue amanti, magari quelle non gli hanno mai dato nulla di importante e negli ultimi istanti ha pensato proprio alla mamma, e a me. Forse ha rivisto lei in abito da sposa, oppure me da bambino, travestito da Zorro, che gli corro incontro ridendo come nella foto rimasta per anni sulla mensola del camino, o forse ha semplicemente rivisto se stesso su una sdraio in giardino, in una giornata limpida come questa, con il caffè in mano e gli occhi socchiusi per ripararsi dal sole. O forse ha pensato alla sua, di mamma, perché io l'ho sempre visto come padre ma magari lui si è sempre sentito un bambino.

Guardò Donna Patrizia e vide che era serena, accompagnava nell'ultimo viaggio quello che ora e per sempre sarebbe stato il suo compagno. Tante volte lui si era allontanato senza che lei sapesse cosa stava facendo, né dove poteva trovarlo. Ma da oggi suo marito tornava totalmente sotto il suo controllo. Lo aveva amato per quello che era, con i suoi piccoli pregi e i suoi grandi difetti, e come lei dovevano averlo amato anche queste persone che affollavano la chiesa, e tutti coloro che avevano fatto decine di necrologi sul «Secolo XIX» e sul «Corriere della Sera», e i tanti che avevano mandato telegrammi e biglietti. In televisione la notizia era stata data con grande rilievo ed erano ricomparse, in brevi dichiarazioni o interviste, tante facce che Tangentopoli aveva spazzato via, insieme ad altre che erano già tornate. Qualche politico aveva detto che il tumore gli era venuto per colpa dei giudici e questo al commissario aveva dato fastidio, non gli bastava averlo utilizzato in vita, ora volevano che facesse propaganda anche da morto. E poi, ammesso che il tumore abbia anche cause psicologiche, cosa di cui era peraltro convinto, era passato troppo tempo da allora; se le cose stavano così anche lui, il figlio, poteva averlo causato con il suo atteggiamento intransigente.

Mentre la bara entrava in chiesa qualcuno si avvicinò a lui e alla madre sussurrando "coraggio" o "condoglianze" o semplicemente stringendogli un poco il braccio. Vide fotografi e telecamere che sgomitavano e litigavano per la migliore posizione ed ebbe per un attimo la tentazione di cacciarli via, ma voleva che i titoli dei giornali del giorno dopo fossero per suo padre e non per una rissa provocata dal figlio.

Molti giornalisti lo avevano cercato per intervistarlo, speravano forse in una dichiarazione provocatoria ma lui neppure aveva risposto. Se altri volevano rivalutare suo padre, si accomodassero pure. A lui non interessava pensare che le cose brutte e sbagliate che aveva fatto fossero in realtà cose belle e oneste, perché non era così. Gli interessava riuscire a perdonarlo e basta, pensando che tutti facciamo cose sbagliate, chi più chi meno.

A modo suo è stato un padre e un marito affettuoso, si disse, certo non tanto presente e certo non tanto fedele... Stronzate. Era un bastardo e lo so benissimo, e allora perché non posso amarlo e basta come continua a fare mia madre, perché non riesco ad accettare che a volte siano i difetti a fare grande un uomo?

Gli piacque quell'idea, ci sono uomini che hanno grandi pregi e uomini che hanno grandi difetti, e anche questi sono generalmente molto amati. La gente preferisce un grande malvagio a un buono mediocre, la gente ha bisogno di seguire qualcuno, di ispirarsi a qualcuno, di affidarsi totalmente.

La zia Rina gli chiese di aiutarla a salire le scale. La sorella del padre era arrivata da Roma la sera prima, Marco Luciani non la vedeva da forse vent'anni e avrebbe fatto fatica a riconoscerla se l'avanzare dell'età non avesse ridotto anche lei all'essenziale, lasciando sul viso l'impronta di famiglia che la faceva assomigliare come mai prima al fratello. Anche se non l'aveva mai particolarmente amata il commissario era contento che si fermasse a Camogli qualche giorno, per offrire la sua compagnia amara di vedova. Marco Luciani prese entrambe sottobraccio, strinse un po' di più quello di sua madre che rispondeva con un sorriso dolce ai tanti cenni di saluto, si avviò verso la chiesa e alzando gli occhi vide un'ombra formosa sulla parete, riconobbe il corpo dalla sua proiezione e cercò di distogliere lo sguardo ma non poté evitare di incrociare la luce verde di quegli occhi, che neppure gli occhiali da sole riuscivano a offuscare.

Era vestita completamente di nero, un tailleur con la gonna al ginocchio, un cappellino sotto il quale aveva raccolto i capelli bruni. Nonostante il caldo non aveva rinunciato alle calze di seta. Marco Luciani si soffermò ad ammirare le gambe e le caviglie perfette. Lei sapeva che lui l'aveva vista, i loro occhi si erano incrociati solo per un brevissimo istante ma il contatto c'era stato, il commissario l'aveva sentito e come un pugile sorpreso da un colpo d'incontro aveva vacillato su uno scalino, forse senza il contrappeso del braccio di sua madre non sarebbe riuscito a tenersi in equilibrio.

Quando passò accanto a Sofia Lanni fissò ancora le caviglie, si sorprese a desiderare che avesse indossato dei sandali, invece di quelle scarpe chiuse che gli impedivano di accarezzare con lo sguardo i piedi flessuosi, le dita indifese. Non riuscì a rialzare gli occhi, si voltò verso destra per dire qualcosa alla madre e quando entrò in chiesa gli parve di tornare al sicuro dopo una passeggiata su un balcone senza ringhiera.

«Hai le mani gelate,» gli disse Patrizia «non ti senti bene?»

Alla fine della funzione restarono in piedi all'uscita della chiesa per quasi un'ora, tanta era la gente che voleva salutarli di persona, prendere la mano alla vedova, dire due parole di conforto. Marco Luciani aveva rimesso gli occhiali scuri, non per nascondere le lacrime né per ripararsi dal sole, ma solo per proteggersi dal primo sguardo di Sofia Lanni, quello capace di tramutarlo in un manichino privo di volontà. Sperava che lei se ne fosse andata e al tempo stesso desiderava che arrivasse a salutarlo. Non sapeva cosa le avrebbe detto né come l'avrebbe guardata, e non aveva la minima idea di cosa provava per lei. Salutò con pazienza, uno per uno, tutti gli amici del padre, i rari parenti, i vicini di casa, i negozianti di Camogli. Erano venuti in tanti dalla Questura, Iannece naturalmente, e Calabrò, e si era voluto disturbare anche il nuovo ispettore, Vitone, che lo conosceva da pochissimo. C'era anche, insieme a loro, quella ragazza bionda che aveva notato al Saffophone. Si avvicinò piuttosto imbarazzata, era splendida e dannatamente giovane: «Sono Stefania, lei non mi conosce ma Nicola... il commissario Giampieri mi ha parlato tanto di lei... parla sempre di lei e niente... volevo solo dirle che mi dispiace...» si guardava intorno chiedendosi dove diavolo era finito l'Ingegnere. Non solo aveva lasciato il suo letto in quel modo così umiliante ma ora non si faceva vedere neppure lì, al funerale del padre del suo migliore amico, che aveva usato evidentemente come scusa.

Marco Luciani le diede due baci sulle guance, assaporò il suo profumo, le tenne la mano sperando che Sofia Lanni li stesse guardando. Era evidente che lei e Nicola non erano solo colleghi.

«A proposito, lui c'è?»

Lei arrossì leggermente, chiedendosi se doveva giustificarlo: «No, cioè, non l'ho visto. È strano».

Il commissario sorrise: «Sarà nei guai con l'inchiesta».

La madre di Barbara Ameri si avvicinò tra gli ultimi, gli posò le mani sulle braccia e lo guardò negli occhi come fanno le mamme quasi a soppesare la salute fisica e morale dei figli, prima di dire «sei troppo magro», o «sei un po' pallido» o «hai l'aria stanca». Non gli disse nulla del genere, ma si scusò per avere disturbato lui e la sua famiglia in quelle circostanze: «Non avevo idea... mi spiace. Se avessi saputo che suo papà era così grave...».

«Non si preoccupi. A lui ha fatto piacere aiutarla. E a me anche. Come ha visto, il commissario Giampieri ha risolto brillantemente il caso. Glielo avevo detto che era in gamba.»

La donna annuì, commossa. Chiese scusa per l'assenza del marito, «non se la sentiva, davvero non se la sentiva», e fece spazio ad altri che premevano per salutare, ringraziare, ricordare un episodio o un favore ricevuto. Marco Luciani salutò, ringraziò, ricordò, ma con la testa era già ritornato al caso Ameri e a quella strana frase pronunciata da Nicola.

Salì in auto con la madre e la zia e seguirono il carro funebre fino al cimitero di Staglieno, per la cremazione. Quella parte della cerimonia era privata e solo pochissimi vecchi amici vollero essere presenti. Attesero con pazienza che le ceneri si raffreddassero.

Rientrarono a casa insieme al Grande Cesare. Quello che era stato uno degli avvocati più potenti d'Italia tornava a essere, per sempre, un semplice pugno di cenere dentro un'urna, e qualche ricordo. Presto, tra soli trenta o quarant'anni, anche Marco Luciani sarebbe stato un pugno di cenere e avrebbe portato via con sé le ultime memorie, le ultime tracce genetiche di un'intera stirpe. Sedettero in cucina a bere un tè, Patrizia si mise a preparare una crostata con la marmellata di prugne del giardino, mentre la zia Rina tormentava il commissario con decine di domande sulla sua vita, sui suoi progetti alle quali non aveva nessuna intenzione di rispondere, e a condirle con decine di consigli che il nipote non aveva nessuna intenzione di seguire.

Alle sette in punto Marco Luciani finì di scavare la buca, vicino all'ulivo che reggeva l'amaca. Il sole cominciava a tramontare e il commissario si chiese se una volta seppellito il padre la stretta alla gola che sentiva da quella mattina avrebbe smesso di togliergli il respiro.

Alle sette in punto un colpo di mazza sfondò la porta dell'appartamento di Nicola Giampieri. Calabrò entrò per primo, seguito da Iannece e un altro agente. Sentì subito che lui era lì. Guardò prima in bagno e in cucina, poi vide Iannece immobile sulla soglia della camera da letto, che abbassava la testa e si appoggiava allo stipite.

Posò l'urna con le ceneri del Grande Cesare nel fondo della buca. Pensava di averla fatta molto profonda ma in realtà si rese conto che bastava appena. Fu tentato di scavare ancora ma non se la sentiva di prolungare oltre quella cerimonia che già gli sembrava troppo poco spontanea. Ricoprì tutto, formando una piccola montagnola umida a indicare il punto della sepoltura. Donna Patrizia appoggiò sulla terra la sua rosa rossa più bella.

Posò le dita sul collo solo per riflesso condizionato. La pelle già bianca era trasparente e fredda, il colore delle vene di un blu pallido. La morte risaliva a parecchie ore prima, forse addirittura alla sera prima. Calabrò si decise a guardare meglio la siringa ancora piantata nel braccio, che al primo sguardo aveva rifiutato come un elemento fuori contesto o un'allucinazione, quasi avesse visto nella stanza un personaggio dei cartoni animati o un animale preistorico.

«Non toccate niente» disse. «Chiamate la Scientifica.»

Iannece lo fissò, lui gli lesse nel pensiero. «E il commissario Luciani.»

Prese sottobraccio la madre, si avviarono verso la cucina.

«Ma se poi ce ne andiamo? Se vendiamo la casa?» chiese Donna Patrizia.

«Lo tireremo fuori e lo porterai con te. Se vuoi» disse Marco Luciani. Ripensò alle ultime parole di suo padre, alla promessa che gli aveva fatto di occuparsi della mamma.

«Ti preparo qualcosa,» disse lei «sei magro da far paura.»

Marco Luciani pensò che avrebbe mangiato volentieri una fetta di crostata, e nient'altro.

«Stanotte ti fermi, vero?»

«Certo.»

Il telefono di casa squillò in quel momento.

Terza Settimana

LUNEDÌ

Luciani

Il questore Iaquinta camminava nel suo ufficio avanti e indietro, avanti e indietro, come un cinghiale a caccia di preda, digrignando i denti e sbuffando dalle narici.

«Qualcuno di voi lo sapeva?» chiese Monica Serra.

Marco Luciani guardò Calabrò, Calabrò guardò Iannece, Iannece guardò Venuti, Venuti allargò le braccia, lui in pratica neanche lo conosceva, il vicecommissario Nicola Giampieri.

Il sostituto procuratore era appoggiata col sedere alla scrivania, le caviglie incrociate e i tacchi piantati nel pavimento. Non aveva dormito quella notte, si sentiva sporca e contaminata al pensiero di essere stata a letto con Giampieri. Con un tossico. Per tutta la notte aveva sudato freddo e pianto e maledetto quel momento di follia. Non vedeva l'ora di finire la riunione per correre a fare un esame del sangue.

«Ma come,» sbottò Iaquinta «il vostro collega, quello con cui lavorate fianco a fianco tutti i giorni, è un drogato, e voi non vi accorgete di niente. Begli investigatori che siete.»

Marco Luciani sentì la rabbia montare. Neanche lui aveva chiuso occhio. Dal momento in cui lo avevano chiamato era rimasto accanto al corpo di Nicola senza mollarlo un attimo, controllando tutte le operazioni della Scientifica e il trasporto all'obitorio, aveva avvertito i genitori e affrontato il loro schianto. E aveva pregato sul corpo dell'amico, invocando ogni possibile dio perché lo portasse in un altro mondo dove poteva continuare a esistere, perché non era giusto che tutto finisse lì, a ventinove anni.

«Era anche un *suo* collega, signor questore» disse. «Certo lei non ci lavorava fianco a fianco, era troppo impegnato in altre attività.»

«Come si permette?! Che cosa intende?!»

«Sappiamo tutti cosa intendo. Ed è lei che non si deve permettere più di insultare Nicola.»

«Che cosa ho detto? Che era un drogato. Non è un insulto, è la verità purtroppo.»

«Per quello che ne sappiamo poteva anche essere la prima volta.»

Iaquinta scosse la testa: «Secondo il medico ci sono segni evidenti che non era così. E voi non ve ne siete mai accorti».

Marco Luciani lo fissò: «Ognuno ha i suoi vizi, signor questore. E quello di Nicola non ha mai influito sul suo lavoro».

Calabrò si lasciò scappare un sorrisetto. Savonarola era in gran forma.

Iaquinta sapeva di non avere la coscienza pulita, ma sapeva anche che pochi ce l'hanno, nel loro ambiente. E che in questo caso la ragione stava dalla sua parte. Sostenne lo sguardo di Luciani e decise di non esacerbare gli animi, in fondo aveva la sua lettera di dimissioni nel cassetto e con quella lo teneva per le palle: se alzava troppo la cresta gli bastava trasmetterle a Roma per liberarsi di lui.

«Sono io il primo a voler capire quello che è successo. Il dottor Vassallo era in Spagna e sta rientrando apposta per fare l'autopsia. Per il momento la versione ufficiale è che il vicecommissario Nicola Giampieri è morto a causa di un collasso cardiocircolatorio. Una cosa improvvisa e imprevedibile. Qualunque altra versione dovesse filtrare con i giornalisti,» disse guardandoli uno a uno «vi riterrò personalmente responsabili. Il vicecommissario aveva appena brillantemente risolto un caso complesso e riceverà un encomio solenne, probabilmente anche una promozione.»

«Non abbiamo bisogno di eroi morti,» intervenne di nuovo Luciani «ma della verità.»

Monica Serra fece una smorfia. «La verità in questo caso farebbe del male a lui e a noi. E non porterebbe benefici a nessuno. Perché infangare la sua memoria?»

«Per esempio per capire se la sua morte è davvero una disgrazia.»

«Via, commissario. Sulla siringa ci sono solo le sue impronte, in casa non abbiamo trovato tracce di altre persone... la storia è chiara. Aspetteremo l'autopsia e i risultati delle analisi, ma se risulterà che si è trattato di una classica overdose...»

«Se è stata un'overdose, voglio trovare chi gli ha procurato la droga. E comunque anche il caso Ameri ha degli aspetti...»

«Il caso Ameri è chiuso!» tuonò il questore. «Possibile che ogni volta che c'è un omicidio voi dovete cercare chissà quali complotti? Teniamo ferme almeno le poche certezze che abbiamo. Il caso Ameri è chiuso con soddisfazione di tutti.»

«Tranne che di Merli. Anche il suo suicidio è un caso chiuso?»

Iaquinta lo gelò con lo sguardo: «Lei non era in ferie, commissario? Anzi, non aveva dato le dimissioni?».

Marco Luciani sorrise, ma era un sorriso feroce: «Certo. Tolgo il disturbo».

Mentre il commissario usciva dalla stanza, il questore prese sottobraccio Calabrò e Iannece.

«Capisco che siete sconvolti. Avete perso un amico, più che un collega. Ma tutti voi sapete quanto anch'io gli fossi affezionato. Sono io che gli ho dato fiducia, io che ho puntato a occhi chiusi su di lui. Ero pronto a farlo promuovere commissario, anche se era così giovane.» Fece un sospiro, si vedeva che era davvero addolorato, ma forse il sentimento che prevaleva in lui era di essere stato tradito. «È meglio che facciamo tutti un passo indietro. Invito tutti voi a riflettere sul vostro lavoro, e se c'è qualcosa che non va, qualunque cosa, la mia porta è sempre aperta.»

Calabrò e Iannece si guardarono, sorpresi. Iaquinta sembrava sincero.

«Prendetevi qualche giorno di festa,» concluse «anzi prendetevi tutta la settimana. Avete lavorato duro e ve lo meritate. Basterà lasciare una guardia ed essere reperibili. Appena sarà possibile organizzeremo un grande funerale, saluteremo Nicola Giampieri come un brillante investigatore, anzi come un eroe che ha dedicato la sua giovane vita al servizio dello Stato, e ha subìto un atroce scherzo del destino.»

Marco Luciani li aveva aspettati in cima alle scale. Calabrò gli si avvicinò, lui gli mise una mano sulla spalla.

«Se si aspetta che lasci perdere tutto può scordarselo.»

«Non sia troppo duro, commissario. Anche il questore era sconvolto.»

«Sconvolto lui? Non farti fregare. Per Iaquinta contano le apparenze, evitare lo scandalo. E basta.»

«Ma perché lei pensa che ci sia dietro qualcosa? E che cosa stava dicendo del caso Ameri?»

«Nel caso Ameri manca il movente. Il suicidio di Merli non mi convince. E nella morte di Nicola ci sono cose strane.»

«Tipo?»

«La finestra aperta. E i segnali.»

Li avevano notati i ragazzi della Scientifica, la sera prima. Erano dei fili sottili e colorati, disposti secondo un ordine preciso e ad altezze diverse. Giallo-rosso-verde-blu, Rosso-verde-blu-giallo, Verde-blu-giallo-rosso. Quattro piccoli fili chiusi dentro ogni finestra, in modo che fosse impossibile aprirla senza farli cadere. Segnali che Giampieri doveva avere messo per controllare se qualcuno era entrato in casa a sua insaputa. Anche fuori dalla porta, una volta capito il meccanismo, avevano trovato dei fili uguali. Sullo zerbino. Doveva averli fatti cadere l'Ingegnere, rientrando a casa.

Nicola era un tipo prudente, a volte quasi pauroso, pensò il commissario. Se aveva adottato certe precauzioni è perché sentiva di essere in pericolo. E alla luce di quei segnali, l'overdose diventava ancora più sospetta.

Ma se erano riusciti a fregarlo anche se stava in guardia, e lo avevano fatto in modo pulito, senza lasciare tracce, l'unica spiegazione possibile è che qualcuno di cui si fidava lo avesse tradito. C'era un Giuda, un Giuda Iscariota questa volta. Il suo pusher di fiducia. O un collega. O una donna. Erano il suo punto debole, le donne. Forse era stata una di loro, una di cui si fidava, a procurargli quella dose.

Chiamò sua madre per avvertirla che non sarebbe rientrato, si fece passare la zia e la pregò di fermarsi qualche giorno più del previsto per starle vicina. I vivi dovrebbero avere la precedenza sui morti ma non in questo caso. Se suo padre poteva riposare in pace, non era così per Nicola, Barbara e anche Maurizio Merli. Troppi morti in pochi giorni, troppe combinazioni. Marco Luciani non amava perdersi dietro ai complotti, come pensava il questore, ma non aveva mai creduto alle combinazioni.

Passò buona parte della giornata con Calabrò e Vitone a ricostruire le ultime ore di Nicola, a esaminare il telefonino e l'agenda elettronica, ma non c'erano messaggi in memoria né appuntamenti risalenti a sabato. Aprirono il suo computer dell'ufficio per vedere se aveva lasciato appunti sulle indagini, ma non emerse nulla che Calabrò non sapeva già.

«Secondo lei, commissario, l'Ingegnere era da solo in casa?» chiese Iannece. «O c'era qualcuno che è scappato, lasciandolo lì a morire?»

«Se c'era, salterà fuori.» E quando lo avrò tra le mani... occhio per occhio, pensò, occhio per occhio.

«Secondo me era da solo, altrimenti qualche traccia l'avremmo trovata» disse Vitone.

Calabrò fece scrocchiare le dita, minaccioso: «Anche se era da solo, qualcuno deve avergliela data, quella cazzo di dose. E io lo troverò, commissario. Ci può giurare».

Il dottor Vassallo si allontanò dal tavolo su cui era disteso il corpo di Giampieri, sedette su una seggiola, abbassò la mascherina, tolse il guanto destro e si accese una sigaretta, la fumò a lunghe boccate furiose, tenendo la testa bassa e ricacciando le lacrime che volevano uscire.

Marco Luciani lo osservava dietro il piccolo vetro inserito nella porta della sala. Aspettò che finisse la sigaretta e poi bussò sul vetro, prima piano, poi con maggiore decisione.

Vassallo si alzò, gli andò incontro ma non aprì la porta. «Sono arrivato adesso, commissario. Mi spiace per il ritardo ma ero in Spagna per un congresso e rientrare non è stato facile. Sto per cominciare.»

«Posso entrare?»

«È meglio di no. Voglio fare tutto con la massima attenzione, ci vorranno diverse ore. E dovrò fare molti prelievi.»

«Non mi impressiono. Ne ho viste tante.»

Il dottore sembrò un attimo incerto. Aveva le occhiaie nere di chi non ha dormito, la pelle grigia e una smorfia cattiva che il commissario non gli aveva mai visto.

Scosse la testa: «Questa volta è diverso. Non voglio che lo veda aperto in due. Non lui».

Marco Luciani abbassò gli occhi. Ha ragione, pensò. Che razza di uomo sono? Non poteva fare finta di niente, non poteva indagare sulla morte di Nicola come se fosse un caso qualunque. Mettere in campo la sua abilità investigativa, seguire la procedura non significava trattare il suo amico come un pezzo di carne.

Guardò l'orologio. Probabilmente il dottor Vassallo sarebbe andato avanti fino a tardi, aspettarlo a costo di farsi un'altra notte in bianco non sarebbe stata una buona idea. La verità era un filo sempre più aggrovigliato, per trovarla bisognava ricominciare tutto da un capo. E per farlo doveva restare lucido e riposare un po'. «Torno domani mattina» disse. Uscì dall'obitorio dell'ospedale San Martino e si incamminò verso il centro. Non ricordava neanche più da quanto non mangiava ma non aveva nessuna fame, anzi aveva l'impressione che l'appetito non gli sarebbe tornato per un bel po'. Continuava a pensare a chi poteva avere tradito Nicola, al perché Barbara aveva aperto la porta al suo assassino. Spesso le persone che ci sono più vicine, quelle di cui ci fidiamo, ci conoscono talmente bene che non vedono l'ora di liberarsi di noi.

Tornò a casa, mise su un tè, controllò la segreteria ma non c'erano messaggi. Gli venne il dubbio che sua madre lo avesse cercato sul telefonino e lo ripescò dalla tasca della giacca. Sentì subito il *bip bip* di un messaggio e quando vide sul display il nome di Giampieri sentì cedere le gambe, mentre il cuore faceva un balzo. Nicola è vivo, pensò accendendosi di una gioia insensata. Nicola ha messo in scena la sua morte, certo con la complicità di... si fermò. Lo aveva visto con i suoi occhi, steso sul tavolo dell'autopsia. Quel messaggio era solo un'atroce beffa, arrivava ora ma chissà quando glielo aveva mandato. Si rese conto che non accendeva il cellulare... da quando? Forse dal funerale del padre, forse dalla sera prima. La sera in cui il suo vice era morto.

«*Computer Ameri acceso 7.58. Poi riaccensione automatica 8.27. Blues Brothers in pista. Ho saputo adesso di tuo papà. Mi dispiace davvero. Un abbraccio Nicola.*»

Si trovò sul divano senza neppure accorgersene, con la bocca aperta e lo sguardo nel vuoto. Quelle poche righe confermavano tutti i dubbi che aveva sull'inchiesta. La presenza dei Blues Brothers, come chiamavano tra loro gli uomini dei servizi segreti, confermava che in ballo c'era qualcosa di grosso; e i timori di Nicola gettavano un'ombra nerissima sulla sua morte. Anche gli orari della morte di Barbara erano tutti da ripensare. E con quelli gli alibi. Chi era stato scagionato poteva tornare tra i sospetti.

Il commissario si rialzò a fatica. Le mani gli tremavano, aveva bisogno di calmarsi e di mettere in ordine i pensieri. Preparò il tè, se lo portò sul divano dopo averci versato tre cucchiaini di zucchero.

«Zucchero?»

«Uno e mezzo, grazie.»

Erano seduti in un bar, uno di fronte all'altra. Jacky sorrideva con l'angolo della bocca, guardando nel vuoto, mentre con un dito continuava a passare e ripassare intorno al bordo della tazza del tè. Barbara era piegata all'indietro, appoggiata allo schienale della sedia, e si bilanciava aggrappandosi con entrambe le mani alla sua, di tazza.

«Dobbiamo farlo, capisci? Stiamo diventando ridicoli. Prima poteva avere un senso ma alla nostra età non è più un valore, è una zavorra.»

«Facile a dirsi. Ma al momento del dunque... anche questa volta pensavo di farcela, ma all'ultimo mi è mancato il coraggio.»

Sapevano tutto l'uno dell'altra. Gli amori platonici, gli amori respinti, le decisioni irrevocabili seguite dalle fughe dell'ultimo minuto.

«Sai, c'è anche la possibilità che il sesso non faccia per noi, punto e basta. Se non lo abbiamo fatto finora ci sarà un motivo. Magari abbiamo qualche malattia genetica o che so io, e per non trasmetterla ai figli la natura ci mantiene puri.»

«Non credo che potrei avere figli, cosa dici? Non col sesso che vorrei fare io.»

Risero entrambi. Meno male che c'era l'autoironia a salvarli, e la loro complicità.

Jacky alzò gli occhi, interruppe il movimento circolare intorno al bordo della tazza e la guardò. Solo con te potrei farlo, pensò. Solo con te, ma ormai siamo come fratello e sorella e come posso, come posso anche solo pensare di proportelo, e rischiare di perdere l'unica persona che mi ha mai veramente capito?

Barbara intercettò quel suo sguardo strano. Questione di un secondo, non di più, poi la luce nei suoi occhi si abbassò di qualche grado, continuò a essere quella di un amico che guarda un'amica. Siamo legati da così tanti anni, pensò, sarebbe quasi un incesto farlo con lui. E potrei anche riuscirci, perché no, il problema è cosa succederebbe dopo. Non sopporterei di vederlo cambiare, di perdere l'unico amico che ho in cambio dell'ennesimo maschio stronzo.

«Senti, qui non riusciremo mai a venirne fuori. E se andassimo a fare un viaggio? Magari lì potremmo... sbloccarci.»

«Un viaggio?»

«Sì. Andiamo via. Lontano da tutto.»

«E dove?»

«Pensavo a una crociera.»

«Magari. Una crociera. Con le piscine, la sauna, le coppie in viaggio di nozze, i vecchietti in smoking. Kitschissimo. E stupendo. Ma mi sa che costa un sacco di soldi.»

«Non è detto. Se mi va bene una cosa...»

Barbara alzò gli occhi. Per un attimo, fuori dalla vetrina le era parso di vedere suo zio.

MARTEDÌ

Luciani & Calabrò

«È stata una classica overdose. Su questo non avrei grandi dubbi. Uno choc improvviso di tutti gli organi principali. Ora si tratta di capire perché è successo.» Il dottor Vassallo fumava seduto in corridoio, proprio sotto il cartello VIETATO FUMARE. Lui e Luciani erano soli. Il corpo di Giampieri, svuotato e ricucito, era tornato a riposare in frigorifero in attesa del nullaosta per la sepoltura.

«Non aveva smesso?» chiese il commissario indicando la sigaretta.

«Ho ripreso ieri.»

Restarono in silenzio un attimo, poi il dottore riprese.

«In fatto di eroina ognuno ha la sua soglia di tolleranza. In genere, come lei sa, si muore di overdose o perché la droga è troppo pura rispetto alle proprie abitudini, o perché ci si riprende a bucare dopo un periodo di astinenza, e il fisico non regge più la dose abituale.»

«E nel caso di Nicola?»

«Nel caso di Nicola non so. Dovrò esaminare il tipo di eroina, le urine e il sangue, capire se si faceva da diverso tempo, come credo... anche se non spesso. Ma sarebbe importante l'analisi del capello, che però richiede più tempo. Certo se voi riusciste a trovare lo spacciatore potremmo...»

«Lo troveremo, dottore,» sibilò il commissario «su questo non ci sono dubbi.»

Vassallo annuì. «Ci sono elementi interessanti che potranno aiutarla nelle indagini. Nicola è morto probabilmente nella notte di sabato, non so dirle l'ora precisa ma all'incirca due ore dopo avere cenato. Aveva bevuto un po', ma non troppo. Se avessi un campione di quello che ha bevuto, che so, un avanzo di bottiglia, potrebbe essermi utile.»

«Non era il tipo che beve da solo» disse il commissario. Poi pensò che non era neanche il tipo che si droga e aggiunse: «Almeno credo».

«Che fosse con qualcuno è sicuro. Ho trovato tracce di un rapporto sessuale. Completo.»

Marco Luciani aggrottò le sopracciglia. «In casa sua non c'era niente di tutto questo. Né avanzi di cena nella pattumiera, né tracce del passaggio di una donna.»

«Lo so. Probabilmente ha cenato e... consumato da lei, e poi è tornato a casa.»

Il commissario si ricordò di quante volte, dopo essere finito nel letto di una semisconosciuta, aveva avuto voglia di tornarsene a casa. Non puoi dormire con una persona se non ne sei innamorato, senza contare che c'era sempre la possibilità che Nicola fosse dovuto scappare in fretta dal letto prima che ci tornasse il legittimo occupante.

«Potrebbe avere fatto sesso con una che gli procurava la droga» suggerì Vassallo.

«Può essere. C'è modo di risalire all'identità della donna?»

Vassallo annuì: «Le tracce erano abbondanti, o almeno quanto basta per ricavare il Dna della signora».

Se tutti i Dna di tutti i cittadini fossero inseriti in una banca dati basterebbero pochi minuti per sapere chi è, pensò Luciani. Scosse la testa amareggiato pensando che lui e il suo vice litigavano spesso su questo punto, perché l'Ingegnere era favorevole alla schedatura di massa, lui no. Ma per un caso come questo avrebbe volentieri cambiato idea. Invece di fare una semplice ricerca in archivio, ora avrebbe dovuto procurarsi il Dna di tutte le donne con cui poteva essere stato a letto Nicola: un'impresa ardua, senza contare che poteva anche non portare da nessuna parte. Forse la storia con la donna non era collegata con l'overdose. Ma forse sì. Era la prima cosa da scoprire. Doveva ricostruire passo per passo le ultime ore di Nicola, risalire al suo pusher di fiducia, capire se aveva preso la droga da lui o da un altro, magari nuovo, che lo aveva fregato.

«Non ci sono state altre overdose in città» disse ad alta voce.

Vassallo alzò gli occhi.

«Di solito se c'è una partita tagliata male ne fa fuori diversi.»

«Ho capito. Pensa che abbiano fatto una cosa speciale per lui?»

«Non lo so. Per ora non penso niente. Facciamo tutti gli esami possibili e immaginabili, e vediamo se salta fuori qualcosa.»

Il medico legale diede un colpo di tosse.

«Che succede?»

«Be', il questore... mi ha fatto capire che è meglio chiudere il caso in fretta. Rivuole il corpo al più presto, il funerale è già fissato per domani. E il referto sarà fatto vedere solo alla famiglia. Per gli altri sarà morto per un collasso cardiocircolatorio, e basta.»

«Lei prelevi il necessario e faccia tutte le analisi, dottore.»

«E come li giustifico gli esami?»

«Non mi dica che nel suo laboratorio non può fare delle cose senza che Iaquinta lo sappia.»

L'altro ci pensò su per qualche secondo. «Potrei, se le faccio io personalmente. Ma mi ci vorrà un po' più di tempo...»

«Non c'è fretta, dottore. Anzi è meglio restare coperti per qualche giorno. Lasciamo pure che pensino che il caso è chiuso.»

Vassallo guardò gli occhi azzurri del commissario. «Lei mi sta mettendo nei guai» sorrise. «Ma lo faccio volentieri. Per

Nicola. E perché questo vuol dire che lei non se ne andrà. O sbaglio?»

Marco Luciani gli diede una leggera pacca sulla spalla, poi si alzò e uscì senza rispondere.

Calabrò era seduto sul letto di Giampieri, con le braccia abbandonate sui fianchi e gli occhi spalancati. Fissava la televisione spenta sul mobile di fronte a lui. Doveva sforzarsi di pensare come Giampieri, di immedesimarsi in Giampieri. Doveva essere Giampieri. Una parola. Avevano poco in comune. Lui per esempio non avrebbe mai voluto avere la televisione in camera, nemmeno se fosse stata quella tv ultrapiatta con quel lettore DVD che era sicuramente di ultima generazione. La televisione in camera è la morte delle coppie, pensò. Non è solo questione di sesso: la sera a letto marito e moglie devono parlare di sé e dei bambini, fare il bilancio della giornata, mantenere la complicità, il senso di appartenere alla stessa squadra. Lui lo sapeva fare, il gioco di squadra, a casa e sul lavoro, anche se costava sacrifici e fatica. Giampieri no, era un figlio unico, e un single, e si comportava come tale. Telecomando sul comodino, decine di cassette a portata di mano... chissà se aveva anche delle cassette porno, pensò scorrendo i titoli dei film. Magari se le guardava in casa, con le sue amiche. Probabilmente avrei delle sorprese, se vedessi chi è passato di qui. Si alzò e andò a guardare da vicino i titoli: niente pornografia, tutti blockbuster recenti nella loro bella custodia con la copertina scannerizzata ad arte: *Batman*, *Superman*, film d'azione, ricchi di effetti speciali. Nicola li duplicava o se li faceva duplicare da qualcuno, strano che non li scaricasse direttamente da internet, per uno così bravo col computer era semplicissimo.

La distonìa lo colpì all'improvviso.

Si voltò verso il televisore e guardò il lettore DVD. Poi la parete di cassette. Poi ancora il lettore. Cosa se ne faceva Giampieri di tutte quelle videocassette, se aveva un lettore DVD?

Il commissario fu tentato di tornare in Questura, ma preferì non farsi vedere. Chi controllava Giampieri non doveva sospettare che lui aveva raccolto il testimone dell'indagine, e la sua presenza lo avrebbe messo in allarme. Tornò a casa, e per l'ennesima volta tornò a sfogliare i rapporti e i verbali, confrontando i nuovi orari di accensione del computer con gli spostamenti dei sospettati.

Calabrò aprì una custodia a caso, dentro c'era una cassetta nera, sembrava tutto a posto ma quando la prese tra le dita si aprì in due. Prese un'altra custodia, la aprì, e di nuovo vide che all'interno la cassetta era rotta. Qualcuno l'aveva aperta, qualcuno che cercava qualcosa. Si chiese chi poteva essere entrato in casa di Nicola e che cosa stava cercando, poi si rese conto che tutto era troppo ordinato, che un ladro o una spia non avrebbe avuto il tempo e il modo di fare una perquisizione così accurata e rimettere tutto a posto. Guardò meglio le cassette che aveva aperto e su una di esse notò dei minuscoli granelli di polvere bianca. Prese il telefonino e chiamò la Scientifica perché tornasse a prendere, una per una, le impronte sulle custodie dei film.

Maurizio Merli. Giacomo Carrisi. Giulio Mantero. Rita Valenti. Pietro Garaventa. Marco e Giorgio Turone. Il commissario stava segnando su un foglio i nomi e gli alibi dei sospettati, per confrontarli con i nuovi orari scoperti da Giampieri. Se Barbara era stata colpita già alle otto, o pochi minuti dopo, ognuno di loro poteva essere il colpevole. La prima cosa da capire era se il computer lo aveva acceso lei o l'assassino, e che cosa cercava.

Pensava e ripensava alla testimonianza di Marco Turone, che sosteneva di averle chiesto l'ora sentendosi rispondere «otto e mezza». Forse il giovane mentiva, ma forse Barbara gli aveva detto davvero così, per abitudine o per nascondere il suo ingresso fuori orario. Se il sabato mattina la mamma del broker l'aveva interrotta, era plausibile che lei fosse tornata prima, il lunedì, per finire il misterioso lavoro che stava facendo.

Lo squillo del telefono interruppe i suoi pensieri.

«Ottimo lavoro, Calabrò» disse in fretta. «Ti raggiungo subito.»

«Quante erano in totale le cassette?»

«Quarantasette.»

«Quindi la cosa andava avanti da quasi un anno.»

Calabrò sembrava perplesso: «Come fa a dirlo?».

Luciani alzò le spalle: «È un'idea così. Secondo me Nicola si faceva una volta alla settimana. Al sabato sera. Se lo avesse fatto più spesso ce ne saremmo accorti. Certi giorni lavoravamo fianco a fianco dalla mattina alla sera, e non ho mai notato niente».

«Neanch'io.»

«E poi non c'era altra droga in casa. Non aveva scorte. Probabilmente si procurava una dose alla volta.»

«Il sabato.»

«Già. Il sabato sera in genere siamo sempre liberi. Io a dire il vero pensavo che andasse in giro con qualche ragazza, invece evidentemente si divertiva di più così.»

«Be', l'ultimo sabato non si è negato niente,» disse Calabrò «sesso, droga e rock'n roll.»

Marco Luciani lo guardò male.

«Mi scusi. Non riesco a non giudicarlo.»

Il commissario guardò il suo ispettore, un uomo tutto d'un pezzo, regolare e corretto sul lavoro, sposato con una brava moglie e padre di due bei bambini. «Ognuno si sceglie la sua vita, Calabrò.»

Il questore Iaquinta si alzò in piedi e allentò leggermente la cravatta. Quindi sollevò il ricevitore per prendere la chiamata da Roma.

«Signor ministro. Ai suoi ordini.»

Quando rimise giù, sembrava essersi tolto di dosso vent'anni e venti chili. Aprì la finestra e contemplò il mare, là in fondo, sforzandosi di ignorare le file di auto e i lavori in corso che avevano sventrato il quartiere della Foce. «La sua permanenza a Genova non è mai stata in discussione» aveva detto testualmente. Pensò a Iryna che lo aspettava nel suo bilocale, ora le avrebbe telefonato per dirle di mettere la sottoveste nera di seta che lo faceva impazzire. «Mia moglie e i ragazzi saranno contenti,» aveva risposto «qui si sono ambientati benissimo.»

Si era chiesto all'improvviso, con sgomento, se questa considerazione poteva offendere il ministro: parlare bene di Genova, dove lui, qualche anno prima, era stato duramente contestato in piazza. Ma l'altro non sembrava essersene accorto, concentrato com'era sul motivo della telefonata.

«E senta, signor questore... per quanto riguarda la sfortunata fine del vicecommissario Giampieri... le confermo che tutto è pronto per un riconoscimento post mortem ma come lei capirà il caso non può trascinarsi a lungo... né devono restare ombre...»

«Consideri il caso già chiuso» aveva risposto di slancio, ma questa volta il ministro aveva mantenuto un silenzio carico di perplessità.

«Come lei sa, signor questore, stiamo lavorando per una polizia più moderna ed efficiente. Una polizia al reale servizio del cittadino, dove i protagonismi e i colpi di testa non siano più tollerati. Con una catena di comando chiara, e una squadra compatta; gli elementi di valore, ma troppo individualisti, rischiano di diventare nocivi per l'efficienza del servizio.»

A Iaquinta era bastato un attimo per capire. La sua perspicacia era proverbiale, in famiglia e sul lavoro. «Non aggiunga altro, signor ministro. Condivido pienamente la sua analisi. Non si deve preoccupare, la nostra squadra funziona perfettamente. L'unico possibile elemento di disturbo termina le sue ferie lunedì, ma ho già la sua lettera di dimissioni nel cassetto.»

Dall'altra parte ci fu un silenzio più lungo del normale.

«Non prendiamo decisioni affrettate. Osserviamo. Valutiamo. Non diamo facili pretesti ai giornalisti. Conto sulla sua esperienza e la sua capacità di discrezione.»

Ci sono giorni benedetti dal Signore, pensò Iaquinta posando il telefono. Giorni in cui vieni posto di fronte a un problema che gli altri ritengono molto, molto difficile da risolvere e di cui tu hai già in tasca la soluzione. Aprì il cassetto e accarezzò la lettera di dimissioni di Luciani. Poi si diede una spruzzata di profumo e uscì per andare da Iryna.

Marco Luciani accumulava giri di pista intorno ai Magazzini del Cotone. Era tardi, anche gli ultimi spettatori usciti dal cinema multisala erano ormai risaliti in macchina per tornare a casa, e al Porto Antico solo lui si affrettava per tenere il ritmo previsto dalla tabella. Aveva ancora ossigeno sufficiente per pensare mentre correva, e continuava a interrogarsi sulla fine di Nicola. L'overdose era un metodo tipico dei servizi segreti per eliminare testimoni scomodi, ma come facevano a sapere che Nicola era un drogato, quando nemmeno lui, che gli lavorava accanto da anni, se n'era mai accorto? C'erano troppe domande senza risposta, e lo faceva infuriare che le risposte fossero per forza legate agli esami di Vassallo, più che alle sue indagini e alla logica. Quanto a Maurizio Merli, poteva anche avere ucciso Barbara, ma il movente passionale non reggeva, non tra una ragazza vergine e un ex galeotto. Se era stato lui a ucciderla il motivo doveva essere un altro, forse era stato solo usato come sicario ed eliminato in seguito, facendone addirittura un capro espiatorio. Forse la segretaria lo aveva sorpreso in ufficio, mentre cercava qualcosa, o forse lui l'aveva agganciata nel locale fin dall'inizio, fingendosi interessato a lei, mentre in realtà voleva solo che lei gli aprisse la porta di quell'ufficio.

Lo vide entrare dalla porta, con la coda dell'occhio, e il suo cuore fece un balzo ricordando il tentativo di approccio dell'ultima volta. Abbassò la fronte e si impose di non avere paura. Jacky scelse proprio quel momento per accorgersi che era rimasto senza sigarette. «Ti spiace se vado a prenderle?»

«Figurati. Vai pure.»

L'altro ragazzo gli offrì una delle sue.

«No, ne hai poche. Faccio in un attimo. Tu sai dov'è un distributore?»

«Il più vicino... mi sa che è in stazione. Se vuoi ti accompagno, così le prendo anch'io che domani è domenica.»

Si alzarono, scambiandosi un sorriso complice. Barbara capì che non sarebbero tornati tanto presto. Anzi, che forse non sarebbero tornati più.

«Facciamo in un minuto» le sorrise Jacky facendo l'occhiolino. Poi si piegò a darle un bacio sulla guancia e sussurrò: «Se non mi vedi tornare tra un quarto d'ora, vai a casa tranquilla. Oppure buttati anche tu. È la nostra serata, Babi. Coraggio».

Barbara fu tentata di alzarsi e uscire con loro, ma non voleva essere d'impaccio. Li guardò allontanarsi e sospirò leggermente. Bevve un altro sorso di mojito, sentiva la testa leggermente pesante ma era una sensazione piacevole, peccato solo non poterla spartire con nessuno.

Prese dalla borsa il libro che stava leggendo in quei giorni, aprì al punto in cui era arrivata e ricominciò a leggere: "Fiammifero" dissi. "Ti amo. Il tuo nome è Henrietta. Ti amo con tutta l'anima".

«Non c'è niente come stare seduta a un tavolino da sola, con un libro in mano, per attirare gli scocciatori.»

Alzò gli occhi e si sforzò di sorridere. Temeva, e sperava, che sarebbe arrivato quel momento.

«Posso sedermi?»

«Prego.»

«Ti hanno rimasta sola, quegli impuniti?»

Riconobbe la citazione, e concesse una breve risatina.

«Il tuo mojito sta finendo. Posso offrirtene un altro?»

«No, lascia stare. Non disturbarti.»

«Ma che disturbo. Qui il boss sono io.» Schioccò le dita e disse con voce impostata: «Barista, un altro mojito. Ma col rhum migliore, quello che nascondi sotto il banco».

Un po' di sbruffonaggine, divertente e inoffensiva, pensò Barbara. Si disse che non doveva fare mosse avventate. In fondo, anche se non voglio ammetterlo, sono venuta per questo. Non solo per accompagnare Jacky. Era questo che aspettavo dall'inizio della serata, anzi da molto tempo prima, e ora devo giocare a questo gioco fino in fondo, ha ragione lui, altrimenti non troverò più il coraggio di farlo.

«Ecco il mojito.» Maurizio Merli le allungò il bicchiere, scoccò alla sorella un'occhiata che voleva dire "togliti dai piedi". L'altra rispose con uno sguardo altrettanto duro.

Barbara non si accorse del loro braccio di ferro muto, concentrata com'era nel tentativo di mantenere la calma. Si chiese quando sarebbe arrivato il momento fatidico del "da me o da te?", contenta di poter contare sulla casa libera, di non doversi addentrare nella tana del lupo. Poi decise di affidarsi al destino, di lasciare che la serata scorresse fluida come il primo sorso del suo terzo mojito. Dicono che è la donna a condurre il gioco, pensò, e forse è per questo che non ho mai combinato niente. Ma stasera sarà tutto diverso.

«Dov'è che ti ho già vista?»

Barbara alzò gli occhi al cielo. «Dai, questa è un po' vecchia.»

«No, dico sul serio. La settimana scorsa. Sei venuta qui. Festeggiavi l'addio al celibato di un'amica, se non sbaglio.»

«Che memoria.»

«Be', hai un viso che non si dimentica. Delicato. Ma intenso. E hai dei bellissimi occhi.»

Anche i tuoi sono bellissimi, pensò Barbara. Crudeli e bellissimi.

MERCOLEDÌ

Luciani

Per salutare Nicola, il commissario aveva chiesto e ottenuto la cattedrale di San Lorenzo. Sapeva che il suo vice non era credente e che avrebbe forse preferito un funerale laico, ma i funerali servono a consolare chi resta e se chiesa doveva essere, come volevano i genitori, che almeno fosse la più grande, la più importante, e quella dove si erano dati appuntamento l'ultima volta, quando gli aveva raccontato la storia della bomba e lui non sapeva se crederci o no.

C'erano centinaia e centinaia di persone, colleghi, amici, gente comune commossa dalla sorte sfortunata di quel giovane poliziotto che aveva brillantemente risolto il caso Ameri, prima di essere falciato da un destino feroce. Calabrò aveva piazzato alcuni agenti tra i cameramen delle tv locali perché riprendessero la gente, con particolare attenzione alle donne. Il funerale della vittima è il momento di massimo trionfo per l'assassino, quando può godersi il risultato dei suoi sforzi senza l'ansia di essere beccato. Se qualcuno aveva fatto fuori l'Ingegnere di proposito, ora era certamente in mezzo a quella folla.

«Aiutami Nick,» pensò il commissario «aiutami a trovarla.»

Si fece strada verso la scalinata, salì accanto a uno dei leoni di marmo e osservò la folla, cercando di individuare le ragazze più belle, quelle che potevano essere state legate al suo vice. Ce n'erano molte, come capitava in genere ai matrimoni, quando si presentavano pettinate, truccate e vestite al meglio per rivaleggiare con la sposa o far vedere allo sposo quello che si perderà. Ma a un funerale, pensò, è difficile che ci sia più di una donna in lacrime, al massimo due, e in quel caso una delle due cercherà di nascondersi. Le altre, le ex, non si faranno vedere, spenderanno al massimo una preghiera o una maledizione perché non siamo soliti lasciare a tutte un buon ricordo.

«Buongiorno, Marco. Novità?»

Trasalì leggermente. Il procuratore Monica Serra era arrivato alle sue spalle senza fare rumore, preceduto solo dal profumo fruttato misto all'odore della sigaretta che fumava con rabbia. «Nessuna, per ora» rispose fissando le lentiggini e i capelli rossi. Le umiliazioni subite durante l'inchiesta e lo choc per la morte di Nicola l'avevano resa più umana, aveva perso l'aria spocchiosa da prima della classe e ora era una donna di quarant'anni fragile e desiderabile. Non credo che fosse il tipo che piaceva all'Ingegnere, pensò il commissario, ma in questi casi non si può mai dire, spesso sono le circostanze a decidere per noi.

La Serra gettò la sigaretta, schivò con un gesto stanco della mano il microfono di una tv privata, quindi entrò in chiesa e andò a sedersi in una delle prime file, vicino agli altri magistrati e al questore.

Marco Luciani restò fuori, a osservare con attenzione la gente che continuava ad arrivare. Si era piazzato a guardia della porta, quasi fosse un buttafuori, e tutti dovevano passare sotto il suo sguardo che cercava di penetrare il fondo delle coscienze, o anche solo di individuare un lampo di paura, una goccia di sudore freddo, un qualunque indizio di colpevolezza.

«Mi scusi, è lei il commissario Luciani?» La ragazza che gli si era avvicinata era alta, magra, con capelli bruni e ricci. Non doveva avere più di 22-23 anni.

Annuì.

«Sono Amalia, un'amica di Nicola. Scusi se la disturbo.»

«Ma che disturbo? Anzi, dammi del tu. Nicola mi aveva parlato di te» mentì.

Un sorriso malinconico le illuminò il viso abbronzato. «Davvero?»

«Certo. Tu non sei...»

«L'estetista» completò lei. «Dovevamo andare a un concerto la settimana scorsa, ma poi...»

Un'estetista senza neppure un filo di trucco. Un bel tipo, pensò Marco Luciani lanciando un'occhiata di sottecchi al seno che premeva sulla camicetta.

«Era tanto che non lo vedevi?»

Lei esitò un attimo di troppo, prima di rispondere: «È venuto lunedì l'altro, il lunedì che hanno ucciso quella ragazza. È lì che ho scoperto che faceva il poliziotto. Pensi... pensa che si vergognava a dirmelo. Aveva paura che non volessi più vederlo».

«Già. Non sappiamo mai cosa la gente pensa di noi.»

Lei lo guardò. «Era un ragazzo gentile. Carino e gentile.» Poi non resse più, cominciò a piangere e a tirare su col naso, e vedendola asciugarsi le lacrime con le dita il commissario tirò fuori un fazzoletto e glielo porse, «è pulito». Non era solo il pianto di un'amica, quello. Tra loro era successo qualcosa, o stava per succedere. Aspettò che la crisi passasse, Amalia si soffiò il naso e gli disse «lo lavo e glielo riporto», lui fece un gesto come dire "tienilo pure".

E due, pensò il commissario guardandola entrare in chiesa e ammirandone la camminata. Due donne piangevano Giampieri, anche se nessuna sembrava considerarlo di sua esclusiva proprietà. Notò in quel momento che Stefania Boemi era in piedi in una delle ultime file, accanto alla collega di cui aveva dimenticato il nome. La mano destra di Stefania e quella sinistra di lei, comunque si chiamasse, erano allacciate e Marco Luciani si chiese se era solo un semplice gesto di amicizia e di conforto. Certo che sarebbe una perdita per tutto il genere maschile, pensò ammirando Stefania. La divisa non le rendeva giustizia ma guardando il profilo delicato del viso, i capelli dorati dalla luce che filtrava dal portone aperto, le curve del corpo perfettamente posizionate si disse che lei sì, era proprio il tipo di Nicola, e forse di chiunque altro, e si chiese se tra loro era successo qualcosa ma poi pensò che se fosse successo sarebbe stato un pazzo a tornare a casa, da solo, quel sabato sera. Si avvicinò alle ragazze, posò le mani sulle loro spalle. Nadia restò rigida e in guardia, Stefania si abbandonò completamente, lasciandosi accarezzare i capelli, mentre il commissario le sussurrava di farsi coraggio.

Si ricompose sentendo arrivare il furgone con il feretro seguito da un'altra auto bianca, da cui scesero i genitori di Nicola. Stavano aggrappati l'uno all'altra. Erano talmente trasfigurati dal dolore che non si poteva trovare alcuna somiglianza tra i loro visi sconvolti e quello dell'amico, che in quei giorni gli tornava alla mente sempre perfetto, rilassato, sorridente.

Il prete uscì dalla chiesa per benedire il feretro e il commissario lo seguì sul sagrato. I necrofori sollevarono la bara per poi passarla agli agenti della squadra Omicidi, Marco Luciani restò a guardarli perché sapeva che con i suoi due metri avrebbe sbilanciato tutti. Mentre si voltava per rientrare in chiesa intravide la persona che aspettava inconsciamente da ore, o forse da giorni, dopo che era apparsa come un fantasma al funerale di suo padre, e come un fantasma era scomparsa subito dopo.

Sofia Lanni avanzava con la classe di una indossatrice, tenuta a freno dai tacchi e dalla gonna sotto il ginocchio. Aveva tagliato i capelli bruni molto corti ed era se possibile ancora più bella, perché ora non c'era nulla che potesse distrarre dalle forme perfette del viso, dalla bocca leggermente dischiusa, dagli occhi verde prato scolpiti nella memoria del commissario.

Ebbe la tentazione di entrare, facendo finta di non averla vista, ma capì che non poteva fuggire di nuovo. E poi non poteva trascurare nessuna pista, neppure la più improbabile.

«Buongiorno, commissario.»

«Buongiorno, Sofia.»

«Ormai ci incontriamo solo ai funerali.»

«Già. Non mi aspettavo di vederti.»

«Volevo bene a Nicola. Un bravo ragazzo, davvero. Intelligente e generoso. E molto simpatico. Ma tu lo sai meglio di me.»

Marco Luciani sapeva che lei non faceva niente per caso. Se era venuta al funerale voleva dire che era legata a Giampieri più di quanto lui immaginava. Oppure che, per qualche motivo ancora oscuro, voleva rivedere lui.

«Sei pallido. E ancora più magro del solito. Ma la barba ti dona» disse lei abbassando la voce e accendendosi una sigaretta. Era la voce che aveva usato con lui nei momenti in cui il loro amore era stato più dolce, e per un attimo se ne lasciò accarezzare.

«Non è un gran periodo. Due funerali in pochi giorni.» E almeno due morti, se non tre, tutte da chiarire.

Lei sentì l'organo attaccare il *Requiem* e abbassò il capo. «Stanno cominciando. Entriamo?»

«Sì, tra un po' arrivo.»

«Ci vediamo dopo» disse lei, o forse era una domanda.

Lui socchiuse gli occhi: "Siamo a quattro," pensò "e questa era la più pericolosa".

Fu una funzione lunga e inutile, con un prete che non conosceva il morto e diceva banalità a proposito del mistero della Vita e della luce del Signore. Marco Luciani avrebbe voluto salire lui sul palco, come in un film americano, far mettere su una bella canzone e raccontare a tutta quella gente un po' di aneddoti divertenti, o commoventi, insomma dare a quella riunione di anime un senso che non fosse solo "toccherà a ciascuno di voi, verrò a prendervi a uno a uno". Sai che consolazione.

Dopo la funzione i colleghi della Omicidi si fermarono a bere qualcosa nel bar più vicino alla chiesa. Lui si fermò il minimo necessario per non sembrare scortese e andò via appena possibile, voleva stare solo e riflettere sulle mosse successive. Non poteva permettersi di sbagliare, mancavano pochi giorni alle sue dimissioni e una volta fuori dalla Questura sarebbe stato difficile continuare a indagare sulla morte di Nicola. E su quella di Barbara. E su quella di Merli. Omicidio, suicidio, disgrazia. Il triangolo si era chiuso perfettamente. Ma forse era solo la faccia visibile di una figura molto più complessa.

Andò a recuperare la macchina che aveva lasciato a più di un chilometro da lì, un po' perché sapeva che era inutile cercare un parcheggio vicino e un po' perché sentiva il bisogno di camminare, di avvicinarsi gradualmente al momento dell'addio a Nicola. Marco Luciani sudava fiele e rabbia e continuava a ripetersi che non poteva finire così. Anche se l'autopsia aveva confermato l'overdose, anche se in casa di Nicola non c'era traccia del passaggio di nessun'altra persona, non poteva accettare l'idea che fosse morto così stupidamente. Qualcuno doveva averci messo del suo, qualcuno di cui lui si fidava. Se è stata una donna a fregarlo, pensò, la sua prossima mossa sarà cercare di scoprire se sospettiamo qualcosa.

La vide seduta su una panchina, piegata in avanti, con il mento appoggiato sulle mani e i gomiti sulle cosce. Stringeva un fazzoletto sulle labbra, mentre lasciava che le lacrime scivolassero sotto la barriera degli occhiali scuri.

Ebbe la certezza, in quel momento, che aveva avuto un ruolo nella morte di Nicola e per un attimo ne ebbe paura, tanto che provò la tentazione di passare dritto, fingendo di non averla vista. Ma non sarebbe stata una mossa molto coraggiosa. E lui doveva cominciare a metterlo in campo, il suo coraggio, per affrontare i conti da pagare e il dolore di sua madre e lo smarrimento dei colleghi e la forza arrogante e vigliacca di chi aveva ucciso l'Ingegnere.

Non posso avere paura di una donna, anche se alle donne pericolose non so resistere, pensò sedendosi accanto a lei.

«Volevo salutarti ma non ti ho più vista.»

«Volevo stare un po' sola.»

«Scusa» disse il commissario facendo il gesto di alzarsi.

Lei lo fermò mettendogli una mano sul polso. «No. Ho già pianto abbastanza. E questo non è il momento di piangere.»

Marco Luciani si risedette. Le dita di lei erano calde e sentì il sangue sciogliersi come quello di san Gennaro il 16 dicembre.

«Ti aveva spezzato il cuore, non è vero? Lui era un tipo così. Di quelli che sanno farsi amare da tutti.»

Lei ricominciò a piangere: «Oh, vaffanculo».

Le ci volle qualche minuto per riprendersi, asciugare gli occhi e riaggiustarsi i capelli.

«Mi daresti un passaggio a casa, commissario? Ho bisogno di farmi una doccia.»

Stava seduta nella doccia, abbracciandosi le ginocchia, con la testa abbassata. Ogni tanto offriva il viso al getto dell'acqua, per spazzare via le lacrime e nascondere i singhiozzi. Non poteva restare in quel letto un secondo di più, non finché il suo incubo continuava a dormirle addosso. Barbara non vedeva l'ora che si svegliasse e se ne andasse. Voleva riprendere possesso della sua camera, della sua casa. Mettere a lavare le lenzuola e scaricare via anche il ricordo di quella notte. Sperava che sarebbe stato dolce, invece era stato animalesco, brutale, quasi violento. Per fortuna si era fermata in tempo, prima che succedesse l'irreparabile. Ora più di prima sapeva che solo a un uomo poteva regalare la parte più pura di sé: l'uomo che l'avrebbe amata davvero, e che lei avrebbe amato allo stesso modo. Si sentiva sporca, colpevole, e sentiva ancora in bocca il sapore della sua umiliazione.

Sesso senza amore, sesso innaturale. Ora le sembrava incredibile avere trovato il coraggio di provarci. Certo non avrebbe trovato quello di raccontare tutto al prete in confessione. Forse, un giorno, a un prete che non aveva mai visto. Ma non a don Guido, non a lui. Lo avrebbe deluso troppo. Anche se lui, scherzando, le diceva sempre che i suoi peccati non erano per niente interessanti, sentiva che non l'avrebbe mai più guardata come prima. Né tantomeno avrebbe potuto confidarsi con padre Mariano. No, avrebbe aspettato di andare a Roma, con le sue amiche e i suoi amici. Si sarebbe confessata in San Pietro. In fondo non aveva commesso peccato mortale, poteva continuare a prendere la comunione.

Sentì bussare alla porta, poi quella voce arrochita dalla stanchezza.

«Babi, stai bene?»

Rialzò la testa, si schiarì la voce per cancellare le tracce di pianto. «Ho finito. Ti lascio il posto, tanto aspetto una telefonata.»

GIOVEDÌ

Luciani & Calabrò

Si svegliò in un letto sconosciuto, con i muscoli tesi, i denti digrignanti, la testa che pulsava ondate di dolore nelle orbite degli occhi. Sentiva in bocca il sapore del whisky mischiato a quello del sesso di lei, mentre ogni poro del suo corpo cercava di espellere le tossine accumulate il giorno prima e reclamava acqua, acqua, acqua. Restò ancora un minuto con gli occhi chiusi, cercando di rilassarsi, e quando il mal di testa si fu leggermente acquietato riuscì ad alzarsi e ad andare in bagno. Si voltò per uno sguardo fuggevole alla sua compagna, il lenzuolo la copriva fino a metà della schiena ma lasciava emergere una gamba liscia e affusolata, un perfetto piede a biscotto, e i capelli che riflettevano la prima luce del mattino. Era bella, maledizione, bella e innocente come un bambino addormentato. Ed era ancora più bella ieri sera, bellissima e disperata e fiera di fronte alla morte, al pericolo, a uno di quei momenti in cui sei costretto a confrontarti con la parte più profonda di te stesso e cerchi solamente di sentirti vivo. Chissà, forse ieri sera anche io ero bello e affascinante come un eroe greco, pensò Marco Luciani, uno di quelli che sanno che ogni giorno può essere l'ultimo e si comportano di conseguenza, anche con le donne.

Già. Ma stamattina mi sento solo una merda, per essere andato a letto con lei poche ore dopo avere seppellito Nicola. E non so se l'ho fatto per dargli giustizia o per finire di ucciderlo, per punirlo di essersene andato così, come uno stupido tossico da vicoli. Ricordava che avevano parlato a lungo della morte di Giampieri, ed era sicuro di averle detto, all'inizio, di essere convinto che fosse stata una normale overdose. Ma ricordava anche che ne avevano riparlato, dopo che aveva bevuto, e non era più così sicuro di quello che le aveva detto.

Si cacciò due dita in gola e provò a vomitare, anche se non mangiava nulla da quasi due giorni. Sputò solamente fiele e succhi gastrici, e gli sembrò che lo stomaco, rivoltandosi, avrebbe finito per strozzarlo. Ma alla fine si sentì comunque un po' meglio. Provava un bisogno disperato di una doccia e di un caffè, ma più di tutto voleva evitare di svegliarla, perché non avrebbe sopportato di leggere nel suo sguardo la vergogna, lo schifo, o qualunque altro sentimento le potesse muovere rivederlo una volta passata la sbronza. Whisky, ho bevuto del whisky, pensò. Non ci posso credere.

Tornò in salotto a raccogliere i vestiti che si erano strappati di dosso quando la pazzia era incominciata e se li infilò lentamente, dopo avere spento la lampada che era rimasta a vegliarli tutta la notte. Rimise sul tavolino la scatola vuota di biscotti che lei aveva spazzato via per assorbire l'alcol, tolse dal pavimento un bicchiere, indugiò ancora un poco nella segreta speranza di vederla comparire sulla soglia della stanza, avvolta nel lenzuolo, con uno sguardo un po' colpevole e un po' languido.

Perché lo ha fatto? Pensò. Io so perché l'ho fatto io, ma lei? Al fatto del dio greco non poteva credere nessuno, forse anche lei voleva vendicarsi di Nicola, sporcare il ricordo del loro rapporto, o forse il commissario le aveva semplicemente fatto pena, o forse ancora era stato tutto preparato e preordinato, anche farsi trovare in lacrime su quella panchina così vicina a dove aveva posteggiato la macchina.

Barbara Ameri era stata uccisa, con ogni probabilità, perché aveva scoperto qualcosa di strano; Merli era morto in circostanze molto dubbie; poi era toccato a Nicola. Il commissario non aveva mai creduto alle coincidenze. In attesa di scoprire la verità, tutto quello che sapeva è che non poteva fidarsi di nessuno. E di nessuna.

Sedette sul letto, si piegò a darle un bacio sulla spalla.

Amalia sentiva il cuore battere contro il materasso come se volesse sfondarlo. Fu tentata di voltarsi ma sapeva che se lo avesse guardato in faccia sarebbe crollata e gli avrebbe raccontato tutto. Fece un mugolio e continuò a fingere di dormire.

«Calabrò? Sono Solari. Volevo solo confermarti che su tutte le custodie che ho esaminato ci sono le impronte di Nicola e delle altre impronte. Sempre le stesse. Lascio a te il piacere di scoprire di chi sono. Ti sto inviando il file in questo momento.»

«Ti ringrazio. Faccio subito un controllo.»

«Ah, ci sono novità anche sulla droga. China Black, ottima qualità, tagliata come si deve. Non è roba che si trova spesso, nelle vene dei morti.»

Calabrò mise giù il telefono, andò al terminale e scaricò la posta. Poi inserì i dati nel cervellone, e aspettò la risposta.

Il dottor Vassallo lo aspettava nel suo laboratorio privato, lontano dagli sguardi dei colleghi. Marco Luciani posò sul tavolo quattro bustine di plastica. Dentro c'erano un fazzoletto sporco, un paio di lunghi capelli biondi, una cicca di sigaretta e un pelo pubico bruno. «Ecco qui, dottore. Spero che vadano bene.»

L'altro lo guardò tra l'incredulo e l'ammirato. «Forse è meglio che non le chieda come si è procurato questo... materiale. E in così poco tempo.»

«Ho fatto tutto ieri. Al funerale.»

L'altro spalancò gli occhi. «Al funerale?! Anche l'ultimo... reperto?»

«Non c'è niente di più afrodisiaco di un funerale, dottore. Comunque quello è soltanto un ricordo.»

Il dottore sorrise, anche se non era certo di avere capito.

«Mi metto subito al lavoro. Speriamo che almeno uno dei profili corrisponda. Ci vorrà un po' di tempo. Intanto perché non va a riposarsi qualche ora?»

No match found. Nessun risultato. L'uomo che forniva la droga a Nicola, nascondendola nelle videocassette, non era un pregiudicato. E conoscendo l'Ingegnere, non era il caso di stupirsi. Troppo intelligente, troppo ambizioso per rischiare una carriera folgorante mettendosi a frequentare le cattive compagnie. Certo, il suo fornitore poteva essere un malavitoso che non era mai stato beccato. Però la qualità della sua merce era molto superiore alla media, non era una cosa che può finire in mano a un tizio qualunque. E se ci finisse, quello la taglierebbe molto di più, per aumentare il suo guadagno.

Calabrò ci pensò un po' su, e alla fine si pose la domanda più logica: da chi andrei, io, se dovessi procurarmi della droga? Da chi può procurarsi la droga un poliziotto? Anche la risposta era logica: da un altro poliziotto.

Il dottor Vassallo era seduto davanti al computer. Sullo schermo diviso a metà, due eliche di Dna ruotavano su se stesse, poi si sovrapponevano l'una all'altra arrivando a combaciare perfettamente.

«Il Dna corrisponde. Nessun dubbio. Nessuna possibilità di errore: il profilo del Dna è identico a quello del reperto numero quattro.»

Il commissario lo fissò: «Vale a dire?».

«I capelli. Biondi naturali.»

Marco Luciani fece un sospiro profondo. Non era quella che si aspettava. Non era quella che era andata a letto con lui. E non gli sembrava una capace di fregare Nicola. Le sue lacrime al funerale gli erano parse sincere. Eppure... eppure... mai fidarsi delle proprie impressioni, pensò. Meglio verificarle sempre di persona.

«Non vuole dirmi chi è?» chiese Vassallo.

«È meglio che lei non lo sappia, dottore. Meno cose si sanno, in questa storia, e più si è al sicuro.»

Il capo della Narcotici Marco Ruggeri guardava Calabrò come se gli avesse appena cagato sulla scrivania.

«Stai scherzando, amico.»

«Non sto scherzando. Ti ripeto che mi serve l'elenco delle operazioni concluse con sequestri di eroina.»

Ruggeri si alzò in piedi: «Non ci penso neanche. Chi cazzo sei tu?».

«Uno che può evitarti dei casini. A me non interessano i vostri affari. Mi serve solo un nome. Ma se non me lo vuoi dare, puoi vedertela col commissario Luciani.»

L'altro non riuscì a non deglutire, sapeva quanto Luciani poteva essere pericoloso. Ma si riprese subito: «Il tuo capo ha dato le dimissioni, se non sbaglio. E presto sarà un ex commissario. Quindi...».

Era il momento di giocare l'ultima carta. Calabrò si alzò, guardò il collega come se gli dispiacesse per lui. «D'accordo. Speravo di risolverla tra di noi, senza rumore. Ma a questo punto sarò costretto a mandarti Tartara, degli Affari interni. Siamo praticamente fratelli, io e lui, e scommetto che non vede l'ora di venire a farsi un giro qui dentro.»

Poteva essere un bluff, ma poteva anche non esserlo. Forse la Omicidi aveva qualcosa da nascondere, e non avrebbe messo sul tavolo quella carta. Ma la Narcotici non poteva permettersi di andarlo a vedere, quel bluff.

Ruggeri tornò a sedersi. «Sequestri ne abbiamo fatti una montagna.»

«Cominciamo dall'ultimo mese» sorrise Calabrò. «China Black. Ottima qualità.»

Stefania Boemi aprì la porta del suo appartamento. Piacevole, pensò Marco Luciani, arredato con gusto. Il parquet assorbiva la luce delle lampade e rimandava una sensazione di calore, di casa. Di sicurezza.

«Commissario» disse lei sorpresa. «Poteva avvertirmi.»

«Scusa. Non ho fatto in tempo. Posso entrare un minuto?»

Lei restò un attimo incerta, massaggiandosi col piede destro la caviglia sinistra. Indossava un maglione sformato, beige, che le copriva a stento metà della coscia, e dei calzettoni di cotone.

«Venga. Posso offrirle qualcosa?»

«Non ci davamo del tu?»

«Certo. Sì... accomodati.»

Il silenzio scese subito tra loro, pesante. Marco Luciani decise di ridurre al minimo i danni collaterali. Le fece cenno di sedersi, la guardò negli occhi e sparò secco: «Sei tu la ragazza che era con Nicola, sabato scorso».

Gli occhi di lei fuggirono verso la finestra, provò a negare ma talmente male che non arrivò neanche a finire la frase.

«Come hai fatto a scoprirlo?» sussurrò.

Lui alzò un sopracciglio.

«Puoi immaginartelo. L'amore lascia tracce. E a un bravo cacciatore basta seguirle.»

Lo guardò qualche secondo, prima di capire. Strinse le labbra e arrossì fino alla punta delle orecchie.

Marco Luciani le prese le mani. Lei sembrò sorpresa.

«Perché non l'hai detto subito? Sapevi che cercavamo questa donna misteriosa.»

«Lei... tu l'avresti fatto, al mio posto? Lo avresti detto?»

«Certo. Non c'era niente di male.»

Lei fece una risata scettica, si sciolse dalla presa: «Ne sei sicuro? Un'agente appena arrivata che va a letto col suo capo, che dopo poche ore viene trovato morto? E che, si scopre, era un drogato? No, non l'ho detto. Speravo che la cosa si chiudesse in fretta. Speravo, spero ancora di uscirne senza danni. Senza altri danni». Cominciò a piangere piano. «Tu puoi pensare quello che vuoi ma a me Nicola piaceva davvero, quando se n'è andato mi sono sentita morire, mi sono sentita usata, non lo sapete voi uomini com'è quella sensazione, quando senti l'altro che scende dal letto, ed è come se ti lasciasse su una barca che sta affondando.»

Marco Luciani la guardava e sentiva i crampi allo stomaco. Era bella, con i gomiti sulla pancia, le mani che tormentavano i polsi del maglione. Aveva le gambe abbronzate e profumava di crema. Era quello il momento di scoprire la verità, a costo di farsi odiare. Di scoprire se lei era davvero solo una giovane poliziotta di provincia con un intuito eccezionale, o se era arrivata a Genova per portare Nicola sulla pista di un capro espiatorio. E per riuscirci c'era un unico modo.

Le si avvicinò, guardandola negli occhi, le passò una mano tra i capelli, provò a tirarla leggermente verso di sé. Stefania si irrigidì, lo bloccò con decisione.

«Che cosa sta facendo?»

Marco Luciani non disse niente.

«Che cosa cazzo sta facendo?» urlò lei spingendolo via. «Ma non si vergogna? Nicola... lui... eri il suo migliore amico.»

Arretrò verso la cucina, quindi si lasciò scivolare a terra e rimase seduta lì, magnifica, a piangere disperata dietro i lunghi capelli biondi.

Non sta fingendo, pensò il commissario. Non sta fingendo. Non c'era stato nessun calcolo, nessuna trappola al miele, nessun lupo in agguato. Nicola non era ingenuo come lui, con le donne.

Fece per spiegarle perché ci aveva provato, ma vedendola rannicchiata a terra, scossa dai singhiozzi, capì che la cosa migliore da fare era andarsene il più in fretta possibile.

Disse solo «scusami», si alzò, richiuse la porta alle sue spalle e uscì in strada.

Era una partita sequestrata a un disgraziato che aveva ingoiato trentotto ovuli pieni di eroina e si era sentito male in aeroporto, rischiando di lasciarci la pelle. Gli agenti coinvolti erano in tutto quattro. Ruggeri diede a Calabrò i loro dati e le foto, ma già sapeva chi poteva essersi fatto scivolare in tasca gli ovuli numero trentanove e quaranta.

«Davide Risi» pensò l'ispettore. «Come ho fatto a non pensarci prima?» Lo aveva visto qualche volta rientrare con Giampieri in Questura, dopo pranzo. Chissà se era di sabato, e chissà dove andavano a mangiare.

Marco Luciani si mise le scarpe da jogging, la maglietta e i calzoncini che aveva lasciato in macchina e cominciò a correre. Voleva fuggire via da quella vergogna, lasciarsela alle spalle il più presto possibile. Accese il nuovo lettore cd e piano piano cominciò a calmarsi. La musica che aveva scelto era il ritmo perfetto per correre, né troppo lento né troppo rapido, e quella voce rassicurante, con un fondo di allegria, era quella di un uomo che sta facendo quello che gli piace, quello per cui è nato.

Case di pane
Riunioni di rane
Vecchie che ballano nelle cadillac
Muscoli d'oro corone d'alloro
Canzoni d'amore per bimbi col frack

Lui era nato per fare il poliziotto, poteva raccontarsi quello che voleva ma solo lì, nella sua trincea, si sentiva al tempo stesso migliore e uguale ai suoi simili. Poteva compatire il dolore degli altri e portare il suo piccolo contributo a rimettere ordine in un mondo senza regole, dove i furbi e i violenti si prendevano sempre il meglio.

Cani randagi
Cammelli e re magi
Forse fa male eppure mi va

Di stare collegato
Di vivere d'un fiato
Di stendermi sopra il burrone e di guardare giù
La vertigine non è
Paura di cadere
Ma voglia di volare

Pensò a Nicola sospeso sul ciglio del precipizio, sempre pronto a buttarsi nella vita, ad afferrarla, a tentare salti mortali senza rete infischiandosene delle vertigini. A lui, invece, le vertigini lo avevano sempre salvato, le vertigini e la paura di lasciarsi andare. Era al sicuro grazie alle sue regole, alla disciplina monastica che si era imposto, e sapeva bene quanto può costare perdere il contatto con la realtà.

Cominciò a piangere ma non pensò neanche per un istante di fermarsi, le lacrime sgorgavano senza sforzo e si mischiavano alle gocce di sudore che scendevano dalle tempie.

Lupi in agguato
Il peggio è passato
Mi fido di te
Mi fido di te
Io mi fido di te

Nicola temeva qualcosa, pensò, e nonostante questo si è fatto fregare. Qualcuno ha trovato il suo punto debole e lo ha colpito senza pietà. Di chi ti sei fidato, amico mio? Di chi ti sei fidato?

«Allora siamo d'accordo per domani.»

«D'accordo.»

«Ma nessuno deve saperne niente. Né il questore, né la Serra, né i ragazzi. Solo io, tu, Venuti e Iannece.»

Vitone bofonchiò: «Certo. Per chi mi hai preso?».

Calabrò gli chiese scusa e riattaccò.

Sua madre gli aveva preparato il letto in una delle stanze degli ospiti. Si ricordava ancora di quelle lenzuola, tutte colorate e con i marchi delle squadre di basket, le aveva scelte lui stesso. Risalivano forse ai tempi delle scuole medie. Si chiese com'era possibile che fossero durate tanto. Un lenzuolo può durare trent'anni, resistere a tanti lavaggi senza strapparsi? Pensò che probabilmente le aveva usate per un po' di tempo e poi erano state sopravanzate da altre più nuove; la madre doveva averle messe via ed erano rimaste lì per tantissimi anni senza essere usate, finché ora lei era tornata a cercare un lenzuolo per il suo bambino ed erano saltate fuori loro, per prime. Solo che adesso il suo bambino era alto due metri mentre il letto e le lenzuola erano rimasti indietro, ai tempi in cui non aveva bisogno di aggiungere al fondo del letto una poltrona della stessa altezza e appoggiarci i piedi.

Si sistemò come meglio poteva e gli fece piacere che anche questa piccola combinazione lo avesse riportato con la memoria a quando era piccolo abbastanza per amare suo padre incondizionatamente, e non a una fase successiva, dell'adolescenza o della giovinezza. Ripensò alle lenzuola a fiori gialli e arancioni tra le quali aveva perso la verginità, poco prima di compiere 17 anni, una domenica in cui i suoi erano usciti in barca con gli amici e lui aveva invitato a casa Cristina Dodero, la migliore tennista della scuola. Avevano scommesso che se lui l'avesse battuta, lei gli avrebbe dato un premio partita molto speciale. Era stato un pomeriggio trionfale, e solo anni dopo aveva capito che Cristina lo aveva lasciato vincere.

Guardò l'orologio. Era l'una passata. «Ora sarà meglio smetterla e cercare di dormire» si disse. Chiuse gli occhi e assaporò il silenzio della casa. Nessuna vecchietta che picchiettava col bastone al piano di sopra, nessun ubriaco per strada, nessuna saracinesca che si chiude, nessuna moto. Se proprio si metteva in ascolto con la massima concentrazione, poteva avvertire come un ronzìo lontano, una specie di motore invisibile che altro non era che il respiro delle piante e degli animali, la grande batteria della vita che si ricaricava durante la notte. Anche la temperatura era ideale, non faceva affatto caldo e anzi stando fermi a letto si avvertiva un certo freschino. Si tirò addosso il plaid che la madre gli aveva lasciato sulla sedia, richiuse gli occhi e sorrise pregustando la migliore dormita degli ultimi mesi.

Alle quattro meno un quarto, dopo avere controllato l'orologio per la centesima volta, si rassegnò, infilò i pantaloni e scese in cucina. I pensieri continuavano a tormentarlo e nel silenzio erano più vivi che mai. Barbara Ameri. Maurizio Merli. E Nicola. Un omicidio, un suicidio, una disgrazia. Mise un pentolino d'acqua sul fuoco, poi gli venne uno scrupolo e risalì al piano di sopra per controllare se sua madre stava dormendo. La porta era socchiusa, sentì un leggero russare e si rilassò. Dormire è il meglio che le può capitare, pensò con una punta di invidia. Non so per quanto riuscirò a tirare avanti in questo modo, si disse sinceramente stupito, sono settimane che non faccio una dormita decente, e non è che di giorno mi riposi, anzi.

Preparò il tè e se lo portò davanti alla televisione, la accese togliendo il volume e fece un po' di zapping, sperando di trovare qualcosa che lo facesse dormire. Guardò un po' di programmi educational, uno spogliarello squallido girato su un divano di casa, un pezzo di telenovela che senza audio gli parve piuttosto appassionante, poi senza neppure accorgersene finì per passare da una interruzione pubblicitaria all'altra, perché gli spot erano senza dubbio di qualità media molto superiore ai programmi. Vide pubblicità di auto, di cibo, di compagnie telefoniche, poi una donna che piangeva disperata gli fece pensare a una qualche pubblicità progresso ma subito comparve l'immagine di una nave, con la stessa donna rilassata su una sdraio a prendere il sole, quindi vide un'altra donna sul lettino dello psicanalista e subito dopo, in un flashback, la ritrovò sorridente in una sala massaggi, e poi fu il turno di una coppia in stato catatonico, sul divano, che non riusciva a riprendersi dal favoloso ricordo della cena col comandante, tutti in smoking in un salone che sembrava quello del *Titanic*. I reduci dalle nostre indimenticabili crociere, quello era il senso, hanno bisogno di assistenza psicologica per superare il trauma del ritorno alla vita normale.

Chissà cosa spinge la gente ad andare in crociera, pensò. E chissà quanto costa andarsi a intruppare con altre tremila persone in un condominio di poveracci in cerca di finto lusso, dormendo in una cella sotto il livello del mare, mangiando surgelati sei volte al giorno, sbarcando nei porti di città finte dove ti aspetta un esercito di venditori di ciondoli e cammellini di stoffa. Posso capire un pensionato, si disse, ma una ragazza come Barbara Ameri, di 25 anni, una abituata a viaggiare con i Papaboys, si sarebbe divertita di più a fare un giro in sacco a pelo su qualche isola greca e avrebbe speso molto meno. Io in crociera non ci andrei per meno di duemila euro. Anzi no, dovrebbero darmene almeno tremila pensò Marco Luciani. A lei comunque sarà costata... quanto? Ottocento? Novecento euro?

Certo era strana questa scelta, una vacanza fuori stagione, con un amico che non era neppure un fidanzato. E poi non è che lei avesse soldi da buttare. Anzi. Magari l'ha pagata a rate, pensò, oggi la gente si sta abituando a pagare tutto così, anche le vacanze, anche le cose superflue.

Lo colse un dubbio e cominciò a lavorarci sopra di fantasia, e il dubbio era che quella vacanza non l'avesse pagata lei ma qualcun altro, magari proprio il ragazzo, e se era così è chiaro che lui doveva aspettarsi qualcosa da quella vacanza, e se poi non l'aveva avuta...

«Devo chiedere a Calabrò se hanno controllato sul conto corrente se Barbara l'aveva pagata, e come» si disse.

Poi, come appagato per avere finalmente ricavato qualcosa da quella giornata orribile, piegò a fisarmonica sul divano i suoi centonovantasette centimetri e si addormentò di colpo.

«Presto, corri, sbrigati!»

Uscì dal bagno cercando di frizionare i capelli che grondavano acqua. Colse lo sguardo di lei che si abbassava e si affrettò a chiudere meglio l'accappatoio.

«Che c'è? Che succede?»

«Ascolta. "Per scendere si alza."»

«Eeeh?»

«Devo rispondere a un indovinello. È la domanda decisiva e mi restano pochi secondi.»

«E mi fai uscire di corsa...»

«È importante ti dico! "Per scendere si alza." Cos'è? Sforzati!»

In cambio arrivarono un'alzata di spalle e un'espressione di sufficienza. «La botola.»

«Cosa?!»

«La botola. Mia nonna me li faceva sempre questi indovinelli scemi. Per scendere si alza, per entrare si abbassa, per mostrarsi si nasconde...»

La voce della speaker della radio si sentì attraverso la cornetta, parlava rapida attaccando le parole una all'altra: «Forza, mancano cinque secondi».

«Siamo sicuri?»

«Se non hai di meglio...»

Diede un colpetto di tosse: «È mica... la botola?».

«Come hai detto? Ripeti chiaro.»

«La botola.»

«Aspetta che chiediamo alla regia...»

Attraverso la cornetta esplosero le note di We are the champions.

«La risposta è esatta! Hai vinto una crociera!»

VENERDÌ

Luciani & Calabrò

Lo svegliò, alle dieci e mezza, il profumo del caffè. Per la prima volta da settimane non sentì il bisogno di girarsi dall'altra parte e provare a dormire ancora. Al contrario, aveva la testa lucida e una grande voglia di alzarsi, uscire in giardino, e controllare al più presto possibile quell'idea che era venuta a trovarlo durante la notte, e lo aveva pazientemente atteso fino al mattino.

Prese il caffè, accettò dietro le insistenze della madre anche un succo di frutta e un biscotto che ingoiò a fatica. Donna Patrizia gli sembrava abbastanza serena, ora che la zia era ripartita lasciandola di nuovo padrona del suo ambiente.

Marco Luciani temporeggiò più che poteva, cercando di intrattenere sua madre, ma la testa continuava a correre a quell'intuizione notturna.

Alle undici e un quarto chiamò in Questura e fu contento di trovare Calabrò. «Mi è venuto un dubbio sul caso Ameri. Forse puoi aiutarmi.»

«Mi dica, commissario.»

«Ti ricordi che la ragazza era andata in crociera... avete controllato come l'ha pagata?»

«Mmm... era un concorso, se non sbaglio. Una crociera per due persone.»

Marco Luciani non lo aveva letto nei verbali. O forse non

se ne ricordava. Restò deluso, ma sentì che doveva insistere, fidandosi del suo sesto senso. «L'aveva vinta lei o lui?»

«Boh, credo insieme, lei e quel Giacomo. Almeno così ha detto lui.»

Il commissario non lo aveva mai interrogato. «Che tipo è? Sincero? Credibile?»

Calabrò ci pensò qualche secondo. «Non mi sembra un assassino. Ma il tipo del bugiardo lo è.»

«E quei soldi che lei ha ritirato... non c'entravano con la crociera? Non erano per pagare gli extra o qualcosa del genere?»

«No, lo abbiamo chiesto al ragazzo, ha detto che erano stati attenti a non prendere niente di superfluo.»

Marco Luciani restò un po' in silenzio. Continuava a pensare a quei quattrocento euro scomparsi. «Ti ricordi che concorso era? Se c'era un'agenzia che organizzava?»

«Aspetti che controllo al terminale... dovremmo avere tutto archiviato... intanto mi dica un po': sua mamma come sta?»

«Abbastanza bene, grazie. Di notte dorme tranquilla, al contrario di me. È chiaro che è un po' smarrita...»

«Lo credo. Dicono comunque che le donne superano meglio il trauma rispetto agli uomini. Un po' perché sono più forti, un po' perché hanno nella casa un punto di riferimento.»

Marco Luciani esitò un attimo prima di rispondere. Davvero era il caso di vendere la casa di sua madre solo perché suo padre non c'era più? D'accordo che era stato lui a dirglielo, ma non è detto che fosse la scelta giusta. E se avesse peggiorato le cose?

«Ci vorrà un po', commissario. Appena lo trovo le mando l'indirizzo via sms.»

Arrivò puntuale al campo di Bogliasco, era una bella giornata di sole ma non troppo calda e per una volta Andrea stava facendo il suo quarto d'ora di stretching all'aperto, invece che nello spogliatoio. «La vita ti sorprende, a volte» sussurrò il commissario. Chissà se quel cambiamento di abitudini si sarebbe manifestato anche sul campo, chissà se il suo avversario avrebbe provato, per la prima volta negli ultimi dieci anni, il brivido di una discesa a rete. Mentre si cambiava pensò che tutti siamo abitudinari, ma a volte, senza alcuna preparazione, andiamo a esplorare strade nuove. Forse anche la povera Barbara aveva fatto così, si era messa in una situazione nuova che non aveva gli strumenti per fronteggiare.

Scese in campo deciso a dare spettacolo, ma durante i palleggi di riscaldamento si rese conto che le palline di Andrea erano ingiocabili, troppo sgonfie. «Prendiamo delle palle nuove?» propose, ma l'altro replicò «tiriamo il collo a queste», lo faceva sempre, non si capiva se per tirchieria o per calcolo, visto che le palle molli favorivano il suo gioco dal fondo.

Marco Luciani scosse la testa. Che cavolo, pensò, vengo qui solo una volta alla settimana, almeno fatemi giocare come si deve. Andò al bar a comprarle e il profumo che uscì dalla latta lo esaltò più di una sniffata di colla. Tornò in campo caricatissimo e si accorse ben presto che i colpi gli riuscivano facili, si muoveva con scioltezza senza pensare né troppo né troppo poco. Giocando un punto alla volta restò in partita fino al 3-4, poi cercò qualche finezza di troppo e mise in rete una demi volée di rovescio, cedendo il servizio e subito dopo il set. Continuò a giocare per divertirsi e nel secondo set fece dei punti incredibili, ma Andrea con il suo battimuro da fondocampo riusciva a portarsi a casa quasi tutti i game, sia pure ai vantaggi. Erano 1-4 con palla dell'1-5 quando su un passante incrociato di Andrea destinato a pulire la riga il commissario si tuffò distendendo tutti i suoi centonovantasette centimetri, più cinquanta abbondanti di racchetta, arpionò la palla e con la più bella volée di dritto mai vista al circolo annullò la palla break.

Mentre era steso nella terra rossa sentì l'"oooh" di sorpresa e ammirazione del geometra Casareto e di altri due soci che guardavano la partita a bordo campo, sovrapposto al "ma che culo!" esclamato da Andrea.

Gli lanciò uno sguardo assassino. «Il culo di tua sorella» masticò andando a ripulirsi. In tanti anni che giocavano insieme non aveva mai ammesso, mai una volta, che lui avesse fatto un bel punto. Era sempre fortuna, caso o sua disattenzione. Si lavò le mani, tolse la maglia fradicia di sudore misto a terra, ne mise una pulita e si preparò a giocare un'altra partita. La cominciò con due ace che lo portarono sul 2-4, poi si mise a fare quello che non faceva quasi mai: applicare gli schemi. Era noioso, ripetitivo, prevedibile, ma se lo faceva nel modo giusto, e con la giusta cattiveria, per l'avversario diventava dura passarlo. Sul tuo servizio: metti il maggior numero possibile di prime palle. Servine due su tre sul rovescio e seguine due su tre a rete. Se non puoi chiudere la prima volée, bada a metterla profonda sul suo lato debole. Sul suo servizio: stai concentrato al massimo sulla risposta alla prima palla, cerca di tenere il palleggio profondo e di muovere l'avversario, attaccalo non appena accorcia; sulla seconda palla attaccalo subito lungolinea, usando il rovescio e anche il dritto in back, costringilo a cercare sempre un passante al limite.

Mise insieme un parziale di nove giochi a due, e sul 4-2 in suo favore nel terzo suonò la campanella: le due ore erano finite. Andrea aveva scagliato a terra la racchetta almeno cinque volte, per la rabbia, e se avesse potuto rompergliela in testa di certo lo avrebbe fatto. La sconfitta lo trasfigurava, tirava fuori un mister Hyde che nessuno avrebbe immaginato.

Anche una persona per bene, tranquilla e insospettabile, può trasformarsi in un assassino. Questo il commissario lo aveva sempre saputo. Non doveva indagare solo sulle strade nuove in cui poteva essersi avventurata Barbara, ma anche sulle vecchie. Un parente, un amico, un vicino di casa possono trasformarsi in mostri quando non riescono più a controllare il gioco, quando vedono saltare i loro schemi.

Si salutarono e Andrea trovò il modo di dirgli che aveva perso per colpa delle palline, «erano dure come sassi, non ci si può giocare». Marco Luciani pensò: "Dovrei fartele pagare, o almeno dovremmo fare metà per uno". Metà per uno, si ripeté, metà per uno.

Calabrò entrò nel locale a mezzogiorno in punto. C'era ancora poca gente, la cameriera lo fece sedere a un tavolino da solo e gli portò il menu.

Dovrebbe darsi una ripulita e togliersi tutti quei piercing e il rosso dai capelli, pensò l'ispettore. Ordinò minestrone freddo e farinata, si sforzò di fare due battute con la ragazza cercando di creare un minimo di confidenza, gustò il minestrone con calma. Quando la cameriera arrivò con la farinata la fermò, prima che arrivasse l'orda di clienti, le mostrò prima il tesserino, poi la foto di Nicola.

«Lo conosci?»

Lei lo guardò male. Calabrò la guardò peggio. Lei abbassò gli occhi.

«Perché lo cercate?»

«Non cerco lui. Lui è... un mio collega. Dimmi solo se lo conosci.»

«Viene qui tutti i sabati. È un ingegnere, o almeno si fa chiamare così. È un bravo Cristo, lascia sempre la mancia.»

«E ti ricordi anche con chi viene?» chiese Calabrò estraendo le quattro foto dei colleghi della Narcotici. «È per caso qualcuno di questi?»

La ragazza puntò il dito sul volto di Davide Risi. «Lui. Il regista.»

«Perché il regista?»

«Boh, a dire il vero non so cosa fa, l'ho soprannominato così perché so che si chiama Risi, è lui che prenota. E poi perché ha sempre dietro qualche videocassetta.»

Calabrò rimise in tasca le foto e infilzò un triangolo di farinata.

«È ottima,» le disse «fai i complimenti al cuoco.»

Una ragazza mulatta, in monokini, gli sorrideva invitandolo a raggiungerla. Un'altra, bionda, era distesa nella sauna con addosso un minuscolo asciugamano e lo fissava invitante. Il commissario si immaginò per un attimo su una spiaggia delle Barbados, steso all'ombra a vedere uscire dall'acqua una venere nera. L'avrei potuta fare, quella vita lì. Tutti quei soldi sui conti esteri... chissà quanto c'è rimasto. Scacciò il pensiero, quei soldi erano sporchi e poi ora dovevano servire a sua madre. Al banco una bruna scorbutica stava telefonando, non gli fece cenno di accomodarsi né di essersi minimamente accorta di lui. L'altra impiegata stava servendo una coppia di pensionati e Marco Luciani restò per un po' ad ascoltare il loro programma di viaggio a Santiago de Compostela.

«Dica» lo affrontò l'impiegata. Il suo occhio allenato lo aveva già inquadrato nella categoria dei perditempo, quelli che chiedono informazioni ma non hanno nessuna intenzione di andare veramente in vacanza, o non se la possono permettere.

Il commissario mostrò con discrezione il tesserino. «Buongiorno. Sono il commissario Luciani,» disse cercando di non farsi sentire dai pensionati «c'è il titolare?»

La ragazza diventò immediatamente più gentile. «Veramente no... posso esserle utile io?»

«Penso di sì. C'è un posto dove possiamo parlare un attimo?»

Le spiegò la situazione al tavolino di un bar, davanti a un caffè.

«Sì, me la ricordo quella crociera-premio,» disse l'impiegata «l'itinerario era fisso, la ragazza e il suo amico sono venuti a scegliere la data.»

«Lo sa cosa le è successo, vero?»

L'altra abbassò gli occhi. «Sì, l'ho visto in televisione. E sui giornali. Poverina. Non ci potevo credere che era lei.» Restò zitta un attimo, poi rialzò lo sguardo, tra l'eccitato e lo spaventato: «Ma c'entra la crociera?».

Marco Luciani la tranquillizzò: «No. È solo uno scrupolo. Volevo essere sicuro che l'avesse vinta. Chi è che faceva il concorso?».

«Radio 19, quella del "Secolo XIX". Aveva aperto da poco e si vede che voleva farsi pubblicità.»

«Solo due posti?»

«No, erano otto biglietti in tutto. Quattro viaggi per due persone. Ne abbiamo mandati già sei, ne restano due che credo andranno a ottobre.»

«Un bel viaggio? Voglio dire, erano trattati come gli altri crocieristi?»

«Certo. Ora, non è che avessero le suites... cabine economiche, ma il viaggio è uguale per tutti. Pranzi, cene, tutto già pagato, compreso il vino e la caraffa d'acqua al tavolo, discoteca, piscina, se uno vuole può farsi una settimana di vacanza senza spendere una lira di extra. Le escursioni si pagano a parte, e costano parecchio, ma sono facoltative.»

«Sa se la crociera l'aveva vinta lei o lui?»

«Mi sembra lei. Sì, sì, direi lei.»

«Ne è sicura?»

«La radio ci aveva dato il suo nominativo. Non so se il premio era cedibile.»

Il commissario ringraziò la ragazza, pagò i caffè e mentre lei tornava in agenzia restò a passeggiare senza meta, cercando di capire che cosa non lo convinceva. Non c'era nulla di strano nel vincere un viaggio, una crociera. Ormai ce n'erano tanti di questi concorsi e la fortuna doveva pur toccare a qualcuno. Però era molto strano che a una persona dalla vita molto regolare succedessero nel giro di così poco tempo due cose tanto insolite, vincere una crociera e morire ammazzata, senza che ci fosse un collegamento tra i due fatti. Si chiese se il concorso poteva essere truccato, se qualcuno poteva avere fatto vincere la crociera a Barbara per ricompensarla di qualcosa, o per allontanarla dall'ufficio. Ma gli sembrava un'ipotesi piuttosto fantasiosa. L'altra possibilità, più logica, era quella dell'incontro fatto sulla nave, dello spasimante respinto che va fuori di testa e comincia a perseguitarla. Ma dai racconti di Jacky non era emerso niente del genere, e Jacky avrebbe avuto tutto l'interesse a suffragare un'ipotesi di quel tipo, per allontanare i sospetti da sé. Solo che qualcosa nel frattempo era cambiato: l'orario di accensione del computer andava anticipato, l'ora dell'aggressione, probabilmente, anche. E l'alibi del ragazzo non era più così blindato.

Calabrò chiuse il telefonino e guardò Vitone. «Era Failla. Ha detto che è appena uscito. Notizie di Venuti?»

«Sta arrivando. Venti minuti, mezz'ora al massimo.»

«Bene.» L'ispettore tirò fuori dal cassetto la fondina ascellare e la indossò, controllò la pistola e i proiettili. «Pronti a muoverci non appena arriva.»

La sede di Radio 19 era in centro città, in una delle piazze più brutte non solo di Genova, ma d'Italia. Una distesa di pietra grigia chiusa su tre lati da un grattacielo e due palazzi da socialismo reale, torrida d'estate e flagellata dal vento gelido d'inverno; sul lato libero, una perenne coda di auto in attesa di entrare nel parcheggio sotterraneo. Marco Luciani arrivò senza preavviso, per antica abitudine: prendili sempre di sorpresa, non lasciargli il tempo di immaginare le domande e prepararsi le risposte.

«Come funzionano questi concorsi?»

Il manager che lo aveva accolto sorrideva rilassato, come uno che non ha niente da nascondere. Si passò una mano tra i lunghi capelli sale e pepe, alzò le sopracciglia oltre la montatura arancione degli occhiali.

«Per quelle crociere, se non ricordo male, gli ascoltatori dovevano telefonare e prenotarsi per partecipare. Poi noi, davanti a un notaio, abbiamo estratto 64 nomi. Quindi abbiamo preparato un tabellone, tipo tennis, e li abbiamo messi a confronto due alla volta, con delle domande.»

«Domande di che tipo?»

«Mah, soprattutto legate alle notizie lette sul giornale. Anche perché quelle di cultura generale non si possono più fare, con Google tutti trovano tutto in cinque secondi. Oppure indovinelli, curiosità, un po' di tutto. All'inizio sono facili, poi via via più difficili. Cinque domande a testa, vince chi ne indovina di più. In caso di pareggio, domande a oltranza finché uno sbaglia.»

«Avete qualche registrazione?»

«Certo. È tutto archiviato, per legge. Venga con me.»

Il commissario si aspettava una stanza con le pareti riempite fitte fitte di minuscole cassettine. Invece l'archivio stava semplicemente dentro un computer inzeppato di file mp3 ordinati per data e argomento. Il manager lo affidò alla segretaria di redazione, una brunetta con gli occhi dolci e una fessura tra i denti, che dopo un po' di ricerche rintracciò quelli del concorso.

«Eccoli. Il concorso è durato parecchi giorni. A lei interessa un giorno in particolare?»

Marco Luciani annuì. «Quello della finale.»

«Le finali sono quattro, in realtà. Ci vorrà un po'.»

Il commissario la tranquillizzò. «Non c'è bisogno che stia qui anche lei. Oltretutto è un'indagine... come posso dire... piuttosto delicata.»

La ragazza arrossì: «Oh, certo. Si accomodi in saletta, glielo mando in cuffia».

Ascoltò con pazienza due sfide. Erano domande di media difficoltà, il commissario ne avrebbe sbagliate una o due su cinque. Alla terza sfida drizzò le orecchie.

«C'è Barbara al telefono con noi. Buongiorrrrno.» La

speaker parlava veloce e sembrava sempre che stesse ridendo, metteva allegria.

Anche la concorrente sembrava contenta. «Buongiorno a voi.»

La speaker disse due scemate sul tempo, la domenica, la spiaggia.

«Tu oggi vai al mare Barbara?»

«Non so. In realtà mi sono appena svegliata.»

«Oh che pigrona. Ma è giusto così, almeno la domenica...»

La sfida cominciò. Sia lei sia il suo avversario, un certo Luca, risposero esattamente a quattro domande a testa. Anche il commissario ne avrebbe sbagliata una. Poi era iniziato lo spareggio, e le domande si erano fatte più difficili. Dopo una risposta esatta ciascuno, la seconda, un indovinello, aveva messo Luca in difficoltà: «Possono essere anche detti». Aveva tentato con "proverbi", ma la risposta esatta era "fianchi".

Questa era difficilissima, pensò Marco Luciani. Senza la spiegazione della speaker, che aveva svelato il tranello ripetendo piano "possono essere detti anche", non avrebbe capito neppure la risposta.

«Bene Barbara, il tuo avversario ha sbagliato. Perciò se rispondi esattamente a questa domanda, lo ricordiamo, vinci-una-crociera-per-due-persone-nel-Mediterraneo! È un indovinello anche per te. Come te la cavi con gli indovinelli?»

«Malissimo» sospirò lei.

«Non hai nessuno lì vicino che può aiutarti, Barbara?» la incoraggiò la speaker.

Lei ebbe un'esitazione e il commissario sentì scattare un piccolo segnale di allarme. Probabilmente qualcuno c'era, ma non voleva dirlo. Forse temeva che i genitori, o lo zio, la stessero ascoltando.

«Mmm... sono con... con un'amica.»

«Bene, fatti aiutare da lei. Attenta bene: "Per scendere si alza".»

Marco Luciani fece una smorfia. Non ne aveva la minima idea.

Anche Barbara era rimasta in silenzio.

«Seguilo, Iannece. Senza farti notare.»

L'agente scelto mise in moto e guardò Calabrò con sufficienza. «Io sono il re dei pedinatori, ispettore. Mi chiamano l'Uomo Ombra.»

«Un'ombra è ancora troppo, Iannece, dobbiamo essere come l'Uomo Invisibile.»

«Per quello mi servono le bende, ispettore.»

Venuti scrocchiò le nocche delle dita. «Le bende serviranno di più a lui.»

Marco Luciani drizzò le orecchie. Sentì uno scambio sussurrato di voci al telefono, poi la risposta: «La botola». Quindi un'esplosione di suoni, sirene, campane. «La risposta è esatta! Hai vinto una crociera!»

Tornò dalla segretaria di redazione, le chiese se era possibile alzare il volume al massimo in un determinato momento. Quello in cui Barbara aveva chiesto aiuto all'"amica".

Se lo fece rimandare più e più volte, finché riconobbe la voce in sottofondo.

E finalmente capì.

«Non mi sembra molto regolare.»

«Vogliamo solo fare quattro chiacchiere. Niente di ufficiale. Ti assicuro che è meglio anche per te.»

«E se io rifiutassi di seguirvi?»

Vitone scostò la falda della giacca, mostrando la pistola alla cintura.

«A te la scelta.»

Davide Risi si guardò intorno. Nessuno stava seguendo la

scena. Dopotutto sono poliziotti come me, pensò. Sono colleghi. Fece una smorfia e risalì nella sua auto, stretto nel sedile dietro fra Venuti e Vitone. Calabrò mise in moto e si diresse verso l'autostrada, seguito dall'auto di Iannece e Failla.

«Siamo qui, commissario. Venga dentro.»

Marco Luciani vide Calabrò sulla porta del cascinale. Era in maniche di camicia, sudato e sconvolto, con le vene del collo gonfie. Lo superò e si trovò in una stanza illuminata a stento da due lampadine sul muro. Seduto su una sedia c'era un uomo ammanettato, con la testa abbandonata in avanti. Sembrava svenuto ma quando sentì arrivare qualcuno alzò la faccia gonfia e coperta di sangue, che il commissario stentava a riconoscere. Si guardò intorno, il posto dava l'impressione di essere abbandonato da anni. Probabilmente serviva come rifugio ai cacciatori in caso di pioggia. Il commissario Venuti, l'ispettore Calabrò e Iannece erano nella stanza, tutti e tre con l'espressione allucinata di un animale che ha sentito l'odore del sangue. Anche se l'odore che prevaleva, nella stanza, era di sudore misto a urina. Guardò la macchia scura sui pantaloni dell'uomo e capì che si era pisciato addosso.

«Che cosa sta succedendo qui? Perfino tu, Iannece...» disse a bassa voce, incredulo. Mentre stava per esplodere in una delle sue non frequenti ma terribili scenate, Calabrò parlò con rabbia: «È lui che ha fornito la dose a Nicola. Ce l'ha appena confessato».

Marco Luciani restò per un attimo indeciso tra l'odio e la pena. Quell'uomo pestato a sangue dai suoi colleghi era in palese contraddizione con tutto ciò in cui credeva. D'altra parte, se quello che dicevano era vero, se aveva in qualche modo provocato la morte di Nicola, non se la sarebbe cavata con un semplice pestaggio. «Una confessione non molto spontanea, direi.»

«Più che altro superflua. Sulle videocassette in cui Nicola teneva la droga ci sono le sue impronte, la cameriera del locale dove andavano tutti i sabati l'ha riconosciuto, e si è ricordata anche delle cassette.»

In quel momento il commissario riconobbe Davide Risi. Si ricordava bene di quando, alla Buoncostume, era finito nei guai perché prendeva le bustarelle dai magnaccia. Trasferirlo alla Narcotici era stato come mettere un prete pedofilo in un orfanotrofio.

«Commissario Luciani. Mi aiuti» bofonchiò.

Lui lo guardò, impassibile: «Che cosa gli hai dato? A Nicola, cosa gli hai dato?».

«Gli ho dato il meglio. Come sempre. Roba ottima.»

«Dimmi cos'era.»

«China Black, l'ho tagliata io personalmente al 35%. Nessun errore. Me la sono iniettata anch'io, sabato scorso, e non mi è successo niente.»

China Black al 35%. Corrispondeva. E nessuno lo sapeva, a parte lui e Vassallo. E lo spacciatore.

«Era troppo pura per Nicola, l'hai ammazzato.»

«Era la dose solita. Glielo giuro. Gliela davo da mesi e non è mai successo niente.»

«Sei una vergogna per il corpo di polizia.»

L'altro provò una risata ironica che si trasformò in una smorfia di dolore.

«Non più di questo qui. Gli chieda come mai è finito a Rapallo.»

«Figlio di puttana!» Venuti si mosse verso di lui per colpirlo col calcio della pistola, ma Marco Luciani gli si mise davanti, gli tolse l'arma dalla mano. «Fermati. Questa la prendo io» disse. Poi voltò lo sguardo sugli altri. «Tutti fuori adesso. Fuori di qui! Datemi le chiavi delle manette e sparite.»

Mentre Vitone, Iannece, Calabrò e Venuti uscivano protestando, il commissario raccolse i resti di Davide Risi, gli fece sciacquare la faccia al rubinetto, lasciò che tamponasse il sangue con un fazzoletto.

Una volta ripulito, vide che era conciato meno peggio di quanto aveva temuto. Gli prese una sigaretta dal pacchetto che Vitone aveva lasciato sul tavolo e gliela accese. Risi aspirò il fumo come se potesse calmargli il dolore.

«Capisco che siete incazzati. Al posto vostro lo sarei anch'io. Ma perché avrei dovuto ammazzare Nicola, commissario? Eravamo amici da anni. Gli davo perfino la roba gratis, cioè lui mi offriva il pranzo e andava bene così. Mi creda, è stata una disgrazia. Siete sicuri che abbia preso la mia roba, e non quella di qualcun altro?»

«Sicuri, sì. Me lo hai appena confermato.»

«Ma come mai pensate a... a cosa? Un suicidio? Un omicidio mascherato?»

Sembrava sincero. Marco Luciani si chiese se era il caso di spiegargli quello che stava succedendo. Poi decise che era più prudente tacere.

«Non pensiamo niente. Dovevamo controllare.»

«All'anima del controllo. I suoi uomini mi hanno massacrato. Se vado dagli Affari interni...»

Il commissario sentì la rabbia montare. «Figlio di puttana! Ci vado io dagli Affari interni. Nicola era il mio migliore amico!»

«Ah sì? E allora perché lo ha lasciato da solo?»

La rabbia esplose fino ad accecargli il cervello. Tirò fuori dalla tasca la pistola di Venuti e gliela puntò sotto il mento. «Adesso ascoltami bene: ti do una possibilità, una sola, di dirmi la verità, una volta per tutte.»

L'altro fissò con disprezzo la mano tremante del commissario. «Oppure che fa? Mi denuncia? Vogliamo far sapere a tutti come è morto il nostro eroe?»

La mano di Luciani smise di tremare, mentre una spaventosa calma si impadroniva di lui. Gli era già successo una volta, in passato. E ne stava ancora pagando le conseguenze.

«Inginocchiati» disse.

«Che cosa?!»

«Inginocchiati!» Lo colpì con un calcio che gli spazzò via le caviglie e lo fece crollare a terra.

Risi si mise in ginocchio. «Le giuro...»

Marco Luciani tolse la sicura dalla pistola e gli appoggiò la canna alla nuca. «Dì la tua preghiera, bastardo. Al cinque morirai.»

«Lei non la vuole la verità.»

«Uno...»

«Vuole solo qualcuno a cui dare la colpa.»

«Due...»

«Ma è stato lei a lasciarlo da solo Nicola, a lasciarlo nella merda.»

Aveva appena detto «tre» quando squillò il cellulare. Lo guardò. Sul display c'era il nome di Vassallo.

Trascinò Risi fuori dal cascinale, lo gettò a terra davanti agli altri.

«Allora?»

«Allora niente. Lo lasciamo andare.»

«Come, lo lasciamo andare?!»

«Non ti incazzare, Calabrò. Hai fatto un ottimo lavoro, davvero. Ma lui non ha ammazzato Giampieri, o meglio non ha giocato sporco. È stata una disgrazia.»

Venuti, Calabrò, Iannece e Vitone si scambiavano sguardi increduli e delusi.

«Mi ha appena chiamato Vassallo.»

Non disse di più, e gli altri capirono che non voleva parlarne davanti a Risi.

«E adesso cosa ne facciamo?» chiese Vitone.

«Accompagnatelo a casa. Fategli scrivere e firmare una lettera di dimissioni. Gli ho dato ventiquattro ore per lasciare la città.»

«Se la cava con poco» protestò Iannece.

«Uno così, senza la divisa a proteggerlo non durerà molto.»

Lo guardò mentre ritornava alla macchina zoppicando, scortato dai suoi uomini. Il commissario non perse tempo a chiedersi se gli avrebbe sparato davvero, e perché. La telefonata di Vassallo era arrivata appena in tempo per impedirgli di ammazzare un innocente, ma non si sentiva né grato né sollevato per questo. Il sentimento prevalente, invece, era di rimpianto.

Davide Risi mise in moto, e mentre le ruote sgommavano sul fango il suo cervello cominciò a girare vorticosamente. Avevano dei sospetti sulla morte di Giampieri, e per questo avevano organizzato la spedizione punitiva ai suoi danni. Ma siccome la sua roba era pulita, questo voleva dire solo una cosa: erano stati i ragazzi dei servizi a intervenire. E forse Vassallo aveva scoperto come.

Il commissario tornò a casa, si preparò un tè e mise su una vecchia cassetta di Lucio Quarantotto, a volume bassissimo. Quindi accese il registratore e riepilogò gli ultimi avvenimenti. Questa indagine aveva già fatto troppi morti ed era bene lasciare tracce più chiare, rispetto a un sms, nel caso qualcuno avesse dovuto indagare un giorno anche sulla sua fine. Partì dall'ultima scoperta, vale a dire dalla morte di Nicola: il dottor Vassallo non si era accontentato dei primi risultati dell'autopsia, e aveva ipotizzato per assurdo che la droga di per sé, o meglio il contenuto della siringa, non fosse stato fatale, chiedendosi che cos'altro avrebbe potuto scatenare nell'Ingegnere un collasso generale così violento. Rileggendo la sua cartella clinica aveva visto che era allergico ai crostacei. Così si era messo a fare gli esami spettrografici delle sostanze contenute nello stomaco di Nicola, e ne aveva trovato piccolissime tracce.

Certo era strano che Giampieri avesse mangiato aragosta a cena pur sapendo di essere allergico. E che non si fosse sentito male subito. Forse, aveva ipotizzato Vassallo, l'aveva messa nel piatto per non deludere la ragazza e poi l'aveva scartata ma ne erano rimaste tracce sulle altre pietanze, o sulle posate. Sufficienti a farlo star male, magari con un certo ritardo. O magari, se Nicola era allergico a livelli davvero gravi, poteva bastare che avesse baciato la ragazza dopo che era stata lei a mangiare l'aragosta. Ma di nuovo, perché era trascorso tutto quel tempo? In genere queste crisi scattavano immediatamente, o nel giro di pochi minuti al massimo. La spiegazione non lo convinceva, ma non era in grado di trovarne un'altra migliore. Alla fine il medico legale aveva chiamato Marco Luciani e gli aveva riferito i risultati delle sue ricerche. Forse, avevano concluso, quelle piccole tracce non sarebbero state sufficienti a uccidere Giampieri, se non si fosse iniettato l'eroina. Ma gli alveoli polmonari già leggermente chiusi dalla crisi respiratoria, abbinati all'azione depressiva dell'alcol e alla China Black, potevano avere scatenato un mix infernale.

Luciani, una volta liberatosi di Risi, aveva subito chiamato Stefania Boemi e le aveva chiesto che cosa avevano mangiato quel sabato sera. Lei aveva elencato senza capire: «Pomodoro, mozzarella, insalata di aragosta, gelato». E alla domanda se Nicola era stato male aveva detto di no, poi era di nuovo scoppiata a piangere.

«Molti forse, molte ipotesi,» concluse il commissario «ma tutte vanno in direzione di una morte casuale.» Spense il registratore e si abbandonò sul divano.

Il caso Giampieri era chiuso. Il caso Merli era chiuso. Ora bisognava chiudere il caso Ameri.

«Non ci posso credere! È fantastico! Abbiamo vinto una crociera!»

"Abbiamo?" pensò Barbara.

«Meno male che c'ero io, Babi, perché altrimenti non so come te la saresti cavata. Ma dov'è che si va? È un tragitto già deciso o si può scegliere?»

«Credo... che sia già deciso. Nel Mediterraneo.»

«Ah. Va bene. E il periodo?»

«Non so... bisognerà chiedere.»

«Ehi... ma cos'è quella faccia? Ah... è per questa notte, non è vero?»

Barbara non riuscì a nascondere una smorfia. Vattene, vattene, vattene, pensò.

«Ascolta. Era la prima volta, è normale un po' di tensione.» Prese le mani di Barbara tra le sue, le alzò leggermente il mento, le diede un bacio leggero sulle labbra. «La prossima volta sarò più dolce. Promesso. E quando andremo in crociera... sarà fantastico, vedrai!»

Non ci sarà una prossima volta, pensò Barbara. E non faremo nessuna crociera.

SABATO
Luciani

Fece una breve corsa celebrativa, per festeggiare la soluzione del caso. Ma non riuscì a godersela come pensava, perché era ormai concentrato sull'ultimo passo da compiere. Una formalità, probabilmente. Ma aveva imparato che non bisogna mai cantare vittoria prima di avere fatto scattare le manette.

Rientrando a casa incrociò nel portone la vecchietta del quarto piano. La guardò stupito: erano parecchi mesi, forse addirittura un anno, che non la vedeva uscire di casa. Lei gli restituì uno sguardo smarrito, insieme a un «commissario» che suonava come una richiesta d'aiuto. Era al braccio del nipote, un balordo sulla quarantina che gli era capitato di incrociare qualche volta nei bar della zona, sempre piazzato davanti al videopoker.

Le sorrise e col tono che si usa con un bambino di tre anni disse: «Buongiorno, signora. Va a fare una passeggiata?». Il suo sguardo era piantato nel viso dell'uomo, che nella mano libera teneva una vecchia borsa da viaggio. La storia non poteva essere più chiara.

Lei guardò il nipote, come a dire che solo lui conosceva la risposta, e l'uomo bofonchiò un «sì, una bella passeggiata zia, ti porto in un bel posto, vedrai». Cercò di farle strada ma il commissario era piantato davanti alla porta e non sembrava avere fretta di spostarsi.

«È fortunata ad avere un nipote così affettuoso,» le disse,

mentre gli occhi tornavano a cercare quelli dell'uomo, trasmettendogli tutt'altro messaggio «sono sicuro che si divertirà. Questa sera mi suoni alla porta, quando torna, così mi racconta.»

L'altro tossì. «Può anche darsi che... ci fermiamo fuori questa notte» disse a bassa voce. Ma la zia aveva sentito.

«Come, fuori? Io non dormo fuori di casa.»

«No, zia. Non ti preoccupare. Dicevo solo che se il posto ti piace, magari ci fermiamo.»

L'altra fece per protestare ma l'uomo la spinse avanti. «Permette?» disse al commissario raccogliendo tutto il suo coraggio.

Marco Luciani lo fissò per qualche secondo. Poi si spostò, molto lentamente, lasciando libero il passaggio verso il portone.

Aveva una gran voglia di attaccare al muro quel disgraziato che stava per ficcare la sua vecchia zia in un qualche ospizio lager, dove l'avrebbero tenuta in vita in cambio della pensione. Ma non aveva nessuna autorità per farlo.

«L'aspetto stasera» ripeté rivolto a lui, più che a lei, sperando di impressionarlo. Ma aveva la netta sensazione che non avrebbe più sentito sul soffitto il *tac tac tac* del bastone, o il rumore dei cassetti che si aprivano e si chiudevano per nascondere chissà quali tesori.

Il napoletano era uscito sul pianerottolo e aveva seguito buona parte della scena: «Ecco lì un altro bel Giuda, commissario» disse ad alta voce, per essere sicuro che l'altro lo sentisse. «Quanto ci metterà a mangiarsi i soldi della casa? Due anni? Un anno? Sei mesi?»

Marco Luciani annuì senza rispondere. Nel momento in cui aveva lasciato la casa al nipote, la vecchia aveva firmato la sua condanna. Era una storia scontata, con un finale scontato. Un semplice rapporto di causa ed effetto. Quasi tutti gli omicidi, alla fine, erano così.

Decise di andare da solo, senza agenti e senza pistola. Non

sembrava il tipo capace di fare mosse disperate. Quante ipotesi abbiamo inseguito, pensò, quante costruzioni si possono fare partendo da un semplice omicidio. Ci ostiniamo a cercare spiegazioni improbabili ma poi, alla fine, si scopre che i moventi sono sempre gli stessi. Rabbia. Frustrazione. Gelosia. Denaro. E che gli assassini sono sempre loro, parenti prima di tutto, da Caino e Abele in poi, oppure amici che vogliono essere amanti, o amanti che non vogliono più essere amici. Forse la fantasia è un difetto, per un poliziotto come per un tennista. E nel set decisivo è meglio lasciar perdere i colpi spettacolari e portare a casa il risultato.

Arrivò a Rapallo intorno alle undici. Se l'era presa comoda, ed era incappato nei milanesi diretti in Riviera per il fine settimana, ma a quel punto, un'ora in più o in meno non cambiava molto. Suonò al citofono ma non ebbe risposta, suonò a quello successivo ed ebbe la fortuna di beccare la classica vicina in là con gli anni che non si faceva mai i fatti suoi. «Finalmente vi siete decisi a venire» disse facendo accomodare il commissario. «Io lo sapevo che aveva qualcosa che non andava. Strani giri, a tutte le ore del giorno e della notte. E poi io dico, va bene che i giovani ora fanno quello che gli pare prima del matrimonio, ma almeno che lo facciano tra un uomo e una donna.»

Il commissario sorbì un'acqua e menta sul divano del salotto e una tirata di almeno venti minuti sulla degenerazione del mondo, ma alla fine capì che era inutile aspettare sotto casa.

«Credo che questo weekend ci fosse la gita col suo gruppo. Quelli che vanno in montagna. In genere partono il sabato mattina presto e tornano la domenica sera. Quando ero più giovane sono andata anch'io, qualche volta. Ma ormai, cosa vuole...»

«Sa dove andavano?»

«Non lo so proprio. Provi a chiedere alla sede, non è lontana.»

Davide Risi aprì la borsa da ginnastica, imprecando mentalmente contro quella stronza della moglie che si era presa tutte le valigie più capienti. Ma anche con quelle sarebbe riuscito a portare via solo una minima parte di quello che gli serviva.

Tanto valeva lasciarsi davvero tutto alle spalle, ficcare nella borsa mutande, camicie e rasoio e filare dritto a Roma. Sarebbe passato a salutare la stronza, questo era sicuro, e poi avrebbe chiesto una mano agli amici per sparire dalla circolazione e ricominciare da un'altra parte, magari in Sicilia.

«Stai partendo?»

Alzò gli occhi e li vide, riflessi sulla specchiera dell'armadio. La spina dorsale gli si ghiacciò all'istante. Erano entrati senza fare il minimo rumore, scuri e invisibili come i loro occhi dietro i Ray-Ban. Non ho niente da temere, pensò lanciando uno sguardo preoccupato alla pistola rimasta sul comodino, troppo lontana per sperare di afferrarla.

«Avete fatto bene a venire. Stavo per venirvi a cercare» disse senza voltarsi.

«Perché?»

Risi si rimise a riempire la valigia. «Devo tagliarmi i ponti alle spalle. Mi serve una mano.»

Quello con i capelli bianchi si accomodò in poltrona e accavallò le gambe, fissandogli il viso gonfio e pieno di lividi: «I tuoi colleghi ti hanno conciato proprio bene. E dimmi un po': perché dovremmo aiutarti?».

«Be', mi dovete qualcosa se non sbaglio. Senza di me Giampieri starebbe ancora ficcando il naso in cose pericolose.»

«Come sarebbe a dire? Noi non ne sappiamo niente di Giampieri» disse il capo ad alta voce. A un suo cenno, il giovane che somigliava a Belmondo cominciò a guardare dietro le tende, sotto le lampade, ad aprire l'armadio e il comodino. La pistola sparì in una delle sue tasche.

«Ehi, non sto cercando di fregarvi. Non ci sono cimici.»
Belmondo si avvicinò a Risi lo perquisì rapidamente. «È pulito» disse alla fine.
«Chiudi la valigia e usciamo. Abbiamo la macchina qui sotto.»
«La mia pistola.»
«Dovrai lasciarla qui. Dove stai andando non te la lascerebbero portare.»
Risi sentì una goccia di sudore scivolargli dalla tempia. «E dove starei andando, secondo voi?»
Gabin tirò fuori dalla tasca interna della giacca un biglietto aereo: «Rio de Janeiro. Prima classe».

"L'orco, il monaco e la vergine." La sede del Rapallo Quattromila era chiusa, ma appeso sulla porta c'era un volantino che pubblicizzava la gita di quel weekend. La meta era la zona di Grindelwald, in Svizzera, che a quanto sembrava di capire dalla descrizione doveva essere un sogno per tutti gli escursionisti e gli alpinisti. C'era perfino un trenino che entrava nel fianco della montagna e consentiva di «ammirare la meravigliosa triade: *Eiger*, *Monch*, *Jungfrau*».
Ammirare un cazzo, pensò Marco Luciani. L'idea di andare in montagna non gli sorrideva per niente. Potrei tornarmene a casa e aspettarli qui domenica sera, pensò. Eppure quei nomi gli sembravano estremamente simbolici: tutta quell'indagine ruotava intorno a una vergine e aveva coinvolto diversi preti. Ora toccava a lui andare a prendere l'Orco.

Davide Risi pensò alla sua storia promettente con Marina che finiva lì, alle sue figlie che rischiava di non vedere per chissà quanto tempo. Doveva togliere le tende da Genova, d'accordo, ma Rio de Janeiro...
«Non posso andare così lontano» disse. «Le mie figlie...»
Il capo lo fissò: «Le tue figlie sono a Roma. Con la madre.

E con un altro uomo. Forse è meglio che le lasci nel loro brodo per qualche tempo. E poi non sei mai stato un padre esemplare».

Risi strinse i pugni, sentendosi punto nel vivo.

Gabin fece una faccia stanca, mise le mani nelle tasche della giacca e tirò fuori due mazzette di banconote da cento euro. «Qui c'è qualche spicciolo per le prime spese. E una volta laggiù ti aiuteremo a sistemarti.»

Risi aveva esperienza. Gli bastò un'occhiata per capire che c'erano almeno cento banconote dentro ciascuna mazzetta. E in certe zone del Brasile ventimila euro valevano ancora qualcosa. «Perché lo fate?»

«Perché ci hai visti. E preferiamo essere tranquilli.»

«Siete voi che vi siete fatti vedere, quando ci avete offerto il pranzo.»

L'altro alzò le spalle. «Un'imprudenza. Ma eravamo convinti che fosse tutto finito.»

«Chi mi dice che posso fidarmi di voi? Che non mi ammazzerete appena vi do le spalle?»

«Non mi tentare. Ti farei fuori molto volentieri ma un altro morto non ce lo possiamo permettere. Un suicidio e un'overdose sono il massimo, di più desteremmo sospetti. E se al commissario Luciani viene anche solo un piccolo dubbio, sarà dura togliercelo dai coglioni.»

«Quindi Merli... E Nicola... come avete fatto?»

«Come hai fatto... *tu*.»

«Io non ho fatto niente.»

«Appunto. Neanche noi. Non ti dico che non eravamo pronti ad agire, ma non ce n'è stato bisogno. Il destino ci ha sorriso. A noi e a te. E l'ha messo nel culo a loro.»

Davide Risi restò in silenzio qualche secondo, incerto se credergli o no. La sua roba era buona, e lo sapeva, ma qualcuno poteva averci messo le mani dopo. In ogni caso, comunque fosse andata, a quel punto non lo riguardava più. Nicola era sepolto ormai, ma lui era vivo e intendeva restarlo. «Amen» disse prendendo il biglietto aereo e le mazzette.

«Sei un bastardo, Risi,» disse Gabin «per questo mi piaci. Hai rotto le uova senza farlo apposta, ma alla fine sei riuscito a voltare la frittata a tuo favore. Salta su, ti portiamo fino a Malpensa.»

Il viaggio fu molto più lungo di quanto si era aspettato. Anche senza fermarsi a mangiare, ma solo per fare benzina, Marco Luciani impiegò quasi due ore ad arrivare a Milano, e da lì incappò di nuovo nel traffico dei milanesi diretti ai laghi. Passò la frontiera con la Svizzera e fino a Lugano si illuse di avere trovato il ritmo giusto, ma poi cominciarono i lavori e i rallentamenti. Verso Brunigen, quando cominciava a intravedere la fine dell'incubo, incappò pure in un incidente che lo tenne inchiodato quasi un'ora. Rimpianse di non avere preso l'auto di servizio ma si consolò pensando che non avrebbe avuto la faccia tosta di mettere la sirena in un altro paese, e meno che mai in Svizzera.

Quando finalmente arrivò a Grindelwald, prese il volantino che aveva strappato dalla porta del Club e filò dritto all'albergo dove dormiva la comitiva di Rapallo. La caccia era finita.

«Varig. Ultima chiamata per il volo 815 per Rio de Janeiro. I passeggeri Risi e Bianchi sono pregati di presentarsi all'imbarco.»

«Sbrigati.»

«Arrivo.»

La hostess li accolse con aria seccata: «Appena in tempo, signori. Stavamo per lasciarvi a terra».

Il più giovane sorrise. Assomigliava a Belmondo da giovane. «Ci scusi. Abbiamo avuto un problema con la macchina.»

«Non avete bagagli?»

«Solo le borse a mano» disse l'uomo con i capelli bianchi.

La ragazza controllò rapidamente i documenti. La foto sul passaporto non rendeva giustizia al ragazzo.

«Prego, signor Risi. Prego, signor Bianchi.»

La caccia non era finita. Il gruppo dei rapallesi si era diviso, e mentre buona parte dei soci si erano fermati in albergo in attesa della gita del giorno dopo sul trenino che attraversava la montagna, quattro persone avevano optato per un'altra escursione: erano salite con la funivia a Pfingstegg e da lì, a piedi, al rifugio di Stieregg, sopra la valle scavata dal ghiacciaio di Grindelwald. Naturalmente l'Orco era tra loro.

Marco Luciani imprecò dentro di sé. Non aveva nessuna intenzione di arrampicarsi su sentieri di montagna, e anche l'idea della funivia non gli sorrideva per niente. Stava pensando a cosa fare quando il padrone dell'albergo gli spiegò che a quell'ora l'ultima cabina era già partita, bisognava salire a piedi oppure aspettare la prima corsa del mattino, alle otto. Di nuovo il commissario ebbe quasi la tentazione di tornare indietro, ma al pensiero di rifarsi quel viaggio allucinante lasciò subito perdere. Chiese una camera per la notte e la sveglia per la mattina alle sette. Avrebbe preso la prima corsa sperando di arrivare al rifugio prima che gli altri partissero per la gita.

Affondarono nei sedili di pelle. Belmondo tirò subito fuori dal vano portaoggetti il programma dei film e il menu.

«Cazzo, che corsa» sorrise.

«Avevamo i tempi un po' stretti.»

«E ora, vacanza!»

Gabin sorrise. «Già. Ce la siamo meritata.»

Il giovane si guardò intorno. Le hostess di prima classe erano spettacolose. Chissà quante altre ne avrebbe trovate, così, in Brasile. E se non fosse bastato il suo fascino di certo la mazzetta che riposava nella tasca della giacca le avrebbe rese molto malleabili. Si sporse verso il capo e chiese sottovoce: «Possiamo stare tranquilli? Non si metteranno a cercarlo?».

«Perché dovrebbero cercarlo? Risi è in viaggio per il Brasile, come ha detto alla moglie.»

«Ma se dovessero trovare il corpo?»

«Non lo troveranno. Quel posto lo chiamiamo "la foiba".»

«La che?»

L'altro lo guardò, cercando di capire se scherzava o meno. Poi fece un gesto rassegnato con la mano. «Cosa c'è per dolce?»

«Sono io.»

«Cosa vuoi?»

«Dobbiamo parlare.»

«Non ho più niente da dirti. Lasciami in pace. Smetti di telefonarmi.»

«Ah no cara, è troppo comodo. Non te la cavi così. Ti sei comportata male e lo sai. Allora vedi di farti trovare oppure vengo nel tuo ufficio a fare una bella scenata davanti ai clienti. Oppure no, meglio ancora, vengo in chiesa domani e racconto a tutti i tuoi amici, e al prete, quello che sai fare con la tua bella boccuccia.»

Due grosse lacrime di paura e di rabbia si fermarono sulle ciglia di Barbara. Si era infilata, da stupida, in un vicolo cieco. E ora doveva uscirne da sola. Forse un modo c'è, pensò, forse posso ancora rimediare. Aveva qualcosa da parte, e come ultima risorsa poteva usare quello che aveva scoperto in ufficio quella mattina.

«Senti. Io posso avere sbagliato. Ma ero sconvolta. Lo capisci che ero sconvolta? Non volevo farti del male. Ma per me era la prima volta e tu... facciamo così: sono pronta a darti i soldi della crociera. Che ne dici?»

«Mmm. Se non altro ammetti di avere sbagliato, finalmente.

Lo prendo come un segno di buona volontà. Quanto valeva un viaggio?»

Barbara si ribellò: «Ottocento euro. Ma non puoi pretendere tanto. Posso dartene quattrocento, la metà, mi sembra un'offerta onesta. In fondo hai risposto solo all'ultima domanda».

«Mmm... ma i soldi ce li hai?»

«Sì, devo solo ritirarli. Vieni lunedì in ufficio, ma presto. Prima che arrivi il mio capo. Alle otto e un quarto. Sistemiamo tutto, va bene?»

La voce all'altro capo del filo diventò un sussurro. «D'accordo. A lunedì.»

DOMENICA
Luciani

Non aveva idea che a giugno potesse fare ancora così freddo, in montagna. Il piumone lo aveva salvato durante la notte ma non appena aprì la finestra si rese conto che il suo vestito estivo e la camicia lo avrebbero fatto soffrire. Richiuse in fretta, guardò il cielo terso e si augurò che col passare delle ore il sole avrebbe scaldato l'aria. Fu tentato di tornare sotto il piumone e provare a dormire ancora un po', la tensione lo aveva tenuto sveglio fino quasi alle tre e le successive quattro ore di sonno erano state molto agitate. Un campanile batté sette rintocchi, più uno breve, e la sveglia telefonica suonò puntualissima. Marco Luciani si fece forza, cacciandosi sotto la doccia bollente, rimise biancheria, camicia e vestito, infilò i mocassini e scese a fare colazione.

Era digiuno da un bel po', e nella prospettiva di dover camminare in salita si sforzò di mangiare qualcosa più del solito, accompagnando al caffè due fette biscottate con burro e marmellata.

Lasciò la tazza della colazione nel lavandino, andò in camera e indossò in fretta la maglia bianca con i pallini rossi, i pantaloncini neri attillati, quindi infilò i calzini di cotone e le scarpe. Mise le cuffiette e le coprì col cappellino da baseball, tolse l'iPod dal supporto e legò quest'ultimo al bicipite sinistro, assicurandosi che fosse ben saldo. Guardò l'orologio. Le 7.45 in punto. Accostò l'orecchio alla porta della camera e sentì un russare profondo. Il sonnifero aveva fatto effetto. Aveva tutto il tempo per farla pagare a quella puttana, tornare a casa e prendere il treno.

L'aria gli gelava la schiena come un lenzuolo bagnato. Il commissario alzò il bavero della giacca e tagliò la strada col suo passo di forbice, osservando il suo fiato bianco solido e attraversando in un lampo la breve distanza tra l'albergo e la funivia. In cabina faceva ancora più freddo che fuori, i cinque o sei turisti intorno a lui lo guardarono come fosse un pazzo o un barbone. Avevano scarponcini da montagna, pantaloni di velluto a coste, felpe di pile e zaini con dentro termos di tè e cioccolata.

Viaggiò in piedi al centro della cabina, in equilibrio precario, sforzandosi di non guardare dalle finestre e trattenendo il fiato ogni volta che superavano i piloni di sostegno.

Arrivò al rifugio di Pfingstegg completamente intirizzito, sentiva la gola bloccata e non aveva dubbi sul fatto che il giorno dopo sarebbe stato immobilizzato a letto. Ma domani era domani, si trattava solo di tenere duro qualche altro minuto, al massimo qualche altra ora. Chiese indicazioni per Stieregg, gli dissero che il sentiero era facile e richiedeva più o meno un'ora e mezza di cammino. Partì a testa bassa, quasi correndo per sentire meno il freddo, e lo divorò in meno di un'ora. Ma quando arrivò al rifugio la speranza di essere arrivato alla fine della pista crollò subito. Il gestore lo squadrò dalla testa ai piedi con diffidenza e quando lui mostrò il tesserino si ammorbidì solo il minimo necessario.

«Mi dispiace, sono appena partiti. Forse un quarto d'ora fa, venti minuti al massimo» disse sforzandosi di parlare italiano.

«Mi sa dire che strada faranno?»

«Quella per il Shreckhornhutte. Sale fino a duemilacinquecento metri.»

«E... com'è questo sentiero?»

«Bello. Molto spettacolare.»

«No, voglio dire... è facile o difficile?»

«La prima parte è facile. La seconda così così. Ma diventa pericoloso se piove.» Lo disse come uno che sa perfettamente che, di lì a poco, si apriranno le cataratte del cielo.

Fu tentato di chiedere se c'erano molti passaggi duri per chi soffriva di vertigini, ma decise che era meglio non saperlo. Forse era in tempo a raggiungerli prima che il sentiero diventasse difficile. «Bene. Meglio che mi muova subito.»

Il gestore gli diede uno sguardo di sbieco e scosse con decisione la testa.

«Che c'è?»

«Non penserà di andare vestito così.»

«Cos'ho che non va?»

«Le scarpe. Suola di gomma, liscia. Il vestito. Troppo leggero. Un maglione ce l'ha?»

Marco Luciani fece segno di no. «Ma tra poco farà caldo.»

«In montagna il tempo cambia in fretta. Che numero ha di scarpe?»

«Quarantanove.»

L'altro si grattò la testa. «Niente da fare. Speravo di prestargliene un paio, ma di quella misura... le conviene tornare in paese e comprarsele, se vuole andare su.»

Col cavolo che torno giù adesso, pensò il commissario. Ma disse: «Sì, forse è meglio. Grazie del consiglio».

Mentre usciva sentì la voce dell'altro: «Al primo accenno di nuvolo, torni giù di corsa». Ma sapeva che non lo avrebbe ascoltato. Era un cittadino presuntuoso, non capiva che un paio di scarpe giuste può salvare la vita, e un paio sbagliato può dare la morte.

Di nuovo ebbe la tentazione di fermarsi ad aspettare il ritorno degli escursionisti. Ma c'era sempre la possibilità che quella in Svizzera non fosse una semplice gita, ma la prima tappa di una fuga. Che l'Orco decidesse di prendere un altro sentiero e sparire per sempre. E lui non aveva nessuna intenzione di perdere la partita dopo essersi procurato il match point.

Ora Barbara sentiva il panico salire. Aveva sperato che fosse solo una questione di soldi. Ma vedendo l'espressione di quegli occhi, il viso arrossato e deformato dalla crudeltà, non ne era più tanto sicura. Si alzò dalla scrivania, tolse il portafogli dalla borsa e quattro banconote dal portafogli. «Ecco. Ho ritirato i soldi. Sono quattrocento euro, metà del valore del viaggio.»

La smorfia di scherno le fece capire che non sarebbe bastato.

«Davvero hai creduto che venissi qui per i soldi? Davvero pensi che quattrocento schifosi euro possano cancellare il male che mi hai fatto?»

«Aspetta. Se non vuoi i soldi, posso darti qualcos'altro. Guarda» disse prendendo un foglio dalla stampante. «Ti dice niente questo? Operazione Sorriso. *Un autista che fa sparire un camion di medicine per rivenderle al mercato nero. Una denuncia presentata e poi ritirata. Basterebbe questa per far tornare dritto in galera chi è fuori sulla parola. O sbaglio?»*

Bastò un attimo a Barbara per capire che il suo asso nella manica non aveva funzionato. Si era aspettata di trovare in quegli occhi smarrimento e paura, invece ci lesse solo una specie di delusione.

«Se mi lasci in pace posso cancellarlo. Farlo sparire. Per sempre» balbettò.

Un'altra smorfia. «Non importa» le disse scuotendo la testa, come se avesse visto un macigno precipitare verso di loro e avesse capito che era inutile provare a spostarsi. Si girò, dandole la schiena, lasciando credere a Barbara di essere fuori pericolo. Poi, con un unico gesto fluido, tolse dal porta iPod il martelletto di emergenza che aveva preso su un treno. Era piccolo ma micidiale, in grado di frantumare un vetro pesante. Lo impugnò saldamente nella mano destra, si voltò e colpì Barbara, più sorpresa che spaventata, in pieno viso. La vide sbattere la testa contro il muro, roteare gli occhi e piombare giù. Colpì, colpì, colpì ancora con la furia cieca di chi è stato tradito, finché il braccio si fermò per il dolore. «Puttana» disse in un sibilo, colpendola all'inguine con l'ultimo sfregio.

Avvolse un dito nella maglietta e cancellò il file, quindi svuotò anche il cestino del computer e lo spense. Poi, sempre usando la maglietta per non lasciare impronte, aprì la porta del bagno e si ripulì dalle tracce di sangue più evidenti. Diede una sommaria pulita anche al martelletto su cui erano rimasti capelli e pezzi di cervello, quindi lo rimise nel porta iPod e indossò le cuffiette. Aveva qualche schizzo di sangue sulla maglia, ma grazie ai pallini rossi non si notava.

Guardò l'orologio sulla scrivania di Barbara: le 8.11. Ora doveva solo uscire dal portone senza farsi vedere, e mettersi a correre lentamente verso casa. Aveva venti minuti di tempo per crearsi un alibi.

Venti minuti di vantaggio non sono molti, si ripeteva Marco Luciani allungando la falcata sul sentiero. Specialmente se l'Orco si fosse fermato a guardare quel magnifico panorama che lui si sforzava di cancellare dalla sua vista, puntando lo sguardo solamente sul sentiero davanti a sé e rimpiangendo di non avere un paraocchi da cavallo. Avanzava come un angelo nero della vendetta, apparentemente insensibile al freddo e alla paura, e quando incrociava i rari escursionisti esclamava «Permesso! Permesso!» con una voce così determinata che quelli si appiattivano contro la parete, lasciandogli lo spazio per passare senza avvicinarsi troppo al bordo della strada sotto cui si alzava sempre di più l'orrido del ghiacciaio. Camminò così per una ventina di minuti, prima di incontrare un torrentello che attraversava il sentiero e che lo fece esitare un attimo. Era troppo largo anche per lui, l'unico modo di evitare l'acqua era passare su dieci centimetri di terreno, non di più, rimasti asciutti a ridosso del burrone. Chiuse gli occhi e infilò un piede nell'acqua quanto bastava per darsi la spinta, il mocassino e la calza si inzupparono all'istante ma il commissario non si concesse nulla più di un'imprecazione, prima di riprendere la sua marcia.

Era passata quasi un'ora, e Marco Luciani si aspettava di poter scorgere la coda del gruppo da un momento all'altro, quando all'improvviso, all'ennesima svolta del sentiero, sentì cedere le gambe e poco mancò che crollasse in ginocchio come san Paolo sulla via di Damasco. Davanti a lui si levava una parete di roccia verticale, alta forse quattro metri, in cui sette o otto assi di legno erano state piantate alla bell'e meglio con dei chiodi da roccia.

Il commissario tremava, e non per il freddo, mentre le sue gambe cominciavano a essere irresistibilmente attratte dal vuoto alla sua destra, uno strapiombo di cui non sapeva e non voleva calcolare l'altezza. Alla sua sinistra c'era solo la parete di granito. Dietro, un sentiero non più largo di quaranta centimetri. La strada finiva lì e chi voleva proseguire doveva per forza arrampicarsi su quella specie di scala.

Marco Luciani tornò a fissare il legno e i chiodi. Guardò in su, alla fine della scala, e vide il cielo blu cobalto. E incorniciato dal cielo blu cobalto un corpo duro, due occhi crudeli che lo fissavano con disprezzo.

Guardò l'orologio. Otto e trentadue. La stazione era a cinquanta metri. Aveva già il biglietto in tasca, poteva arrivare al binario senza fretta. Tanto i suoi cinque minuti di ritardo l'Intercity ce li aveva di sicuro. Si sentiva bene, cacciare la testa sotto il rubinetto aveva spazzato via gran parte della tensione e i capelli umidi combattevano egregiamente il caldo. Aveva infilato la roba da jogging nello zainetto e indossato vestito e scarpe a tempo di record, ascoltando il lieve russare dietro la porta della stanza. Nell'atrio della stazione salutò due persone che conosceva, scambiò quattro chiacchiere banali per accertar-

si che se ne sarebbero ricordate, contribuendo a rafforzare il suo alibi.

Andò in cerca di uno scompartimento vuoto e impiegò un po' a trovarlo, finendo quasi in fondo al treno. Individuò quello che cercava, sedette, aspettò con il cuore che ogni tanto riprendeva a battere a mille.

Prima di Recco si alzò, prese con sé lo zainetto, andò in bagno. Tolse la scarpa destra dallo zaino e la buttò nel cesso; poi, dopo un paio di minuti, lasciò andare anche la sinistra. Rimise nello zaino il sacchetto della spazzatura in cui aveva infilato il completo da jogging che aveva indossato, comprese calze e mutande. Quello lo avrebbe buttato all'arrivo, in un cassonetto qualunque. Tirò fuori dalla tasca esterna dello zainetto il martelletto di emergenza, lo ripulì ancora con una certa attenzione e alla prima galleria uscì dal bagno, si assicurò che non ci fosse nessuno in vista e lo rimise al suo posto.

«Bye bye, arma del delitto» sorrise tornando a sedersi. Non avrebbero mai capito con cosa aveva ucciso Barbara, e anche se l'avessero capito non avrebbero mai immaginato che l'arma era tornata al suo posto, su un treno. E anche se lo avessero immaginato, trovarla sarebbe stato come trovare il classico ago nel pagliaio. Tanto più che qualche ragazzino idiota se la sarebbe di sicuro fregata nel giro di pochi giorni, portandola chissà dove.

Emanuela Merli si stagliava sulla roccia. Le era bastato uno sguardo per riconoscere Marco Luciani, e per capire che lui sapeva tutto. Stava lì, il commissario, piantato in mezzo al sentiero, e la guardava con un mezzo sorriso ironico. Osservò i mocassini da città, il vestito scuro, il viso bianco come la camicia, le braccia lunghe e sottili che parevano scolpite nel bronzo. Pensò alle braccia degli zombi, ai rami degli alberi nei cimiteri di notte. Non si sarebbe fermato, avrebbe continuato a inseguirla e prima o poi l'avrebbe presa. Sarebbe finita su tutti i giornali, e poi in galera.

Distolse lo sguardo per tornare a fissare le montagne davanti a sé, il cielo blu, le nuvole che si andavano raccogliendo e scurendo intorno a una delle cime. La galera. Una cella due metri per tre. Per vent'anni almeno. Guardò ancora con la coda dell'occhio quell'uomo lungo e magro. Non si era mosso, era sempre lì, con i piedi ben piantati a terra e quel sorriso da bastardo. Forse aspettava che lei scendesse spontaneamente. Poteva scordarselo.

Assaporò la brezza fresca, la carezza del sole, i riflessi abbaglianti della neve. Forse non è troppo tardi per fuggire. Lo guardò trionfante, e in quel momento il commissario si mosse.

Marco Luciani stava immobile da un'eternità, con le dita dei piedi che ghermivano il terreno e gli occhi piantati nel viso della ragazza. Gli girava la testa solo a guardarla ma cercava di non darlo a vedere, di trasformare la sua smorfia di paura in un sorriso ironico che voleva dire: "È inutile che cerchi di scappare, ti seguirò in capo al mondo, tanto vale che tu scenda di lì e torni giù con me. Camminando *davanti* a me". Sperava che lei interpretasse la sua immobilità come una sfida, un braccio di ferro che poteva concludersi solo con la sua resa. Che lei non capisse che le sarebbe bastato fare un mezzo giro, dare le spalle allo strapiombo e proseguire il suo cammino per lasciarselo per sempre alle spalle, perché lui, su quella scala, non ci sarebbe salito neanche per salvarsi la vita.

Cercava di fissare l'attenzione solo su quello, il viso di Emanuela, e cancellare tutto ciò che c'era intorno: la roccia, i piedi di lei a cinque centimetri dallo strapiombo, gli escursionisti che stavano arrivando alle sue spalle e che presto gli avrebbero chiesto di proseguire per non intralciare la strada.

Solo a pensare al proprio corpo sospeso su quella scala, con il vuoto sopra, sotto e di lato, sbiancò. Emanuela Merli dovette accorgersene, perché in quell'istante i suoi occhi si accesero di una luce di trionfo. Aveva visto l'avversario debole, e ora gli sarebbe sfuggita.

Vaffanculo, pensò Marco Luciani. Si staccò dalla parete, puntò il mocassino sul secondo scalino e afferrò il quarto con la mano.

Emanuela Merli lanciò l'ultima occhiata di sfida al suo avversario. Vinco io, pensò. Si girò verso lo strapiombo, chiuse gli occhi, allargò le braccia, e sorrise.

La vide cadere in avanti come un crocifisso improvvisamente staccato dal muro, la osservò planare nel vuoto per qualche decina di metri prima che la caduta diventasse scomposta. Le gambe gli diventarono liquide e il mocassino bagnato scivolò sul gradino. Sentì che stava per svenire e cercò di aggrapparsi ai legni con le mani. Perse la presa, picchiò con il viso sulla scala. E cadde, come corpo morto cade.

EPILOGO

LUNEDÌ

«Avete saputo del commissario?»

«Sì.»

«Non è possibile. Io non ci posso credere...»

«Neanch'io. Non può finire così. È assurdo. Sai quante cose avrebbe ancora potuto fare? E qui, senza di lui e senza Giampieri...»

Iannece sospirò: «Sapete come si dice: sono sempre i migliori che se ne vanno».

«Basta così,» disse Calabrò «è inutile piangersi addosso. Io ho un piano.»

Il questore Iaquinta aprì il cassetto della scrivania e tirò fuori la lettera di dimissioni di Marco Luciani. L'aveva accarezzata più volte, nei giorni scorsi, e ora si sentiva quasi in colpa. Le disgrazie altrui non dovrebbero mai far sorridere, pensò. Tanto più che io non sono il tipo che serba rancore. Ora che le ferie del commissario sono davvero finite, lo ricorderò perfino con nostalgia.

Intascò la lettera e uscì. Nessuno gli avrebbe tolto il piacere di spedirla personalmente. E poi non si fidava di nessuno, in questura Luciani aveva troppi amici e anche con il corriere interno ogni tanto spariva qualcosa. Una bella raccomandata in Posta era la cosa più sicura. E poi, dalla posta all'appartamento di Iryna, c'erano sì e no cinque minuti di strada. Uno scherzo.

Appena uscito in corridoio vide Calabrò, Failla, Vitone e altri tre o quattro agenti che gli stavano andando incontro.

«Venivamo da lei, dottore.»

«Hmm... sono un po' di fretta, veramente.»

Calabrò si fece coraggio: «Volevamo solo sapere se davvero il commissario non rientrerà in servizio».

Iaquinta scosse la testa, fece la faccia contrita: «Mi dispiace. Ho provato a convincerlo in tutti i modi, ma non c'è stato niente da fare. D'altra parte anche voi lo conoscete, quando prende una decisione non torna mai indietro».

«Già. Specialmente se è sbagliata» borbottò Iannece.

Iaquinta gli posò una mano su una spalla. «Comunque non dovete preoccuparvi. È stato un periodo terribile ma ne siamo usciti bene, grazie al vostro lavoro. E per quanto riguarda il futuro, ho già parlato con il ministro e mi ha assicurato che entro fine mese arriverà un sostituto assolutamente all'altezza.»

«Non è possibile» disse Iannece serissimo, fissando il questore. Poi aprì i palmi delle mani e il sorriso: «Dove minchia lo trovano un altro commissario di due metri?».

Failla scoppiò a ridere. Vitone lo seguì. Calabrò cercò di trattenersi ma poi esplose anche lui. A Iaquinta la battuta non era sembrata un granché, ma vedendo che era riuscita a spazzar via, come per magia, quell'aria da funerale messa su dai suoi agenti, si associò a quella risata fragorosa.

Finì a pacche sulle spalle e strette di mano. «Siete un gran bel gruppo, ragazzi» sorrise il questore, Calabrò disse «noi abbiamo fiducia in lei, dottore», e Failla arrivò addirittura ad abbracciarlo: «Lei è stato come un padre per me» disse con la voce rotta. Iaquinta gli diede un buffetto e scappò via prima di commuoversi.

Aprì un occhio. Lo richiuse e subito tornarono a danzargli nella testa le immagini da incubo del giorno prima: l'escursionista tedesco che cercava di farlo rinvenire con dei piccoli schiaffetti sul viso, le urla degli amici di Barbara, lui che vomitava fiele sul sentiero rifiutandosi di farlo nel burrone, il primo tuono che era arrivato con il cielo ancora sereno, le telefonate concitate al centro di soccorso, lui che urlava di chiamare un elicottero perché non sarebbe mai e poi mai rientrato al rifugio a piedi. Tremava e piangeva, in piena crisi di panico, e solo due energici schiaffi e due sorsi di liquore erano riusciti a calmarlo un po'. Poi si era messo a diluviare, qualcuno gli aveva prestato una giacca a vento e una donna gli aveva fatto indossare un berretto con un fazzoletto sul lato sinistro che gli copriva la visuale del burrone, e una guida alpina si era messa davanti a lui, obbligandolo a mettergli le mani sulle spalle, e un altro si era messo dietro spingendolo a fare un piccolo passo sulle orme dell'uomo che aveva davanti, e poi un altro piccolo passo, e un altro ancora, scavalcando i rivoli d'acqua che scendevano dalla montagna e il torrentello che sembrava diventato le cascate del Niagara.

Riaprì gli occhi. C'era davvero qualcuno in strada che urlava a squarciagola «Commissario! Commissario Luciani!» e pensò: "Non è possibile, di nuovo lui".

Scese dal letto, si affacciò alla finestra e con uno sforzo di volontà sovrumano guardò giù, sentendo immediatamente salire la nausea da vertigini. Iannece allargò le braccia e le agitò vigorosamente: «Il postino suona sempre due volte, commissario. Ma se non vi fate riparare il citofono, il postino perde la voce».

«Vieni su» disse tirandogli le chiavi del portone.

Iannece arrivò ansimando, due piani di scale bastavano a metterlo in crisi. Sedette su una sedia in cucina e accettò un bicchiere d'acqua presa dal rubinetto che ancora sgocciolava.

«Sicuro che non volete che ve lo aggiusto, commissario?»

«Non vale la pena. Non ci starò ancora per molto qui dentro.»

«Ah. E dove andate?»

«Non so, forse a Milano, devo vedere. Tanto non c'è più

niente che mi trattiene qui, anche le ferie sono finite. Il questore mi ha detto che trasmetterà le mie dimissioni a Roma, quindi da oggi sono ufficialmente disoccupato.»

Iannece lo fissò. «Vi ho cercato tutto il giorno, ieri. Siete stato in gita?»

«In gita? Ma quando mai?»

«Ah pensavo, che magari eravate andato un po' al mare. O in montagna...»

Non potevano saperlo, pensò Marco Luciani. Appena arrivato al rifugio era schizzato sulla funivia ed era risalito in macchina, non aveva nessuna intenzione di dare spiegazioni alla polizia svizzera.

«Non vado in montagna da quando ero bambino, Iannece. Soffro di vertigini.»

«Capisco. Quindi non sapete niente della disgrazia.»

«Quale disgrazia?»

«La sorella di Merli. È morta in Svizzera. Guardate.» Aprì il giornale che aveva tenuto ripiegato in mano. A centro pagina c'era una foto della ragazza, sotto il titolo "Giovane di Rapallo muore in montagna. È scivolata in un dirupo forse per un malore. Emanuela Merli, 35 anni, era la sorella del killer di Barbara Ameri, morto suicida dieci giorni fa".

«Mi dispiace» disse Luciani. «Questa storia ha portato sfortuna a tanta gente. Speriamo che adesso sia finita. Per quanto mi riguarda, lo è in ogni caso.»

«Be', commissario. Passate almemo a ritirare la vostra roba? A salutarci? O ve ne andate via così?»

«Passerò, certo. Uno dei prossimi giorni verrò a salutarvi uno per uno.»

«Venite adesso, commissario. I ragazzi sono convinti che passerete stamattina e vi hanno preparato una sorpresa, una festicciola di addio.»

Marco Luciani fece istintivamente per rifiutare, inventandosi una scusa qualunque. Poi pensò che non aveva mai dato grande confidenza ai suoi uomini, e si disse che tutto sommato quella era l'occasione giusta perché lo ricordassero un po' meno stronzo di quanto era veramente. Non gli faceva piacere lasciare la polizia, ma se doveva farlo, poteva almeno provare a uscire da signore.

«D'accordo. Tu vai pure. Faccio una doccia, mi metto una camicia decente e tra un po' arrivo.»

Sulla soglia di casa Iannece si voltò: «Ah, commissario. Fate finta di essere sorpreso, quando arriva la sorpresa».

Entrò in Questura alle undici meno un quarto. Aveva studiato attentamente il momento migliore per il suo ingresso, e sapeva che a quell'ora la maggior parte degli agenti erano nei corridoi o alla macchina del caffè, per una pausa e quattro parole prima di rientrare nel frullatore. Si avviò con passo sicuro alle scale, salendo i gradini a tre a tre. I colleghi si voltavano a guardarlo, si lanciavano richiami e commenti a bassa voce («C'è il commissario»; «È tornato Luciani»; «No, sta andando via, è venuto a prendere le sue cose»), e anche i semplici visitatori guardavano con curiosità quell'uomo altissimo e magrissimo che teneva in mano una grande scatola di cartone, di quelle usate per i traslochi.

Arrivò al piano della Omicidi senza neppure l'ombra di un affanno, percorse il corridoio lasciandosi dietro una leggera scia di dopobarba. Si era tagliato e rasato con grande attenzione, e aveva indossato il suo vestito migliore, un gessato grigio che gli andava a pennello quando aveva quindici anni di meno e quindici chili di più. Le scarpe nere lucide riflettevano a ogni passo la luce dei finestroni, e il luccichio del gel sui capelli cortissimi pareva quasi l'aureola di un santo. Ma lo sguardo, lo sguardo era quello di sempre. Una lama azzurra che tagliava il mondo come la katana di Goemon.

L'ispettore Calabrò uscì dal suo ufficio per andare a prendere un caffè. Era un po' nervoso perché in quel momento era il più alto in grado nella Omicidi e il nervosismo crebbe quando, aprendo la porta, invece del solito rumore sentì entrare dal corridoio uno strano silenzio. Sporse il capo a destra, poi a sinistra, e lo vide avanzare a passi lunghi, fissando dritto davanti a sé, mentre una piccola processione muta lo seguiva in ordine sparso.

Marco Luciani aprì la porta del suo ufficio. Era in penombra, con le tapparelle tirate quasi completamente giù, e c'era odore di chiuso. Posò la scatola sulla scrivania, andò ad aprire la finestra, socchiuse gli occhi mentre la luce ridisegnava i contorni della stanza.

Si voltò e vide Calabrò sulla porta, pressato da quattro o cinque colleghi incerti se entrare o meno. Il commissario lo guardò truce: «Be'? C'è qualche problema?».

Qualcuno spinse avanti l'ispettore e una volta rotto l'argine un fiume di agenti allagò la stanza, occupando piano piano tutte le pareti, le sedie, arrivando a lambire la scrivania del commissario. Nessuno diceva una parola, ma Marco Luciani si sentiva come un eroe dei telefilm chiuso in una cantina senza porte né finestre, nella quale il livello dell'acqua sta salendo lentamente e gli è ormai arrivato alla gola.

«La sala riunioni è dall'altra parte» disse secco.

Un brusio forse di offesa, forse di fastidio percorse la stanza.

Poi Iannece avanzò fendendo la folla. Aveva in mano una torta con al centro una candela accesa, l'appoggiò alla scrivania mentre si levavano gli applausi degli agenti.

Se l'aspettava ma cercò di mostrarsi sorpreso. «Grazie, ragazzi,» disse «grazie davvero.»

«C'è anche un regalo» annunciò Calabrò. «Speriamo di avere indovinato i suoi gusti» sorrise allungandogli una custodia da tennis tutta avvolta in una rossa carta natalizia.

Marco Luciani la aprì, soppesò le due Head identiche a quelle che aveva sfasciato qualche settimana prima. Qualcuno doveva essere andato al circolo a indagare sulle sue preferenze. E aveva dimostrato di essere un bravo investigatore.

«Le terrò come bambini.»

Ci fu un momento di silenzio imbarazzato, poi il vocione

di Iannece: «Dite la verità, commissario. Un po' vi dispiace lasciarci».

L'altro si limitò ad annuire, perché la voce non gli sarebbe uscita.

«Oh, che stupidi. Ci siamo dimenticati il biglietto» disse Failla allungandogli una busta.

Iaquinta entrò alla Posta, si fece dare un modulo per la raccomandata con ricevuta di ritorno, lo compilò, prese la lettera dalla tasca. Sulla busta c'era scritto "Per il questore" ma la calligrafia gli sembrava diversa. Tolse il foglio, lo lesse e sbiancò. Che cazzo c'entrava Davide Risi?

Marco Luciani girava tra le dita la sua lettera di dimissioni e non capiva.

Guardò Iannece e disse a bassa voce: «Ma questa... non l'avevi consegnata al questore?».

«Certo, commissario. Io sono un postino coscienzioso. Ma ho capito che me l'avevate raccomandata col ritorno.»

Il commissario fissò Calabrò, Vitone, si fermò un attimo di più sullo sguardo furbo di Failla. Poi Iannece gli infilò un sigaro direttamente tra le labbra.

«Ve lo accendo io? O preferite fare da solo?»

«Faccio da solo, grazie.» Avvicinò la lettera alla candela ancora accesa, e quando la fiamma si alzò impetuosa ci si accese il sigaro. Quindi posò il foglio nel portacenere e restò a guardarlo bruciare.

Aveva mal di stomaco, forse perché niente, in quella storia, era andato veramente a posto. Il caso Ameri era risolto, ma nessuno, a parte lui, avrebbe mai saputo chi era il vero assassino. Aveva voglia di rivelarlo a tutti, e proclamare con orgoglio che era stato lui a scoprirlo. Ma non lo avrebbe fatto: non aveva alcun senso accusare una persona che aveva già pagato con la vita. L'avvocato Mantero era ormai scagionato e ai genitori di Barbara quella verità avrebbe fatto se possibile ancora più male.

Ma una domanda senza risposta continuava a tormentargli le viscere: se Maurizio Merli era innocente, perché si era ammazzato? Per paura di tornare in galera? O perché sapeva che la sorella era colpevole e voleva salvarla?

Quanto alla morte di Nicola, da un punto di vista tecnico non aveva più misteri. La sua fine era stata solo una beffa del destino, ma il commissario non avrebbe mai saputo, probabilmente, perché il suo vice temeva di essere finito nel mirino dei servizi segreti. E se aveva scoperto qualcosa, alla fine, di quei fantomatici traffici di container verso l'Africa e il Medio Oriente.

C'era poi l'ultimo mistero, quello di Amalia. Quando erano finiti a letto era convinto che lei volesse controllarlo, sapere se aveva scoperto qualcosa sulla morte di Nicola. Ma visto che quel sabato Giampieri era stato con Stefania, e lei non aveva niente da nascondere, il commissario poteva illudersi che Amalia fosse stata con lui senza secondi fini. Se era così, però, perché non si faceva trovare? Perché da quel giorno, al suo telefonino, rispondeva sempre la segreteria e lei non lo richiamava?

Il botto del tappo dello spumante lo riscosse. I suoi agenti urlavano e cantavano che era un bravo ragazzo.

È inutile pretendere di conoscere tutta la verità, pensò. Va già bene se riusciamo a ricostruirne una che può dare un senso a quello che non capiamo, e farci stare buoni per un po'.

Calabrò aveva finito di versare lo spumante nei bicchieri di carta. Fecero un brindisi al ritorno del commissario, lui ringraziò. Il secondo brindisi fu per Nicola, e fece calare il silenzio nella stanza. Il terzo, per Iaquinta, sollevò un boato. Quando gli misero davanti la prima fetta di torta, Marco Luciani la guardò truce. C'era più panna di quella che aveva mangiato negli ultimi dieci anni. Poi chiuse gli occhi e la spazzò via in tre bocconi.

GHOST TRACK

E i Blues Brothers?

Il cameriere arrivò con un enorme vassoio di gamberi.

«Sei sicuro di non essere allergico?» sorrise il capo.

«Non ci sperare. Non sono allergico né ai crostacei né alla gnocca all'aragosta.»

Gabin rise. «È stato un capolavoro. Ci voleva un genio come me per studiarla. Ma devo anche ammettere che tu, alle donne, fai fare davvero quello che vuoi.»

«Sì. Però mi dispiace per Amalia. Non se ne trovano tante così.»

Era stata grande. Quel sabato, dopo aver saputo che Giampieri era tornato in ufficio a frugare nel computer di Barbara, lui aveva chiamato Amalia, le aveva spiegato dove e come spalmare la crema assicurandole che era un semplice ma potentissimo sonnifero. Non volevano lasciare tracce in cibi o bevande e quella era l'unica esca infallibile per mettere fuori combattimento l'Ingegnere, entrare in casa sua e prendere i documenti. Le loro notti di sesso da urlo e la gelosia per la biondina non sarebbero stati sufficienti a convincere Amalia, ma quarantamila euro e la paura di fare una brutta fine le avevano dato la spinta finale. Era entrata, stando attenta a non lasciare tracce, si era fatta baciare nel modo giusto ed era scappata via, ma quando loro erano entrati in casa dalla finestra, convinti di trovare l'Ingegnere in preda a una crisi respiratoria e pronti a finirlo con un sacchetto di plastica, avevano trovato il lavoro già fatto. Il dischetto che cercavano era ancora nella tasca della giacca. E il giorno dopo, grazie ai loro appoggi in Questura, avevano cancellato dal computer sequestrato ogni traccia dell'Operazione Sorriso.

Il capo strinse gli occhi, fissò la spiaggia, le palme, la linea dell'orizzonte. «La ragazza stava cedendo. Aveva i nervi a pezzi. Presto o tardi avrebbe raccontato tutto a Luciani.»

Belmondo sapeva che aveva ragione. Amalia non era una professionista, e la sua coscienza non avrebbe retto a lungo il peso di un omicidio.

«Lo so,» disse «però aveva un culo da favola.»

L'altro annuì, ingollando un gambero. «Comunque quella laggiù mi sembra che non abbia molto da invidiarle.»

«Quale?»

«Campo di pallavolo. La mulatta col costume rosso. Se possiamo chiamarlo costume.»

Il giovane fece un fischio. «Sai che ti dico? Mi piace, il Brasile.»

Il commissario Luciani
ritorna in

Domenica nera

e

La cacciatrice di teste
(da giugno 2010 in libreria)

PIEMME **BESTSELLER**

1. Michael Connelly, *Lame di luce*
2. Jennifer Weiner, *Buonanotte baby*
3. Ian Caldwell - Dustin Thomason, *Il codice del quattro*
4. Suad, *Bruciata viva*
5. Geronimo Stilton, *Barzellette al top*
6. Kate Mosse, *I codici del labirinto*
7. Jack Whyte, *Io Lancillotto. Il cavaliere di Artù*
8. Candace Bushnell, *Lipstick Jungle*
9. Greg Iles, *Il progetto Trinity*
10. Guido Cervo, *La legione invincibile*
11. Anna Guglielmi, *Il linguaggio segreto del corpo*
12. Carol O'Connell, *La giuria deve morire*
13. Lauren Weisberger, *Al diavolo piace Dolce*
14. Michael Connelly, *Il poeta*
15. Lou Marinoff, *Platone è meglio del Prozac*
16. Lolly Winston, *Cioccolata per due*
17. Anthony De Mello, *Messaggio per un'aquila che si crede un pollo*
18. Fernando S. Llobera, *Il circolo di Cambridge*
19. Yann Martel, *Vita di Pi*
20. Sherry Argov, *Falli soffrire*
21. Michael Connelly, *La bionda di cemento*
22. Isabelle Filliozat, *Le emozioni dei bambini*
23. Robert Crais, *Il mercante di corpi*
24. Gordon Russell, *Il grande gladiatore*
25. Joanna Briscoe, *Vieni a letto con me*
26. Hernán Huarache Mamani, *Negli occhi dello sciamano*
27. Michael Connelly, *La memoria del topo*
28. Lauren Weisberger, *Il diavolo veste Prada*
29. Conn Iggulden, *Le porte di Roma*
30. Candace Robb, *La taverna delle ombre*
31. Graham Hancock, *Il mistero del sacro Graal*
32. Guido Cervo, *L'onore di Roma*
33. Alberto Ongaro, *La taverna del Doge Loredan*
34. Robert Eisenman - Michael Wise, *Manoscritti segreti di Qumran*
35. Dennis Lehane, *La casa buia. Gone Baby Gone*
36. Anthony Flacco, *La danzatrice bambina*
37. Valeria Montaldi, *Il mercante di lana*
38. Michael Connelly, *Musica dura*
39. Amanda Eyre Ward, *Non voltarti*
40. Jack Whyte, *Io Lancillotto. Il marchio di Merlino*
41. Emily Giffin, *Piccole confusioni di letto*

42. Trudi Birger, *Ho sognato la cioccolata per anni*
43. Corine Sombrun, *Il canto della sciamana*
44. Marcia Grad Powers, *La principessa che credeva nelle favole*
45. Andreas Beck, *La fine dei Templari*
46. Michael Crane, *La setta di Lazzaro*
47. Zecharia Sitchin, *L'altra Genesi*
48. Michael Connelly, *Ghiaccio nero*
49. Patrick Fogli, *L'ultima estate di innocenza*
50. Jennifer Weiner, *Brava a letto*
51. David Anthony Durham, *Annibale*
52. Gilles Paris, *Autobiografia di una zucchina*
53. Leila, *Murata viva*
54. Mohsin Hamid, *Nero Pakistan*
55. Michael Connelly, *Il buio oltre la notte*
56. Dalila Di Lazzaro, *Il mio cielo. La mia lotta contro il dolore*
57. Joseph Thornborn, *Il quarto segreto*
58. Lou Marinoff, *Le pillole di Aristotele*
59. Leah Stewart, *Caffè con panna*
60. Guido Cervo, *Il legato romano*
61. Antonio Socci, *Mistero Medjugorje*
62. Polly Williams, *Vita bassa e tacchi a spillo*
63. Marco Bettini, *Pentito. Una storia di mafia*
64. Claudio Paglieri, *Domenica nera*
65. David Camus, *Il cavaliere della Vera Croce*
66. Tiziana Merani, *Devo comprare un mastino*
67. Steve Nakamoto, *Gli uomini sono pesci*
68. Donya al-Nahi, *Nessuno avrà i miei figli*
69. Michael Connelly, *Debito di sangue*
70. Susan Jane Gilman, *Ragazze non troppo perbene*
71. Lionel Shriver, *Dobbiamo parlare di Kevin*
72. Eric Giacometti - Jacques Ravenne, *Il rituale dell'ombra*
73. Candace Bushnell, *New York Sexy*
74. Greg Iles, *La regola del buio*
75. Jack Whyte, *Io Lancillotto. Il destino di Camelot*
76. Diaryatou, *La schiava bambina*
77. Robert Eisenman, *Giacomo il fratello di Gesù*
78. Michael Connelly, *Utente sconosciuto*
79. Conn Iggulden, *Il soldato di Roma*
80. Siba Shakib, *Afghanistan dove Dio viene solo per piangere*
81. Robert Crais, *La prova*
82. Debra Dean, *Le madonne dell'Ermitage*
83. Hyok Kang, *La rondine fuggita dal paradiso*
84. Massimo Polidoro, *Etica criminale. Fatti della banda Vallanzasca*
85. Isabelle Filliozat, *Fidati di te. Migliora l'autostima per essere a tuo agio sempre*
86. Valeria Montaldi, *Il signore del falco*
87. Hernán Huarache Mamani, *La profezia della curandera*
88. Michael Connelly, *Il ragno*

89. Anosh Irani, *Il bambino con i petali in tasca*
90. Marco Salvador, *Il longobardo*
91. Elizabeth Buchan, *La rivincita della donna matura*
92. Candace Robb, *Il saio nero*
93. Guido Cervo, *Il segno di Attila*
94. Carol O'Connell, *La bambina di casa Winter*
95. Alberto Ongaro, *Il ponte della solita ora*
96. J.R. Moehringer, *Il bar delle grandi speranze*
97. Michael Connelly, *L'ombra del coyote*
98. Ugo Barbàra, *Il corruttore*
99. Harold G. Moore - Joseph L. Galloway, *Eravamo giovani in Vietnam*
100. Carla Maria Russo, *La sposa normanna*
101. Vauro Senesi, *Kualid che non riusciva a sognare*
102. Jennifer Weiner, *A letto con Maggie*
103. Jack Whyte, *Io Lancillotto. Il sogno di Ginevra*
104. Jacqueline Pascarl, *La principessa schiava*
105. Toby Young, *Un alieno a Vanity Fair*
106. Thomas Healy, *Ti presento Martin*
107. Guido Cervo, *Le mura di Adrianopoli*
108. James D. Tabor, *La dinastia di Gesù*
109. Emily Giffin, *A prova di baby*
110. Kathleen McGowan, *Il vangelo di Maria Maddalena*
111. Aline Baldinger-Achour, *Le grandi religioni spiegate ai miei figli*
112. Robert Crais, *L.A. killer*
113. Gianni Palagonia, *Il silenzio*
114. Jonathan Kwitny, *L'uomo del secolo*
115. Clare Sambrook, *Harry non ha paura*
116. Patrick Fogli, *Lentamente prima di morire*
117. Michael Connelly, *La città delle ossa*
118. Franco Scaglia, *L'oro di Mosè*
119. Joseph Thornborn, *L'ultima rivelazione*
120. Zecharia Sitchin, *Spedizioni nell'altro passato*
121. Lolly Winston, *Felicità senza zucchero*
122. Jack Whyte, *Saint-Clair. I custodi del codice*
123. Michel Benoît, *Il tredicesimo apostolo*
124. Conn Iggulden, *Cesare padrone di Roma*
125. Dinaw Mengestu, *Le cose che porta il cielo*
126. George Pelecanos, *Il giardiniere notturno*
127. Amy Scheibe, *A spasso con Jennifer*
128. Gordon Russell, *La notte del gladiatore*
129. Hamida Ghafour, *Il paese di polvere e di vento*
130. Laura Fitzgerald, *Colazione da Starbucks*
131. Bob Berkowitz, *La nuda verità*
132. Tony Sloane, *Legionario*
133. Justine, *Ho deciso di non mangiare più*
134. Conn Iggulden, *La caduta dell'aquila*

135. Andrew Crofts, *Il fabbricante di sogni*
136. Alexandra Ripley, *Rossella*
137. Claudio Paglieri, *Il vicolo delle cause perse*
138. Susan Jane Gilman, *Non volevo il vestito bianco*
139. Deborah Rodriguez, *La parrucchiera di Kabul*
140. Jim Dwyer - Kevin Flynn, *102 minuti*
141. Michael Connelly, *Vuoto di luna*
142. Els Quaegebeur, *Io sono l'altra*
143. Harry Bernstein, *Il muro invisibile*
144. Ariana Franklin, *La signora dell'arte della morte*
145. Lesley Downer, *L'ultima concubina*
146. Dalila Di Lazzaro, *L'angelo della mia vita*
147. Daoud Hari, *Il traduttore del silenzio*
148. Richard Maun, *Il mio capo è un bastardo*
149. Jack Whyte, *La pietra del cielo*
150. Khaled Hosseini, *Il cacciatore di aquiloni*
151. Candace Robb, *La mano del traditore*
152. Siba Shakib, *La bambina che non esisteva*
153. Carol O'Connell, *Susan a faccia in giù nella neve*
154. Dalia Sofer, *La città delle rose*
155. Jo Nesbø, *Il pettirosso*
156. Pascal Khoo Thwe, *Il ragazzo che parlava col vento*
157. Carlo Maria Martini, *Le tenebre e la luce*
158. Jennifer Weiner, *Letto a tre piazze*
159. Guido Cervo, *Il centurione di Augusto*
160. Kate Jacobs, *Le amiche del venerdì sera*
161. Michael Connelly, *Il poeta è tornato*
162. Anthony De Mello, *Istruzioni di volo per aquile e polli*
163. Syrie James, *Il diario perduto di Jane Austen*
164. Zecharia Sitchin, *Il giorno degli dei*
165. Jacqueline Pascarl, *Solo per i miei figli*
166. Khalil Gibran, *Quando l'amore chiama, seguilo*
167. Randa Jarrar, *La collezionista di storie*
168. Jack Whyte, *La spada che canta*
169. Candace Bushnell, *Bionde a pezzi*
170. Malika Bellaribi, *La bambina con i sandali bianchi*
171. Alfredo Colitto, *Cuore di ferro*
172. Jennifer Weiner, *Certe ragazze*
173. Emma La Spina, *Il suono di mille silenzi*
174. Polly Williams, *Le brave ragazze combinano guai*
175. Carla Maria Russo, *L'amante del Doge*
176. Christel Martin, *Madre di diecimila figli*
177. Vittorio Messori - Andrea Tornielli, *Perché credo*
178. Conn Iggulden, *Il figlio della steppa*
179. Mark Kurzem, *Il bambino senza nome*
180. Laurie Notaro, *Il club delle poche ma buone*

181. Rebecca Stott, *Il codice di Newton*
182. Alan Drew, *Nei giardini d'acqua*
183. Sara Yalda, *Il paese delle stelle nascoste*
184. Thierry Cohen, *Non lasciarmi andare*
185. Cody McFadyen, *L'ombra*
186. Sarah Bilston, *Letto & biscotti*
187. Saverio Gaeta, *Medjugorje. È tutto vero*
188. Marco Polillo, *Testimone invisibile*

Per l'elenco completo
e per maggiori informazioni,
visita il sito: www.piemmebestseller.it